文艺论文选（三）

微雨行过

肖云儒 著

云儒文汇

陕西师范大学出版总社

图书代号 SK20N1573

图书在版编目（CIP）数据

微雨行过 / 肖云儒著. —西安：陕西师范大学出版总社有限公司，2020.8
（云儒文汇）
ISBN 978-7-5695-1733-0

Ⅰ. ①微… Ⅱ. ①肖… Ⅲ. ①文艺评论—中国—文集 Ⅳ. ①I206-53

中国版本图书馆CIP数据核字（2020）第115580号

微雨行过
WEIYU XINGGUO
肖云儒 著

出 版 人	刘东风
责任编辑	王文翠
责任校对	雷亚妮
出版发行	陕西师范大学出版总社 （西安市长安南路199号 邮编 710062）
网 址	http://www.snupg.com
印 刷	陕西龙山海天艺术印务有限公司
开 本	680mm × 1000mm 1/16
印 张	24.25
插 页	4
字 数	321千
版 次	2020年8月第1版
印 次	2020年8月第1次印刷
书 号	ISBN 978-7-5695-1733-0
定 价	98.00元

读者购书、书店添货或发现印刷装订问题，请与本公司营销部联系、调换。
电话：（029）85307864 85303635 传真：（029）85303879

肖云儒

目录

CONTENTS

西部电影对中国电影的意义

——在中国西部电影三十年高峰论坛上的学术演讲

从钟惦棐“西部电影”理论的提出到今天，中国西部电影已经走过了风风雨雨三十多年的历程。三十年中，中国西部电影不断探索与改变，迸发出顽强的生命力，在经历了辉煌与低谷、起落与沉浮之后，终于成为中国影坛一道独特的风景。

一、20 世纪 80 年代西部电影的发端

（一）最开始的讲话和报道

1984 年著名电影评论家钟惦棐先生来西安，就西部片问题他集中谈过两次，两次我都在场。第一次在西影的创作会议上；第二次在陕西省电影公司一个会上，下来又采访了他。主要谈了这么些意思：

（1）电影制片厂不是“打磨厂”，应该有创造的光彩。每个电影厂都应该有自己的光彩，但这个光彩不是打磨出来的，电影厂的光彩应该是创造的光彩。那么，什么叫创造呢？他举了很多例子说明，比方：一，斯诺到陕北，发现了红色中国，这种发现就是一种创造。创造的第一个要素就是能从生活现象中感知历史走向。斯诺就从延安的生活中感知到了历史走向。二，电影《乡音》通过一个农家故事，感知了生活深处的文化人格、文化差异和文化冲突，这也是创造，因为别人看不到的他看到了。三，《南征北战》在张灵甫这个人物身上，注意表现了一个国民党高级将领在战火中的人情、人性，这在当时是极为与众不同的。战争片不能只有豪情斗志，没有人情、爱情。他说这就叫创造。

（2）西影要创造，就要打自己的牌，这个牌就是西部牌，要拍自己的西部片，要拍我们身边的、现实的西部生活。讲到这里，他说了一句话，很有名的话，后来很多报纸都转载了。他说："陕北的老农，裹着白羊肚毛巾、扛着拦羊铲的老农，那个威武不亚于拿破仑。陕北人的伟岸，陕北大地的雄阔，这样一种气质应该在我们西影的片子中出现。这才是当代西部生活，当代的西部人气质。"他提出来，西影的片子要多一点儿泥土气，少一点儿脂粉味，不要搞"杯水风波"，应该搞"大江东去"。"让我们用新时期的犁耙，来开垦西影的春天。太阳有的时候会从东部的对角线——西北升起来的。"我那时是记者，写的消息第二天在《陕西日报》头版发表了，《文汇报》《光明日报》等七八家报纸也很快转载，这样就成了当时电影界的一个热门话题。

（二）质疑和争论

那时候思想解放刚起步，社会上和文艺界都还有一点儿"左"的阴影。所以钟老的说法马上引起一些质疑和争论。主要是两点：

一是有人说，美国有西部片，中国也搞西部片，是不是有崇洋媚外之嫌。我们难道不能搞个有民族特色的"社会主义"的名称吗？二是有人问，在西影片子之外有没有西部片？西影的片子是不是都是西部片？因为钟老当时是把西影的片子跟西部片放到一起来说的，又是即兴谈话，不够精确，这质疑有一定的道理。

这以后我就有一个想法，给钟老打电话，说想再发一个报道，关于中国能不能提美国西部片这个问题，请他专谈中国西部片跟美国西部片的根本区别。他非常赞成，要我先写出来。我便写了《美国西部片和中国西部片》比较，钟老不肯署名，说是我的劳动，后来作为一个专章放在我的《中国西部文学论》里。钟老为这部书写了序。在当代电影史上，这次关于中国西部片的争论，是三结合的一次争论，它有几个特点：

第一个特点是书、报、刊、会结合，在业内和社会全面铺开。

报纸：《陕西日报》《文汇报》《光明日报》《中国电影报》，后来《人民日报》《中国日报》都有报道和讨论。

刊物：《电影新时代》为此改名《西部电影》，开专栏《西部电影笔谈》，讨论了两三年，大概发了三四十篇文章；《新疆文学》也为此改名为《中国西部文学》；《西安音乐学院院刊》也改名为《西部音乐》都开始讨论西部文艺问题。

书：很快出了一本《中国西部电影论集》，后来又出版了由我主编的“中国西部文艺研究丛书”，涵盖西部电影、西部文学、西部音乐、西部民间艺术、西部幽默、当代西部诗潮六方面共六部专著。我撰写的是《中国西部文学论》，获得了 1988 年的“中国图书奖”。

研讨会：三五年中，前后开了不下十次研讨会，在北京、西安、新疆、甘肃、青海都开过。这里只说其中较为重要的两次。一次是在新疆伊犁召开的第一次中国西部文艺讨论会。会上公推我做主题发言人，我先拉出一个提纲，《关于西部文艺的若干问题》，谈了三个小时。从西部人文地理出发，谈到了西部生活精神、西部艺术意识、西部文艺的审美特点等几个大问题。第二次是 1986 年中国社会科学院文学研究所、中国作家协会联合召开的新时期文学十年理论讨论会。大会发言回顾、梳理了新时期文学十年的态势，之后专门拿出一天时间，对于新时期文学艺术几个非常特殊的、引起关注的问题进行专题讨论。当时定了三个专题，分了三个小会场。一个是当代诗潮讨论会，谈舒婷、顾城、北岛为代表的朦胧诗、现代诗现象，当时认为这类诗标志着一个新的美学原则的崛起。一个是青年新潮评论家理论讨论会，像现在的陈平原、陈思和、陈晓明、李洁非、王干、丁帆，都是那时候开始冒出来的青年评论家。第三个就是西部文艺讨论会，由我主持，好多西部以外的学者、记者都去了。国外媒体最关注的就是西部文艺讨论会，因为这有对世界报道的价值。当代诗潮、新潮评论对西方来说已经不新了，它们是西方思潮在中国的引进。只有中国西部本土产生的西部艺术（包括西部电影），这个讨论会是世界没有的。我记得那时英文报纸《中国日报》刚创刊，采访了我几个钟头，推出一整版报道。这是一个可能被世界关注的话题。

第二个特点是姊妹艺术并行，不光在电影界，西部文学、西部音乐乃至于西部美术等文艺各界都议论纷纷，使西部电影由一种电影现象很快转化为西部文艺和西部文化现象。西部文学有周涛、杨牧、章益德等西部诗人群体，有路遥、陈忠实、贾平凹等小说家群体。西北风音乐有程琳、田震，陕北摇滚曾风行一时，1988 年全国金曲排行榜，前两名都是西北风歌曲。西部美术有陈丹青的《西藏组画》和罗中立的《父亲》，在国内外引起震动……几乎所有的艺术门类里都涌现出了这样那样的西部现象。这种不约而同，本身就反映了一种必然性。不约而同必然隐藏着某种规律。

第三个特点是理论讨论与创作实践同步结合。结合的标志性人物是钟惦棐和吴天明。因为 1984 年钟老提出这个问题的时候，《人生》完成片已经出来了，还没有公映，接着就是《黄土地》《老井》《野山》，之前还有《牧马人》。一大批精品的涌现，使得西部电影的讨论变成理论、实践互相促进的艺术现象。这中间我的主要工作，就是力争能给西部电影、西部文艺做一个文化的、审美的定位，力争对西部电影的文化底蕴，它所表达的西部精神，以及它在艺术上的特点做面上的归纳和深度的阐述。

对西部精神我概括了六个“最”。比如最封闭又最开放。因为西部的文化结构是四圈四线的开放性结构，伊斯兰文化、印度次大陆文化跟中国东亚文化都在西部交汇，它最封闭又最开放。比如最具历史感却又与现代呼应。西部历史悠久，是中华民族文化的发祥地，但它在动态生存中的激烈竞争，又与现代社会对人的要求暗相呼应，我把它叫“西部的现代潜质”。再比如，最具有悲剧感，但是又最达观。因为恰恰是在生存最艰难的西部，各民族、各地区都出现了阿凡提式的幽默……一共谈了六点西部精神的表现。

西部艺术意识也谈了六七点，比方说，物象的土地系列和人物的母亲系列使人民母题、草根母题在西部作品中集中呈现。比方说，在生命感、人与自然的关系方面，都比中东部的作品有更早的自觉，等等。今天在这里没时间展开讲了。

还归纳了西部电影艺术上的一些特点。比如说，一方面是崇高的、悲剧的审美，一方面又是平民化对悲剧崇高的消解。比如说，西部写实与西部象征、西部浪漫的结合等。我后来于 1988 年出版了学术专著《中国西部文艺论》，还写了若干篇论文，主要就是想对西部文艺进行文化的发掘和科学的定位，我想把它变成一种学科形态、理论形态推出来。

（三）西部片中的第四代和第五代电影人

西部片创作中交叉着第四代和第五代两个编、导、演群体的艺术足迹。第四代导演是西部片的开拓者，但最终使西部片走向成熟并且现代化、多样化的，是第五代乃至第六代导演。第四代导演在西部片领域里的主要功绩，就是把文化视觉、文化观念引进自己的电影创作思维，并对具体的艺术表现对象进行审视、剖析、表达。第五代导演在这个基础上进了一步，是以生命观念、生命感觉、生命视觉来关照社会生活和人的命运。

第五代导演张艺谋、陈凯歌、田壮壮、黄建新，包括从编剧后来转向导演的芦苇，他们的特征大致有四点：

（1）有浓郁的生命意识。总是从所表现的题材、故事、结构中间发掘生命深处的激情，并且将这种生命激情张扬到极致。他们的作品总是从人要追求什么样的生存状态、生命状态这样一个根本问题出发来展开的。像《红高粱》，影片深处的重要表达的是：九儿要过什么样的日子，怎么过日子，怎么过好这个日子？《黄土地》着重要表达的是：翠巧这一生要怎样度过？要不要走出又怎样走出黄土地？走出黄土地并不完全是为了取得政治上的解放或者经济上的翻身，主要是为了实现一种新的生命追求。这是所有第五代导演首先追求的主题。

（2）有浓郁的文化意识。这和第四代导演的文化眼光有直接的传承关系。《秋菊打官司》，就是用文化眼光来开掘中国国民性深处的利与弊。乍看起来，秋菊表现了法制意识在农村的觉醒，实际上她告村长的动机是为了生儿子、传宗接代，是一种传统宗法思想的现代法制包装。这就有很深的文化意味供我们思索。

（3）有现实主义基础上的后现代坐标。像黄建新，在西部片的第五代导演中，他跟别人的审美坐标拉开了距离，他不再崇高而严峻地审视生活。张艺谋、陈凯歌是皱着眉头去看西部，黄建新则用后现代调侃的眼光来看待西部的严峻，有点儿消遣，有点儿宽容，还带点儿幽默。这种后现代眼光形成他影片的重要特点。他的“城市三部曲”（《背靠背，脸对脸》《站直啰，别趴下》《红灯停，绿灯行》）有几个明显的特征：一是用小人物来号大社会的脉，又用大社会、大生命的眼光来宽容小人物的过错。《背靠背，脸对脸》里表现了为了一个股长级岗位的争夺，人跟人之间的权力斗争，把中国整个社会的权力斗争都浓缩了、诠释了。二是从乐观的带有喜剧性的城市青年生活中发现悲剧性的内容，发现笑声深处的眼泪，最后又以现代的调侃来化解悲剧。特别是《红灯停，绿灯行》，人有那么多困境，那么多苦恼，最后都一笑了之，“得了，哥们，喝酒去”。

（4）更有一种前卫艺术意识。像张艺谋、黄建新，把色彩作为一种表现手段，又把色彩、构图等表现手段转化成为表现内容。在《黑炮事件》中，色彩就是内容，烫人的红色就是那个荒诞年代本身，就是那群人命运的荒诞，那个时代文化的荒诞。《红高粱》的红色，就是酒，是生命，象征生命要像红色的酒那样燃烧。《大红灯笼高高挂》那灰色院落中的红灯笼，这色彩也是内容，是生命冲决灰色阴霾窒息时的闪光。

这都是第五代导演给予西部片的新营养。如果说西部片第一个推动力是第四代导演——将原有的影片由反映生活的平台推向文化思考平台，那么，第五代导演则是西部片的第二推动力——将文化思考平台再推升到生命平台、现代平台或前卫艺术平台。

（四）西部电影形成了一个成型的流派

在中国电影史上，西部电影是很少几个具备了作为一个成型艺术流派标准的电影现象（如中国的“30年代电影”、文学的法国“梅塘之友”、中国“竹林七贤”）：

（1）它提出了明确的艺术主张：以现代文化视角和电影语言解读西部生活和西部精神。

（2）它形成了成熟的艺术家群体：像吴天明、张艺谋、何平、顾长卫、颜学恕、芦苇、杨争光、滕文骥、田壮壮、冯小宁、许还山等，还有许多大腕演员如巩俐、姜文、宁静、戈治钧、岳红等，纷纷从西部电影起步，崛起于中国影坛。

（3）它有社会认可的一大批优秀艺术成果：涌现出了《人生》《老井》《黄土地》《野山》《孩子王》《盗马贼》《黑炮事件》《活着》《黄河谣》《盲流》等一大批反映西部自然神韵、社会生活、民俗文化的优秀影片，在国内国际屡获大奖。

（4）它还有相应的较为深广的理论研究成果：如前所述，出版了五六部专著，好几个杂志以“西部”命名，并开展西部文艺研讨，召开研讨会五六次，等等。

正是这些要素，确立了西部电影这一电影流派。像西部电影这样的样式化、风格化的电影流派，中国电影史上只有“30年代电影”和功夫片可比，它们构成了中国流派电影的“三驾马车”。

（五）不足与弱点

总之，20 世纪 80 年代的成功实践提供了业内接纳、市场容受、社会认可的前导性经验，当然也在时代的发展中显示出不足。这不足主要表现在：第一，文化姿态定位过高。总是从精英层面对西部生活做俯视性的关怀，造成冷峻过分而温馨不足。第二，题材风格比较狭窄。从地域上来说，总是古朴的农村、牧区，总是悲剧感很浓重的风格，总是文化的视觉，显得比较单调。第三，营运操作是一种传统的计划经济体制下的操作。我就是“好酒不怕巷子深”，我重艺术质量，有了好作品，你爱看不看。吴天明不是曾经提出过“要脸的”跟“要钱的”两种片子吗？“要脸的”片子不考虑经济价值，就靠艺术性、思想性、文化感来震撼人，来获奖，也获得市场。应该说，在计划经济情况下，他取得了成功。放到现在的市场经济新体制下，它就有了很多弱点。所以如何在文化姿态、文化胸襟上提到一个新的平台，题材如何进一步扩展，操作如何进一步现代化、市场化，都给我们西部片以后的路提出了新要求。

二、西部电影实践给中国电影创作的启示

西部电影伴随着时代社会的发展，不断吸纳、融合、扩散，逐渐由一种电影思潮、电影流派，分化演变，最终作为一种西部文化元素和艺术渗透扩散到各种影片类型中，迸发出顽强的生命力。

回顾三十年的发展历程，西部电影开放的动态的发展，大致可分为四个阶段：

（1）创建期。涌现出了《人生》《老井》《黄土地》《孩子王》《盗马贼》等一大批反映西部自然风光、社会生活、民俗文化的优秀影片，确立了西部电影这一电影流派。这类影片具有以下特点：以西部地域为表征，反映西部地区人民生活状况和生存状态，具有强烈的西部精神和深厚的文化内涵。西

部电影通过对西部生活的描摹，真实地展现了西部的自然生活状态，并将其上升到了对传统文化的反思上，深化了影片的内涵。这对中国电影产生了深远的影响。

（2）演变分化期。西部电影并没有停滞于此，不久便开始了新的探索，并在探索中分化。在《老井》《人生》之后，到《美丽的大脚》以前，这漫长的十几年中，起码有七种西部片在探索：

A. 西部史诗片：如《东归英雄传》《嘎达梅林》《成吉思汗》。

B. 西部现实关怀片：如《秋菊打官司》《一个也不能少》。

C. 西部武打片：如《双旗镇刀客》，成功地将西部片的文化感与武侠片的好看融合在一起，开了文化意识输入武术片的新路。

D. 西部异域题材片：如冯小宁的《红河谷》《黄河绝恋》。我们可以苛求他还没有从更深的文化层面上将西部和世界融通起来，但是他起码已经开始从情节、结构与人物命运上，将西部人的命运跟世界眼光中的异域风情揉到了一起，给西部片打造了一个很大的平台。

E. 西部楷模片：如《孔繁森》《索南杰达》《一棵树》等。西部片由纯粹的文化片、精英片，进入了主旋律影片。

F. 西部魔幻片：如《大话西游》，用现代的、荒诞的、魔幻的色彩来重构《西游记》，所以里边很多对话都变成现代年轻人的口语。西部片能拍成这样，不但走出了西部，也走进了现代和青春一代。

G. 西部都市片：如前述黄建新在“都市三部曲”中的探索。

总之，西部片不满足于只在文化片的单行道上踯躅，大家都在努力地、急切地探索，在不减弱它的文化感的同时，力图在开放的、动态的思维中追求一种多向、多维色彩。

这一时期，西部电影在探索中的转型，主要体现在四方面：

一，从早期西部电影《黄土地》沉重的文化反思，到新西部片《美丽的大脚》这样把淡淡的悲凉和反思融进明丽的现代生活中。

二，从创建西部片经典现实主义影视语言（《人生》）到浪漫主义、象征主义色彩（《红高粱》与《黄土地》《大红灯笼高高挂》），又到现代主义与后现代色彩影视语言的尝试（《黑炮》燥热的红色和墙上永远不走的时钟，《脸对脸，背靠背》中城隍庙那种重叠、封闭、阴冷的建筑，都是一种暗喻、反讽语言）。

三，对小人物的命运的关注，从以宏大叙事和悲怆的神圣，从《黄土地》《红高粱》《人生》《老井》《双旗镇刀客》，到重视个人化、平凡化、日常化的草根意识，如《惊蛰》在日常化、个人化中显示新文化因子引发的心灵骚动。《大红灯笼高高挂》的婚外恋是那样压抑痛苦，结局又那么悲惨，到了《美丽的大脚》，已经从爱情是婚姻的基础这一新角度来表现婚外恋，有了不安中的幸福，理解中的赞许。

四，从关注人文、关注艺术到逐步关注市场。冯小宁等将西部社会政治视角和西部传奇片结合，西部文化视角又和武打片结合。如《黄河绝恋》《红河谷》《大话西游》，在艺术追求的同时体现出市场追求。

（3）元素扩散期。这个阶段以后，西部片的演变还在继续。如果说在上述各时期中的西部片，还依然背负着西部电影文化和人性反思的责任，走着精英文化片或者艺术探索片的路子的话，到了 20 世纪 90 年代以后，在商业化语境之下，西部电影探索的脚步就更大了。一方面保持了经典西部电影独特的影像风格，如强化纪实、淡化感情倾向的镜头语言，浓郁的地域民俗风情等标志性的特征。另一方面，西部片的一些元素扩散到了各种类型的影片中，与各类风格影片融汇结合，大大拓展了西部片对中国电影审美的影响。这表现在：

一方面，向主流商业电影靠拢，走商业类型片的路子，推出了既有商业类型电影特点，同时又兼具西部电影的基本美学趣味的作品。例如《天地英雄》《英雄》等影响极大的“西部武侠片”。

另一方面，卸下了沉重的文化反思担子，回归到写实的路子上，真实展现当代西部底层民众的草根生活和精神状态，注重表现个体生命意识、现代意识的萌动和困惑这样一种具有人文关怀的“新西部电影”。这我放在下面来讲。

（4）新西部片时期。在西部元素扩散的同时，西部元素也在凝聚，凝聚为新的艺术成果。其代表作便是《美丽的大脚》。《美丽的大脚》通过张美丽这位普通山村女教师对自身命运与情感的追求，揭示出要彻底改变落后的生存状态，需要人们从愚昧和贫瘠中彻底觉悟，备受各方好评。

《美丽的大脚》是在西部片上述所有这些探索的基础上诞生的。它很幸运地出现在这些探索初见成效的时候，又比较完美地体现了一种品牌意义。所以我说它是西部片分化之后，一种新的西部片重新亮相的标志或者标志之一。跟第一代经典西部片和上面提到的七种探索片相比，《美丽的大脚》不同之处、新颖之处是什么呢？

A. 文化姿态变了。原来的经典西部片，艺术家常常是居高临下的俯视性的审视和反思，有一种精英层面的优越感和悲悯情怀。现在文化姿态变了，完全是平等交流式的，“我”就是“你们”中间的一员。你可以明显地看到编、导、演的整个的视觉下移。

B. 调子变了。由一种冷调子变成了温馨的暖调子，包括《秋菊打官司》都有一种冷调子，因为它要审视，它要追求深刻；《美丽的大脚》也追求深刻，但是它是一种温馨的、温和的色调。这就发展了黄建新作品里面的一些东西。

C. 故事结构和情节也变了，变成一种开放性的结构。整个故事也是开放性的。它不再是单维进入，即城市文化跟精英层面进入西部落后地区，然后改造西部，反思西部这种单维进入，而是双向进入。张美丽引导着夏雨，培养着夏雨，夏雨也支援着张美丽。夏雨跟张美丽双向进入，她们互相营养，这就比较真实、比较深刻地反映了西部与整个国家、时代的关系。西部不光需要支援，它也支援着别人。在物质上需要支援，在精神上却回馈着我们的民族，这就比较深刻了。

D. 人物也变了。原来西部片的人物永远是那种悲剧色彩很浓重，笼罩在很窒息、愚昧的环境中，是闭塞、安贫乐道、不思进取的那种人物心态，现在变成张美丽这样奔向光明、奔向现代的心态。她关爱夏雨，不仅是她对具体人的关爱，实际上她是关爱科学，关爱下一代未来的命运。她同时也关爱一种新的生活方式，渴望一种奔向有知识、讲卫生、有电脑、有游泳池的生活。她跟王树两个人那种婚外恋，也没有原来一些作品里婚外恋的那种负罪感，觉得婚外恋有一种原罪式的痛苦。不，她很踏实，因为她觉得他们是真正有了感情，是一种爱情，而与王树的婚姻则是没有爱情的婚姻。这里控诉了没有爱情的婚姻，又将自己的步子止于法律，没有走入违法的境况。但是它肯定了爱情对于婚姻的作用，这实际上是一种人道关怀，所以比较现代。

西部片中从前常见的文化姿态、艺术色调，还有雄性的审美色彩，现在都转化成平民化、日常化的生活美和心灵美。较之过去的西部片，我们看到了崭新的面貌。当然它也有弱点，如果把煽情的那一部分拍得更纪实化一点，那么这个片子可能更耐看、耐咀嚼。

对这之后的西部片，我们要特别关注的是王全安，王全安的新西部片。《惊蛰》讲述了这样一个故事：农村女青年二妹为逃婚出外打工，由于不适应城市的生活，又回到家乡嫁人，但都市的生活经历已经使她的思想悄然发生变化，她沉睡的内心也被深深触动。影片以高度即兴的拍摄手法和对生活常态的细腻捕捉，展示了作者对于转型时期城市和乡村关系的新的、真诚的关注和探寻。《图雅的婚事》则讲述了一位女性带着她打井致残了的丈夫和一双儿女，在生活的重负下，寻夫再嫁的故事。将民族传统美德和现代人道精神结合起来，揭示了西部真实的生存状态。

三、西部电影强烈的文化批判精神和生态反思意识

西部电影从诞生之日起就一直以批判反思为己任。与之前其他类型电影所热衷的社会政治层面的反思批判不同，西部电影将反思批判的矛头直指中国的传统文化。值得注意的是，在西部电影中，批判和反思是冷静而从容的，导演大多从一种客观审视者的角度，对传统文化进行理性而清醒的反思，有时作者将倾向隐藏地很深，让人误以为是零度感情。

（一）社会人文反思

吴天明：早期西部片大多选取乡村题材，主要阐述的是“文明与愚昧”的文化冲突，很有内涵。影片《人生》中高加林人生选择的悲剧性就反映了以农耕文化为本位的西部社会的城乡二元结构和人物在城乡剥离和交汇过程中的痛苦。而在《老井》中，外部世界的现代化与西部乡村社会的封闭落后形成鲜明的对比，主人公孙旺泉的命运遭遇，深刻地揭示了新旧文化的冲突。影片以走与留的矛盾，在现代背景下重新解释了愚公与智叟这一对矛盾的传统文化原型，透出了现代社会正在临近的脚步声。

张艺谋：《秋菊打官司》的“讨说法”既反映了农民法制观念的觉醒，又揭示了更深层的精神局限：她并不是自觉地在为一种新的人生追求讨说法，而是在为生儿子传宗接代这个老掉牙的命题讨说法，但在讨说法的行动中又表现出某种觉醒。愚昧与觉醒便这样掺杂在一起。这正是历史正在转型的一种表征。

而以艺术电影先锋姿态出现的第五代导演，则不仅仅是揭示，更对传统文化进行了深度的反思与批判。《黄土地》通过主人公翠巧的命运对中国传统文化进行了深刻反思与批判，翠巧父亲的愚昧、怯懦展现了传统文化影响下民众的麻木不仁与愚昧无知。而翠巧对古原外新生活的向往，又透出了历史和生命的亮色。

张艺谋还通过《红高粱》《大红灯笼高高挂》《菊豆》等影片将反思的

矛头指向封建意识和宗法思想，集中展现了在封建文化荫盖下人性的压抑。

黄建新：《黑炮事件》则将批判的触角从农村延伸到了城市，通过对赵书信和马列主义老太太这两个典型人物的塑造，对传统精英文化的缺陷和“左”倾政治文化的危害进行了反思与批判。

（二）生态人文反思

西部电影较早关注了西部脆弱的自然生态环境，并逐步提升为自觉的生态文化意识。

双向进入。人与自然在之前的影片中常常是单向进入，现在则双向进入，互为主体和主角。西部片通过大篇幅的对西部自然生态环境的再现，贫瘠的黄土高原、寸草不生的沙漠戈壁，引发对西部脆弱的生态触目惊心的关注。贫瘠恶劣的生态环境不仅提供了西部人的生存环境，而且造就了西部人的性格命运。西部的贫穷落后某种程度造就了民众的愚昧麻木，而这又反过来加剧了西部生态的脆弱恶劣。但是生存的贫穷和艰苦又某种程度造就了民众的坚忍执着，而这又会反过来促进西部人对西部脆弱生态的积极改造。

逃离。《黄土地》中人们世世代代生活在贫困中无法自拔，只能将希望寄托于向上苍求雨，翠巧为了改变这种命运只能逃离。《老井》中也有关于是否逃离的争论。这种逃离是对千百年来静态土地文化的一种叛逆，在道德层面可能受到审视，在历史层面却是一抹晨曦。

不屈。面对恶劣生态环境，西部人不仅仅只是逃离。影片《一棵树》通过种树治沙的故事展现了西部人面对困境顽强不屈、积极面对的精神风貌。而在《可可西里》中通过捕猎藏羚羊的描写，反映了导演对于生态破坏深沉的忧患。人不再只是享用自然，自然也养育人，养育人的生命也养育人的性情、精神，如旷达、内忍、强韧。

（三）西部电影热衷于对西部独特风貌、风情的展示，重视影像语言的运用，形成了自己独特的影像表达体系

（1）“影戏”变影像。在西部电影之前，中国电影受“影戏”传统的影响，更关注于影片的情节而忽视影像在影片中的作用。在西部电影中，西部独特的自然人文景观却成为影片表意体系中极为重要的一部分，不但成为西部电影鲜明的外在标志，还起到了深化影片主题的作用。

《黄土地》给人印象最深的就是对黄土高原与黄河的展现。导演将大量的镜头给了陕北的荒原，连绵的黄土高坡和蜿蜒流淌的黄河，透过这些静止的镜头隐喻了中国传统文化的厚重与陈旧，和黄河边的人生命喷薄激情被压抑的二重性矛盾。通过气势雄浑的黄土高原和底蕴深沉的黄河来实现银幕景观造型，暗传了编导对中国传统文化的批判与反思。《双旗镇刀客》中广阔荒凉的沙漠映衬了主人公孩哥独自一人面对强敌的孤独与悲壮，而沙漠中封闭孤立的小镇则象征着人与人之间的隔离和冷漠。

（2）民俗变语言。除了表现西部独特自然景观，在西部电影中，民俗民艺、饮食文化等人文景观也屡屡成为镜头表现的热点。这些镜头中都隐喻着深刻的文化信息和文化思考。

例如，《黄土地》中表达生命奔放的“腰鼓阵”和表达思想愚昧的“祈雨仪式”，《人生》中巧珍出嫁和巧珍终于走不出土地的命运对应，《红高粱》里“颠轿”“祭酒”几组镜头表现出来的真生命状态，及其对九儿的诱惑和点燃。还有《黄河谣》里的“闹社火”，《盗马贼》及《可可西里》里的“天葬”场景，《炮打双灯》的“比炮”场景，《秋菊打官司》中的关中城镇年俗，《活着》中的陕西皮影戏，《天地英雄》里的“西域舞”，以及《菊豆》和《惊蛰》里的“出殡”场景等。

这些民俗景观和西部独特的自然景观交织在一起，形成了西部电影独特的影像表达体系。从某种意义上来说，西部电影重视影像表达的探索和形成是影像表达体系的特点，促成了中国电影从发端时重视“影戏”逐渐向重视“影像”的转变，完成了扔掉戏剧拐杖向电影本体的回归。这一点对改革开放之后的中国电影产生了深远的影响。

西部电影作为中国电影一个重要的组成部分，三十年来始终保持着旺盛的生命力，并不断为中国电影的发展带来滋养和启示，我们为西部电影和西部电影艺术家而自豪，也预祝西部电影在今后的探索和发展中走出新的路子，日益走向成熟。

2008 年 10 月 12 日，西安

中国电影生产的宏观结构

去年以来，陷入四面楚歌的中国电影在创作、生产、市场各方面的滑坡信号中，痛苦地自省。

新时期十年，是中国电影在追寻中大繁荣的十年。世界上没有无迷惘、无曲折的追寻，可贵的是有了迷惘、有了曲折，这追寻依然执着。

经历了各种各样的倾斜，中国电影太需要自觉地调整艺术生产的宏观方位和宏观结构了。

一

“探索电影”的脱颖而出和一度风行几乎是必然的。

20世纪80年代之初，中国电影突然发现自己处于一种尴尬、窘迫的境地。一方面，“十年浩劫”造成了文艺的萧条和粗糙，另一方面，整个社会出现了极度的审美饥渴；一方面，世界电影的哲理意蕴和艺术思想、艺术技巧在当代有了长足发展，另一方面，我国的电影意识总体上还停滞在理性现实主义和“戏剧加蒙太奇”的传统水平。困窘呼唤着解除困窘的力量；矛盾在自身的运动中生出解决矛盾的内力。

第五代导演于是应运而生。作为一种新的电影文化现象、一种新的思想艺术冲击波，这个群体健步登上影坛。他们是新的电影文化哺育出来的，搞新观念影片舍我其谁?

“探索电影”由是应运而生。它以其不可替代的艺术效果，帮助摄影机走进人的心灵深处和社会人生哲理的深处，使电影成为社会整体文化的重要构件。

但很快就出现了“探索电影”被掩盖的另一种倾向。

以现代思潮为旗帜的青年艺术家，出自“矫枉必须过正”的锐气，出自不大步超前不足以改变滞后现状的自信，对叙事表意的传统电影美学规范，对“情节——人物”的传统构思模式，毫不留情地进行大面积深翻，播下了影像表意、“情绪——象征”模式的新品种。相当多的新潮影片中，新旧的更迭不是品种的改良，也不是嫁接，而是耕倒重来，社会文化土壤则没有大变。在这种情况下，便与我国 20 世纪 30 年代发展起来的民族电影传统偶尔出现了断层，与被中国审美传统哺育起来的广大观众的欣赏趣味遽然产生了折裂，几乎一开始，观众就局限在高层次的文化圈内，而在最初的新鲜引起的轰动效应消失之后，观众的圈子便日益缩小。

少数“探索电影”更将新潮观念推向极端，几乎完全扼杀了叙事性在电影中的生命。影像表意失去了叙事这一基本依托，也就不知所云。面对这种异常现象，影界一时并不能实事求是对待，而是热衷于以“符号”“密码”“隐形结构”等玄而又玄的破译和阐释，去论证“皇帝新衣”的漂亮。这鼓动了一些更为高深莫测的影片的出现。

其中，有的甚至借国人的形象再现西式的社会文化心态和人生价值标准，即所谓银幕上的“伪现代派”“假洋鬼子”。这样的内容加这样的形式，一时弄得银幕上下相当多的人对其中的奥妙莫以明之。

“探索电影”的曲高和寡使得中国电影出现了新的供求失调，欣赏市场一度形成广阔的空白地带。

二

娱乐电影的突起和泛滥也几乎是必然的。

它是对探索片脱离广大观众的一种惩罚，是对欣赏市场一度空白的填补。它是在新时期商品经济长足发展的大背景下，作为商品的电影，在观众有价选择的竞争中必然出现的趋势。其中，既有经济规律、市场杠杆的正常作用，也就免不了拜金主义、以商品价值取代艺术价值的畸形影响。还要看到一个更宽阔的原因，即改革开放和社会经济生活普遍活跃诱发的效应——市民阶层的扩充和市民趣味的蔓延，使艺术欣赏中教育认识作用受到抑制，而娱乐、愉悦作用得到膨胀。社会上的享乐主义、个性主义思潮也通过电影欣赏表现出来。

娱乐电影像决堤的洪水，几乎要淹没整个电影市场。从 1985 年起，我国每年生产一百至一百五十部影片，娱乐片占七成，有的厂竟占九成、十成，而六七年前，娱乐片基本稳定在总产量的一成上下。

三

艺术创作是精致的脑力劳动。一种艺术现象，如果以反常的速度乍然兴起，又乍然衰败，就要思考一下它在哪儿出了毛病。

娱乐电影本应是一种蓝色艺术，即以舒展的、明朗的、轻松的审美色调来愉悦欣赏者，给人们以陶冶、滋补，益人以智，怡人以美，授人以力，使人们在繁忙的现代生活中得到健康的、积极的心理调节和情绪休憩。

但在市场和利润的诱惑下，娱乐电影很快出现了媚俗倾向，并走向泛滥。媚什么俗？媚“血肉模糊”之俗。“血”，打斗片由对人类健力美的再现走向极端，非“血里呼啦”不足以解馋。

“肉”，爱情片由对人类情爱美的抒发走向极端，非将肉欲透明得心旌摇荡不足以尽兴。蓝色电影开始打擦边球，擦黄色之边，明显地看得出一些影片的黄色动机与黄色效果。

同时，蓝色电影也在擦黑色之边，热衷于追寻上层社会和底层社会的黑幕新闻。黑帮会、黑社会以至历朝宫闱黑幕，一时成为电影镜头聚集的热点。

某些娱乐电影，思想的浅薄、艺术的粗糙不用说了，客观展现甚至公然彰扬资本主义与封建主义思想道德的也并非没有。某些娱乐电影的创作人员，艺术修养的不足和创作态度的轻率也不用说了，借此以搭班走穴，偷税漏税、牟取暴利的不也时有所闻吗？

有趣的是，广大观众对娱乐电影的兴趣，正在疲软下来。一些娱乐电影媚俗以图赢利，天长日久观众并不买这个账；风行几年以后，娱乐片上座率开始下降，它和探索电影一样，并不能挽救中国电影于困境。

自然，它也和探索电影一样，需要在中国这块土地上重新寻找更稳实的立足点，需要重新调整思想和艺术方位，需要经历一番自我改造。

四

“几度风雨几度春秋”，当探索电影和娱乐影片在短短的时间里经受了大起大落的升沉荣辱之后，人们的眼光重新回到社会电影上来了。

20 世纪 80 年代初，《天云山传奇》《人到中年》《牧马人》《被爱情遗忘的角落》《喜盈门》这些以反映社会现实生活，揄扬正确的社会思想和伦理道德的影片，曾以它的思想启动力和艺术感染力在观众中引起一次又一次的轰动效应。

而后在探索片和娱乐片的夹击下，20 世纪 80 年代中后期社会片、伦理片开始滑坡，一时好似悄无声息。但如果用 X 光来透视，则能发现，社会片数量虽有下降，质量却并未滑坡，它在新潮与媚俗风中仍然保持着自己的生命力。《代理市长》《高山下的花环》《人生》《野山》《少年犯》《芙蓉镇》《开国大典》不但在历年的政府奖和专家奖中独占鳌头，而且在群众自由投票的“百花奖”中备受青睐。思想内容出淤泥而不染，艺术形式更是出类拔萃，显示了水平和功力。

到了近一两年，社会片率先调整自己的方位，广采博收，融会了现代电影的一些精华，使自己进入了新境界。《老井》《红高粱》在现实主义和现代主义、内容的社会性和艺术的探索性之间寻找契合点，将电影的认识价值、思考价值、审美价值、娱乐价值融为一体，雅俗共赏，老少咸宜，受到了各方的欢迎。它们不但使中国电影上升到世界第一流水平，而且上座率也在当年遥遥领先，实在耐人寻味。

社会电影原本是我国电影的擎天大柱，这些年经过热火炼、冷水淬，经过开放、调整、改造，更有了内力。

五

新时期十多年的曲折发展告诉我们，我国电影生产，从宏结构上看，还是以社会电影为主体，以探索电影和娱乐电影为两翼为好。

社会电影的总体审美追求，是群众的归属和认同，它有利于电影弘扬社会主义、爱国主义和民族优秀的精神传统；探索电影的总体审美追求，是个体的张扬和自足，它有利于展示我们人民丰富的个性和深刻的内心世界；娱乐电影的总体审美追求，是人性的宣泄和共鸣，它有利于从各方面激发人的生命力。

从总体上看，社会片是以一定的社会生活为背景的电影，它重在反映历史和现实的进程，关注文艺的认识价值，是社会生活的审美再现，构成了电影反映社会生活的主力军和重武器。

探索片是以一定的文化生活为背景的电影，它重在探索、开创和完善电影的审美手段和艺术形式，关注文艺的艺术价值，常常是社会心态在审美屏幕上的显示，也勾勒出电影艺术自身发展的轨迹。它是电影事业的艺术试验田。

娱乐片是以一定的经济生活为背景的电影，它重在给欣赏者创造一个舒心、畅意、悦情、益智的娱乐休息的审美氛围，关注文艺的娱乐价值。它是电影群众性、通俗性的重要标志。

六

需要说明的是，这里说的是对我国电影生产的宏观要求，不能在微观上要求每个厂、每个人、每段时间都刻板地按某种比例去从事艺术实践。但每个创作人员有了这种宏观意识，从全局来选择自己的创作方位，就可能使自己的艺术创作处在比较自觉的状态。

在这个宏观结构中，主体与两翼不是泾渭分明、可以截然分开的。从具体影片看,常常兼有三者或两者的特色,用不着去死扣概念,做书生气的界说。

确定了这种宏观结构和方位，也并不就意味着电影生产要拘谨地在一种封闭的稳态结构中进行。这是一个开放的、动态的结构，随着时代、观众、创作主体的变化，会受到各种新力量的冲击，也会有新的不适应，都需要我们对这个结构做随机的调整。

以这种大结构为依托，不断应变，不断做新的建构，在这个过程中，中国电影会变得更为成熟。

1989 年 10 月 2 日，西安椒园

电影文学创作随谈

一

电影文学创作按理说应该是一剧之本，但近年来现实的情况是，电影文学在整个电影创作中的地位一而再、再而三的滑坡。开始是由于创作思想的转化，由过去更多地重视电影的文学因素，如性格、情节，到近年来更多地强调电影的画面语言、镜头的具象和抽象的传输作用，更重视影片的整体艺术氛围和综合艺术效果，甚至出现了非情节、非性格的主张。这样，由导演直接选择剧本成为常见的事，制片厂的文学部，作为主要从电影文学基础的坐标上来组织选择剧本的部门，职能被大大削弱。

同时，由于市场经济体制的确立，电影的商品性大幅度增强，电影生产更深地纳入商业运行机制，文学剧本的艺术价值常常受到影片市场价值的冲击。从更深刻更长远的层次看，电影的艺术价值和市场价值本应是统一的，但在观众素质不够理想、文化市场又处于初级阶段的今天，二者常常得不到统一，常常是市场价值冲击了艺术价值。

到后来，由于制片厂体制改革中的急功近利，这种市场价值化为一种新体制——这便是有的制片厂取消文学部，由导演或制片人直接选择和决定剧本。有远见的导演和制片人当然十分重视影片的文学价值和剧本基础，却也有不少导演和制片人更多地从投入产出的利益范围来考虑问题。这样，电影文学创作就更是地位卑微了。

这几年电影创作给我还有这么几点印象：

（1）由过去在总体上具有较强思想和艺术上的震撼力的片子到温馨、

婉约类的电影走俏走红。过去，不论是影片的社会历史的震撼力，还是人性人情的震撼力，还是现代哲理的震撼力，我们的影片在总体上是不缺钙的，是有质感的。现在这类影片当然还在不断出现，却少了。软性的、造作的东西很少，不痛不痒、没有思考的东西在增多。社会风行的那种绮靡之风，正在浸淫电影创作。

（2）小人物在银幕上越来越多，凡人小事越来越多。写凡人小事、写小人物，不是不好，这是整个社会平民化的必然反映。也有许多写小人物、小事件的作品十分精彩、优秀。关键是创作者本身的精神境界不能“小”。以君子之心度小人之腹的作品是能写好的，以小人之腹度小人之心的作品，就容易流于琐屑。关键是作者应该是“君子”，应该在思想和艺术上有大境界、大手笔。同时，也应该承认，银幕上塑造的大性格的形象，能够承受大感情的形象（既能承受大苦难，又能承受大欢乐）是比较少了。我特别要说明，大性格、大感情当然包括英雄，但不只是英雄。凡人小事题材也能塑造大性格、表现大感情。这是指那种有大的辐射力和穿透力的性格和感情。《人到中年》中的陆文婷，《哦，香雪》中的香雪，《秋菊打官司》中的秋菊，都是小人物，但都具有大感情。她们可以在平凡的生活中，甚至在琐屑的生活中（如电视剧《一地鸡毛》），产生一种思想启动力和艺术震撼力。但这样的片子的确不多。

（3）从社会历史角度观照生活的作品也不少，但其中真人真事或准真人真事的多，真正大题材的虚伪作品很少。这不是缺陷，算是个情况吧。

二

与上一点有关的，是要防止“默片效应”，也就是精神失语现象。许多电影看过之后，观众脑子里留下了热闹的场景、曲折的情节、出众的功夫、新款的特技，或者几个好脸盘、几段好音乐，几个好镜头，却没有接受到精神、感情启示方面的信息。精神失语了，有声片迈入“默片”。

过分重视观众的自娱功能，使艺术家为社会立言、为社会代言的使命淡化或消解，导致一些电影和电影剧作家失语。言不及利、一切形而上的时代固然过去，但言不及义、一切形而下也是弊病，是用一种倾向代替了另一种倾向。言不及义导致电影失语。当电影话语在精神上完全成为闲聊，我想说，影片话语状态的闲聊，很大程度上反映了作者内心状态的无聊。

有的电影倒是有精神上的声音，但却不是民族精神的声音。精神深处的朝西方倾斜，导致民族失语。在思想上、哲学上、文化心理上放弃了自己民族阐释生活的精神坐标和话语权利，中国电影怎能有自己的声音?

市场至上、利润至上，也导致一部电影剧作失语。电影艺术家，让观众视自己为上帝，视自己为高高在上的教诲者，固然不对，但艺术家放弃启蒙和教育的责任，把自己降低为观众自发性趣味的应合者，难道就对了？

当然，过时的、陈旧的、狭隘的社会观、艺术观、知识结构、生活积累、人生感受，也容易导致失语。这些语言是没有回音的语言。昨天的思想、知识、感受，无法阐释今天和今后的生活和精神讲程。

三

近年来许多电影创作有新的探求，这些探求从不同角度反映了最新的艺术发展趋势，比如许多影片从内容到艺术样式的纪实性探求，实质上反映了艺术和生活对立的消解，艺术不但要反映生活，而且要尽可能地逼真、逼近、逼入生活。

又比如，一些影片显示出来的“第二次综合”趋势，即在电影作为戏剧、文学、画面、音乐等等综合艺术（第一次综合）的基础上，不再追求用悲剧、喜剧、正剧、闹剧的样式来肢解生活，而是悲到极处显出荒诞、幽默，喜到极处又显出人生的悲凉，悲、喜、诞、闹的戏剧样式樊篱被拆除了，融为一体来表现亦悲亦喜亦正的现代生活和现代人的复杂和无奈。这实际上反映了艺术不同样式对立的消解，艺术不再在一种样式的桎梏中跳舞，而是从生活出发，自由地出入于各种样式之中。

又比如，在总体上具有深层哲理象征和哲学意味的电影也愈来愈多。在生活层面的第一自然和形象面的第二自然之外，在这两个层面的深处，常常闪现着哲思层面的第三自然。在秋菊告状这个生活故事下面，埋藏着中国农村妇女萌动起来的自立自强意识和朦胧的法制意识（也许这只是一种对法制的渴望），而在这个层面下面，其实还埋藏着秋菊潜意识中为传宗接代而诉讼的陈旧伦理，只是这陈旧的伦理在影片中借了“讼诉”这一具有进步性的法制行为暗中传达出来而已。这是难以捉摸又确实存在的，正因为如此，才表现出了中国农村妇女在进步中的举步维艰，才表现出了历史转型期的复杂。艺术与哲理的对立，常常在这些电影中消解，融为耐人寻味的形象。此外，精美艺术与大众艺术的对立也在不少影片中消解。

《炮打双灯》作为通俗电影，观赏性何等赢人，何等“大众”。但女扮男装，克制含苞待放的青春和人性人情，去承担一个家庭财产守护者的责任，这种克制与反克制之间的丰富精神内含，又何等“精美”。

近年电影创作的这些艺术追求，表明中国电影正在以较深刻的程度和世界电影艺术做同步的对话。

四

说到和世界对话，从近几年的电影创作来看，和世界对话有多种不同方式。我印象比较深的有三种。

一是表层的趋近认同方式。或是从国外移植社会思潮、艺术思潮，灌进自己的作品，和作品的生活素材接轨；或是改变自己适应一些世界性话题，如写生态、写生活意识。这种接轨，虽然有些急促，有些表层，却也产生了一些好作品，缺少大众性，却在精英层引起反响。

二是深层的趋近认同方式。这一类剧作者似乎用作品显示出这样一种认识：中西方文化的差异，主要不是“体”的差异，而是“用”的差异，是思维方式、审美方式、文化心理方式、表述方式即话语的差异。其实，越过这些社会文化云层，在云层之上，在精神的高空，人类，不分中西，有着共同的追求，这就是追求社会的发展和生命的张扬。在人类精神的高空，是一种“大同”境界，高悬着一个属于所有人的太阳。因而，这类影片并不在社会精神、审美精神的坐标上与西方靠拢，相反，倒总是力图以民族文化的表述方式，去表现人类的大同境界，不是同中求同，而是异中求同，异中相通。我以为这种理解是深刻的，但在具体的艺术实践中，虽有良好的雏形，却似乎还没有完美的精品。

三是两极震撼的认同方式。这一类电影创作者，常常在题材内容和艺术思维、价值坐标这两方面，选择中西两极，产生震撼效应。比如，题材内容大都选择较强东方色彩和民族色彩的；但是，另一面，又总是选择有较强的西方色彩、世界色彩的艺术方式来表述，选择西方或世界性较强的价值坐标和理性观念来阐述自己影片的东方生活、民族生活。不仅如此，其实在选择东方的、民族的题材内容时，也取的是西方的、民族的视角和标准，即以世界的格局到东方生活中取材。似乎可以将此归纳为以“彼岸视角”写“此岸世界”。

这三种与世界对话的方式，我感到都可以在艺术实践中再探索。但是，同时不要忘了 20 世纪五六十年代以来，中国电影在民族化方面的成功经验。这些经验在新的社会背景、审美背景中，应该怎样发展、更新，是一个十分需要重视、又还没有得到充分重视的问题。这是中国电影创作最可能给世界电影宝库增加财富的领域。

1997 年 5 月，谷斋

电影在社会化和非社会化趋势的交叉中

电影不了解、不研究观众不行，但这种了解、研究不全是为了适应，更是为了征服。电影和观众的接近，应该是双方面的靠拢。人们欣赏艺术品，艺术品也改变着人们的欣赏水平。电影自不例外。

从历史发展的格局中来看近几年的文艺，出现了社会化和非社会化交叉的趋势。一方面，从题材内容看，行业题材（如工业题材、农业题材）的作品纷纷从自己行业生活的局限中跳出来，着眼于社会生活整体的综合反映，不愿意再搞那种陈旧的“车间文学”或“村镇文学”了。直接以社会问题为焦点的、从题材内容上看囊括社会生活许多方面的作品正在大量涌现，如《最后的选择》，就涉及城市生活的各个方面。

另一方面，从主题思想上看，却又出现了某种程度的非社会化的倾向。远离时代的“画梦式”作品，远离生活激流，着意淡化素材的社会色彩的作品，这一两年“看涨”了。去年以来，这种非社会化的趋势有了很大的克服，特别表现在长篇小说和电影方面，涌现出了一批触及社会生活较深、思想素质较高的作品，如《改革者》《沉重的翅膀》《花园街五号》《男人的风格》等长篇小说，以及《血，总是热的》《不该发生的故事》《在被告后面》等影片。这些片子以雄浑的笔触大起大落地描绘了变革的时代，以一种急切的心情激励人们为创造新生活而斗争，表明了创作人员对生活进展的饱满的热情和充分的责任感，有一股冲击观众心灵的力量。艺术上也有探求、有创新。特别在如何真切地反映社会问题和社会生活的复杂性方面，比之前几年的“问题小说”“问题影剧”，有了长足的进步。听说这些作品上座率很不低，在青年中影响更为强烈，这表明观众的思想关注中心和艺术情趣发生了可喜的变化。而这类影片的增多和影响的扩大，又会进一步提高观众的思想和艺术趣味。

但是，这类社会性较强的影片中，图解问题的也还没有绝迹，它们的大体面貌，不妨用“一、二、三、四”来表述，即提出一个问题，围绕问题设置两个矛盾对立面和三类人物（正面、反面和在两面间游弋的人物），情节发展则是开端、发展、高潮、结局这样封闭的四阶段。这种一、二、三、四，整齐划一的作品，观众不愿买票，是决不应受到责怪的。

1984 年 4 月，西安岚楼

“西部电影”五题议

一、西部片和西部生活、西部美

钟惦棐同志在西影提出要搞中国西部片，引起了反响。有人赞成，有人不那么赞成，倘若展开争鸣，定是好事一桩。

不赞成的意见中，有一种看法，认为我们搞中国作风中国气派的社会主义电影，用不着去把美国“西部片”的招牌搬来，模仿、步人后尘不是艺术创新之路。这看法自有其道理。从字面看，“西部片”当然是舶来品，而中国的“西部片”其实只是借用了这个影界熟悉的名称，无论从提出者的初衷，还是从现在和未来理论和实践的发展，恐怕都和美国西部片有质的不同（固然它们肯定也会有一定的联系）。

钟惦棐同志在西安几次提到要搞中国西部片，我都在场，而且在报纸、刊物上较早做了一些舆论传播工作。在《陕西日报》1984 年 3 月 14 日第一版的《要打出自己的牌——钟惦棐在西影谈西部片》这篇特写中，我这样记载了他的三段话：

第一段——

我住过延安的窑洞，吃过小米粥、羊肉泡。我们这一代，有多少人的青春，多少人的悲欢离合，多少人最可珍贵的怀念和心愿，都和这块土地不能分开。这里的老乡也许常常黄尘满面，在我看来，要比戴黄金首饰的人们更美。他们手中的揽羊铲，头上的羊肚毛巾，也未必不比拿破仑威武。这样的审美经验，早就储存在一整代人的心中。

第二段——

我们发现了桂林之美、苏杭之美、海滨之美，于是镜头便竞相追逐着“柳浪闻莺”“花港观鱼”，漓江厦门，摩天楼与立交桥。为什么不另辟新途，去发现确实存在的大西北之美呢？为什么没有志气将大西北的古典美、现代美、未来美，艺术地传达给同代和后代、中国和世界的观众呢？……我们的片子要多写一点泥土和油污，少一点脂粉气；要有更多的编导从茶杯的风波中跳出来，跃上高原。要有一批人立下志向，在开发大西北的战斗生活中，开发大西北的精神世界和文化堆积，传达大西北的雄风壮美，为大西北人造型立传。

第三段——

艺术只有在艺术总库里提供别人没有的东西，才能传之久远。艺术家不能拾人牙慧，要立志打出自己的牌。比方说，西影要不要有一个长远的艺术目标？比方说，美国有所谓的西部片，我们是否也可以有自己特色的“西部片”？

这几段话告诉我们什么呢？告诉我们：

第一，他是从自己所经历的、地道的中华民族的西部生活——延安生活中，感受到了西部美，再来谈论中国西部片的。

第二，他是从当前我国电影创作的倾向和新趋势提出问题的。这个倾向，就是前一段银幕上的美人画倾向、魂与恋倾向。这个新趋势，就是近一两年来由“奶油小生”到“硬汉子”的变化，由“魂与恋”到“血是热的”变化。

第三，他谈西部片是立足于创新，而不是立足于模仿、照搬；是着眼于“打自己的牌”，而不是着眼于“拾人牙慧”。

一种新的艺术追求，一个新的艺术主张，需要有一个简明的、口号式的语言来概括。这样，具有号召力，可以聚集力量，造成声势。因此，我对“中国西部片”的提法投赞成票，对西影要在这方面下功夫投赞成票。只是感到，在西北，陕西的文化是否完全划入西部文化的地域，似可再思、再议。拿陕西来说，陕北高原生活当然可属此列。关中是中华民族的发祥地，是我们民族政治、经济、文化长时期的中心。自古以来，这里是正统思想、正统文化的荟萃点，“野味”不烈，“儒味”十足，是否划入中原文化范畴更为妥帖？至于陕南，似属楚文化范畴，还是不必牵强归入西部文化之中为好。这点疑虑，恳盼识者有教于我。

二、西部片和西部美的历史传统

“西部片”这个词儿是舶来品,但艺术中的西部美,在我国是古已有之的。

自汉代深沉雄大的石雕始，西部美在中国文坛艺苑的声音日见其宏大，终于出现了盛唐之间的高峰。诗仙李白、草圣张旭，敦煌画、胡旋舞、边塞诗、秦王破阵曲，以及丝路工艺之花，楼兰城郭之美，那是怎样地领衔域中，震惊中外！

积千百年的审美经验，我们民族对什么是西部美、西部艺术，心里是有一本账的。我在《美哉，西部》一文中这样概括了它：

题材内容，主要是西部边塞的，军旅的、民族的、乡土的、开发的；精神气质，主要是在各类开发性的业绩中迸发出来积极向上的人生态度和奋斗精神；美学要求，主要是一种阳刚之美，旷达、恢恢、雄奇、古朴，当然也有机巧灵秀，却绝不是小家碧玉……

自然，这是在谈过去积淀下来的审美经验，而不是在对未来的西部艺术构制框架。我们希望在百花齐放的新的艺术实践中，华夏子孙对于西部艺术的审美经验能够不断地丰富发展，增添新的内容。

三、西部片、西部观和西部意识

西部片能不能拍好，关键在于西部观是不是正确，西部意识是不是强烈。

“西部观”是笔者杜撰的、内容不确定的概念。可以说它有包罗万象的内容——对西部自然风光、经济状态、社会心理、民情风俗、历史沿革、精神传统、民族关系、宗教信仰、心理素质、审美特色和艺术风格等，不但熟悉，而且能用马克思主义做正确的认识和分析——这万象最后却又在艺术家心中包罗成一股西部意识，使西部美成为心理上的敏感区，兴奋灶。

文艺是写人的，因而在西部观中，民族观、民俗观显得十分重要。不妨以此为例，来说明我们社会主义中国西部观的一些特质。

好莱坞西部片是建立在资产阶级种族歧视的民族观和掠夺财富的阶级本性之上的。19 世纪美国资产阶级对西部边疆的开拓，一方面是资本主义文明的西进，有进步意义；另一方面，资本主义的野蛮却和文明一道在冒险家的砍刀和枪声中长驱直入。这种开发，以印第安人的尸体、黑奴和华工的血泪为代价。美国西部片对这种文明和野蛮同时做了肯定，并且融化到异国风情的恨仇爱恋的生活故事之中，它不能不歪曲这一段历史，不能不诱使观众错误地认识这一段生活。

中国在历史上就是一个多民族国家，我国的封建统治者在处理民族问题上有丰富的经验。它的民族观的实质，是皇权统治和大汉族主义相结合的种族压迫。我国历代统治者将边陲之地的少数民族一律看成藩狄蛮夷，进行血淋淋的征讨；但也许是儒教对中国统治者西部观的影响吧，有时也征抚结合（例如文成公主入藏这类和亲政策）；封建统治阶级中的个别有识之士，也还在民族团结、屯垦戍边方面做了一些有利的事（例如林则徐、左宗棠）。

我们的西部观及其实践，是中国社会主义道路的一个有机组成部分，既不同于外国资本主义，又不同于中国封建主义，也不会和苏联一类国家的“西伯利亚观”完全一致。我们的西部观，是我们党在马克思主义民族问题理论指导下，在中国革命的实践中逐步建立起来的。我们搞西部电影的同志，对于我国民族团结开发边疆的历史实绩，对于我们以建设兵团的方式屯垦边塞，对于像报告文学《胡杨泪》的主人公那类受到内地不公正待遇流入边疆的人的命运，以及对于在边疆民族地区如何处理好人民内部矛盾、实行区域自治和各项改革，都要全局在胸。对于中国西部的民族学、民俗学甚至人种学的ABC，也要多少懂得一点。

这一切，看起来在创作之外，却是创作的基础。“功夫在诗外”是古代作家中明白人的体会。有了正确的西部观作为底色，我们对西部生活才有可能正确地感光。

四、社会、人、自然在西部片中的交融

西部风光和游牧、开拓、戍边的生活特色，将会使自然力这个因素在作品中的地位发生举足轻重的变化。如果说，我国当代影片，主要还是写人与人的斗争，在人与人、人与社会的关系中来展开生活图卷的，对自然力虽有表现，但将其作为一股独立的力量，着力描写自然与人、自然与社会的对话，还不多见，那么，西部电影在西部生活的驱使下，很可能在这方面做出自己的建树。

近几年的文艺创作，在表现人与自然的关系上，已经出现了一些新的苗头。在《在没有航标的河流上》《迷人的海》《北方的河》等文学作品中，自然界不再以单纯的风光、意境的因素出现，它常常构成造就人的一种内力，有时甚至直接作为一种人生力量的象征，融进了形象的灵魂，构成了人物内心的冲突。这些作品中的人物，不再在狭隘的意义上作为社会的人存在，也同时作为自然的人存在着。他们的性格、气质（有时甚至具体的情绪和精神状态），不但折射着特定的社会之光，也凝聚着特定的自然之光，充盈着大自然生气勃勃的魅力。人与自然对立，同时也对话；人与自然斗争，同时也谅解。

在人与自然对立、斗争时，体现出朗加纳斯的名言：“在不少真理之中，有这么一条真理：作庸俗卑陋的生物并不是大自然为我们人类所订好的计

划；它生了我们，把我们生在这个宇宙间，犹如把我们放在某种伟大的竞赛场中，要我们既做它的丰功伟绩的观众，又做它的雄心勃勃、力争上游的竞赛者。”（《西方文论选》）——请你想一想老小两代海碰子和怒吼的大海之间，那一次次力的角逐吧（《迷人的海》）。

在人与自然谅解和对话时，我们不但看见了人化自然的境界，也感触到自然化人的征兆——请你想想夕阳下的黄河是如何给《北方的河》的主人公输送力量、输送意志、输送思想的，而潇水又是如何为盘老五们在燠热难耐的社会斗争中吹来一股精神的凉风的。西影电影《没有航标的河流》的成功，潇水的作用难道可以忽视吗？

作品中的自然因素近年来在我国受到作者和欣赏者的青睐，透露出生活实践和社会心理在两个层次上的动向：大自然呼唤文明，文明也呼唤大自然。

第一个层次，大自然呼唤文明。待开发的西部在呼唤开发者，呼唤现代化。西部是自然地理、经济地理和人文地理上的“不毛”之地，渴望能大步赶上、汇入新时期社会主义现代物质文明和精神文明的洪流。大自然的这种呼唤不但转化为西部人民的心声，而且拨响了国内外有志之士心灵的和弦。自然由客体转化为主体，也就要求艺术创作出现同步的转化。

第二个层次，文明也呼唤着大自然。处在高速运转的现代生活中的人们，渴望生活有张有弛，感情有呼有吸。大自然是他们远航归来的港湾，他们在精神上对大自然多所希冀。社会是人的精神母体，自然是人的物质母体。人需要和两个母亲对话，需要得到两个母亲的抚爱。但是，现代文明却在人和自然之间打了一道隔墙，加了速的生活节奏将人们回到自然怀抱的时间再三再四地剥夺。他们便益发渴望爱，渴望从这位母亲那里，从一个新的方面，获得心灵的平衡和感情的抚慰。于是，自然这个客体又从另一个角度转化为主体，当代人这样一种心声，也要求在艺术中得到应和。

艺术征服人，总是从适应社会审美要求起步。西部片的从业者们，请你利用西部题材的优势，顺应这种来自生活的要求，注意从社会、人、自然三者的关系中来传达历史和时代的信息吧，如此，作品的思想蕴藏量和审美价值，都将被刮目相看。

五、西部片的真与奇、韵与力

开拓的事业是将理想变为现实的事业。边疆、军旅生活是充满传奇色彩的生活。西部生活的浪漫主义气质，决定了西部片和浪漫主义深深的缘分。

西部片情节性、动作性强，波澜一峰连一峰，悬念一个扣一个；命运大起大落，大落大起，性格大智大勇，大愚大奸。这些都和我国叙事文艺的传统以及群众的欣赏习惯相合。中国人早先称小说为传奇，历代小说美学都谈到真与奇相结合这个特点。自然，今天对真要有更严格更深刻的要求，不这样，作品便没有深度，没有历史感。但也不能将奇与假等同。真与奇的结合，在这个十分需要浪漫主义的时代，实在不是太多，而是太少啊。

假如我是一个文艺未来学的研究者，我会这样想：浪漫色彩、象征色彩和自然因素的增强，是不是在不久的将来会成为我国文艺创作的“流行色”呢？

西部片，从美学范畴看，主要追求壮美。但在中国古典美学和古典艺术实践中，壮美和优美，阳刚和阴柔，豪放和婉约，分派却未分家。这和西方古典美学稍有不同。

这里我想介绍一段叶朗同志《中国小说美学》中的意见。他认为，在西方美学中，崇高和美是对立的。美是内容和形式的和谐的统一，崇高则是理性内容压倒和冲破感性的形式。中国美学的壮美，不破坏感性形式的和谐，是美之一种：阳刚之美。美与优美（阴柔之美）不对立，也不隔绝，而是互相连接、渗透，融合成统一的艺术形象。中国民族美学，要求在壮美的雄劲中表现出内在的韵味（霸王尚且有别姬时的情韵，何况其他）；优美的秀丽、婉约中，又有内在的骨气（一些作品中的西部女性形象，如李秀芝、马缨花、刘巧珍，便是柔中透力，绵里藏针的）。力与韵互相渗透在艺术形象中，所以中国古典美学论“书要兼备阴阳二气”，论画要“寓刚健于婀娜之中，行遒劲于婉媚之内”，论词要“壮语要有韵，秀语要有骨”，等等。

这一点，恐怕也是我们的西部片在美学追求上和外国西部片同中有异的地方吧。

1985 年 1 月

西部电影：灌注着当代意识的西部画卷①

回首新时期十年的银幕，西部总是以它独特的风貌吸引着我们的注意力，令我们驻足凝神观照：这里有一片蕴藏着中华民族几千年古老文明的“黄土地”，这里有坚定而又闭锁的“野山”“沉默的冰山”“默默的小理河”……西部的山山水水回响着“故乡的旋律”。在这块与众不同的西部世界里，往昔曾有过“盗马贼”的行踪，而今又留下了“牧马人”“拓荒者的足迹”。西部人的命运促使我们对“人生”，对历史和现实进行长久的思考。豪强坚韧、历史丰厚的西部毫不掩饰自己的贫困与落后，它勇敢地用当代意识的解剖刀剖析自身，终于树立起自己的审美形象，在新时期十年的银幕上争得了一席不容忽视的地位。

十年在历史的长河中只是一瞬间，而西部电影的历史则更为短暂。虽说自新中国诞生至历史新时期开始之前，我国已经拍摄了四十余部反映西部生活的影片［我们把陕西、甘肃、青海、宁夏、新疆、西藏、内蒙古七省（区）划为西部］，其中不乏优秀之作，如《农奴》《天山的红花》《冰山上的来客》等。但这些影片大都缺乏清醒、自觉的西部意识和当代观念的烛照。在影片中，西部的地域环境对影片所要表达的思想主旨并不具有内在的、不可缺少的作用，也难以强烈地感受到西部传统文化背景对人物心态所产生的影响。因此，我们只将它们看作中国西部电影的准备。新的历史时期开始之后，又有几十部西部题材的影片相继被摄制出来，上述的情况有了较大的改观，但

① 本文系与郑定宇、柴效锋合作，为“新时期电影十周年研讨会”撰写。肖云儒为第一作者。

并无根本变化。1982年的优秀影片《牧马人》在对历史生活进行政治反思的同时，也具有了一定的文化反思意识和审美追求。《牧马人》的原作者张贤亮曾经在《灵与肉》泰文本序中指出："以粗犷、雄健、恢宏的笔调和结构来描写人与严酷命运和严峻的大自然的斗争，故事多半带有传奇色彩，然而这种传奇却是真实的，在曲折艰难的生活中表现了人类积极的本质。"这一特点已经成为西北许多文艺作品的特色和风格，只是还没有形成崛起的势头。1984年，影评界宿耆钟惦棐在西安电影制片厂提出"开拓新型的'西部片'"的口号，在电影创作界和理论界引起了热烈反响。"拍摄中国西部片"的口号，将电影艺术实践中的一种潜在的、自发的追求明朗化、自觉化。西影作为地处中国西部的制片厂，将这个口号作为自己艺术生产的一个追求。由陕西作家路遥编剧的优秀影片《人生》，是这种自觉追求的一次成功的实践。同时，由西影编剧张子良所写的《黄土地》、田壮壮导演的《猎场札撒》等多部西部片也相继问世，更增添了西部电影的声势，并使西部电影的追求表现出鲜明的当代意识。其中《人生》获得了当年大众电影"百花奖"最佳影片奖和"金鸡奖"最佳音乐奖，并参加了奥斯卡电影奖竞选。《黄土地》获得了当年"金鸡奖" 最佳摄影奖，并在国际上连连得奖，荣获了瑞士第38届洛迦诺国际电影节"银豹奖"，英国第29届伦敦国际电影节"萨特兰"杯导演奖，法国第七届三大洲电影节摄影奖，美国第五届夏威夷国际电影节优秀制片技术奖。从此，作为一种创作追求的"中国西部电影"诞生了。

西影厂当今堪称"西部电影生产基地"。这个坐落在丝绸之路起点——古长安城——的小厂，在新时期思想解放运动的推动下，感到了苏醒前的躁动不安。不断萌动着的创新意识，催动它顽强地寻找自身的形象，探索自己赖以成长的空间。它曾经在1979年以《生活的颤音》，1981年以《西安事变》两部电影分别在当代电影技巧和当代纪实美学方面给中国影坛带来两次冲击波，但它还不能说找到了最佳的创新突破口。《人生》《默默的小理河》等西部影片一经拍出，不仅在展示西部乡土文化和当代生活的矛盾，以及从新的角度反映战争方面，给中国影坛带来了更猛烈的第三次冲击波，同时也使西影厂终于找到了自己。1985 年，西影拍摄了根据陕西作家贾平凹小说《鸡窝洼人家》改编的《野山》，并特邀田壮壮拍摄了由甘肃作家张锐编剧的《盗马贼》。1986 年，又拍摄了《盲流》《两对半》《黄河在这里转了个弯》等一系列西部片，都达到了一定的水平。特别是第四代导演颜学恕的作品《野山》，出现了一个新的高度，令影评界发出“西部有黄金”的慨叹，给中国影坛带来了第四次冲击波。该片一举夺得第六届中国电影金鸡奖最佳影片、最佳导演、最佳女主角、最佳男配角、最佳录音、最佳服装六项大奖，最近又荣获亚非拉三大洲电影节大奖。

在创作的同时，西影厂还于 1985 年将厂办杂志《电影新时代》更名为《西部电影》，展开了“西部电影”的探讨争鸣和理论研究。至今共发表了文艺理论家和普通读者所写的近二十篇讨论文章，对西部电影兴起的原因，西部电影的特征等问题进行了多方面的研究，形成了初步的西部电影理论。1985 年 8 月，陕西文联和西影厂还作为发起单位之一，在新疆伊犁召开了中国西部文艺研讨会，对西部电影的创作起到了促进作用。会上，陕西的文艺评论家肖云儒同志做了主题发言。

以西影厂为中心，其他电影制片厂也有一些电影创作者奔赴西部拍片。北影厂的导演张华勋更是扬起“西部片”的旗帜，以明确的西部意识拍摄了由青海作家王泽群编剧的影片《瀚海潮》。上影也拍摄了由甘肃作家王守义编剧的《淘金王》和陕西籍作家郑彦英编剧的《秦川情》。西部的天山厂和内蒙古厂也有数片问世，颇得好评。在理论方面，中国影协新疆分会还根据中国西部文艺研讨会的部分论文编辑了《中国西部电影论丛》，由新疆人民出版社出版，钟惦棐作序，更扩大了西部电影的影响。

西部电影在观众中也赢得了众多的拥护者。特别是上海工人和西北的大学生，更是表现出强烈的兴趣，这是西部电影得以茁壮成长的重要保证。

应当说明，西部电影并不是孤立的。“西部电影”的口号刚一提出，旋即被西部的文学界接了过去。于是，西部诗歌、西部小说相继出现于文坛。《新疆文学》亦更名为《中国西部文学》，西部其他文学刊物和理论刊物也竞相开设了“西部”专栏。从创作和理论两方面形成了不容忽视的热潮。在1986年9月份召开的新时期文学十年学术讨论会上，不但提供了两篇论述西部文学的论文，而且西部文学被列为大会五个专题之一，召开了专门的讨论会。朱寨、王愚、肖云儒等著名文艺理论家与会给予了热情的肯定。可以说，虽然西部文学的口号提出在西部电影之后，但西部文学比西部电影发展更迅猛，探讨更深入。这种情况对西部电影来说，是一件大好事。由于电影从其诞生不久，便与文学结下了不解之缘，电影的茁壮成长，离不开文学为它输送的丰富营养。西部文学的兴旺，也必将促进西部电影的兴旺。这是不容置疑的。还应该谈到的是，无论是西部电影和西部文学，在理论上都引起了高层次的争论。在艺术和学术问题上的不同意见不但是正常的，而且争论双方常常互相吸收、补充。这都有利于西部电影的健康发展和学术讨论的深入。

综上所述，我们可以认为，西部电影是中国影坛上的一支有创作基地、有创作队伍、有创作成果、有创作理论、有热心观众的电影流派。它的产生，将在中国电影史上占一席地位，表明中国电影多样化的局面中又出现了新的天地，也是中国电影逐步走向成熟的标志之一。

1995年10月，西安谷斋

西部电影兴起的必然性

丹纳说："每个形势，产生一种精神状态，接着产生一批与精神状态相适应的艺术品。"在20世纪80年代的中国，政治民主、经济振兴的大业，走向现代、走向世界的趋求，呼唤着民族精神的重铸，推动着传统文化的调整。告别小生产的安贫自足和弱者化的以礼自教而向往刚勇、雄健、锐进。这种普遍的社会情绪，在西部的男性气质中找到了对应物。这种男性气质既流贯于西部自然景观和人文景观之中，更在新时期开发西部的宏伟业绩中迸发出来。

物质文明日益改善着人的生存条件，在另一重意义上，也日益将人和自然拉远，将人被自然陶冶的淳朴明丽的心境和情操消弭掉。归真返璞是穿上了厚厚的"文明"外套的现代人普遍的心理要求，他们以此对现代生活做情绪补偿和节奏缓冲。西部辽阔博大的处女地和处女地般的风俗、人情、心态，给心灵提供了得以舒展的绿色草原。

当然不全是"如歌的行板"。社会生活的变化和民族精神的再造，是充满幸福和痛苦的分娩。朝阳在黏湿的浓雾中挣扎、苦斗，才能显出它的光芒。西部的勇毅、强劲和落后、闭锁，加剧了新生命分娩的痛苦。在这里，新与旧角力的烈度和深度，往往甚于其他地方，也就使得文学在反映历史嬗蜕期的现实和心态时，往往能够在西部找到浓缩、强化的生活形态和人物形象。

而艺术思潮的规律性起伏和审美价值的自我调节，又导致社会变化的审美趣味，文坛变化的艺术追求和西部生态、心态基本的美学特征相叠相合。譬如，社会欣赏趣味由"十年浩劫"中被迫接受硬性的政治说教转移为前几年的追逐软性，又转为追求力度。由"十年浩劫"中被迫接受粗糙的宣传品到后来的追逐精致，又到追求粗犷，都有利于西部风格的作品诞生。

这也许就是西部文艺涌动初潮的一些主要因素。这些因素点燃、吹旺了西部作家和电影艺术家心中自立自主的艺术意识。他们意识到时代、人民和艺术本身，已经将沉甸甸的责任加于自己肩上。西部许多省区的文艺界、许多素昧相交的作家和电影艺术家几乎不约而同地感受到了生活大地的搏动中传来的信息，而开始在创作中致力于开发自己的西部意识——对西部风情、西部精神特有的兴奋灶，特有的共鸣腔，特有的观察力与表现力。这种不约而同性透露出规律性，也透露出由个体走向群体的要求。

这中间，我们认为，当代意识与西部文化相吸引、相碰撞，是西部电影产生的最主要的原因。这一具有历史意义的碰撞是如何发生的？为什么在许多拍片者纷纷涌向大城市和风景秀丽的南方时，一些富有当代意识，勇于探索和思考的第四代和第五代导演却甘愿吃苦受累，到贫穷落后、条件艰苦却正在开发和振兴的西部架起他们的摄影机？当我们寻求这一问题的答案时，西部电影兴起的必然性就呈现出来了。

一、西部自然地理和人文地理的特殊性决定了它更需要当代意识

西部是中国以至亚洲的山之巅、河之源。它山势险峻，地域辽阔，人烟稀少，资源丰富。山与河从空间上将西部和东部，将中国和世界广大地区连为一体，从时间上将过去、现在、未来汇为一流。这种自然环境造就了西部人博大的胸怀、粗犷的品格，为西部电影的开放意识提供了任意驰骋的天地，为西部电影追求崇高感、历史感奠定了自然景观的基础。影片《黄土地》就创造了两个处于前景的自然景观角色——黄土高原和黄河。导演和摄影正是通过作为银幕形象，而不仅是作为生活环境的黄土地和黄河，来传达古老的中华民族生活的深厚而又沉滞的历史文化感，以及对正在临近的新生活鼓声的内在呼唤。同时，西部的地理环境又构成了一个相对的封闭区。这里交通

不便，与各文化发达地区远远隔离了开来；可耕地少，大部地区至今从事着牧业劳动。这种封闭与落后养成了西部人的保守意识，并使这种保守意识得以留存至今，急需文艺（包括电影）和其他意识形态用当代意识去解析和参与。《黄土地》就是青年电影创作者怀着深挚的赤子之爱，从当代生活和当代观念的坐标上，对中国传统意识的一次剖析和批判。与其他地区相比，当新时期改革的大趋势以不可阻挡之巨力进入西部腹地的时候，新与旧、文明与愚昧所产生的冲突常常以更为激烈尖锐，也更为深沉的形式表现出来。这就为西部电影提供了丰富的创作素材。《人生》《野山》所表现的正是这一种冲突和改革的主题。

西部具有悠久深厚的文化传统，古老辉煌的历史文明。从半坡文化到轩辕黄帝，从《诗经・秦风》到盛唐之音，从丝绸之路到飞天壁画，形成了中华民族文化的源泉和宝库，至今放射着灿烂的光辉。这种历史文明和文化传统既给我们留下了丰富的文化遗产，又给我们背上了沉重的历史包袱。从新的视角和层次中理解和再现传统文化的精髓和弊端，并从中吸取复兴中国文明的营养，是时代给予文艺的任务。“寻根”是一些青年艺术家在完成这个任务时的一种尝试。它也许有这样那样的偏颇，但追求当代意识与历史文化的交叉和冲击构成了它们共同的特色。“寻根”的一群艺术家在西部找到了一处驰骋思想和艺术的空间。在1986年第6期的《当代电影》杂志上《黄土地》导演陈凯歌著文说：“我认为西部是我国文化的发源地，我们就是要溯本求源寻找自己民族的根。在经济振兴的时代背景下，找出一个民族观念形态上的历史继承。”这是一个极好的印证。

西部又是一个多民族的聚居区，多种文化的结合部。这里的文化，是大陆文化区内各种板块非常典型的结合。从地理环境看，是东亚、西亚、南亚、北亚文化的结合部，而又融解于已经有半个世纪以上历史的具有中国特色的社会主义文化之中；从生产方式看，是农业文化和游牧文化的结合部，而这种结合现今又都融化在以集体经济为主要形态的社会主义农村经济之中；从宗教和哲学看，是伊斯兰教、喇嘛教和儒道互补哲学的结合部；从民族类别看，是汉文化和吐蕃文化、蒙古文化、回鹘文化的结合部；从社会组织看，在中国的、社会主义社会组织的主体中，还残留着中国宗法制、西欧等级制和印度种姓制（如西藏部分地区）的阴影。特别是宗教文化在这里形成了深厚的历史积淀，西部人的生活、文化、观念等各方面都深深地打上了宗教的烙印。神的存在压抑了人性的存在，至今潜在于人的意识中。承认和否认人的存在价值这一当代精神生活的重要冲突，在西部生活中还带有原始的鲜明性和激越性。

在这里，常常以简化的，甚至象征的方式提出和解决问题，从而构成电影的题材。《盗马贼》其实是想进行这项工作的，它的导演田壮壮在 1986 年第 9 期的《大众电影》上著文说："这部片子赋予的主题其实很简单——人与宗教、人与自然的关系。它的寓意也是明显的，不然，如何解释我们在'文革'中的狂热呢？""在创作中我们的心情是很矛盾的，在看到寺院里顶礼膜拜的藏民的同时，也看到了保留这一民族历史、文化、音乐的寺院。我们丝毫不想去伤害藏民的宗教，但在宗教和人的关系中，人应该有人的尊严，另外，我们所表现的宗教更多是象征性的，因而，我就没有把宗教和草原上的藏民的关系表现得十分清晰，十分具体，我们不过想借这块地方来拍现在。"可见，田壮壮是立足于当代的，他之所以选中西部，正是西部需要当代意识的审视与观照。只是他的这个构想，目前还没有能以为广大观众所习惯的、所能接受的艺术方式表达出来。

二、当代意识在西部电影中找到了它的物化形态

当代意识是随着新时期我国政治、经济、文化等各个领域的改革和开放，反映新的生活实际，并广泛吸收现代自然科学和哲学社会科学成果，坚持和发展马克思主义、毛泽东思想的结晶。在电影界，对当代意识较为敏感的电影创作者是第四代、第五代电影导演。"第四代导演不同于以往几代的地方是他们

带有明显的思考特征，明显的引进、借鉴和探索的特色。”（《当代文艺思潮》）这种特色又是和他们所受到的20世纪50、60年代的社会熏陶和革命现实主义的艺术教育交融在一起的。西部电影中的《人生》《野山》充分反映了这一代艺术家承上启下的特色。他们以强烈的改革意识对社会现实进行了深刻的反思（尽管这种反思更多地着眼于伦理道德的角度）。在艺术追求上则基本是现实主义的。他们的成功，表明了现实主义创作方法在反映改革时期社会生活时仍然具有极强的生命力。他们的经验启发我们：需要在新的生活和作者的艺术追求、群众欣赏趣味之间，找到一个最佳的契合点。而第五代导演的反传统精神，则给人以更深的印象。他们试图以全新的艺术思维和全新的电影语言表达自己对传统电影的反叛，以宏阔的历史眼光和深刻的哲学意识对中国传统文化进行重新认识和评价，他们在这方面要求的急切远远超过了对当代生活本身做历史的体察和真切的表现。这也许是生活阅历不足的局限，也许是变革现状的急切心情和现代色彩的艺术观念使他们更愿意采用简化、象征、寓意的方式对生活做形而上的反映。这样，他们找到了西部。这是为什么呢？陈凯歌在1985年10月5日的《电影晚报》上著文，告诉我们：“当民族振兴的时代开始到来的时候，我们极少留恋旧日良辰美景，更无‘无可奈何花落去’的感慨，或是‘雁鸣红叶天，人醉黄花地’的韵致与哀怨。是希望一切从头开始，希望从受伤的地方生长出足以振兴民族精神的思想来。

正因为如此，我们的同学田壮壮才屡次奔赴内蒙古、西藏，备尝艰辛，拍出《猎场札撒》这样的社会理想的畅想曲；我们也才会去黄土高原拍摄诸如腰鼓和求雨的场面。以中国之大，温柔富贵之乡莫过于广州、上海、深圳，山明水秀之地莫过于苏杭、匡庐、桂林，而我们却希望从最贫穷、最落后的苍凉莽原出发，去寻找我们民族力量的源头和新的希望。”《最后一个冬日》的导演吴子牛在1986年第5期的《当代电影》杂志上写文章，告诉我们：“这一次和以往阅读剧本的心境和体验都不同。掩卷而思，我满脑子都是骆驼，骆驼……终于未按剧本提示去河北平原，而是一头扎向了大西北，对着那一望无垠的沙漠，对着那茫茫的戈壁，大风起兮，放开歌喉，唱我们对骆驼的赞歌！”

可以说，是西部这一中国的山之父、河之母使当代意识找到了自然载体，是西部蒸蒸日上的大开发现实和大振兴前景给当代意识提供了社会载体，也是西部这一中华民族文化的发源地给了当代意识寻根求源的文化宝藏。西部在中国的形象正是中国在世界的形象：贫困，却正在告别贫困；闭塞，却正在走向开放。在当今西部生活中，存在着许多对立的两极和对立两极间的震荡，它既具有深厚的历史感，又具有强烈的现实感；它既表现为忧患意识，又表现为乐观精神；它既是封闭的、保守的，又是开放的、开拓的。沉滞的历史传统拖住了改革的步子，又反激着改革的要求。忧患意识导致强烈的责任感和实践的审慎成熟。同时，饱经忧患正好铸造了承受苦难的能力，这恰恰是对现实、对人生深刻的乐观主义。封闭、保守在抑制创造力的同时，又激发着冲破自己硬壳的反作用力，使得在社会前进中开放、开拓的要求愈加迫切和强烈。这种两极震荡形成了思想艺术上罕见的张力，构成西部电影独有的特色。要通过审美来表现和探索中国人的心理结构如何足以承受经济现代化所带来的巨大压力，并在这种压力下进行自我整合，为经济现代化得以实现准备相应的精神现代化；要从西部找到中国人传统文化心理的稳态结构；从西部挖掘中国人灵魂深处的历史积淀，探究民族本源精神的优劣利弊，对文化传统进行选择、批判、改造和继承。在这个基础上，把包袱变成动力，在众多混杂的观念中寻找民族精神复兴的支柱，重新建构民族精神的品格，使东方巨龙在历史新时期腾飞——这正是热衷于西部电影的艺术家们孜孜以求的。

1995 年 12 月，西安谷斋

西部电影的审美追求

西部电影总的追求，是力求以新的视角对西部生活做独特的观照和抒写，创造性地将当代人的思考融解于西部社会生活和自然景观之中，使西部世界和新时代精神融为一体。

一、开掘人和自然关系的新层面，以多种手法揭示自然在人类生活中深刻、微妙的非物质作用

人对自然的主动性和自然对人的主动性，以及两者的互相渗透，是西部电影的追求。西部自然景观的雄奇和待开发，在辽阔土地上生活的疏落的人群又处于商品生产十分不发达的现状中，横向联系较少，和自然的直接交往相对更多，使得人与自然的关系在这里包孕了更多的审美内容。

电影是视觉造型艺术，比之其他艺术形式，更便于对自然景观做直接的展现。在不少西部电影中，自然由人物形象消极的背景变为人物心灵的一个塑造者、社会文化心理的一个重要成因：人和自然由冲突到又冲突又和谐，无论是冲突还是和谐，人类都从中得到物质或精神的补偿。《黄土地》在这方面的成绩是突出的。黄土地和黄河是它的银幕形象构成中有相对独立意义的组成部分，成为西部人民甚至中华民族的一种象征。陈凯歌将片名由《深谷回声》改为《黄土地》，以“黄土地”三个字作为片名，就奠定了黄土高原这块安息着中华民族伟大祖先——轩辕黄帝的土地在影片中的重要地位。影片一开始，首先是摄影机以大远景和大全景横摇所摄录的黄土地盖满银幕：“落日时分的千沟万壑，庄严地沉默着”，“依旧是庄严而沉默的千沟万壑”。因为“一个民族最初的强悍原是同大气磅礴的自然环境相关的；一个民族最

初的文化原是从静默中产生的”（《电影艺术》）。然后我们才看到了顾青像一个小白点似的身影渐渐走来。可见，在人与自然的二元构图中，自然比人占有更为重要的地位。同样，中华民族的母亲——黄河也在影片中占据了很大的比重，与黄土地相互映照，相互补充。特别是最后翠巧过河去找八路军，她的身影和歌声淹没在黄河中时，银幕上出现了一组叠化的近景空镜头：“（叠化）日景中的黄河水……（叠化，左向右横摇）黄昏时分的黄河流水……（叠化，右向左摇）黄河夜的流水——（叠化，高速拍摄）黄昏时分的黄河流水……”，这组镜头带给观众难抑的激情和深沉的反思。

在《野山》中，自然对人的作用，主要是以潜隐的陶冶、涵养方式表现出来的。而这种作用，总是和社会文化环境水乳般交融在一起。编导很少着意去揭示人和自然的联系，只是依稀从银幕画面所造成的默默的氛围中感觉到，那么客观、冷漠、节制。但正是这对人与自然关系的间离，诱发着读者在欣赏艺术的再创造中，用热情的联想去弥合。

二、透过浓郁的乡土生活画面捕捉深层的历史文化价值

西部电影已经愈来愈不满足于对生活做表面的再现了。在“十七年”的西部题材影片中，对西部生活的反映常常有两个弱点：一是满足于猎取浮在生活表层的地域特色、民族特色；一是局限于描绘那些政治经济直接制约的生活进程。这一时期比较有见地的编导，则将自己的努力集中于塑造有典型意义的人物性格，并在这个基础上，表现出人物具体的心理活动。这类影片，在反映社会历史进程方面，常常能达到相当的深度，也能在这里透露出一个民族、一个地区的文化心理状况，但从整体上看，还没有将表现文化环境和心理结构作为明确的追求。恰恰是这一点，成为新时期西部电影追求、探索的目标。许多西部影片在对生活做现实主义再现时，蒸腾着浓重的文化感、人生感。

比如《人生》中的巧珍形象，编导在着力刻画她的命运和性格，传达凝聚在这些命运和性格中的历史信息的同时，掘进到更深的层面：中国劳动妇女潜在的遗传性的文化心理及其在西部妇女身上的独特表现。本来，在那个陕北的山沟里，从县到村，社会舆论、政治空气以及双方家庭，都有利于巧珍实现自己的婚姻追求，结果她却几乎是未做反抗就败下阵来，败得那么凄惨。严格地说，她主要并不是被高加林或其他外在的力量击倒的，而是被内心沉凝着的小生产心理，即“被拯救者心理”击倒的。小生产者总要英雄们来代表自己、拯救自己，巧珍也未能逃避这种文化心理的影响。她把自身的幸福全部系在高加林身上，当她心中的英雄抽身而去，便倾塌了精神支柱，丧失了“自己救自己”的任何意识。

一些西部电影中的民俗民风和宗教礼仪，已经跳出了为“土”而“土”或猎奇，而包孕着西部特有的文化气氛和西部人的心态结构在其中。《黄土地》中的民歌、婚礼、腰鼓、求雨等民风民俗的象征性不去细说了，它们已经成为许多研究者引用来说明银幕历史文化感的例子。《盗马贼》对于藏族宗教文化的展示也很值得注意。晒佛、祭神、送河鬼、跳隆恐舞、接圣水、拜千灯等宏大的宗教场面给人以深刻的纪实感，看似游离于人物故事之外，却与影片的情绪逻辑融为一体，造成了一种直接的宗教文化氛围。由于是当代人视角，编导的镜头看来很冷静、客观，甚至将荒蛮和沉滞的心态写得很美、很淳，但因为是站在当代人的观点选材取景，立意造文，画面中流贯着当代人从当代生活的角度对古朴荒蛮的感受与审视。加之编导在一些地方又采用了简化和抽象的方法，适度牺牲影片的具体性、连续性和确定性，以换取某种象征性，在银幕上创造出一定的氛围和特指情绪，这样，现实生活中的荒蛮和落后就转化为一种美的形态。我们在欣赏时，常常会超越对这些画面的具体的历史社会评价，而寄寓我们在复杂、快速的当代生活中所希望的心理平衡，诸如：过分的拥挤而需要的舒展，过快的节奏所需要的缓慢，过分的文明包裹所需要的归真返璞，过度的成熟而向往着重温人类的童年和初民生活，等等。这类影片激发着人们原力的冲动，在那蓬勃的生命热情和行动意志中得到营养。

有的西部电影在民俗风情的传统画面中灌注进新的当代生活的内容，昭示出一种生活发展的新趋势。在《人生》中，导演精心选择了具有陕北黄土高原独特个性的自然风光，但下功夫更深的是人物活动的社会环境。我们不仅看到了传统文化所沉淀下来的旧风俗，同时也看到了富有当代生活特征的新气象。特别是在“高加林进城”和“刘巧珍结婚”两场戏中，民俗民风得到了集中的展示。在高加林进城赶集的路上和集市上，有盘腿骑驴的农村婆姨，有身背长短唢呐的吹手，有钉秤、弹棉花的工匠，有腿缠呱嗒板儿、铜镲摇晃的说书人，有戴蛤蟆镜和太阳帽、留着长发的现代青年在兜售“港衫”，也有驮着沙发的毛驴……这些人和物的举止风貌，包含了丰富的社会内容，以其独特的信息，传达出乡土风味和时代特征，构成了影片的情绪色彩。“刘巧珍结婚”的婚礼场面也并不是对旧习俗的展览，或者是影片单纯加注乡土气息，它更是揭示刘巧珍彼时彼刻心理状态的引发物和反衬物，预示着追求现代生活方式未成的巧珍又将被笼罩在旧文化意识的包围之中。

三、通过形象、意象和意境，以各种电影手段，对中国西部生活进行了雄性精神的审美创造，给新时期正在复苏和高扬的民族精神、艺术意识注入了刚气和力度

狄德罗说：“一般说来，一个民族愈文明，愈彬彬有礼，他们的风尚就愈缺乏诗意，一切都由于温和化而失掉了力量……诗需要的是巨大的、野蛮的、粗犷的气魄。”这个论述在特定的意义下，不是没有道理的，它至少从一个角度点出了文学艺术对于时代的精神涵养和补偿作用，以及文艺在发挥这个作用时的自我调节机制。在一味的礼赞、一律的高昂中，向往深层的揭

示和心曲的流淌；过多的低吟软语，诱发着对恢宏豪强的期待；浅薄的喜悦，纳入深沉的忧患；对眼前事态和人世利害的琐屑关注，让人渴望眼的远行和心的高翔。正在急速雅典化的民族，何等需要斯巴达克精神的钙素，更何况，西部的开发、中华的腾飞。

民族心理素质的更新换代，寻觅着审美的应和和激扬。西部电影在时代对雄风壮美的呼唤中被推到前台，并在银幕实践中逐步增强了“男子汉”的自我意识和社会感觉。

在相当多的西部电影中可以看到这样一些特点：喜欢在荒蛮、旷阔的背景上展开人和自然、愚昧和文明的激烈冲突，以增加力度；喜欢表现初民生活的愚拙美，用初民生活作为现代世事的一种简化范式，以寄寓哲理，产生浓重的史诗色彩；喜欢强调价值观念中对力和理的膜拜，无论是力和理的胜利还是毁灭，都激发我们的崇高感；喜欢将人物置于命运的铁砧上去锻打，在大幅度起落摆动的人生之途上负重前行，使我们心头浸润着苍凉感，升腾起忧患意识；喜欢在性格设色、环境描摹中搞反差强烈的大色块，或豪放达观或沉郁隐忍，或大动或大静，或阳光般灿红或冰山般晶白，或原绿或原黄，用反差强烈的原色在读者的心灵屏幕上抹出绚丽、浓烈、厚重的色块……这都是西部电影追求崇高美、阳刚美，对生活进行雄性审美创造一些表现。

在《肖尔布拉克》《人生》《天山行》《盗马贼》《盲流》中，雄风扑面，男子汉形象作为主角在驰骋。在李世英、高加林、郑志桐、罗尔布等形象中，追求新境界的躁动不安的心灵搏动，创新意识和开拓气魄，承受重压、毁家纾难的勇毅，以及各种形态表现出来的内心的自立、自律、自重，都表现出生动的生活形态。他们的雄性气质不仅溢于容貌和形体，更表现在与自然，与命运的搏斗、抗争中。如果说高加林这个西部汉子在挣脱传统的重负、走向现代的开放上为我们演奏了一曲命运交响曲，那么郑志桐这个开拓者则在勇于吃苦受累，立志献身祖国上为我们抒写了一首豪壮的人生诗篇。他们俩的行为虽然呈示出一种逆向流动，却都使我们领略到一种男人的风格。

男人的风格不为男人所专有，西部气质也会在外地客居者身上留下印痕。有的西部电影，注意描写西部女性的刚化和内地人西部化的过程，这同样构成雄性精神审美创造的一个重要内容。我们在李秀芝、巧珍、《盲流》女主角尕豆妹等形象身上看到，生活在艰难险恶环境中的西部劳动妇女，把对自然的敬畏转化为对力量的崇拜。她们不仅像马克思说的那样，以刚强作为男子最重要的品德，而且自己也得炼出一副男人的肩膀，以承担生活的重担。走出家门使她们开阔和豪爽，劳动使她们意识到自我的力量，单薄的文明外衣还未窒息她们原性初情的酣畅呼吸，这都使相当一部分西部妇女具有较大的自主和自由。敢爱敢恨，刚强而炽烈，女性的献身精神以强化形态喷射出来。

而从《天山行》《绿荫》等军旅题材的西部影片以及《牧马人》《盲流》等生活在西部的内地人的影片中，我们又可以看到人物西部化的鲜明轨迹。驻守西部边防的战士来自祖国四方，但在西部严峻的生活中，都经历了一个“天山化”（《天山行》）和“基地化”（《绿荫》）的过程。许灵均、李秀芝和史岱年、郑志桐的精神历程虽然是一个具有相当深度的复合体，但其中有一个贯穿始终的重要轨迹，就是东部人的西部化和内地人的边陲化的轨迹。这个轨迹在影片中是和人性的反异化、文弱者的刚化，城里人的乡土化过程掺和在一起，并溶解在日常生活的河流中的。

1995 年 12 月，西安谷斋

西部电影的不足

西部电影发展到今天，满打满算才有三年的光景。它还年轻，充满着生命力，却也免不了稚嫩。正视目前存在的不足，将是西部电影发挥优势去创新、突破的重要动力。

比如说，从创作题材上看，在辽阔无垠的西部世界里，还有大片待开垦的处女地，这些处女地表现在地域、民族、人物等各个领域，品德、性格、心理、情绪等各个层次。从人物塑造上看，除了《野山》的灰灰和桂兰，《人生》的高加林、巧珍，《牧马人》的许灵均、李秀芝、郭蝙子等具有光彩外，西部电影的镜头还没有出现深入到西部人的深层文化心理结构中去的比较典型的形象。特别应当重视西部社会主义新人的塑造，应当将人物在西部开发事业中的业绩与精神风貌，和西部历史生活、现实生活在人物心理活动、价值取向、思维方式、行为方式等方面所形成的特点熔铸一体，塑造出凝聚着更多的历史内容和当代特色的社会主义新西部人。在地域、民族的描写方面，更注意将这方面的特点放在西部历史和现实的社会环境中去展开，注意避免脱离一定时代的社会生活和社会心理，孤立、抽象地表现地域、民族特点的苗头。

比如说，许多电影创作者还缺乏自觉的“西部意识”，因而，在拍摄西部题材的影片时，抓不住西部的“魂”，拍不出西部的“味”。西部电影要有大的突破，增强电影创作者的“西部意识”，加深他们对西部生活的认识和理解，增强他们对西部风情的感悟力，对西部内在精神的发掘力，对西部美的共鸣和表现力，十分重要。也就是要提倡电影艺术家更广、更深地参与到西部生活中，参与到西部人民的事业中去，并能跳出来，从历史、哲学、文化的高度进行审思，进行审美创造。西影厂1986年开始组织本厂创作人员沿黄河采风，是提高创作者西部意识的一条有效途径。但仅仅如此是远远不够的。电影创作者还必须通过其他途径对西部的历史做纵向的探索，认识西部的传统，特别是把握传统的文化心理结构，及其和新时期生活的龃龉、冲突、整合、适应等种种复杂的关系。同时还要将西部放在全国和世界的大系统中做横向的观照，认识中国西部在政治、经济、文化，在过去、现在、未来中的地位。“西部意识”自然不是一个超时代的概念。可以说，“西部意识”实际上是要求我们以辩证唯物主义和历史唯物主义为坐标。对西部的历史和现实做深刻的感知，这种感知的深刻程度、自觉程度和“西部意识”的强弱是成正比例的。

比如说，西部电影在民族化与当代性、传统观念与现代观念方面存在着两极分化现象，需要正确的思想道德和艺术评价，有些地方两极的观点也需要在生活的基础上互相靠近和互相补充。具体说也就是第四代与第五代导演的靠近和补充问题。若以前几代导演作为参照系，第四代导演偏重于现代色彩，但与第五代导演相比则又显示出传统的底色。这一特点使他们的影片赢得了极多的观众（如《人生》发行拷贝两百多），但从对生活的理解看，有时还可以更深刻。如《人生》有意无意地予以高加林道德上的指责，使这一呼唤改革的影片在许多观众眼里变成了“痴心女子负心汉”的老套。《野山》为了让禾禾和桂兰两位新人得到观众情感和道德的认同，硬让灰灰和秋绒两位保守者做出不保守的行动——先行离婚，结婚。这样，两位敢于追求新的生活方式的新人在婚姻问题上却成了保守者。这也可以说是历史道德评价上的失误。第五代导演则比较彻底地抛弃了传统——不管是思想还是形式。因而，虽然他们没有以情感和道德出发看问题，力图从理性思考出发，对传统文化和民族精神进行分析、批判、选择。但是，第一，由于他们的这种理性思考更多是从国外和书本上移植的，和我国民族生活的历史传统和现实内容有一定距离，因而总显得不够和谐协调。其中有的地方甚至表现出对我国民族生活的误解和一知半解。对民族劣根的揭示很锐利，对民族优根的发掘高扬却不够。第二，由于过于现代的电影语言和所表达的理性批判观念与观众的传统审美心理产生了断裂，因而得不到观众的认同。《盗马贼》甚至只卖出几个拷贝。这样，他们所摄影片的社会功能和审美价值也就无法实现。观众的冷淡所说明的问题，是令人深思的。

还有，“西部片”的提法因借用于美国，许多观众以至电影界的同志（这些同志中有时甚至包括西部电影创作者本身），常常先入为主，或以美国西部片习见的类型要求中国西部片，或因中国西部片中某些类似于外国的地方而否定西部电影。在这种情况下，我们要坚持从我国西部生活出发，在尽可能在探索中，在西部历史和国家、世界历史的比较与交流中审视和表现生活，在地域文化，民族文化和人类文化的宏观背景下来审视和表现生活，因此作品的艺术形象背后有着巨大的历史投影和文化回音。历史意识的自觉，使艺术家对西部生活精神和艺术思想中沉滞的一面，特别具有马克思主义的历史批判精神。文化意识的自觉，又使他们特别重视西部文化的交流性和开拓性，并以此审视和表现西部新的生活。

西部艺术审美意识。即艺术家在自己创作活动的始终，总是力求以具有西部艺术特点的审美方式和艺术形式、艺术语言来表现对象。而这种艺术特色，又正是西部生活的艺术积淀。

应该说，西部电影以及其他西部艺术所以能长足发展，和创作主体西部艺术意识的高扬有直接关系。但也正是从这个高度来评估、反思近年的西部艺术作品，能够感觉出一些问题。在理论和实践中解决好这些问题，不但可能推动西部艺术探索的进一步深化，而且可以从不同的局部和侧面，为整个文艺创作做出贡献。这里，想选择西部艺术创作目前面临的几个问题，谈一点看法。

一

如何将西部自然地理和人文地理多维交汇的特色，融化为西部生活的文化环境和西部人物的文化意识，通过情节、性格、音画表现出来？

西部生活的多维交汇，一是表现在文化的多维构成。不但三大东方文化——中国儒道文化、波斯伊兰文化和印度佛教文化，经由西部传播、沟通，而且西方文化——古希腊罗马的地中海文化，也通过波斯文化的走廊，进入中国。世界四大文化在这里交汇融化，中国西部游牧文化和中国东部的土地文化也在这里交汇融化，并由丝绸之路和唐蕃古道连接成网络状的多维文化整体。另一个是民族的多维交汇。中国西部号称“世界民族的博览会”，杂居着近四十个民族，由于历史上战乱频繁，这里的民族以别的地方没有的频率迁徙、混杂，在这一过程中不但改造了原有民族单一的文化心理、价值观念、生活方式，而且产生出许多新的民族来。中国西部展现出世界上典型的文化交汇图和民族交汇图。这种交汇表现在好几个层次：首先要写出作品所反映的特定地区、特定民族的自然环境和民俗风情。还要写出这些外在的特征在社会群体和个体心中的沉淀。即特定的社会文化心理在这一个、这一群人身上的表现，但这仍然不够。由于中国西部多民族、多文化、多宗教自古以来的交汇，每一个民族和地区的文化环境，每群人或每个人的文化意识，都受着别民族和地区文化的影响，都表现为在一种主色调中的多色晕染。这几乎是不可避免的。因而，不但要表现好单一民族、单一地区的文化心理特色，而且要表现好多民族聚居地区的典型环境、典型心理，表现出多民族地区社会文化模式及其历史个性，这是西部文艺的一个艰巨的任务，即便描写单一民族、单一地区的生活，也需要从西部多民族、多文化的大环境中来把握，捕捉各民族文化交汇在你所描写的特定生活圈子中哪怕是很遥远的投影、很微弱的信息。正是这些十分困难而不易捕捉和表现的地方，构成了西部生活和西部人心理的重要特色。而且不应该忽略的是，这种交汇又不只表现在民族因素的平面上，它是民族的、宗教的、哲学的，最终是在反映生产和生活方式的土地文化和游牧文化多维空间中展开的。这种复杂的全景性的交汇特色，是西部也是整个中华民族文艺深刻化过程的重要途径，它吸引着有追求的作家来这里登攀。不少西部文学作品在这方面涉险，已有成果。王蒙的《在伊犁》系列小说，在对多民族性格、思维方式、价值观念的个性化展示，以及选择特定民族的视角来写多民族生活交汇等方面，都给我们以很多启示。而在不同民族、不同人群的文化环境和文化心理的对照、反差和交流中来展示作品主旨和人物内心冲突，几乎成为张承志一些作品具有深刻性的重要原因。但应该承认，这方面还有辽阔的待开垦的处女地。

二

如何表现好西部生活深厚的历史传统和强烈的当代色彩的交融、冲突和转化？

进入社会主义新时期的中国西部，生活中渗进了强烈的当代色彩。这种当代色彩，是潜藏在这个地区的待开发性之中的。其待开发，现实生活中较少近代文明的包袱（诸如陈旧的工艺设备，过时的管理思想，待改造的城市，以及与此相关的人口、居住、就业等一系列社会问题和思想问题），在现代化的进程中，它是轻装的，有可能不按部就班而迎头赶上。也许这正是西部成为我国现代化的矿业、能源、军事工业和航天工业基地的社会原因之一。这也为西部容受当代意识提供了基础。西部没有近代文明的包袱，却有沉重的历史传统。说它沉重也许失之笼统。这一历史传统，精华和糟粕交织在一起。它使西部生活中当代性与历史性构成三重关系。西部生活的精华，在经过改造和消化之后，完全可能和社会主义时期的当代生活衔接、交融。这构成第一重关系。而传统生活中落后的部分，则和当代生活中的社会主义思想以及现代文明精神，构成社会主义与封建主义、文明与愚昧的冲突。这构成了西部生活中当代性和历史性的第二重关系。但中国西部历史上的沉滞和封闭在更深的层次，即结构层次上，又和最现代的生活在许多方面相应和。比如，思维方式上都要重视主体性（原始自发主体和现代自觉主体的应和）、模糊性（非理性认识的不确定性和现代测不准定理的应和、模糊印象积淀和模糊概念集合的应和）、非逻辑性（原始认识的直觉、灵感、幻想，在现代科学层次上得到回归和重视）；生活方式上，西部带有原始色彩的流动生存状态和现代社会动态生存观的感应；西部社区生活疏离造成的孤独心理和现代人在物质压抑下的孤独感的感应；等等。这种深层的同构效应又构成了西部生活中当代性和历史感的第三重关系。

这三重关系之间，并不是界线分明的。前一重关系的衔接、交融也包含着冲突和斗争。改造和消化，实际上就是一种矛盾的斗争和转化过程。后一重关系中，斗争、冲突又包含着转化与交融。社会主义时代生活中文明和愚昧冲突的结果，并不完全表现为愚昧被抛弃、被征服这样一个简单的过程。相反，人民群众中大多数愚昧者和愚昧现象是可以改变，可以提高而逐渐步入文明境界的。这便又体现着联系和同一的一面。三重关系，更是一种辩证法否定之否定的转化与交融。我们的艺术作品，如果不但表现出历史性和当代性的冲突交融，而且表现了这种冲突和交融在不同层次上的多重关系及其内部的复杂性。在反映西部生活时，就具有了开拓性的意义。

现在，表现西部之古朴的影片和作品比较多。这古朴中，既有沉滞，又有淳厚，不少影片就是从古朴的内在矛盾中落笔开掘，取得了成功，如《黄土地》。写西部当代的开发，也有不少影片，如反映生产建设兵团生活的《生命火花》，这类作品以当代人的生活追求、当代人的心理和艰难困苦、落后生活环境的强烈反差和冲突而赢人。但是，致力于描写西部当代生活浪潮与历史传统冲突和衔接（特别是衔接）的影片，则不多。西部精神中优秀的历史传统，在今天的生活实践中如何被改造、被消化、被吸收，以新的光彩融进当代精神之中，不但成为社会主义时代精神的一部分，而且使社会主义时代精神带上民族的、中国西部的特色，我们从当前的文艺创作中，还感受不多。比如以西部的小农牧自然经济为基础、以部族和家庭为体位，又长期受到宗教文化熏陶的社区生活，形成了近自然、富原力、重感情、尚人伦、主道德等精神特点，这将使中国当代经济改革不仅依赖指令指导，而且倚重感情调度，社会生活的维系发展也需要法治和德治两条腿走路。只有这样，才能取得当代物质生活的爆炸性发展和传统人性精神的平衡。在中国，当代生活的发展和变革，除了经济、政治力量和行政组织措施，忽视或者根本不考虑本地区的人伦关系，是不行的。又如中国西部群众对土地、对草原的世代相袭的感情，千百年来结晶为视大地为母亲、安息于大地的淳朴厚重的人生哲学，构成了西部人民一种最可宝贵的文化品格。在农业、牧业区向社会主义现代化迈步的当代生活中，我们不应该轻易地嘲弄或否认这种心理性格，相反，倒应该在艺术实践中探索如何将西部群众这种传统的文化品格转移到现代生活中去，以构成时代精神中一个特异的力原。其实，生活实践在这方面的探索早已取得了成果，如新疆生产建设兵团早就突破了单一屯田的农业结构，在 20 世纪 50 年代就尝试搞以农田为基地，以农工为主体的大型农工商联合体；80 年代以来西部农业区也开始有计划地将具有土地文化品格的农民组织到乡镇工业中去，离行离土不离乡，亦工亦农亦是商；牧业区如何在不离开草原的前提下逐步搞现代化的多种经营，也在摸索之中。中国传统的“家”的意识正在这些新的生产组织形式中扩大为社会集团意识，并和国家的观念在利益上衔接起来，使得现代化的生产组织有了东方的感情色彩。这种民族优秀传统精神和社会主义现代化实践的有机结合，将会引起西部群众的文化心理结构的哪些变动，将是西部文艺创作中一个需要开采的富矿。

还可以想得更深一层。一个新的文化因子被传统的文化心理结构吸收之后，所引起的变化常常不只是简单的逻辑后果，而是一系列复杂的文化变量。比如婚姻爱情的现代化的问题，在中国宗法制旧家庭的结构中，女方嫁到男方，不仅是为了满足择偶者（丈夫）本人的爱情和延续后代的需求，而且新娘将参加男方家庭的管理（包括财务管理），女方家庭将参加到男方的亲属网中来。在这种情况下，选择新娘就必然不只是由新郎个人的好恶决定，而必须由家长从整个家庭的利益出发来决定，不但考虑女方个人的品貌，而且要考虑她的持家能力以及相应的文化教养，考虑她的家庭和亲属关系。这种爱情婚姻观即便在宗法制的旧式大家庭破败之后，作为一种社会观念的习惯心理，还会延续相当长的时期。因此，我们在描写以男女爱慕为基础的现代爱情和婚姻的自由时，不能局限于仅仅反映男女双方婚爱价值观的变化，以及这一变化的直接后果，还必须反映婚爱价值观变化后对整个宗法制家庭结构和反映这种结构的各类观念、心理、情绪的牵动，以及引起的不平衡和新的平衡，混乱和重新组合，冲突和冲突的解决，亦即新的价值观所引起的一系列文化变量，以及这一变量在生活中所产生的各方面的效应。这样的描写才能真实地揭示生活本身深刻而又复杂的联系而达到一个新的层次。

在西部生活当代性和历史性的第二重关系中，描写社会主义和封建主义思想在意识形态上的冲突，由于常常在政治活动、工作领域或较尖锐的斗争中表现出来，比较营垒分明，也便于把握。这方面的影片，新中国成立以来不断能够看到。特别是在民族地区，由于历史进程节拍缓慢，大都在进入社会主义时代之后才开始民主革命、民主改革的，反封建一直是社会生活的一个很重要的内容，因此影片涉及得就更多一些。但是将社会主义与封建主义的斗争由意识形态的冲突积淀为社会心理的差异，从日常生活特别是感情生活中去把握和表现它，却一直很不够。这样的艺术把握，不见了表面的尖锐，有的是心灵深处的超负荷。通常不采用简明清晰的政治判断，也不表达为单纯明朗的时代意识，它需要我们在平凡的生活故事中，以精确的线条勾勒出一个民族或一个生活群体在历史生活中积淀而成的最隐秘最捉摸不定的心理素质，并将其放在时代的机运中加以考察。有时常常只能用像生活本身一样微妙而模糊的画面，通过不见痕迹的结构组合，才能把握到它那隐藏在迷雾般生活后面的真谛，将思想、道德、感情上的是非、正误、美丑、善恶蕴藉地暗示、传达给读者。

既要表现西部人民群众美善的精神与古老落后生活形态之间的冲突，并从其中寻找到历史进步的内在力量，又要防止以纯人道、纯道德的尺度来解释历史运动的差异性，忽视经济生活、相应的政治生活对历史文化积垢所形成的沉重生活环境和心理氛围以及人物面貌深重的影响，又要更进一步表现这种生活环境和文化心理已经如何演化为人物内心的冲突，构成了历史进步内在的阻力和惰力。既要选择那种含纳着两种或多种对立力量的生活事件，更要寻找那种能够将博大、勇毅、善良、正直以及原始活力和愚昧、狭隘、怯弱、自私以及盲目冲动融为一体的情节和细节。这样的情节、细节更能体现西部生活和西部精神的复杂性。同时，既要在作品中寄寓作者面对西部生活的深广忧愤，又要防止高踞群众之外、之上的孤傲冷漠，要在深广的忧愤中表现出对西部人民精神重负的深刻理解，表现出作者自己作为西部人或西部关心者的感情，表现出“和人民一起背负着沉重的遗产和包袱前进”（张承志）的使命感。这是艺术家作为人民代言人应有的历史责任和人道精神……

一个个困难而又有意味的课题摆在我们面前，当我们以自己的影片给其中的某一点赋予某些新意，都将是西部艺术开拓意识的珍贵收获。

三

如何在描写西部生活时处理好人与自然的关系？

近年来，自然在文学作品中的地位有了极大的提高。由于庸俗社会学和“左”的思想的影响，我们一向只习惯于从社会关系的角度来解释人生，解释性格，所以自然环境在文学特别是在小说中，长期处于消极被动的背景衬托地位。当我们对人和自然的关系有了更多面、更内在的认识，描写人与自然多重关系的艺术作品便明显多起来。这方面值得我们去开拓、探索的问题也随之多起来。中国西部自然景观的雄奇以及在辽阔大地上生活的疏落的人群，横向联系较为少，在精神上和自然直接交往却相对更多，加之这里大自然的待开发和新时期对西部的大开发，使得描写人与自然的联系在西部文艺的开拓中占有重要地位。西部大自然成为西部生活的重要参照物和西部人生存的力原。

要明确我们在这个课题上的艺术开拓任务，先要大体弄清近年来这方面的成就与不足。我以为，在人和自然关系的描写上，近几年的创作主要在三点上有突破：一是自然景观由被动的环境描写，上升为人物性格的构成因素之一，并参与到作品的社会运动中成为积极的力量。不少作品，在主要从社会的角度来显示人物性格成因的同时，开始注意到自然地理对人物外在和内在面貌的不可忽视的影响（如贾平凹关于商州的一系列风土文献色彩很强的生活故事，就追求人和自然地理、人文地理、历史传统的熔冶一炉）。二是有的作品更进了一步，还力图做到景心合一，使自然景物成为人物形象主要的象征物、对应物。或者干脆使特定的自然景观获得独立的生命，使之成为寄寓作品主旨的特殊形象，做到景旨合一进而构成作品主题性内容（如《北方的河》中的河）。三是自然和人的关系，在“十七年”的作品中，常常是对立的，是征服与被征服、改造与被改造、利用与被利用的关系。人与大自然斗争，成为三大革命运动的一项主要内容，“与天斗，其乐无穷”成为革命者人生观的重要部分。这些都是不错的，但强调到了绝对化的程度，也就有了片面性。事实上，人与自然的关系还有另一面，即和谐互补的一面。人除了征服、改造自然以适应自己的需要外，首先还要适应对方。通过适应，发现自然中于人类生活有利的因素和潜能，即自然和人类相一致或可能一致的方面：这才开始改造、利用的过程。自然不但给人类提供物质生活和资料、潜能，而且给人类的精神生活提供启示、提供对象化的材料（包括审美材料）。自然在物质和精神上养育了人类。一些有追求的作品，一方面如实地描写人和自然的对立（而不回避这种对立），另一方面，在更深的层次上，在人和自然对立的深处，发现人与自然本质上的融会。

在描写人与自然关系的影片中，能够在以上几方面探索的毕竟还不很多。即便有所探索，也可以看出它的稚嫩和某些地方的造作。除此而外，我们还要注意防止人和自然关系的简单理解，将景心合一、景旨合一搞成简单的同步对应关系。也要注意有意无意忽略人和自然关系中的社会中介，把这种关系从作品所反映的社会生活中抽象出来做孤立的、神秘的、非社会化的描写。以致使大自然成为对现实社会生活厌倦和逃逸情绪的防空洞，甚至不自觉地掉到泛灵论中去。大自然在新时期文艺中已经成为社会、人文、历史、自然、文化这五大反思焦点之一。所有这些稚嫩和不足之处，正是以描写人和自然关系为优势的西部文艺可以驰骋开拓的天地。

四

在对西部生活进行雄性审美创造时，特别在塑造西部硬汉子形象时，如何凝聚、沉积更多的历史内容和时代特色？

西部电影和其他西部姊妹艺术一样，以系列的形象、意象和意境，对中国西部生活进行了雄性精神的审美创造，尤其是那些熔铸了博大苍凉、负重远行、强韧进取精神的硬汉子形象，给新时期正在复苏和高扬的民族精神艺术意识注入了刚气和力度。应该说，大多数西部艺术作品在表现崇高美时，能够注意从人物环境、人与人以及人的内心冲突、反差、对比中表现崇高，能够注意在平凡的、民间的生活中捕捉崇高，并使其和时代精神的、哲理的崇高结合起来，如《人生》《盲流》。也许更有意义的是这两点：有的西部电影中的雄风是经朴素之美甚至愚拙之美的形态表现出来的，如《黄土地》《盗马贼》。这种素美和拙美，将“阳刚”“阴刚”“阴柔”交融一体，在中国文化中源远流长，儒道两家的色彩都在其中。还有的西部电影，在雄性审美中，常常表现出多维文化交汇的特色，像《肖尔布拉克》《布达拉宫的秘密》《盗马贼》以及天山制片厂出品的一些影片，其中的强者形象大都带着浓烈的汉民族和其他兄弟民族的色彩，不再是单一民族风格，而投影着多民族组成的中华民族文化的整体色调。

应该说，像西部艺术这样集中地塑造强者形象，表现崇高美，在新时期文艺中还不多见，它带有探索性。以此故，如果指出以下的一些不足，也就毫不奇怪了。

第一，要注意一味从原始、荒蛮、古朴、落后、偏远的生活背景中去寻找力原的偏向。这不但会影响西部崇高美的多样化，给人造成中国西部只是一片荒凉、愚昧的错觉，更重要的是，有些作品在表现西部的原始古朴时，常常将生活形象、人物形象从具体的社会背景中抽象出来，作纯符号的表现，使得荒蛮、愚昧成为超时代的、凝滞的画面。

第二，要注意在强者形象的塑造中防止两种形态的抽象人格崇拜。客观唯心主义者如谢林认为，“崇高是观念胜于形式”，“崇高是‘无限’观念的显现”。主观唯心主义者立普司认为，宇宙万物不过是人的主观精神的表现，事物的美也就是“观赏者的性格和情趣的反照”，或是人的性情“移入”对象的结果。“十年浩劫”中，生活和创作中的“英雄神化”盛行，粉碎“四人帮”以后一些心造的神像倒塌了，这本是好事，但也严重影响到对正确理想以及体现这种思想的正面人物的信任。心灵随着生活的破碎而破碎，使有的人从一个极端滑向另一个极端，从“英雄神化”这种形式的造神运动，走向“哲理神化”“人性神化”另一种形式的造神运动，即我们在一些影片中感觉到的对抽象人和抽象人性的崇拜。这在一些表现生命意识，表现人在生存长河中渺小而又渺茫的西部艺术作品中，端倪已现。有的影片将抽象的人性观作为处理一切问题的首要原则，将抽象人性捧到本原的、第一性的、至高无上的地位。马克思曾经指出，“崇拜抽象人”是资产阶级特有的“宗教”。恩格斯也说过，“对抽象的人的崇拜，即费尔巴哈的新宗教的核心”。我们要注意强者形象塑造中的唯心主义影响。

第三，要在这个基础上，花更多的精力探索如何在当代西部生活的现实关系中，在当代西部振兴的实践中，以及与这一实践同步的精神历程中，提炼“男人风格”和“强者气质”，表现崇高美。这方面，《老井》《瀚海潮》等都做了可贵的努力。怎样在硬汉子形象中沉积、凝聚更多当代生活特色，并将他们自然地与社会主义新人形象的塑造衔接起来，还要做艰苦的努力。此外，如何在致力塑造好西部新人形象的同时，写好西部各式各样的人物，特别是在结构好西部人物关系的基础上写好西部社区的群体形象，使读者能够在群体形象中感受到中国西部某个民族、某个地区历史发展的全景和精神历程的轨迹，也是需要我们去努力实践的领域。

1989 年 6 月，西安岚楼

西影十年三级跳

地处中国西部的电影制片小厂——西安电影制片厂已经走过了三十个年头。古语曰：三十而立。目前，西影不仅在国内影坛树立起了自己的鲜明形象，而且迈步走向了世界。在这三十年里，第一个十年是创业的十年，第二个十年则是灾难的十年，前二十年西影与几个老大哥厂相比，存在很大的距离。而最后一个十年，才是西影腾飞的十年。西影在十年里完成了一个创造了最佳成绩的三级跳远。这是令人振奋的十年，也是值得我们认真分析研究的十年。

一、起跳前的助跑：电影语言的创新

1979 年，是中国电影重要的一年。这一年，出现了《小花》《苦恼人的笑》《生活的颤音》三部令人耳目一新的影片，标志着中国电影艺术主体意识的复苏。在此之前的两三年里，“四人帮”虽已被打倒，但流毒却一时难以肃清，一些反映与“四人帮”做斗争的影片，在创作方法上却完全是“高、大、全”“假、大、空”那一套。中国电影出现了短暂的踟蹰不前。

《小花》等影片勇敢地开始了电影艺术语言的创新探索，虽然在今天看来尚嫌幼稚，且多有模仿西片的痕迹，却揭开了中国电影新的一页。

由青年导演执导的《生活的颤音》，第一次为西影赢得了奖励——文化部优秀故事片奖，开始了西影十年三级跳远的起跑。这时候，我们可以说，西影已经开始了创新突破的准备阶段。

艺术之为艺术，不仅在于它能够模仿现实或表达人的思想感情，而且在于它所具有的独特的艺术语言。电影诞生初期，仅仅被视为一种杂耍。为了登上文雅的艺术殿堂，它进行了不懈的努力，20 世纪二三十年代西方各国电影先锋派对电影语言技巧的实验探索，特别是格里菲斯对电影蒙太奇手法的艺术性运用，终于改变了人们的观念，电影从此以后被称为人类第七艺术。然而电影传入我国后，由于它所具有的广泛群众性，很快便被当成了教化和宣传的工具。到了“四人帮”把持文坛的时代，电影更成了他们搞阴谋的政治手段。而对电影艺术形式、技巧、语言的创新，一直被视为形式主义，为艺术而艺术（当时这是一顶可以置人于死地的政治帽子）。新的历史时期开始后，人们不仅需要政治上的拨乱反正，同时也需要艺术上的创新变革。被封闭了十年的中国电影艺术家们从遽然开放的窗口里看到了一些国外新电影，感到了中国电影已被远远地甩在了后边，他们要奋起直追。而首先引起人们重视的，自然是艺术形式中最易见的那部分，是电影语言的现代化问题。在新时期中国电影的首次创新浪潮中，《生活的颤音》成了弄潮儿。

《生活的颤音》通过一对青年男女郑长河和徐珊珊的爱情及在 1976 年前后的遭遇，表现了“四五”运动这一震惊中外的历史事件。滕文骥说：“表现什么，确定下来，我是有感而发的，‘如何表现’就是一个文艺工作者惨淡经营、苦心探索的重大课题了。这个简单的道理并非难懂，但在我国长久未能引起重视。人们常关心的是‘表现什么’，却不敢深深地涉足‘如何表现’这个更广阔更微妙的领域中来……我决心尝试着用音乐故事片来表现这个伟大的事件。”在电影的交响乐化方面，法国先锋派电影曾做过试验，滕文骥选择了小提琴协奏曲作影片的贯串音乐形式，使影片的剧作结构与协奏曲的形式相吻合。在影片的前部（即呈示部），渲染了当时“黑云压城城欲摧”的阴霾气氛，展示敌我双方的状况。影片的中间大部分不仅表现了郑长河寻找从哀思到呐喊到前进的音乐发展脉络（这是协奏曲的发展部），也贯穿着敌我双方一场你死我活的残酷斗争。在发展部进入高潮时，出现了徐珊珊的美好幻觉，作为影片的华彩乐段。再现部时影片和协奏曲达到了同步和对位。

协奏曲的最后一个和弦结束了全片。这种独特的结构方式将情节、造型与音乐融为一体，相映生辉，撼动着观众的心灵，增强了影片的艺术感染力。

《生活的颤音》大胆地运用了彩色、黑白片的交替组接，直接切入（而不再使用“化”等技巧过渡）回忆、联想、幻觉镜头，定格和慢动作以及声画分立等当时中国电影从未使用过的新颖电影语言技巧，并将这些技巧与所要表现的内容结合起来，取得了很好的艺术效果。例如，影片用彩色与黑白的交替组接区别了现实与过去的两个时间概念（而不再使用声音或字幕交代），并且烘托了两种不同的时代氛围；运用直接切入的手法在时间、空间的转换上做大幅度跳跃，冲破了过去中国电影习惯于从外部描写人物性格的框框，比较深入地揭示了人物的内心世界；运用定格这一“时间的特写”，加深观众对情节的印象，并制造了一种纪实性的文献感。这种种技巧的运用，丰富了我国电影艺术的语言，拉开了我国电影艺术探索创新的序幕。

《生活的颤音》之后，西影还拍摄了《第十个弹孔》《爱情与遗产》《苦果》等一些比较好的影片。“文革”给我们的社会留下了许多后遗症，这几部影片及时反映了当时全社会广泛关心的现实问题，将伤痕题材、爱情故事与法制建设、伦理道德等社会问题结合起来，大胆表现“四人帮”时期的禁区——人情和爱情，并将这种情和爱的表现置于对下一代的教育之中，引导青年人树立正确的人生观和爱情观，赢得了当时人们的欢迎。《第十个弹孔》荣获1980年文化部优秀影片奖，《爱情与遗产》创立了当时西影拷贝发行量的最高纪录。这几部影片在艺术上也进行了一定的创新探索。

在这一起跳前的助跑阶段，西影取得了一定的成绩，但由于时代的局限，远远不能说有了全面的突破。这个时期，西影的影片质量也参差不齐，也出现了《血与火的洗礼》《黑面人》《亲缘》等艺术质量较差的影片。包括《生活的颤音》在内的优秀影片，也还不很成熟。这些影片对电影艺术特性的创新和探索，还只停留在外在的方面，主要是在电影语言的叙述方式、镜头运用与造型手段上进行了一些形式技巧方面的尝试，未能深入到电影艺术本体特性的内核中去；这些影片的内涵总的说还比较简单，主题思想单一，停留在政治批判和思想教育的层次，未能提到命运和性格、历史和文化、哲理和人性的高度上去。

值得注意的是，1981 年 8 月完成的《苏醒》一片带给了观众一种隐约而新鲜的创新信息。导演滕文骥没有把青年一代当作迷途羔羊，以教育者的身份居高临下地给他们指点迷津，他力图通过电影艺术的独特思维和表现方式来展示自己对生活、对社会的观察、感受和思考，他把自己当作青年的朋友，寻找他们心灵中的共鸣，反映了他们自强自立的精神面貌，他们的希望和苦闷，也接触了两代人的隔膜这一尖锐的问题。影片的内涵富有哲理性，主题具有多义性。然而，由于导演的思考尚欠成熟，特别是当时的观众和许多影评家习惯了主题单一明了的电影创作模式，对这一充满了现代色彩的影片不够理解，从而使这部推动电影艺术创新向前一大步的影片不仅没有得到应有的注意，反而受到了过多的指责。

从《生活的颤音》到《苏醒》，西影从盲目的探索创新中“苏醒”过来，它已经完成了起跳前的助跑，它就要腾身向前做第一次跳跃了。

二、第一级跳越：纪实性的追求

与《生活的颤音》等影片在电影语言上的探索、实践相呼应，电影理论界也开始了电影语言现代化的理论探讨。这时候，人们首先注意到的是语言技巧等一些外在的电影的独特表现手法。接着，认识由表及里，人们开始探求电影艺术的内在特性。1980 年和 1981 年，西方纪实派电影美学被我国电影理论界大胆地引进了。西方纪实派的代表人物巴赞和克拉考尔用长镜头理论反对统治影坛几十年的爱森斯坦的蒙太奇理论，将电影视为照相的一次外延，视为物质现实的复原。这一新颖的电影美学理论对中国的电影创作者产生了极大的影响，并成为他们中许多人的美学追求。中国电影界能够轻易地接受西方纪实派的电影美学观，当然不是对洋人的盲目崇拜（实际上这种接受具有选择的），它具有重要的内在原因，就是“文革”“四人帮”“三突出”的创作原则将电影引向了“瞒和骗”的歧路，人们呼唤着电影艺术现实主义传统的恢复。正当此时，西方电影纪实美学的引进，就成了中国电影反对“四人帮”余毒的一种有力武器，于是，纪实性的追求成为这一时期电影美学探索的普遍指向。西影在这一美学探索思潮中也不甘落后，于 1983 年末推出了《西安事变》（上、下集）、1982 年推出了《都市里的村庄》、1983 年推出了《没有航标的河流》。这是西影在新时期的第一次腾越。

《西安事变》是西影拍摄的第一部表现重大革命历史题材的巨片。以往反映此类题材的影片，往往从政治分野和思想观念出发，把复杂的历史生活简单化——我方被神圣化，敌方被漫画化，不能真实地反映历史。《西安事变》反其道而行，采取了纪实性的表现方法，按照历史的本来面目展现这一浩瀚纷繁的历史事件的全貌，对当时各种重要的政治力量及其最有代表性的人物进行了全景式的艺术再现，取得了突破性的成就，获得文化部优秀故事片奖，并获得了第二届中国电影“金鸡奖”最佳故事片奖的提名，导演成荫也因此而成为这届“金鸡奖”的最佳导演。

《西安事变》的纪实特点，首先表现在塑造了张学良、杨虎城，特别是蒋介石等历史人物的生动形象。扮演蒋介石的孙飞虎同志，由于“自然生动，分寸感强，在同类角色的表演上有所突破”（引“金鸡奖”评语），而被授予最佳男配角奖。《西安事变》在结构方式上的纪实特点是，摆脱戏剧式的舞台局限，充分的利用电影时空自由，使发生在同一时间内的事件尽量交叉起来，展现广阔的时代风貌。影片还尽量在当年事件发生的现场拍摄，在人物肖像的化妆上也取得了突出的成绩，获得“金鸡奖”最佳化妆奖。

《西安事变》虽然具有强烈的纪实感和文献性，但是准确地说，它是一部严格的现实主义作品，而不是一部现代意义上的纪实影片，由于当时时代的局限和影片题材本身的束缚，在塑造我党领袖人物的形象上还多少存在概念化的痕迹。如果单纯从纪实观念这一点来说，《都市里的村庄》更具有鲜明的现代色彩。

《都市里的村庄》反映的是大都市里的普通人的普通生活，在这个“村庄”里，有当了劳模却被孤立的女工丁小亚，有当过工读生至今仍被歧视的青年杜海，有回来采访的记者舒朗和他的个体户弟弟舒家麟，还有朱丽芳、胡守常、肖怡等其他各式各样的人物。影片并没有用一个戏剧式的有头有尾的、起承转合的中心事件将这些人物贯穿起来，也没有人为地在他们中间制造巧合冲突，而是力图按照生活的原初形态构成影片的叙述方式，让人物完全按照自己的思想逻辑走自己的人生之路，而他们每个人的人生之路又带给观众以哲理启示。丁小亚使人们看到了四化建设中那一盏盏熠熠闪光的灯，让我们警惕会将灯吹灭的形形色色的风；杜海使人们思考应该怎样对待失足青年；舒朗则提醒青年知识分子正确认识自我……这种松散的、多层次的结构方式和多种含义的主题思想使影片更接近了生活的本来面目，更符合现代观众的审美方式。

如果说《西安事变》还仅仅是用蒙太奇来摆脱戏剧舞台式的束缚以逼近现实，那么《都市里的村庄》则大胆尝试了长镜头纪实手段。其中表现朱丽芳婚宴场面的镜头是一个很有特色的长镜头。这个镜头长约一百四十七尺，基本上是全景画面，保持了一种电影制作者不在画面和观众之间介入的客观态度。在演员的选择上滕文骥也贯彻了纪实性的原则，打破了概念化的劳模模式，选用了外在显得文弱、柔韧的女主角。丁小亚谈她为什么喜欢电焊工作的那段独白，使用了一个真劳模的原话，取得了很好的结果。

《都市里的村庄》的成功，使导演获得了第三届电影“金鸡奖”最佳导演的提名。然而，就滕文骥个人气质而言，并不完全适合拍摄纯粹的纪实性影片，所以《都市里的村庄》的纪实性并不彻底。它没有抛弃有悖于生活真实的无音源的音乐（而《邻居》及以后的《野山》做到了），也没有以长镜头为主构成影片（而《见习律师》是这样做的）。丁小亚和杜海常常说出并不符合人物身份的哲理性很浓的台词，就显得过分做作而背离生活真实了。在《都市里的村庄》之后，《没有航标的河流》从另一个侧面对电影纪实性进行了富有成果的探索。

《亲缘》失败之后，创作人员从中吸取了教训，认识到“电影的本性是物质现实的复原”。欲复原物质现实，必先了解它，熟悉它。“真实是一部影片的生命”。这位从小生活在农村，血管中流淌着农民血液的热血汉子终于在他所熟悉了解的乡土题材中发现了情感的酵母素，找到了成功的突破口。

《没有航标的河流》再现了“文革”时期潇水河上几个放排工的命运和心态。影片在叙事上没有虚设悬念，故弄玄虚，而像古老的潇水河一样，自然而然地向前流动，时而掀起波澜，时而风平浪静。在平淡中透露出深沉，对“文革”进行了深层次的反思。为了在影像风格上给观众以纪实感，导演要求“演员要真挚地体验角色，并化其心，不以为戏，而以为真”。要求摄影“尽量使用常人视角拍摄”，“摒弃令人眼花缭乱的变焦镜头，使用让人身临其境的运动推拉镜头”。要求置景“对实景不做任何粉饰性的加工，不在实景中人为地涂抹专为调色用的鲜亮色彩。服装和道具全部在农村搜集，或收购或调换，不怕质地破旧，不怕色彩单调，使其完全保持现实生活的真实形态”。要求化妆“除个别角色的特殊需要外，大部分角色的脸和身体上都不涂油彩”，“要求演员通过晒太阳、游泳等活动改变肤色”，终于收到了预期的纪实效果，获得了成功。《没有航标的河流》获文化部优秀影片奖。在美国第四届夏威夷电影节上，又荣获东西方中心电影奖。这是西部第一次在国际电影节上获奖。

《没有航标的河流》的成功，为西影的第二级跳越做好了充分的准备。

它所反映的人与自然、社会三者的关系，它所集中描绘的大自然对人的塑造和人在大自然中对炽热社会的解脱，含蕴了中国西部电影某些重要特征。

三、第二级跳越：树立西影的独特形象

西影的第二级跳越，是提出了“拍摄中国西部电影”的口号，并很快在艺术实践中结出了硕果，从而在中国影坛树立了自己的独特形象。

在助跑阶段和第一级跳越时，西影虽然拍出了一些优秀影片，但还不能说形成了自己独特的个性形象。到了 1984 年，西影已经成熟起来，它开始顽强地寻找自身的形象，探索自己赖以生存的空间。这时，被邀来西影进行创作指导的影坛宿耆钟惦棐同志以他理论家的敏锐，审时度势，提示西影要“开拓新型西部片”的口号。这一口号顺应了中国政治、文化、经济和艺术的发展趋势，也符合西影的天时地利，为西影找到了最佳的创新突破口，立即在电影创作和理论界引起了热烈反响，成为西影创作生产的一个明确追求。

《人生》是“拍摄中国西部电影”的口号提出后出现的第一部片子。首战即告大捷。《人生》获得了第八届大众电影“百花奖”最佳故事片奖和最佳女主角奖。1987 年，在中国电影评论学会等单位举办的新时期十年电影奖中，《人生》再次获得最佳故事片奖和导演荣誉奖。此后，拍摄了西部战争片《默默的小理河》，荣获文化部优秀影片奖。1985 年，《野山》获得了更大的成功，此片一举夺得第六届中国电影“金鸡奖”六项奖——最佳影片奖、最佳导演奖、最佳女主角奖、最佳男配角奖、最佳录音奖、最佳服装奖。1986 年末，《野山》又在法国举行的第八届亚非拉三大洲电影节上获大奖。中国西部电影走向了世界。特邀青年导演田壮壮导演的《盗马贼》，也在 1988 年初于瑞士举行的第四届第三世界电影节上被评为一等奖。此外，西影拍摄的西部片还有《盲流》《黄河在这儿转了个弯》等，都产生了一定的影响。

西部电影的成功，首先在于它的“真”和“土”，在于它那真实朴素的

西部生活画卷和浓郁独特的西部乡土气息。由于地理环境的原因，西部地区处于相对落后和封闭的状态之下，因而也就保留了更多原始和乡土的东西，放射出鲜活朴素的自然魅力。这种富有自然魅力的生活原貌，相应也要求艺术对它进行不加矫饰的、“原汤原汁”的再现。《人生》《野山》的成功正在于此。这两部影片从演员表演、化妆到摄影、照明，从服装、道具到音乐、录音，一切从生活出发，比较完善地保持了生活的实感和完整性，富有陕北和陕南的地方特色和山野风情，呈现出一种赤裸裸的真实，一种“土得掉渣儿”的真实。

值得注意的是，《人生》《野山》两片的导演虽然推崇巴赞、克拉考尔的纪实美学，但在影片实践中却对西方纪实美学采取了科学的扬弃态度。这两部影片的影像风格是纪实化的，但剧作结构却又是戏剧式的，影像的纪实化与结构的戏剧性互为表里，得到比较完美的结合。影像的纪实化淡化了戏剧式结构带来的人工编造痕迹，戏剧式的结构又为纪实化影像中注入了观赏性。因此，西部影片的真实不是一种冷漠的真实，不是一种将观众拒之戏外的真实，而是一种让观众感到亲切的真实，一种调动观众情感参与的真实。

与《人生》《野山》相反，《盗马贼》切掉了情节发展的一般过渡和交代，它的剧作结构仅是一些影像片断的焊接。而许多影像片断完全是采取冷静客观的态度拍摄的，达到了高度的纪实。同时，创作者又通过镜头造型、蒙太奇及音响手段给影片灌注了丰富的象征含义，调动观众进行理性思考。

《人生》《野山》《盗马贼》等西部片充实了前一阶段形成的局限于客观的纪实美学原则，做到了真实性与倾向性的完美统一，从对纪实美学的单纯追求进入到了对综合美学的多方位实现。而西部电影的倾向性，即用当代意识对传统文化所做的反思，又是西部电影获得成功的深层原因。

西部是中国文化的发源地，古老辉煌的历史文明既给我们留下了丰富的文化遗产，又给我们背上了沉重的历史包袱。已经渗透到中国人心理结构深层的传统文化意识，常常对现代文明的呼唤予以本能的抵制。因此，实现经济现代化需要的不仅仅是消除不正之风，也不仅仅是体制的改革，更需要人的精神面貌的全面更新。西部电影正是运用艺术审美的方式，以当代意识为武器，从西部寻找中国人传统文化心理的稳定结构，挖掘中国人灵魂深处的历史沉淀，探究民族本源精神的优劣利弊，对文化传统进行选择、批判、改造和继承。在此基础上，把包袱变成动力，重建民族精神，使东方之龙在新时期腾飞。《人生》借用了“痴心女子负心汉”这一典型的传统情节模式来结构影片，但却站在当代人的立场上，对这一模式的文化内容进行了反思，做出了新的阐释。高加林这个“陈世美”不再被简单地否定和批判，而是得到了同情和理解，成为一个具有新时代精神素质的农民形象。然而，由于时代的局限，导演的文化反思意识还是模糊的，对于刘巧珍、德顺爷这些传统文化的代表者进行了一味地颂扬，从而削弱了影片的思想深度。到了《野山》，倾向性就更为明晰了。影片通过生动真实的生活画面对禾禾、桂兰这两位力图挣脱“鸡窝洼意识”牢笼的农村新人做了明确的肯定，而对死守传统文化意识的灰灰、秋绒给以善意的嘲讽。正如仲呈祥同志所说：“《野山》从表面上看讲的是一个‘换老婆’的故事，然而导演不仅出色地描写了这个事件的过程，而且着力于揭示这一过程中普通农民复杂的文化心理因素的蜕变，以及由此透视出文化转折的意义。”《盗马贼》以当代人的视角反映了20世纪20年代一个藏族人对宗教的迷信，力图引起观众对人与宗教关系这一问题做深层的哲学思考。它在思想艺术上的超前追求，导致了曲高和寡，然而却在国际上两次获奖。

中国西部电影的产生和他所取得的巨大成功，给中国影坛带来了一个巨大的冲击波。上海电影制片厂、长春电影制片厂、珠江电影制片厂等兄弟制片厂也相继提出了拍摄“城市片”“关东片”“岭南片”等口号。只是未能产生与“西部片”同样大的成就和影响，原因在于西部和西部人在中国的形象正是中国和中国人在世界的形象。西部片揭示了中国人之魂，不仅在国内，在国外也受到了赞誉。

在将西部片作为主要追求的同时，西影并没有停止多方位的艺术探索。这一时期还出现了其他一些富有艺术追求的好片子。《海滩》将纪实性与象征性相结合，透过城市与乡村、文明与愚昧的对比与冲突，表达了一种文化反思意识。《人生没有单行道》在纪实感与典型化的分界线上追索，及时反映了大变革时期中国社会在价值观念、家庭形态和人际关系等方面所发生的变化，揭示了“人生没有单行道”的哲理。《默默的小理河》虽以西部为背景，但主要成就不在于它的西部色彩，而在于它打破了以往战争片的模式，以独特的角度审视战争在敌我双方心理上的特殊投影。塑造了“爷爷”和敌电台台长两个立体的圆形人物形象，从而为战争片的拍摄探出了一条新径。

四、第三次腾越：全方位突破

《野山》之后，1985年以来，《黑炮事件》的推出，预示着西影影片开始进入了一个全方位的突破期。在这一突破期，西影提高了影片的产量，每年拍片都在十部以上；西影不断开发新生力量，相继推出了八九位男女青年导演；西影还借用了一些富有探索精神的外厂青年导演来厂拍片。老中青三代电影创作者一同上阵，从各个方位展开了多面的艺术追求，并相继在探索片、娱乐片、农村片、城市片等各个片种和题材上取得了突破性的成功，在中外影坛赢得了更高的奖赏，走在了中国电影的最前列，并为中国电影走向世界立下了巨大的功劳。

与之前的西部影片相反，《黑炮事件》是一部以都市为背景的影片。它把政治心态与文化心态、再现与表现、传统手法与现代手法完美结合起来，通过对《黑炮事件》发生原因的深层挖掘对当代中国人，特别是中年知识分子的文化心态及其所处的整个文化背景进行了深刻的反思，从而揭示出我们民族落后的文化心理积淀与现代化物质进程之间的矛盾，呼唤人们对传统文化心理反省与更新。如果说《人生》《野山》等影片在文化反思中较多地掺杂了感情成分，从而削减了反思的深度的话，那么《黑炮事件》则更加冷静、更加理智。尽管导演对赵书信这个人物抱有同情态度，但影片还是毫不客气地尖锐解剖了“赵书信性格”中的麻木心态，以幽默的风格对他进行了善意的讽刺，从而使影片所进行的文化反思更加冷峻、深入，达到了新的水平。可贵的是这个新的水平不是建立在与广大观众审美趣味相悖的基础之上而是贴近了群众和时代。影片借鉴了西方现代派之后兴起的后现代派的一些艺术表现方法。在结构上，既吸收传统情节剧的因素，为观众讲述了一个完整有趣的故事，又打破了传统情节剧结构上环环相扣的模式，在故事情节的链条中，穿入一些富有象征意义的表意戏。形象造型上，影片通过构图色彩等种种艺术手段对镜头做了风格化的处理，使之表层带给观众一种新鲜悦目的现代美感，而深层则蕴寓了哲理的内涵。这就同时满足了各个层次观众的审美需要，从而比《黄土地》《盗马贼》等影片取得了更好的经济效益和社会效益。

《野妈妈》是一部传统的影戏电影。它的体裁和手法都并不新鲜，但影片注重在人物的曲折命运中挖掘人性美与人情美，对传统艺术模式进行了成功的再运用，契合了观众的审美习惯，因而收到了催人泪下的艺术效果。著名导演谢晋评价说：“影片首先是感动人，能骗我眼泪的影片就不简单。”《野妈妈》不仅感动了中国人，也感动了印度电影观众和第十一届印度国际电影节的各国评委们，获得了“银孔雀奖”和印度评论家协会优秀影片奖。《野妈妈》的成功表明，无论时代如何发展，电影观众如何更新，长久积淀下来的已经在观众心中扎了根的传统戏剧式电影都有他的一席之地。

《神鞭》是一部武打片，却突破了一般武打片的“套路”，引起人们对此类影片进行新的思考。按导演的形象说法，《神鞭》是个洋葱头，有许多层，每一层都有味，观众能翻到哪一层算哪一层。一般观众可以从精彩的武打、传奇的故事，从影片画面造型的象征中，从神拳到神鞭又到神枪的变化中，领悟到影片更深层的含义。可以说《神鞭》是一部寓哲理性、艺术性、娱乐性于一体的高档娱乐片，不仅赢得了影界的好评，而且订出拷贝四百多，创西影厂影片卖座的最高纪录。

作为沿着现实主义深刻化与现代化的创作道路前进而拍摄的《老井》，与《没有航标的河流》《人生》相比，更加冷峻，更加深沉，达到一个新的高度。如果说《人生》仅仅是围绕着高加林的个人命运来透视社会的话，那么《老井》则怀着更为深广的历史感来反思中国当代农村的现实。他以太行山区老井村几代人前仆后继、锲而不舍地掘井寻水的感人业绩为焦点展开故事，通过对孙旺泉、赵巧英、段喜凤、孙旺财、万水爷等一系列人物的观念冲突与爱情纠葛，成功地塑造了一群活生生的当代农民形象，使这部在微观上富于纪实性的影片宏观上形成了一种整体象征——老井村、老井人象征了中华民族的命运，中华民族的精神。《老井》的结尾为老井村人民世代打井的业绩树立了一块千古流芳的石碑，而它本身也在中国电影史上树立了一块具有划时代意义的里程碑。1987 年 10 月，《老井》在世界七大国际电影节之一的第二届东京国际电影节上获大奖和最佳男演员奖，同时还获得了国际电影批评联盟特别奖和东京都知事奖。这些奖项的获得标志着中国电影开始迈进世界第一流电影的行列。在国内，《老井》也赢得了政府、专家和观众三方面的一致推崇，荣获广播电影电视部优秀影片奖，第八届中国电影“金鸡奖”最佳影片奖和最佳导演、最佳男主角、最佳女配角奖，第十一届大众电影“百花奖”最佳故事片奖和最佳男主角、最佳女配角奖。

1987 年，西影拍摄了《孩子王》，将探索的触角伸向了一个新的高度。与《黄土地》相比，《孩子王》在总体构思、剧作结构、表现技巧、镜头运用、演员表演等方面都显得更加圆熟，思想内涵也更为深广、更为复杂，因此也更难看懂——更需要在一定的文化背景中反复读解才能领悟其意义。它集合了导演对教育、文化和人等诸多层次的思考。虽然本片在参加戛纳国际电影节时由于诸种原因，特别是文化背景的差异而未能获奖，但它却在中国的一群文化人中找到了知音，并荣获第八届电影“金鸡奖”最佳导演特别奖和最佳美术奖。

迄今为止，为西影，同时也是为中国电影在世界上赢得了最高奖励的影片是《红高粱》。此片荣获了世界三大电影节之一的柏林电影节的“金熊奖”，并入选世界十大优秀影片，位居第二。然而，如果我们从影片的思想内涵，特别是对中国传统文化的反思角度来看，《红高粱》也许未必比《老井》《黑炮事件》《孩子王》更深沉、复杂和细腻。《红高粱》之所以得奖，除了生活内容和历史思考方面的原因，也许更不能忽视的是，它是一部非常电影化的电影，不是强迫或诱使观众去思考它有什么思想意义，而是给观众带来一种视听上的冲击和心灵上的震撼。可以说，《红高粱》充分利用了人和景、色和光、声和画等一切电影的视听因素，谱写了一部热烈奔放的视听交响乐。它的出现，使人们再次思考“什么是电影”这一永远没有最终答案的命题。英国女影星蒂尔达·斯文顿对《红高粱》的评价是：“这是我多年来看到的唯一可称为电影的影片。”这是对《红高粱》的最高评价。值得我们思考的另一问题是，从 20 世纪 20 年代的先锋电影到 20 世纪 60 年代的新浪潮电影都可以看到，越是电影化的“纯电影”往往越缺乏观众，而《红高粱》这部“唯一可称为电影的电影”，与《老井》一样，赢得了政府、专家和观众三方面的一致赞赏，荣获广播电影电视部优秀影片奖，第八届电影“金鸡奖”最佳影片奖和最佳摄影、最佳音乐、最佳录音奖，第十一届大众电影“百花奖”最佳影片奖。这是《红高粱》的又一重大突破。它表明，新时期西影以至中国电影艺术的探索，经由了内容上由表及里、形式上由横移和衔接的发展过程之后，终于进入了一个内容到形式、传统与现代、中与西融会贯通的新阶段，逐步走向了成熟。

《最后的疯狂》在惊险片的拍摄上取得了突破性的成功。这是一部追捕逃犯的警匪片。影片不仅讲述了一个引人入胜、险象环生的惊险故事，而且将镜头探进武警和逃犯的内心世界，栩栩如生地塑造了两位经历相同、性格相似的对立人物，并引发观众进行更深广的人生思考，体现出一种鲜明的导演个性和艺术追求，令人耳目一新。《最后的疯狂》荣获1987年广播电影电视部优秀影片奖和第八届中国电影“金鸡奖”最佳影片荣誉奖。

任何比喻都是有缺陷的。我们简要描述西影在新时期的这一二三级跳越，可谓一步一胜境。在它第三次腾越之后，西影的创新探索并未停止，它仍处在不断的突破、前进之中。我们期待着西影把这最后一跳的全方位突破期，当作下一次三级跳远的助跑，完成又一个创造最佳成绩的三级跳。

1989年5月，西安岚楼

注：由于《老井》和《红高粱》的评论较多，笔者也有专门的文章，本文不拟赘述。仅从西影艺术发展道路的宏观角度做扼要的述评，特此说明。

第二个十年：中国电影的造山期

中国新时期电影的第一个十年过去了，这是多元探索的十年。

正在来临的第二个十年，将进入多元融合的十年，也许会出现中国电影的一个造山期。

十年电影探索的历时态，是由技巧突进到意蕴，由电影观念突进到文化观念，由表现突进到再现。十年电影探索的共时态，是雅与俗、古与今、中与西、蒙太奇与长镜头、纪实与哲理、再现与表现、类戏剧、类诗歌、类散文、类音乐、类绘画影片等各种尝试与追求的共存共荣。

十年探索使中国电影的地平线上出现了乱花迷眼的多元繁荣。而在中国电影的地平线下则涌动着冲决地层的、趋求突破的炽烈熔岩。这熔岩将借助艺术家们在第二个十年的劳作，訇然而出，形成中国电影的造山运动。

以多元探索为标志的时期，常常并不是产生史诗和巨片、大家和大手笔的时期。多元探索，意味着激扬才气，触发聪明，标新立异，争奇斗艳。历史老人一百八十度的遽然转体，使大至民族、小至个人的命运发生了喜剧性的反转，心灵承受着新向度和旧惯性的悖力挤压，感情翻腾起风骤浪急的海啸。百废待兴的国家、百废待兴的电影、内搞活外开放的空气，使每个艺术家被“左”雾窒息的创造力急速苏醒，迫切寻找着变为艺术实践的途径。他们站在一个新的起跑点上：世界电影新潮和民族原有传统提供了辐射状的参照坐标，民主与宽松的气氛默许他们在众多的方位上去一试才智。在第一个十年中，电影艺术家的情绪是兴奋的，心是热的，日程是紧张的，言行、思考以及感悟是高频的。原有的审美原则已被突破，新的艺术体系未见有众望所归的巨匠来建构。电影在艺术上成了频道繁杂的天空。每个从业者都希望发挥自己某一方面优长的艺术智慧，在这块天空上占有一个波段。这个波段越是与众不同，越能引起接收者的兴趣。就某一位编导来说，由于具备了在观念、手法上多元选择的可能，而电影生产又较多地受到精神市场的制约，他们常常不由自主地根据观众兴趣或艺术舆论快节奏的变化，快节奏地调整和重选自己探索的方位，而忽视了在一个方位上探索的执着，这常常错过更大成功的机会。因此，在探索的十年中，在具体的艺术家身上，常常表现为创作个性的游移和创作水平的不稳定。创新的喜悦常和蜕变的痛苦、探索的迷误同时出现。

探索带来了繁荣。繁荣还不是成熟，成熟需要时间的积累，需要从生命的勃发疯长中冷却，需要对多元的探索做批判反思，需要在思想、生活、艺术和知识上做从容大度的涵养，需要在第一个十年多元探索基础上实行多元融合。

多元的融合不排他，不以白诋青，不以新出现的突破否定已有成效的突破，也不要求谢晋变成滕文骥，或以田壮壮来衡量吴天明。它承认多元，汲取各家之长而不失去自己，在自己和他人之间寻找最佳轨道。

多元的融合不排斥传统。它认识到艺术传统之所以能够在时光悠长的审美中积淀下来，必有它的优越处，必有与它相应的社会欣赏需求。传统无法否定，传统需要改造。在改造传统中出新，即推陈出新，和在横向移植中出新，即引进出新，是我们的两个出发点。融合要求在创新与传统之间寻求最佳轨道。

多元融合不排斥观众。它决不以为观众愈少就愈见其深刻，愈见其艺术。任何艺术劳动都是为了传播。电影将艺术插上科学的翅膀，正是为了更广泛的传播，为了使自己成为最具群众性的艺术。一种新观念、新手法出现之初，曲高和寡是允许的，但不断追求更多观众的理解，从来是艺术劳动的内动力。作为群体的观众，也从来是优秀艺术成果的伯乐和知音。如果整个精神市场对某一创新长久保持礼貌的缄默，那是一种不言而喻的讯号。融合要求在自己的镜头和观众的眼睛之间寻找最佳轨道。

多元融合不一味迷恋影片的“爆满”，甚至也不一味迷恋影片在当前社会的思想艺术冲击力。它认识到，电影既面向时代——那是历史的一个最新段落，也面向由过去向未来演进的整个历史进程；既有责任在现实中取得良好的社会效果，也有责任给人类文化宝库奉献一点恒久的积累。融合要求在当代的社会冲突力和后代的审美传世力之间寻找最佳轨道……

无须说明，这一切，都不是对某一部影片、某一位影人的要求，而是提出一种宏观的创作思想。

第一个十年，为多元融合创造了不少良好条件。社会的稳定、上升和开明，社会主义文艺管理的不断改革和完善，党的文艺方针在调整中趋向稳定，社会欣赏群体电影文化素养的起步和提高，都为巨片的诞生提供了客观条件。而近年来电影创作呈现出种种发展趋势，诸如：历史反思和现实改革在生活内容上的融合；人性人情描绘和历史运动展示在情节和形象中的熔铸；作品在更开阔的境界上参与历史——影片民俗色彩的加强，自然力暗喻的被重视，文化意识的渐次显豁，等等。在大量、随意地引进西方电影观念和手法之后，开始注意到了从内容出发，注意到了艺术上的贴切和融洽；民族电影传统在短暂的手足无措之后，经过自省、整饬、汲取，重又迈出大步，出了好片子。这两方面在“寻根”的主张中开始衔接——“寻根”电影生活内容是向着本土的、传统的，艺术思想则是当代的、世界的。从这个意义来说，多元融合早在第一个十年中，静悄悄地和多元探索一道进行着，只是还处于不自觉状态而已。也许正因为这种不自觉，第一个十年的电影尽管在许多领域和层次都有了山峦和高地，尽管平均海拔有了大幅度增强，却应该说，还没有出现盖世气概的昆仑和足以令人仰止的“珠峰”。

现在，关键在电影艺术家自身的弱点。整体上看，影人对探索时期之后电影向何处去还缺乏把握，对巨片、对大家风度的追求还不自觉、不急迫，往往留滞在多元探索中，满足于小打小闹。如果说作家存在非学者化问题，影界则更甚。对艺术技巧和审美意识的关注远胜于对社会意识，特别是哲学意识的培养。由技到艺、由艺匠到艺术家、由艺术家到思想家的过渡，大部分同志还不能说已经完成。在中外文化素养上，尤其是在中国历史与哲学、美学素养上，和夏衍、阳翰笙一代还有较大落差。在多元融合阶段，艺术家文化素养不足，融合的幅度就很难开阔，融合的程度也容易夹生。

所喜者，我们从谢晋对史诗、对巨片的呼唤中，已经听到了一代电影艺术家内心强烈的造山搏动。高峰在望。从第二个十年回首，定然是一览众山小。这憧憬当然不会是海市蜃楼。因为，我们今天已经不是站在“十年浩劫”的文化沙漠之中，而是站在新时期第一个十年营造的绿色景观之中。

1986 年 11 月 3 日，西安椒园

六十年陕西文学的贡献

——陕西作协庆祝新中国成立六十年座谈会发言

谈到六十年的陕西文学，一系列熟悉的作品和人物形象，一系列师友熟悉的身影，还有这些作品背后一系列的社会现象、心理现象、感情现象，就会在脑海里“过电影”。陕西文学的六十年，像长长的阶梯，阶梯上行走着几百上千个作家、评论家和文学活动家。放到文学史长河中，这也是非常美丽的一段水景。

一

回顾陕西文学六十年，给我们留下的传统，我觉得最重要的有三点：

第一点，在艺术创作上，执着的、开放的、贯穿始终的现实主义追求，构成了陕西文学总的特点。为什么说执着？一直到现在，文学多向发展到当下这个样子，陕西文学的主流依然是现实主义，这是几代作家的执着。为什么说开放？陕西的现实主义追求是一种开放结构，不断容纳各种新东西，在现实主义大地上构成了多姿多彩的风景。

有真诚的革命现实主义。这就是柯仲平、柳青、杜鹏程、王汶石、李若冰的革命现实主义。我加一个“真诚”，是指不包括“文革”前后虚假的革命现实主义。这些具有真诚品格和革命情怀的作品，构成了中国革命现实主义一个极有历史价值的板块。对合作化运动的历史评价尽管变了，但《创业史》所记录的那个时期中国农村的社会情绪和心理却有恒久的审美价值。

有地道的乡土现实主义。像早期的陈忠实、贾平凹和邹志安、京夫、冯积岐。乡土现实主义更多从农村生活和乡土风情出发，将草根人群的生存状态转化为审美形态。

有深邃的文化现实主义。到 20 世纪 90 年代，相当一部分作家从乡土现实主义出发，进入了文化现实主义的深邃追求。像陈忠实，拿他早期的短篇和《白鹿原》相比，根本的区别正是由乡土现实向文化现实的提升。像贾平凹，起步之后很快便开始聚焦社会情绪，将社会情绪典型化，进入了文化现实主义境界。

有浪漫的诗性现实主义。比如高建群、红柯，他们明显地区别于乡土现实主义，带有西部独有的浪漫情怀和诗性追求。但不管红柯还是高建群都不否认自己走的还是现实主义路子。他们是用诗性现实主义的方式去描述现实中更具浪漫情怀的一群。

还有开放的现代现实主义。包括那些反映城市风情、现代生存的小说，现代色彩很浓的诗歌，以及部分网络文学作品，都构成了现代现实主义的交响，出现了一种百花齐放的局面。

现实主义文学在陕西这个地方，永远不断流，永远在更新，一次一次实现了高层次回归。陕西是中国文学的重镇，尤其是文学的现实主义重镇，是现实主义的领军之地。

第二点，从作协工作看，陕西作家队伍的培养和构成，为全国提供了普遍性经验，这便是从草根中、从平民中、从一线的社会劳动者和文学劳动者中选拔作家。若没有这样的经历怎么办呢？补课，去当基层干部，投身于生活的漩涡之中。选上来，派下去，让作家长期浸泡在民众的生存和社会的实践中。这点“文革”前后一直坚持下来。柳青去长安任县委副书记，定居皇甫村十三年；杜鹏程去宝成铁路任宣传部副部长，夜走灵官峡；路遥在铜川煤矿挂职，贾平凹任商洛文化局副局长，陈忠实从基层来又回到基层；年轻的如周瑄璞，当过好几年售票员，对城市底层生活该有多少体验？对人生有切身的感性体验，又有富集的社会信息，这样的人来当作家，就是王国维说的、柳青一再强调的“不隔”。有位作家当了几年县委副书记，回来说：“在县上开一次常委会，对社会和人生的认识、感受，比在作协住一年都强烈。”这就是我们培养文学人才的思维，也是我们给中国文学提供的经验。

第三点，从文学环境看，陕西的文学审美氛围浓郁，文学从业者有着比较高的社会地位，这是陕西文学能够繁荣的重要基础。文学在当代被一次次边缘化，陕西还能有这样的社会认可度，时不时便成为社会关注的焦点，真不容易。

以上三点是我们陕西文学六十年来在全国文学格局中的特点。

二

今年是新中国成立六十周年，陕西的当代文学作品，尤其是长篇小说，缀连起来看，比较完整地反映了新中国成立前后的社会历史进程，尤其是中华民族的心路历程。对新中国社会发展和民族进步的心路历程做美学的记录，是陕西文学作品谱系一个很重要的特点。

从心路历程来看，《白鹿原》写了什么呢？写的是新中国诞生前晦暗的历史文化背景。它以深沉的透析写出了新社会诞生的历史必然性和文化必然性。它贯穿着一个潜台词，这个潜台词是一种社会的、民众的情绪，就是这个社会要变，要更新，再不能这么下去了。类似俄罗斯萧索时期的文学如托尔斯泰、契诃夫的作品，从社会心灵的苦难中发掘、呼唤新的曙光。

《保卫延安》写了什么？写了为新中国奋斗的英雄群体和全体军民那种昂奋向上的情绪，我们从中感觉到了中华民族在迎接新生命诞生时生命的喷薄和感情的激越。到现在为止，很少有人把民族激情表达得像《保卫延安》这么有分量。

《平凡的世界》写了什么？它记录了“文革”之后，中国人要改变既有生存状态的强烈愿望，孙少安兄弟再不愿也不能像祖辈那样生活下去了。路遥笔下所有的主人公都有这种强烈愿望，就是要告别原有的生存方式，进入一个新的生存方式。这是改革开放之后整个民族最强烈的愿望，它是一种呼唤改革的民族心愿。

贾平凹的《浮躁》也聚焦到时代情绪上，着意写出了改革开放初始时的那种急切心理和浮躁情绪。这是后来“浮躁”成为一个关键词、一个流行语的深层原因。但换个角度，它也写出了一种急切之情，国家不能不变，急着要变，有些浮躁也便不可避免，也便可以理解。

然后，邹志安的《乡村爱情探索》三部曲，是一曲改革开放进程中农村风情的奏鸣曲，明朗、犀利而幽默，字里行间跳荡着历史变迁之后，中国新农村那种欢跃的情绪信息。我们听到了农村的笑声。

贾平凹的《废都》着意表现的是，一个民族经历浮躁之后，社会变革与人文心态之间的错位。社会进入了现代市场经济，知识人的人文心态还没有跟上，这种错位导致内心的失落和颓废，甚至使他们成为精神漂泊者。作家捕捉到了特定历史时期的这种叫作颓废的社会情绪。然后是改革开放逐渐走向成熟，不管是悲是喜，是甜是苦，农村的变化已成为历史事实，在《秦腔》和《高兴》中我们听到了农村和农民工伴和着眼泪的笑声。

把当代陕西的部分重要作品这样缀连下来，可以看出陕西作家充分而成熟的现实主义精神，它们是如此完整地描绘出新中国成立前后六十年的心路历程。

三

对陕西文学今后的发展，我想说两点希望：

一是要拓展国际视野与现代眼光。这方面，我们还有很长的路要走。陕西对现实主义的执着和坚定，从另一个向度上局限了现代意识的拓展。其实陕西的大家都有宽阔的国际视野与现代眼光。陈忠实写《白鹿原》前，一是到家乡发掘素材，检索摘抄地方史志；一是读外国名著，做笔记，触发与本土文化的融合后才进入创作的。读贾平凹的文字，我们直接感受到的是中国美文传统的创造转型，其实在他的冷幽默和随手拈来的比喻深处，有许多现代主义、象征主义的光彩。陕西作为文学大省，“大”的表现之一就是大视野，大文化视野和国际视野。我们不能满足于再自己和自己比，自己和自己学，应该有国际视野。这种国际视野一定会冲击原有的审美心态和思维定式，迸发新的灵感、新的构思、新的句子。

二是要更加丰富文学生态。我们的小说雄居榜首，长篇小说更是风头尽出。散文在全国也很有地位，但是对散文和诗歌的重视和舆论关注还不够。比如中华人民共和国六十周年大庆前后媒体对全省文学的排行榜单几乎全部是小说，我们不是没有能拿出去的散文大家，我们的诗歌也更需要扶持。诗歌对小说、散文，对整个文学创作非常重要。贾平凹、红柯、刘成章，还有上一代的魏钢焰，都是写过诗的。没有诗性，没有对语言句子的提炼，哪有精彩的小说、散文？也不要瞧不起儿童文学和报告文学，它们在培养下一代和为现实服务方面的功能非常重要，值得尊重。应该逐步地使我们的文学生态更加合理起来，这有利于文学的可持续发展，也有利于丰富民众的文学生活。

2009 年 9 月 10 日，西安

由复苏到复兴

——改革开放四十年陕西文学的个人记忆

今年是改革开放四十周年，我的生命正好以四十年为界分为两大阶段。我马上就八十岁了。在我三十八九岁的时候，“四人帮”被粉碎了，“文化革命”结束了，国家进入了一个新时期。

那时我正下放在嵯峨山下的一个国防工厂，远离我的本行——新闻和文学，在工厂当秘书。在那看不到尽头的“文革”时代，准备于山沟里终老一生。

1978 年 3 月，北京召开了全国科学大会，邓小平同志在会上号召向科学进军，郭沫若发表了书面讲话《科学的春天》。作为一个老大学生，一个写过一点作品的人，我的心立即死灰复燃，春情萌动。我拿了一个小板凳坐在山坡上，把那份报纸看了又看，泪眼蒙眬，觉得不到四十岁，还有机会挽回逝去太多的生命。于是每天下班以后，借着落日的余晖在山坡上开始看书，没有多少书可看，就看哲学书。黑格尔有一句话启发了我：“当你在人生的道路上有困境的时候你就去找哲学。”

在我重新拣起书本的两三个月后，人民大学新闻系高我一班的同学，在江苏工作的胡福明，写出了《实践是检验真理的唯一标准》一文的底稿。经过中央反复修改，由《光明日报》、《人民日报》、新华社全力推出，成为十一届三中全会的理论基础。

一个新的四十年开始了。

当时我很激动，赶紧把自己的一个读书体会也写成一篇哲学论文，叫《要重视矛盾同一性在事物发展中的作用》。反思“文化革命”十年，混乱的关键是一个“斗”字，总是把人群层层切割，制造各种各样的对立面，到处在斗，你斗我斗，这一派斗那一派，斗国外“帝修反”，把矛盾运动的斗争性超域、超载地扩大，超过临界线地扩大，给国家造成了灾难。

矛盾运动的基本规律是什么呢？我在列宁的著作里找到了一个答案，他说辩证法是研究斗争的，但是归根到底是研究同一的，是研究对立的双方怎样在斗争过程中互相吸收、转化，然后锻造出一个新的平台，产生一个新的事物，来推动社会向前发展。我恍然大悟，原来辩证法不仅讲斗争，更讲同一。我写的这篇八千字的文章，在11月份《光明日报》“哲学”专刊全文发表，不几天，中央人民广播电台连续两天全文转播了。

敏感的人知道中国的春天要来了，但基层并不知情。当时我们单位召开了“帮助”我的会，说毛主席讲矛盾的斗争性，讲一分为二，你为什么讲同一性，讲合二而一？我有口难辩。那时候的气候乍暖还寒，春寒料峭。三中全会之后，这篇文章被收进了《1978—1981年哲学论争集》。

应该认真深入地想想，我们搞革命干什么？当然是打破一个旧社会，但是那是最终目的吗？不，重建一个新中国才是我们的最终目的。建设新的社会，这正是矛盾同一性大可用武之时。

四十年来，历代领导人无一不重视发挥矛盾同一性的作用。邓小平同志一上来就说，稳定压倒一切，对外不称霸，我们永远是第三世界；对内不争论，发展是硬道理。稳定、不争论，同心协力搞建设，就要抓同一性，调动各方面的积极性，这是我们党真正由革命党转变为执政党的哲学基础。

江泽民和胡锦涛同志先后提出了和谐社会，提出了科学的协调的可持续发展。什么叫和谐、协调？就是空间范畴上的同一，把各个板块的利益诉求整合在一起。什么叫可持续？就是时间范畴上的同一，把各个时间段的不同情况整合到一起，以实现发展的可持续。

进入习近平新时代，我们更加重视发挥同一性的作用。国内的改革开放，我个人认为大致经过了四个时间阶段和四个空间区块的交错进行。最早是“沿海开放”，诞生了以深圳为标志的国际性大都市，现在发展为粤港澳湾区。粤港澳组合在一起，将与东京湾区和旧金山湾区域媲美。后来，提出围绕上海浦东的“沿江开放”，逐步形成沪杭甬湾区与长江三角洲经济区。之后又提出了“一带一路”倡议，全力实现“沿路开放”。还提出了“沿都开放”，在首都西南面建设千年大计的雄安新区。一步步将改革开放由东向西、由南向北纵深推进，向中国腹地推进。这是什么？这不就是对发展不平衡的整合和同一吗？

经济上，我们在数量经济基础上转型升级，重点发展质量经济。关了很多高耗能厂子，比如煤炭、钢铁和小水泥。规模缩小了，产能质量却大幅度提升。工业不再只关注数量性增产，而是重视科学化智能化改造。农业也不再简单要求产量增加，而是追求新农村建设的综合质量。

国际上，也十分重视发挥同一性的作用。我们反复提全面战略伙伴、命运共同体、新型全球化，这都是在各个国家、各个民族、各种利益诉求和各个政治版块之间寻找同一性，把合作的可能性最大化，以推动民族和国家的发展。

四十年来，可以看到我们国家由革命党逐步走向执政党的轨迹，由侧重抓矛盾斗争性到侧重抓矛盾同一性的脚印。实践是检验真理的唯一标准，和谐、同一是稳健发展的重要条件！

改革开放之初，我们这些“文革”中的下放干部纷纷落实政策，回到原单位。我也重操旧业，回《陕西日报》当了文艺编辑和记者。“文革”中被撤销的中国作协陕西分会和其他文艺家协会重新恢复了，不久改名为陕西省作家协会。下放各地“干校”和农村的作家、艺术家和协会工作人员陆续回到原来的岗位上。

我记得 1978 年到 1981 年，文艺复苏的那几年，我参与报道了许多为作家作品甄别、平反的活动，柯仲平、马健翎、胡采、柳青、王愚，一个个摘掉了强加于他们头上的“叛徒”“右派”“走资派”“黑作家”种种不实的帽子，被“解放”出来，重新工作和写作。记忆最深、规模最大的一次，是为杜鹏程同志和《保卫延安》平反、恢复名誉。因为对老杜和他作品的批判曾经是全国规模的，平反昭雪时中央和省上都有人出席，消息写得很长，好像还上了头版。这是文艺生产力的一次重振，一次大解放。

在“解放”老作家的前后，《延河》杂志复刊了，又调进了一些编辑和创作力量。有了园地，陕西的文学创作力量开始聚集。

1978 年，贾平凹、莫伸双双斩获改革开放之后第一次全国性文学评奖——全国优秀短篇小说奖，在他们身边，聚集着路遥、陈忠实、邹志安、京夫、蒋金彦、王晓新等中青年作家的身影。他们和重新拿起笔的老作家们一道，实现了陕文学的再次起跑。

改革开放以来陕西文学的发展，我觉得大约有四个阶段：

第一阶段，我把它称为“两代接力”的阶段，基本上是改革开放后的前十年，就是上面说到的那几年。

第二个阶段，是“陕军东征”阶段。基本上是 20 世纪 80 年代末期到 21 世纪初叶。这十多年中，路遥、陈忠实、贾平凹、高建群、程海，还有京夫、邹志安、叶广芩、刘成章、红柯、孙皓辉、杨争光、阎安、吴克敬、和谷、方英文、冯积奇、王蓬、冷梦等新一代中年作家群体整体亮相，走向全国。有的已经在文学史上确立了自己的地位。

在这个发展进程中，有一个值得探讨的问题：改革开放初拨乱反正和西潮东渐时期，为什么伤痕文学、改革文学和后来的现代主义思潮在陕西没有像在其他地方那样风行一时？虽然这几方面也有好作品，像白描写北京知青在陕北插队生活的《苍凉青春》影响就很大，但总体上没有形成大气候。我认为这是陕西作家一贯的传统和内在素质决定的。在社会风云和美学思潮的变幻中，他们始终沿着现实主义的路子走着，沉潜进民间生活之中，有的去基层挂职蹲点，有的埋头写自己熟悉的生活，很少赶风潮，或用某种理念图解人物形象，或在思潮的变化中“翻烧饼”。几年过去，他们带着作品从底层来到省城，来参加太白短篇小说研讨会、榆林长篇小说促进会和一些作家作品讨论会，一直切切实实沉浸在自己的艺术劳动之中。这是沉厚的生活给予陕西文学的定力。这种定力是日后出现“陕军东征”的一个内在原因。

“陕军东征”之所以出现，我感到有这么几方面原因：

首先是本土文学的实力所致。陕西新老两代作家，在代际传承完成之后，中年作家中的实力派形成了强烈的亮相冲动和亮相实力。1986 年路遥他们策划的陕西作协长篇小说促进会在陕北召开，就是一次战前动员，吹响了冲锋号角。大家都在登山，多么需要鼓劲啊！

其次是全国长篇发展的大势所趋。从全国长篇创作的发展来看，改革开放的前十年作品总体上数量较少、质量不算上乘。所以，文学创作在“文革”中断了十几年后，集群性地拿出新作、力作，是全国长篇创作的大势。陕西以自己沉稳的蓄势，抢占了先机，一下拿出五部长篇佳作，产了集群性效应。

再就是新时代对好作品、大作品的呼唤。改革开放十多年了，文学已经走出了初期伤痕文学和改革文学的类型化，进入新时代生活的新常态。时代呼唤有力度有深度的大作品。十年说短也短，说长也长，应该是文学对时代做出呼应、做出交代的时候了，应该是作家用大作品来回馈时代的时候了，

毋庸讳言，“陕军东征”名声大噪，迅速引发全国性的争论，和一开始就卷入了对于《废都》和《白鹿原》的所谓“性色描写”以及社会政治评价失当有关。这些争论在本质上反映了改革开放初期中国社会思想和美学思想的两种倾向：是留恋过去，还是走进新境？争论因此远远超出了文学范畴，引发了整个社会的关注。而最后的结局，无论对作品还是对作家，都体现了“双百”方针的宽容。两部作品、两位作家都获得了业界和全社会加倍的认可。这次争论，使我们这个刚刚从极左思潮中挣脱出来的社会，开始能够适

应不同意见、不同看法，也给领导者提供了一个对待思想文化问题以疏导为主的理念和方法，对改革开放之后文艺新局面的形成起了促进作用。

这是新时期关于长篇小说创作的第一次大亮相、大争论，它确立了陕西文学在全国文学格局中举足轻重的地位，提升了陕西文学的品牌效应。

第三个阶段，“后东征时代”。“陕军东征”一马当先，使陕西文学再度冲上全国第一平台之后，逐步形成了五大板块。每个板块都在原有基础上有了提升。

高原板块——主要由写陕北生活的作家作品构成。他们把原来对陕北革命历史生活和文化风情的反映，升华为生命的宣泄、感应和激越的呐喊。

平原板块——主要由写关中生活的作家作品构成。他们也将过去反映农村生活内容的作品，转化提升到以反映农村变革为主的黄土地文明的转型这样一个层次，进入了解剖村社文化深层结构的层次。

山地板块——主要由写秦巴山区的作家作品构成。他们也有了提升。由写山区生活风情到写山地文化流脉，再到写山本生命，写山之本原、山之本来。他们笔下的山已经不是地域，而是一切生命的源泉和寓象。

西部板块——主要由写西部生活的作家作品构成。作品有着高远阔大的西部情怀，浓郁而蓬勃的诗性浪漫色彩。他们把西域游牧文化的动态感、交汇感、豪放感，以及西部人强烈的生命神圣感，注入自己作品的内里。

要指出的是，这个西部板块文学开始的其实很早，在“后东征”之前的20世纪80年代，这方面的创作实践与理论研究已经开始。创作由高建群《遥远的白房子》开先河，研究以陕西承办第一次中国西部文学研讨会为标志。西部文学、西部电影、西北风音乐形成热潮。文艺的西部板块是中原地区农耕文明和西部游牧文明在冲突中的融接，是现实主义和诗性浪漫主义相融合的成功尝试。到了今天，这个板块又是中国文学通过丝绸之路和国际交流的一个重要通道，很值得我们重视。

都市板块——都市文学在陕西原来不太兴盛，此时渐成气候。最早有叶广芩的都市家族文化系列，不久中青年作家便跟了上来。近几年值得注意的是陈彦的崛起，他以两部长篇集中描写了大长安大秦腔的主角、配角和后台人物的幕后生活。戏台小天下，天下大舞台，作者通过舞台生涯写出了大天下，写出了都市底层人命运的酸甜苦辣。一座西安这个古都，没有自己的都市文学作品是不可思议的。

第四个阶段，我称之为“新纪新变”或“新纪新人”阶段，是新世纪以来这十五六年，主要由“70后”“80后”“90后”的青年作家在经营。这是又一个代际交错、传承发展的时期。上一代作家中的精华加上更新一代的精锐，像陈仓、冦挥、周瑄璞、王妹英等很多人，组成了新世纪陕西文学的新方阵，构成陕了西文学的中坚力量。

近十几二十年，我转向了西部文化的研究，对于这一部分作家和作品，已经不很熟悉。在我的感觉中，由于现代网络媒介导致的地域性的淡化，以及专业创作色彩的淡化，将他们称为“陕军第二代”恐怕已经不是很确切了。在一个交流无比快捷而充分的时代，地域性淡化了，超越地域共有的文化色彩却大幅提升，这是时代潮流使然。他们的作品虽然读得不多，每有阅读，内心总是满怀着喜悦，甚至于倾慕。

总的来看，四十年来的陕西文学是稳健走向开放，走向创新，走向现代，相当有生命活力。创新的步子也许慢一点，并不总是显山露水，但不赶时髦，也少有反复，一直是中国现实主义文学高层次探索的一个平台，是中华文明深层次开掘的一个平台，也是人类生命文化层次上感应的一个平台。

四十年去来，我们对中国文学、对中国文学格局中的陕西文学充满了信心。

2018年10月5日，西安不散居

夯实高原，隆起高峰

今天是习近平同志在文艺工作座谈会上讲话发表四周年的日子。四年前的今天，总书记指出：“文艺是时代前进的号角，最能代表一个时代的风貌，最能引领一个时代的风气。”他鼓励我们不忘初心，推动文艺创作从“高原”走向“高峰”。

我想从创作的角度将陕西文学艺术夯实高原、崛起高峰的一些情况和体会，向大家稍作汇报。

陕西的文学艺术，应该说在好几个历史时期都构成了中国文艺的一方高原。在这个高原上，群山崛起，高峰雄峙。

这块土地在古代孕育了《诗经》三百篇中的小一半，有一百六十二篇诞生在以镐京为中心、从豳州到洽川的关中平原上。后来这里又是唐诗辉煌的主舞台，构成了世界诗歌史无可争议的高原。长期活跃于长安诗坛的诗仙李白、诗圣杜甫、诗佛王维以及陕西籍的白居易、王昌龄、杜牧，都是无可争议的诗歌高峰。文章这里有司马迁；书法这里有颜筋柳骨——颜鲁公和柳公权；绘画这里有阎立本、关仝、范宽；建筑艺术这里有宇文恺；学问这里是萌易、生道、立儒、融佛之地，还有明代张载的关学、近现代的吴宓，以及书法宗师于右任；再有，便是作为辛亥革命文化转型的西安易俗社和延安文艺运动标志的陕西戏曲研究院（即民众剧团）两个剧团。他们无一不是这块文化高原上的擎天之柱。

在当代文化艺术平台上，文学方面，陕西出现了以柯仲平、柳青、路遥、陈忠实、贾平凹为高峰的文学高原，而且形成了以关中平原文化、陕北高原文化、秦巴山地文化和西部丝路文化四大板块为大文化背景的优秀作家群和作品群。艺术方面，音乐有以刘炽、赵季平为代表的两代音乐群体。美术有石鲁、赵望云、何海霞、刘文西为代表的长安画派、黄土画派、秦岭画派。影视有以张艺谋、吴天明为标志、曾经名传国内外的西部电影。戏剧，从易俗社到戏曲研究院，从马健翎到尚长荣，再到写“西京三部曲”的陈彦和获得“二度梅”的李梅，无一不享誉全国。

陕西先后涌现过中国剧协、中国音协两个全国文艺家协会的主席，三位全国作协副主席，六位全国美协、剧协、书协、曲协、民协、评协等文艺家协会副主席。这形成了陕西文学艺术各个门类的高原和高峰。

在从高原到高峰的奋斗过程中，陕西文艺形成了哪些特色和启示呢？我觉得有这么几个规律性的问题值得总结：

一，要在文艺创作上努力形成“厚土—高原—高峰”的良性生态循环。

上面提到的那些文艺大家、文艺高峰，不是西天的“飞来峰”，也不是兀然拔地而起的孤岭独峰，他们无不扎根于脚下的高原，被周围的群山环绕着、簇拥着。是高原以自身的海拔隆起了高峰，激发了高峰之间千仞争雄、万水竞荣的局面。而在高原之下，又有肥沃的现实生活厚土和丰腴的历史文化厚土，层层积淀、代代化育。“厚土—高原—高峰”，这是多么好的文艺生态。

厚土承载高原，高原隆起高峰，高峰一旦形成，又会有力地带动高原和厚土，带动专业和业余的文艺群体总体水平的提升。陕西每位文艺大家后面都有一个或几个创作群体，形成扇面形的方阵和流派。在每个方阵和流派背后，又有时间（历史）、空间（大地）的文化流脉和文化板块支撑着他们。柳青、石鲁、马健翎在各自的界别中甚至被大家称为“教父”。而柳青、石鲁、马健翎们却总是将老百姓和民间艺术家、将历史文化传统视为自己的老师，所谓“一手伸向生活，一手伸向传统”，真诚地拜人民为师、拜传统为师。路遥、陈忠实、贾平凹也不只在文学风格的意义上，更在文化地理和文化人格的意义上，成为黄土高原、秦川平原和秦岭山地三个陕西地域文化最典型的符号。

二，对于这块土地的现实生活和文化传统要有矢志不移的对象化的热情和深度。

习近平主席多次谈到柳青为了写《创业史》在长安皇甫村安家十四年的事。在这个漫长的过程中，柳青让自己的生存方式实现了深度转化。显然，用“深入生活”来表达已经不够了，它是作家整个生命和创作状态的对象化，即柳青的“文学世界”向着描写对象即“皇甫村世界”的深度对象化。这种对象化是双向的。一方面，将陕北作家对象化为关中农民，将柳青对象化为王家彬；另一方面，又将生活对象化为艺术，将农民对象化为典型，将王家彬对象化为梁生宝。

刘文西也是这样，这位浙江籍的画家为了画好陕北人，在六十多年的岁月中，将自己的人生安顿在陕北黄土地和延安窑洞中，让自己的生命与父老乡亲血肉相连。他以几十年的时间实现了双向对象化——将自己对象化为延安人，又将延安人对象化为百米长卷《黄土地的主人》等系列作品中的艺术形象。

吴天明在拍电影《老井》时，要求张艺谋等几位主要演员像大山中的开山工那样顶着烈日去背石板。十几天下来，人晒黑了，演员在对象化实践中也找准了角色的内心感觉。

贾平凹稍有不同，他是商洛人，一生致力于写本土，写商山和秦岭。但是他对本土的认识也有一个由浅入深的对象化过程。开始是写“山区”，后来是写“山地”，由生活层面进入文化层面；最后则是写“山本”，写山之本原、山之本来，这就进入了天、地、人三才互动的大生命层面。他由秦岭写到长安，写山文化与城文化通过人物活动和生命运动的互融互动，格局与纵深之大十分罕有。这都是作者多次让自己的生命和山河、大地、人生相互对象化的结果。

以此故，这些艺术大家都先后由“我写你，画你，演你”，进入了“我写你，画你，演你，同时也在写我，画我，演我”的境界，对“我”的表达与对“我们”的表达便这样融为了一体。

三，要特别重视以新阶范畴来激发创造和开放的艺术气质和文化思维。

陕西文化艺术界给外界的印象，似乎比较稳重，甚至倾向于保守。其实陕西文化的内在结构是创造型和开放型的。这块土地历史上有汉唐时期开放兼容的气度，一直延续至今。在生活和创作过程中，陕西作家艺术家十分注重吸纳各种新的文化因子来化育创新元素，尤其注重在生活和艺术、主体和客体的矛盾运动中发挥新阶范畴、新阶思维的激励和推动作用。

马健翎本是北京大学学生，他到延安后，将五四新文化运动和延安革命文化的新因子，即新阶范畴因子，输入民间的、传统的艺术，使秦腔和眉户耳目一新、脱胎换骨，成为新时代人民群众喜闻乐见的新艺术。

第五代导演张艺谋也是这样。他们那一代吸收了改革开放后新的社会观念和世界新的电影观念，以电影创作的新阶范畴、新阶思维激活自己的创造激情和创新能力，便产生了《黄土地》《红高粱》这样轰动国内外影坛的经典佳作。

我们都强调《白鹿原》是陈忠实潜回家乡土地上猫了好几年的成果，但往往忽略了他在白鹿原的农舍中，曾经集中对外国现当代文学进行过深入的研究，而且写过多篇心得文章、做过多次专题讲座。他从世界文学新成果和新思维的高度重新审视脚下这块土地，将新阶范畴种植在白鹿原的土壤之中，这构成了作品成功的一个重要因素。

贾平凹可以说一开始就走出了陕西文学主流传统的近亲繁衍，他追随的是沈从文、孙犁、汪曾祺那个流脉。而后，他又与中国古典文学的主干拉开距离，从《聊斋》《山海经》，从宗教艺术目连戏和民间碑板铭文中去吸取营养。新颖鲜冽的新阶坐标和创新思维激发了他对当下生活不同于人的别一种认知，这才有了贾平凹。

赵季平本来是科班学作曲出身，但音院毕业后他在戏曲院团工作了整整二十年。深度进入中国戏曲音乐、民族和民间音乐，对他来说，就是进入新阶音乐理念和创作思维的过程。这使他在学校养成的音乐审美结构产生了极大的变化。不同文化、美学和作曲坐标杂交融汇，使赵季平也有了不同于众的新面貌。

四，要加强对各层次文艺人才的培养，形成多层递进的梯队结构，营造尊重、关爱文艺和文艺家的社会氛围。

在陕西，宣传部、文化厅、参事室（文史馆）、文联、作协、社联以及新闻出版、高等院校等各个相关方面，设置了陕西文艺大奖等几十个奖项组成的评奖系列。还专设有针对老一代文艺家的“崇文书系”、“三秦学者”、老艺术家专项出版资助等，也设有针对青年文艺家的“四个一批”“百人青年创作”等人才培养计划。重点的出版、影视、舞台演出和大型活动都有专款资助或由政府购买。对于突出人才的培养宣传更是不遗余力，基本做到了创作有支持、名誉有认可、生活有保障、社会有氛围。

由于组织得力，这几年西安打造书香之城、音乐之城、梨园之城、唐诗之城、博物馆之城以及智慧之城成效显著。定期举办的“丝路国际艺术节”“丝路国际电影节”影响日益增大。省、市多方发挥丝路起点优势，大力加强与丝路各国文化艺术的交流合作，丝路卫视、丝路城市电视、丝路博物馆与文物考古修复等各类文化艺术联合体正在切实推进。

这些文化品牌系列，极大地促进了陕西文艺向更高水平的推进，也为西安建设以历史文化为特色的国际化大都市提供了新的助力。

2018 年 10 月 5 日，西安不散居

创造　创造

——陕西文艺大奖颁奖座谈会发言

在党的十七大召开前夕，我省集中奖励表彰了几十部近几年的优秀作品和文艺家，这是新世纪陕西文艺成果的一次集中展示，显示了陕西建设西部强省在文化强方面的实力和气势，也显示了陕西文艺在全国的水平和地位。我们涌现了这么多具有全国影响的作品和作家艺术家，也在全国文化市场中占有了更多的份额，党和政府对文艺的组织领导，无论观念、机制还是能力，都更趋成熟，能不高兴？

作为一个文艺评论工作者，多年来主要是浇花、当人梯，为创作服务，直接的创作成果比同行们差远了，这次能获得首届陕西文艺大奖的艺术成就奖，实在心有惭愧，很感谢领导的关心，同行的支持。我是文艺界的一名老兵，老年、中年朋友不说了，看到像陈彦、红柯、王全安这样一批 40 岁上下的青年朋友，也一波一波以自己的力作产生全国性影响，心里不知有多么高兴、多么钦佩。我要认真向文艺界的老、中、青艺术家，向所有的新老朋友学习。

我感到，我省文艺从创造力、执行力到影响力，在全国都不算弱，但再提高的空间也很大。譬如，个体创造力高于群体创造力，而在创造力中创作实践能力又高于创意策划能力，这个现象就值得我们研究。这会使我们的作品虽有十分的结实却往往只有七分的新意，也使陕西文艺在全国的影响往往不能聚合为强劲的冲击波。创意求新，并通过对人力、艺力、财力资源的组合，实现新的创意，是一个地区文艺水平的基础，是创作的首要环节。我希望文艺界的领导和朋友们今后更重视创意策划的价值，更重视具体创作开始之前的宏观判断和反复论证，把创意策划当作艺术生产力的有机部分。将文艺界的创意策划力量和早已介入市场的创意策划力量结合起来，多而细地研究别人，严而深地反视自己，形成推动陕西文艺一种新的要素。

2007 年 10 月，西安不散居

蓦然回首，灯火璀璨

——西部大开发十年陕西文艺一瞥

西部大开发战略已经实施十年，陕西文艺在这期间的长足发展，无不追随着、叠印着整个国家西部大开发的脚步。25 年前，我在专著《中国西部文学论》中曾经说到，西部文艺在新时期的发展，是一个双向趋近的过程，既是现代文化对西部的强劲召唤，也是西部文化现代意识的苏醒和萌动。十年虽只是匆匆一瞬，作为这个时期陕西文艺实践的参与者，蓦然回首，竟有看不尽的风景、道不尽的风采。

一

陕西文学是带着 20 世纪 90 年代“陕军东征”的光环进入新时期的。“陕军东征”被文学史界称为新时期全国长篇小说创作的一个标志性事件。那时候，陕西的小说更关注农村，更关注过去了的生活，更看重埋头苦干。但在陈忠实那部以近现代史为背景的长篇小说《白鹿原》之后，以贾平凹的直视当代生活的长篇小说《秦腔》为代表，近十年来的陕西文学，从上述的三个“更”中华丽转身，转向更关注当下生活，更关注城市生活或农村的城市化进程，更关注西部和秦地那些少被发掘的古典文化资源。这便有了《大秦帝国》（孙皓晖）、《乌尔禾》（红柯）、《大平原》（高建群）、《青木川》（叶广芩）、《老子》（张兴海）等作品的集群性涌现。陕西文学队伍在这十年中大面积更新，作协逐步淘汰了专业作家制度，实现了流动的签约作家制度。一批搏击在新世纪生活第一线的、年轻而有创造力的中青年作家，以签约的方式组成了极具实力的新的作家方阵。太白文艺出版社策划实施的“西风烈”丛书，整合文学资源，形成出版品牌，以空前规模推出百位陕西作家的百部著作。文学成果向文化市场多个领域的扩展伸延，正日益受到重视；作品改编成电影、电视剧、话剧、戏曲、歌舞剧、视觉艺术以及翻译推介到国外，已经屡见不鲜。

二

“长安画派”以“一手伸向传统，一手伸向生活”的创作理念和丰硕成果而蜚声华夏。这个画派的形成要追溯到 20 世纪四五十年代的两次文化西进。其创始者赵望云、石鲁、何海霞都是由外地进入西部的艺术家，而在他们之前或同时，王子云、常书鸿、黄胄、徐庶之等人也进入了西部。他们以扎实的传统功力来表现西部人物、西部风情和西部精神，又从西部生活中汲取营养实现笔墨的创新。

“长安画派”的这“两手”，已经成为陕西画家的圭臬，陕西美术创作共有的精神追求。秉承这种精神，刘文西在多年的探索中创立了“黄土画派”，很快凝聚了一批以西安美院为核心的画家群体，他们几乎每年都深入黄土地采风创作，佳作迭出。赵振川、石丹等一批西安美协的画家则在父辈的足迹上不断翻新，呈现出自己的新貌。王西京以重大历史题材的巨幅创作显示出沉甸甸的史诗分量，又以独秀一枝的线条显示出活跃的创造生命。他十几次带领西安国画院群体在全国巡展交流，影响极大。继谌北新之后，西安美院王胜利、郭北平的油画，以陈启南、王天任、张琨代表的雕塑家群体，也以追求新、品位高而受到全国关注。无论是崔振宽的浑茫苍莽、江文湛的隐逸高趣、苗重安规范中的庄重，还是陕西国画院郭全忠、张立柱、邢庆仁的写意风俗画，都极具功力和创造性。

还有近年来，民间艺术收藏可谓满天星斗，他们发挥市场经济和私有体制的优势，正在超越仅限于替国家博物馆拾遗补阙的阶段，逐步组合为几大旗舰，像“关中民俗艺术博物院”“亮宝楼”“经文牛文化博物馆”等等，形成了不可替代的特色，产生愈来愈大的影响。

三

西安电影制片厂是西部电影的主体基地，20世纪80年代曾经以《红高粱》《老井》《人生》等影片轰动全国，并因在柏林和东京电影节屡获大奖而产生了世界性影响。90年代，西部电影一度走不出内容的单一性、艺术的样式化和营销的市场化，而稍显沉寂。

西部大开发十年来，西部电影经过调整提高，以新的姿态走红银幕。杨亚洲的《美丽的大脚》、王全安的《惊蛰》《图雅的婚事》《团圆》，还有冯振志的《隐形的翅膀》，屡获全国大奖而引发轰动。与原来的西部片比较，精英视觉正在转化为平民视觉，冷峻的调子正在转化为温馨的调子，对西部的单维审视正在转化为西部与现代世界的对话，在原有的现实主义与现代主义相结合的追求中，也渗进了后现代的种种探索。新西部片的重新崛起，以王全安拿回柏林电影节“金熊奖”和“银熊奖”为标志，他成为我国第一位拿回“双熊”的导演，显示出卓越的成功。

这十年中，西安电影制片厂在全国国有电影企业中率先改制，成立了集团公司；新成立的曲江影视集团和西安影视公司，也正在成为民营电影的旗舰。陕西曾经给全国输送过张艺谋、顾长卫、黄建新这样的电影高端人才，现在，又因为拥有吴天明、王全安、芦苇、许还山这样的艺术家而成为国家电影人才的高地。

电视连续剧《保卫延安》《大秦帝国》，电视大型纪录片《大秦岭》《望长安》《法门寺》，连续在中央电视台和各地电视台黄金时段播出，大做“秦”字文章，大做西部文章，提升了陕西和西部的形象，使全国对这块热土有了新的了解和认识。

四

赵季平音乐创作的全国影响早在20世纪就已经形成。开始他借助于民族民间音乐的原创力、影视音乐的传播面，使自己心中的旋律飞进千家万户，《妹妹你大胆地往前走》《好汉歌》等名曲曾传唱大江南北。这十年，赵季平愈益沉浸于一种绵长幽深的文化氛围之中，通过大型交响乐的潜心创作，打造自己的代表作，如《第一交响乐》《第二交响乐・和平颂》和交响组曲《乔家大院》。这些作品以宏阔的气势、高远的情境和新颖的音乐语汇显示出大家风范。他的声乐作品如《断桥遗梦》《故土情》等，更是一再成为央视历届青歌赛的热门选曲和高等音乐院校声乐教学的必唱歌曲。他用自己的歌涵养了许多像王宏伟、谭晶这样的青年歌唱家。以赵季平为代表，包括崔炳元、韩兰魁、张大龙、冯健雪、米东风、安金玉、和慧、鲜于越歌在内的陕西音乐家群体正在显示着自己的力量。

西部大开发以来，市场经济对音乐、歌舞、曲艺、杂技事业的激活和促进，甚为深刻，使其在重新组合中大面积走向市场。由于有曲江国家文化产业示范区和陕西文化投资公司、陕西旅游集团公司、阳光丽都和神采演出公司以及其他民营企业的介入，西安持续多年举办了西安国际音乐节，成功引进世界级的大师和名剧与古都文化对话；现代民间音乐歌舞剧《兰花花》《米脂婆姨绥德汉》和杂技情景剧《汉唐百戏》、陕西乐团音乐会，纷纷进入国家大剧院；实景舞剧《长恨歌》在华清池现场演出超过千场，成为西安旅游的一大品牌；王木犊剧场火爆市井，陕西曲艺重现生机。

五

秦腔是秦人之魂。有人开玩笑说，不重视秦腔的发展在陕西当不稳官，当不好官。一方面，要保护好作为非物质遗产的秦腔；另一方面，作为现实生活中民众不可或缺的艺术欣赏活动，古老的秦腔也面临着从内容到形式的革新。以陈彦为院长和艺术带头人的陕西省戏曲研究院在秦腔的现代创新方面，做出了历史性的贡献。陈彦创作的《留下真情》《迟开的玫瑰》《大树西迁》等秦腔现代剧，以及西安秦腔艺术剧院的《柳河湾的新娘》，直视当代现实生活和当代人的精神构建，艺术上处处传统又处处出新。由于有李梅、李东桥、李小锋、李娟、候红琴、惠敏莉等朵朵“梅花”精美绝伦的表演（陕西有十八位获得全国“梅花奖”），这些剧目不仅成为当代秦腔艺术宝库中光彩夺目的珍宝，而且囊括了各类全国戏剧奖项的最高奖，进入国家剧目精品库，多次巡演全国，被各地方剧种移植。陕西电视台精品栏目《秦之声》将秦腔艺术的创新成果收揽殆尽、广为传播，可以说是秦腔现代化、大众化的标志性展厅。

陕西京剧团是京剧大师尚小云、徐碧云、王金璐先生经营过的剧团，中国剧协主席尚长荣先生曾主持该团近二十年。近年来，他们以京剧新剧目《雷雨》和《风雨老腔》再度引发了全国关注。

陕西电视台和西安电视台推出的《都市碎戏》和《狼人虎剧》，以现代传媒手段策划、组织群众性的短剧短片创作和制作，引发两台收视热潮，培养扶持了几百个民间小影视公司和成千上万的电视短剧的业余从业者。以这样的小打小闹而成大气候大风景，以业余戏迷的自发组合而形成戏剧产业链，实属罕见。

农民戏剧节、大学生戏剧节、“梅花奖”艺术团下基层等等活动，使陕西剧协的工作勃然而有生气。

六

西部大开发十年来，陕西省委宣传部和文联对文艺工作的指导和服务，思路有了新的变化，更多的是以抓评论评奖来实施引导，以抓文化产业来组合资源，以抓大型文化活动和精品创作来打造品牌，带动全局。

酝酿多年的陕西文艺最高奖——陕西文艺大奖终于实施，已经颁发两届，对全省文艺界产生了极大的激励和鼓舞作用。尤其是其中的艺术成就奖，表彰了一批成果卓著的老艺术家，使之成为带动全省文艺界的楷模。大型采风和送温暖到基层活动，坚持多年搞了十八次，跑遍了全省十一市、七十多区县、两千多乡镇厂矿，举行大型演出一百多场，小型演出二百多场，现场观众近四万人，义务赠送群众书画作品一万五千多幅，发表各类文艺作品和新闻稿件一千七百多篇两二百万字。凝聚文艺家之多，受益群众之广，社会反响之大，前所罕有。此外，文联举办的百花迎春文艺晚会和新年音乐会已经成为省上元旦春节期间的文艺大餐。与中国文联合办的千人《黄河大合唱》，是大合唱诞生六十多年来首次在黄河壶口瀑布现场演出，经中央电视台等十几家媒体报道，引起海内外的反响。

陕西文化产业虽然起步较慢，但西部大开发十年来，迎头赶上，有了长足的发展。国家级的曲江文化产业示范区继打造大唐芙蓉园之后，又打造了曲江池、大唐不夜城、法门寺、大明宫等集群性的文化产业区。现在正在打造临潼旅游文化区和延安红色文化区，针对全国唯一以“文艺”命名的西安文艺路的全面改造、提升工程也已启动，组建中国西部文艺星城，打造中国百老汇的蓝图正在实施。

曲江还充分发挥市场经济的优势，走出行政属地、走出行业局限，将文化产业由曲江区做到未央区、临潼区，由西安市做到宝鸡市、延安市甚至外省（甘肃、宁夏）。他们以全局性的大思路，用文化品牌改善社区文化环境，提升社会生活质量，又以社区含金量的飙升，反哺文化产业和文艺创作，很快进入良性循环，实现了双赢。曲江文化产业示范区已经成为国家品牌而蜚声海内外。

我在这里要写下段先念、张小可、王勇、王勇超、马明选、王乐、曹彦等一长串文化产业带头人的名字，是他们使陕西文艺由“作者—传者—受者”的传统小循环，转型、提升成为“策划者—创作者—经纪人—传播营销人—广大接受群”的现代大循环。

七

陕西文艺十年来的繁荣和兴盛，最主要的原因，一是文艺界领导和同仁的努力，二是遇上了好的时代环境。若说好的环境，特别要强调两点，那就是西部大开发战略和市场经济给予西部和陕西以强大的文化自信心和崭新的发展空间。正是在这种大环境下，陕西文艺较早较快地实现了发展方式和内部结构的转变，由过去只重视文艺家的个体创造力，到重视群体的文化策划力，文化创造力、文化执行力和社会影响力；由过去的伸手要钱或穷日子穷过，到文化产品营销和文化资源运作的全面展开。随着发展方式的转变，新观念和高科技也不断融入，成为文化生产力的新要素、新动力。

文艺发展的新形势给文联的工作提出了新课题。我们要解放思想，更新观念，调整惯有的思路。略一转身，便有新的风景、新的天地。譬如文联、协会的“联络、协调、服务”六字方针中，能否增添“规划组合、策划创意、市场拓展、权益保护”之类的新功能？譬如文艺群团的作用能否在“党联系文艺界的纽带”的基础上，增添“文艺界联系社会与市场的纽带”？

历史和时代总会给我们提出这样那样新的要求，让我们举起双手迎接新的挑战。

2010 年 3 月 28 日，西安不散居

反映新农村面貌　塑造新农民形象

——在全国戏剧创作研讨会上的发言

非常感谢中国剧协，云南省委宣传部、省文联，给我提供这样一个学习的机会。关于戏剧艺术和社会主义新农村建设，上午董书记做了全面的陈述，我注意到他谈到新农村的建设和咱们的戏剧艺术联姻是一个很综合的工程。但是他特别强调地谈到了创作问题，所以我想我要从创作这个方面谈自己的一点儿感想、一点儿思考。谈戏剧艺术与社会主义新农村建设在创作方面有一个绕不开的话题，就是反映新农村、新农民的这样一个话题。而在这个话题里又有一个绕不开的话题，就是我们的农村题材、我们的新农民形象、我们的戏剧艺术家走过了怎么样的历程。在我印象里面，我们国家戏剧艺术反映农村题材和描绘农民形象有这么四到五个方面，要回顾的话，第一个方面就是在贫困与愚昧中挣扎，走向觉醒，在这样的过程中呈现中国农村、农民。这个方面比较有影响的剧作就是《生死场》和《白鹿原》，这两部作品由于写的都是几十年前的事情，它经过了时间上的沉淀和认识感受上的间离效果，所以文化感、象征感、历史感都比较强。第二个方面是在一种自然风情中，来呈现中国农村、农民。上午董书记提到的《李双双》和《朝阳沟》，应该属于这一类。因为《李双双》和《朝阳沟》虽然也写到了人民公社，但它之所以能够流传，并不是因为它的政治记录、政治实录和社会实录，而是因为它表现出来的李双双对喜旺的那种诙谐的性格和农村的乡土风情。同时，像沈从文、汪曾祺那样以一种农业文明中的自然美、人性美的眼光看待农村，带着一种人文情怀和恋乡情结，来表现中国农村的那种浪漫型的作品，在我们戏剧中很少。那种浪漫的乡土思恋的文学作品，主要是作家对于自己所涉身的这个城市生活不满意，是在对自然怀抱中的农村一种理想化的描绘。戏剧方面少有这样的作品，表明了戏剧的大众化要求，因为它需要的是观众而不是文人精英的孤芳自赏。第三个方面，就是在社会政治斗争和历史变迁中，呈现出来的中国农民、农村，比如《白毛女》《槐树庄》在阶级斗争或者在传统的社会道德的变迁中，呈现中国农村、农民的生存相，以政治观、社会观和意识到的理念来看农村。

前面三个一个是以文化的坐标为主，一个是以生命的坐标为主，一个是以社会的坐标为主。那么第四个方面就是在现代化、市场化、都市化这样一个大背景下呈现的新时期转型过程、构建过程中新世纪的中国农村、农民。这里分了两个段落，一个就是新时期，这属于中国社会的转型期，这是改革开放，改革转弯、变化。新世纪应该说改革开放这个转弯过程基本结束，进入了一个人格命运相对稳定、社会和谐的人格构建过程。这样两个段落之间，描写转型过程新时期的农村生活的作品还是有一些的，比如《黄土谣》《钟声》，属于这个阶段。但是新世纪的中国农村和中国农民的命运，我们的舞台上，我看还是比较少。就是在现代化、市场化、都市化背景下，我们农村正经历着怎样的变化？农民的新人正在怎么样孕育、诞生、成长？我们现在还看得不清楚。早上董书记提到一个《十二月等郎》，我没有看，我从你们的介绍中感到好像应该放到这个时段里面来。这样四个方面它是穿插的，是分段落的。由旧农民向新农民过渡的形象还有真正的新农民形象，在舞台上还未诞生。这样就给我们的戏剧提出了非常严峻的任务，给我们的剧作家提出了责任，这就是再不能满足于用精美的舞台呈现和艺术技巧、制作技巧来掩盖我们的创作，特别是原创的贫弱和滞后了，我觉得这是我们当前戏剧反映农村生活中的一些问题。一定要大力提倡戏剧原创，特别要关注中国农村在走向现代化、市场化、法制化进程中农民命运、情绪心理和中国农村前所未有的历史变化。当我们戏剧界纷纷热衷于改编文学名著的时候，在表现新世纪农村题材方面，文学远远走到了戏剧前面，特别是小说。要关注原创，关注剧作家在整个戏剧艺术商海中的重要性，要像关注作家那样关心他们，组织他们像作家那样真正去农村体验、参与，由贴近到不隔，到深度打开，既在表演上有逼人的真实与象征，同时又从这逼人的真实中实现新颖的、撼人的美来，更从这逼人的真实与象征中了解当下农村可靠的、新颖的若干历史、社会、命运、人性的认识经验。就我们陕西来说，我们大概有20年中间坚持作家、剧作家蹲点，出好作品的作家，一类是本身就在农村，从农村提拔上来的，没有学历的这样一批作家。像陈忠实、贾平凹、路遥；另一类就是在基层蹲点的。这证明了一个道理，谁跟农村不隔，谁就能写出和农村不隔的作品。只有这种不隔才能够在剧本创作和表演上有着迷人的真实与迷人的象征。我这里提出了两个，你可以是现实主义的真实再现，也可以是象征的表现主义暗示、暗传。同时在真实中凸显出鲜艳的、撼人的美来，在真实中与象征中提供了解当下农村的可靠经验。那些在房子里编出来的农村戏剧，我觉得那给我们提供的认知性是不可靠的，我们自己经历的就不是那么回事。我们需要从戏剧作品中，获得可靠的认识当下社会、当下农民的经验，提供凝聚在这一题材和这些人物身上的命运的、心灵的、性格的信息。要走出过去农村题材作品的陈旧视点、习惯思维，发现既在社会、文化话语、戏剧话语之外的新见识、新尝试、新亮点。让人在惊喜和错愕中发现中国农村新的真实。这真实，可能不完全是舒服的“痒点”，极可能是令人不快的“痛点”。而对一个社会、一个时代“痛点”的悲剧性拷问，往往是这个时代喜剧性降临的前奏，所以我觉得不要回避悲剧。

而说到新型农民形象，目前我以为从他们的生存状态和人物命运的角度看，主要有这么三类。

一种是既不离乡也不离土，以土地这个最主要的世世代代的生产资料为基础发展致富，进入现代市场、进入现代科技，然后走出自然经济和传统农业文明。像我们现在很多农村的以销定产、以需定供的订单农业，他们还是在发展农业，但是它已经使得传统农业变为现代市场的一部分，而纳入了市场化、都市化进程。这样一个生存状态、生活色彩可能诞生一个新人。

第二是在本乡本土发展，但是远远走出了狭隘的农业经济，把农村办成农工商、牧工商、旅工商的综合企业。在我们陕西就有很多的村子以旅游业为主，成为他们的支柱产业，这样我们的农村已经由传统的农业经济中走出来成为一个综合的现代企业。像大邱庄就是这样一个情况。立足于本乡，但是适当地离开土地，进入现代化、都市化轨道。

第三是离开土地进城，由新农民转化为第一代新市民的这样一些生存现象。这是农民—市民、乡村—都市的一个衔接性人群，生存与心理都是城乡交叉群体，有着巨大的社会历史和心理承受、命运拼搏的信息量。所以我想稍微展开谈一下这个部分。我把这一部分的人群做了一个命名，这个命名可能是很不科学的，我把它叫作“乡裔城族”，他们还没有取得市民的资格，所以“乡裔城族”，是城里的乡下人，乡下人进了城，组成了一个弱势群体，可以说是一个“弱族”，但是他们实际上是第一次、第一代走出农村的强者，今后十年，几亿“乡裔城族”在中国城市的出现，可能是继早期资本主义原始积累、工业侵占土地、农民由土地的奴隶沦为机器的努力以来，最壮观、最宏大的一次“进城潮”，这对于作家的确是极为难得的历史机遇。在他们，在这个“乡裔城族”身上，命运的悲剧与历史的喜剧是交织的，他们为了生存、为了活得更好，可能是自觉地但更可能是不自觉地置身于城市现代化的进程框架之中，有的更甚于是被妥协进去的，有的甚至于是被贩卖过来的。从传统农民在终结，到“乡裔城族”的出现再到“新市民”的诞生，这一现象，是未来几年、十几年、几十年中国社会最有意义的问题之一。一段历史的最后现象其实就是另一段历史的最初现象。戏剧既要写出这样一个群体在时空的巨大穿越中，所付出的生命和感情、精神代价，呼吁社会公平与道德良知不能或者尽可能少地在城市化进程中牺牲他们的幸福和尊严，又要表现出“乡裔城族”的命运与现阶段大历史、大时代走向的相关性。这是历史的进步、人的进步、农村和农民的进步。而且第一代“乡裔城族”所付出的代价，一定会从他们的子女（这是纵的方面）和整个社会的进步（这是横的方面）中得到历史的回报。我们的戏剧既要从道德评断的坐标上，对“乡裔城族”施以人道的关怀，特别是精神世界的关怀，又不能停留在道德坐标上，而要从历史的坐标上，也就是国家民族和群体命运的坐标上，写出这个都市“弱裔”，其实是历史的“强者”，是历史的先行者。因为在他们身上正在尝试着将新农民和新市民优秀基因做最早的融合，孕育着城乡结合新人的诞生。

这是我关于创作的一个想法。最后，我为三农戏剧在运作方面的一些建议。

我的第一个建议是希望我们中国剧协能够设立农村题材戏剧扶持基金、发展基金。前不久我在北京参加文化部的这个精神工程的理论研讨会，财政部的一个司长出席了，他今年又提供两个亿。能不能在社会主义新农村建设的经费里面拨出一定的款项，作为这笔基金的基础资金？然后从这几个方面来吸纳资金，第一就是农业高新科技以及大型农产品企业公司，对于它市场的规范，这一部分可以征集，就是搞农产品的、加工的这样一些现代的高科技企业。一切现代农业的投资者，比如正大集团这样的公司，应该拿出一定经费来。另外，文艺界的公益和义演活动，像早上董书记还有别的同志谈到的。还有就是一定的社会群体，凡是在农村生活的，像老三届群体，对于农村的回馈积极性非常高。延安当年有三万北京知青，现在每年夏天红色列车不停地往那边开，他们带着儿女、妻子，成为发展延安的非常重要的力量，这是一个建议。

第二个建议，建议探索成立农村戏剧演出的公司体制和盈利机制。比如，优秀作品的部分版权和农村发行权的收购。可以由基金会或者由政府部分收购，然后无偿提供给农村剧团演出，这不包括城市盈利性剧团。还有重大精品或者农村演出活动的冠名权的拍卖与收购等等。

第三点就是，建立中国农村戏箱子。这个戏箱子包括农村题材的剧本选择。《故事会》那么大小，可以揣在农民口袋里面，附光盘，或者再办一份农村自乐性的小杂志；组织农村题材戏剧汇演；在基层的县成立农村巡回导演指导班，提供智力支持、艺术支持。

第四点，能否由中国剧协牵头，在全国推出一项多年来农村题材优秀剧作家的社会评选，增加社会的知名度，也鼓励这样一些埋头在农村题材创作上为农村建设服务的艺术家。

第五点是精品剧目和其他的得奖剧目一定要同时发行适合农村演出的简本和小制作版本，就是全力把这些精品和优秀作品推广到最广大的农民群众中去，使他们能够共享这样的审美资源。这对于我们现在的大制作是一种拷问，当你把这一切的大制作花哨的东西去掉以后，赤裸裸显出来是剧本本身的质量、它的人文内涵。把技术含量大量去掉以后是人文内涵跟人文内涵的拼搏。所以我建议，能够搞精品剧目的简版，或者农村版，这样有利于在农村的推广。

2007 年 5 月，昆明草成，西安改定

群众影评的动势和特性

群众性影评活动在多年的实践中积累了很多经验，启迪我们思考有关电影评论宣传和远远超出影评、超出电影范围的许多文艺的、精神的、社会的问题，值得认真总结。由于工作与专业的缘故，我在近七八年里，断断续续地参加了群众影评的一些活动和工作，我想就我个人不全面的参与及不完整的思考，谈几点体会。

一、群众影评活动发展的总动势

群众影评这些年发展的具体情况，许多同志都有详尽的介绍，我想以这些具体情况为基础，谈谈它的发展动势。

第一，从发展过程看，由点的突破到面的铺开，点与面在互激中转化，在转化中共进。

以陕西的群众影评活动为例，就全省范围看，是由点及面的。最早是西安的“希望奖”活动，接着是延安的“蓓蕾奖”活动，在群众影评活动方面打开了新局面。这个局面最主要的特征，就是“由影评到活动，以活动促影评”，即打破就影评抓影评的旧格局，探索以社会活动来促影评的新思路。点上发人深省的突破，很快在面上开花结果；一市一地的财富，很快增值为全省共同的财富。北起长城，南到巴山，全省各地市和相当多的县，相当多的系统和单位，许多影院、俱乐部、农村放映站点，都陆续开展了各种群众影评的社会性活动，组织了类似“希望奖”和“蓓蕾奖”的社会性影评竞赛。

就社会各条战线、各个行业看，也是由点及面的。青少年影评活动，由于发挥了学校这种比较严密的文化教育组织的功能，由于有各级教委、共青团的积极支持与参与，成为群众影评活动的突破点。这几年，青少年影评开始向其他战线扩展，向工厂、农村、部队、机关各个社会生活面扩展。

就一个单位、一个地区、一条战线内部来说，也常常是抓点带面、以点促面的。西安市先是有西安高中、西安六中、西电一中等影评工作抓得早抓得好的学校，带动了全市中小学的影评。后来又有和平电影院、光明电影院、胡家庙工人俱乐部、雁塔区电影公司和西安地区大学生影评联谊会、周至县电影院等先进的点，带动了小社区的影评和大学、农村的影评活动。在全省其他地区，陇县最早提出“五三三”影评活动，即看五部电影、写三篇影评、做三件好事，经过宝鸡市公司的总结、完善、提高，在整个宝鸡地区推广，并被市上采纳为全市性的影评活动名称。此外，先进的小集体和个人，如乾县师范、横山二中、安康师专、耀县的“刘胡兰组”，以及陇县电影公司的王丽、扶风高中教师王宗礼、岐山县委书记张博等，在推动面上的群众影评活动方面，都起到了为大家所认可的积极作用。

无论是点上还是面上的成绩，都是对原有平衡状态的一种冲击，它不但给对方以新的启示，也给对方以新的压力和激励，在点与面这个矛盾统一体中，任何一方的努力，都加剧了对立面的冲突，也促进了对立面的转化。在竞赛中吸取，在融会中争先，成为群众影评内部运动的活力之源，群众影评就在这种矛盾运动过程中，实现了以点带面、以面促点、点面共进。

第二，从活动形式看，由单一抓影评文章到多项群众影评活动的全方位开展，以“一”为主体辐射“多”，以“多”为触媒激化“一”。

开始抓群众影评的方式，主要是抓稿件，即“组织看片—写文章—在各类园地上发表文章—评审文章并给予奖励”这样一个单维度的工作系列。这在群众影评的初始阶段，是可取的、行之有效的，起到了十分积极的作用，其功不可没，而且在今后，也仍然是群众影评的主要形式。但是，这种单一维度的抓法，时间长了，就有点短期行为：群众影评的作者得不到提高；在每次只有少数人得奖和发表文章的情况下，大多数影评作者的参与热情容易受到挫伤；只注意抓成果，不重视抓基础性的工作，也带有只问收获、不问耕耘的味道。

随着群众影评的深入和普及，活动形式、方法、手段越来越丰富多样。粗略归纳一下，就有十多种，比如：①在定期的年度评奖之外，还在节日、纪念日或重大活动中举办“千人（或百人）影评大赛”，配合一定的社会宣传任务；同时，每月还公布指评影片，不但使影评写作经常化、制度化，而且起着一种思想艺术的导向作用。②组织影片的专题汇映、专题评论，如“著名文学作品改编电影”汇映评论、“改革题材电影”汇映评论、“中学生在银幕上”汇映评论、“知识分子的人生之路”汇映评论、“乡镇之花”汇映评论等，使各方的观众、各方面的社会问题、社会工作都能通过影评得到某种实现。③举办电影理论与电影知识讲座，提高（同时也普及）群众影评作品的思想、艺术、写作素质与修养。④举办短期脱产影评写作辅导班，在大面积普及基础上，遴选骨干进行提高训练，逐步形成群众影评的骨干队伍。⑤举办小型的、经济性的电影讨论会，不一定写文章，而重在看片心得的交流和评论思维的锻炼。⑥举办各种电影知识答卷竞赛，以具有趣味性和益智性的活动，吸引更广大的观众，普及电影文化。⑦举力电影辩论会，或就一个宏观的创作思潮问题，或就一部或几部有争议的影片，或就某个表演、导演、剧本方面的问题，用对立双方论辩的方法，激活思维，深化认识。⑧举办职工或农村影评员之家，使影评员有活动场所、有联络点和信息资料点。⑨举办影评员和电影界、文艺界的见面会、联欢会，使群众影评作者能了解电影艺术生产的过程，增加对文艺创作的感性知识。⑩举办青少年影评夏令营，在假期短期集中看片、听课、写作、参观，并定期组织各地影评夏令营的互访与联合活动。⑪参加全国几大城市职工影评骨干队伍的有关活动，如理论讨论会、刊物召集的专题讨论会、群众影评经验交流会等等。此外，还有电影主题班会、主题团日和队日，影评命题作文，“我与电影”讲演会，电影文艺晚会等等形式，恕不一一赘言。

可以看出，以上全方位、多侧面的活动，都是从提高群众影评质量、培养群众影评人才这样一个中心辐射出来而又为这个中心服务的。这就使群众影评健康而稳步的发展有了一个较为坚实的基础。

第三，从社会效应看，由注重影片对群众的教育、认识、审美等直接效应，日益深化为追求电影对社会文化、社会精神文明深远的整体效应。影评对影片直接效应的发挥，我们一贯较为注意。它可以提高影评作者自身的素质，可以帮助观众加深对影片的理解、帮助观众选择影片，可以充分发挥影片提高观众文明程度的作用，可以通过影片评论形成舆论、促进影片质量的提高，等等。这些是什么时候都应该注重的。但也应该说，这只是影评第一个层次的作用。当影评发展为一种社会的、群众性的活动，它就可能发挥出第二个层次的作用，即对社会精神文明深远的整体效应。

有同志曾经这样描述过一种“群众影评效应”——群众影评逐渐成为对青少年和广大群众进行政治思想教育和德、智、体、美能力培养的一个有效手段，并在社会思想、文化、教育、艺术等领域产生综合的效果；这种效果又反过来推动和促进影评活动的进一步深入开展。这种效应的重要表现是，除了影评本身的直接作用之外，宣传部门已将群众影评活动纳入社会主义精神文明建设的一个重要方面，文化部门已将群众影评作为建设大文化市场的重要组成部分，教育部门已将群众影评作为对青少年学生进行思想政治教育和文化知识提高的重要手段，企业界也将这项活动作为一个重要的公益事业予以积极的支持，包括经济上的赞助，乃至整个社会，已经将群众影评所提供的各种社会的、审美的信息，作为测定社会状况，特别是社会精神状态的一个参数，等等。

我们可以说，当群众性的影评活动将电影行业性宣传转化为社会宣传，艺术的欣赏也就在更大、更深的程度上成为一种社会精神现象，成为民族性格重铸的一个手段。影评活动作为一种文化现象，已经成为校园文化、企业文化、农村和城市社区文化的组成部分，并且成为跨越社会各类行业文化的连接点之一。

深化、发展群众影评社会综合效应的途径很多，我想强调两点：①在影评中提倡跳出单纯艺术评论的圈子，更多地从社会价值着眼，从人格建构着眼，通过影评实现心理整合。要引导群众影评的参与者超越附庸风雅、就片谈艺的文人气与小家子气，自觉地和专家影评、艺术影评拉开距离，更多地从影片中去汲取、提炼、传播成功的人生经验、正确的价值坐标、美好的心灵感情、艺术的情操素养，使影片中的真、善、美转化为欣赏者（当然首先是评论者）的精神财富，并逐步实现自身良性的心理整合。②影评活动将语言、文字的评论，即纸面的评论，更多地和评论者、欣赏者的社会实践结合起来，在欣赏者、评论者的意识价值体系转换的基础上，使他们的实践价值体系能够得到逐步的更新。影片中表现的属于社会先进层次的行为追求和属于高尚境界的道德规范、感情意向，通过影评的提倡、宣扬、阐释，能够直观的又理性地影响社会。影片中表现的社会不良现象和不良心理，也能够通过影评的剖析、评断，在社会实践中加以排拒、抵制。

总之，通过正确的艺术评论实现良性的心理整合和行为调节，是群众影评在社会精神文明建设中实现深层整体效应的重要途径。

第四，从影评活动的组织看，由具体实践方式方法的探索到大文化背景上的科学的规律性的探讨，在感性与理性的结合中，在实践与反思的交替中，不断完善、发展影评活动的组织形态和组织方法，使整个群众性影评活动逐步有了较为科学的操作体系。

陕西群众影评活动的组织工作，几年来一直坚持活动组织和理论探讨并行。就我所知，除了参加全国性的群众影评理论讨论会，省上、西安市都多次召开了研讨会，总结、探讨群众影评的规律性问题。地、县举行的这类探讨会，不断将群众影评实践中可行的方法提到规律性高度加以推广，不断匡正实践中的一些偏差和谬误，不断提高群众影评组织者、参与者以及整个社会对这项工作的认识，有利于推进整个活动逐步走上科学性的轨道。在两部《“希望奖”文集》中，专门开辟了“‘希望奖’论文选”一辑，发表了许多来自基层的工作总结和调查报告，也发表了不少专家学者关于群众影评的研究性文章，有力地指导了这项活动的健康发展。陕西群众影评发展的科学性主要表现在：①群众影评由开始的单项活动发展到对经常的、多面的综合活动的科学规划和统筹管理，这项管理主要是由电影公司系统经办，但协调了文化、教育、宣传、工青妇各系统的力量。②在整个群众影评的设想上，由最初的单向思维到综合思维，由就片论艺的平面设置到多形式、多方面的展开。③对群众影评活动的直接效益，由更多地关注经济效益，即通过影评宣传提高影片的知名度和上座率，到主要关注对社会精神生活良性影响的整体效益。这标志着陕西群众影评事业正在走向成熟。

二、关于群众影评特性的几点思考

对群众影评的特性，许多同志都有很好的见解。比如有人谈到，电影作为大面积社会传播和集体环境欣赏的艺术形式，欣赏群体效应是它的重要特点，而群众性评论就是以这种欣赏的群体效应为基础的。群众影评虽然具体文章是某个人所写的，但常常是群体欣赏场中一种共鸣效应的产物。有人还明确提出群众影评的特性是：广泛的社会性，把影评从少数人手里解放出来，走向广阔的天地；层次的多向性，可以聚合社会各个欣赏层次的意见；多方面的测试性，通过影评可以测试社会各个阶层、各个行业、各个方面的信息，因而不但是群众评电影，也是电影评群众；等等。我想从自己思考的角度对特性问题做一点补充。也许这不是群众影评的主要特性，却是大家还谈得不多的方面。

现代文学艺术发展的总趋势之一，就是自娱性。在观赏性的音乐舞蹈之外，自娱性的音乐、舞蹈活动，如卡拉 OK 歌曲，各种群众性的交谊舞，正在以加速度流行于社会；在观赏性的戏剧之外，自娱性戏剧，如小品，也风行一时；在观赏性电视之外，自娱性电视，如家用录像节目，正在悄然兴起；绘画与雕塑中的行动主义艺术也不断有人开始尝试。文艺的自娱趋势，是社会文化水平在总体上提高的表现，是现代人内心生活丰富程度大幅度提高、精神生活要求大幅度提高的表现。

人类劳动可以分为三个层次，即实践性劳动（即通常说的体力劳动），组织性劳动（例如管理方面的劳动），创造性劳动（例如艺术、学术、科技方面的劳动）。创造性劳动常常通过组织性劳动的渠道，在实践第一线的操作性劳动中，变为社会的物质成果。自然，这三个层次的劳动不是截然分开的，常常衔接、交叉、重叠。三者虽然总体上都是在创造社会生活，而第三个层次的劳动，即创造性劳动最能满足人的自我实现要求，最能发挥生命的创造力。人生是美好的，思考、发现与想象的人生是更为美好的。人的物质生活和精神生活水平越提高，对创造性劳动的欲求就越强烈。马克思在叙述共产主义的人是全面发展的人时，曾经说过，那时候的人，是可以在这三个层次劳动中自由驰骋的人。

群众影评，从实质上看，不是他思考的接受，而是自思考的传播；不是他经验的借鉴，而是自经验的扩散；不是他欣赏的共鸣，而是自欣赏的体悟；不是他娱乐的间接兴奋，而是自娱乐的直接享用。我是从这个角度来看群众性影评的。我想在这方面谈三点。

第一，群众影评欣赏的自创造与评论的自思考相一致的特性。

电影欣赏是一种审美、再创造活动，也可以说是一种二度审美自创造活动。电影的编剧、导演、表演、音乐、摄影、美工，是艺术家的审美创造。

欣赏，是观众在影片一度创造基础上的二度审美创造。这种审美创造表现为观众在欣赏过程中，会情不自禁地在影片提供的形象、情节、情势、心理和感情世界的基础上，以自己的体察、感受、共鸣和想象去补充、筛选、发展、强调影片的心理内容、社会内容和艺术内容，这种再创造是以欣赏者的生活经历、个性心理和理解水平作为共鸣腔的，因此，同一部影片在不同的观众心里常常被敷上欣赏者的独异色彩。故而我们也可以将这种欣赏再创造称为欣赏二度审美自创造活动。

电影评论是在欣赏基础上通过思考沉凝出来的理性阐析。但是，读他人的评论与自己写评论有一个很大的区别。读他人的评论，是以欣赏他创造的成果来启发、校正、调整欣赏的自创造。这是必需的，它可以提高作为观众的欣赏者的水平。在这种情况下，欣赏中感性的自创造，与阅读评论中理性的他创造是分离的，在前一阶段处于主动地位的观众，在后一阶段转为被动地位。而观众自己写评论，则是将欣赏中的自创造一直贯穿到评论中的自思考，使观众在接受艺术品过程中，由感性到理性在内心直接贯通。在这种情况下，欣赏的感性自创造和评论的理性他创造不再分离，观众自始至终处于主动地位，观众自身的审美创造活力得到了更充分、更彻底的尊重，观众在欣赏中的参与得到了深度的伸延。自然，它是更具有吸引力的。

如果说，欣赏电影也是一种自经验，是借助于一个艺术载体，借助于一个异己的生活故事和异己的人生轨迹，使自己重新经验一次人生，那么，欣赏者自己来评论电影，则是借助这个异己的生活故事和人生轨迹，重新思考一次人生，表达一次人生。这在某种程度上达到了艺术欣赏的更深层次。人们买票看电影、看演出或花钱买书，虽然目的各不相同，有的是欣赏艺术，有的是得到思想启迪，有的是想收纳新的社会信息，但应该说，最根本、最共同的目的却不是这些，而是“看人生”，看这个世界的芸芸众生如何生活，从而在心理上、精神上模拟地改善自己的生存境遇。

第二，群众影评的自导引特性。

影评，大家都谈到，是对社会审美的一种导引，也通过对社会审美的导引，导引思想情操，导引行为模式。而专家影评和群众影评的导引方式是不同的。专家影评对读者来说是他人的导引，对作者来说是导引他人，从动机到效果基本上都是自外于己的。群众影评则是一种自导引，行文的动机是现身说法，发文的效果是对自己以及与自身有关的群起作用。

人与生俱来有一种归属要求。人尽管是百人百性，尽管是最个性化而且不断追求个性化的，但人同时又具有一种内在的强烈归属感、认同感。他总是希望在一个群体中给自己定位，在种的、类的格局中确证自己的存在和这种存在的价值。人是最孤独又最不甘于孤独的动物。如果找不到自己在群体——大而言之在社会、小而言之在自己生活其中的环境（如单位、班级、家庭、行业）中的地位，他便有一种浮悬于空中、没着没落的悲哀和惆怅。所谓“导引”，就是实现这种归属感的一种途径。通过影评或其他言论体现出来的导引效能，其实就是通过这种思考性活动，确证自己的人生见解、社会见解、艺术见解（当然也包括自己的性格、感情、文化心理）实际属于哪个体系或应该属于哪个体系。如果实际归属的体系是正确的，他会增加自信自强，坚定地走下去；如果实际归属的体系不那么正确，他会通过这种议论的发表和发表后的反馈加以校正，并且按校正之后的路子追索下去。

专家影评作为他导引的一种形态，只有通过影评读者认同之后，化为自己的认识和感受，才能起实际作用。即只有将他导引、外导引转化为自导引、内导引后才能起实际作用。而本身就是自导引、内导引的群众影评，则无须经过这个转化过程。群众影评是观众一种自觉的、内在的、主动的审美认同活动，在对广大观众实行正确的社会导引和审美导引上，是更具实效的。例如有个初中的班级，纪律松弛，学习成绩差，在看了电影《阿混新传》后，被学校同学称为“阿混班”，他们受到很大震动，全班同学结合影片写观后感、开座谈会，由自愧自惭到自激自励，很快改变了落后面貌，急起直追。“‘阿混班’变了”，一时传为全校的佳话。这就是群众影评自导引的功能。这种功能常常是读别人的影评、“他导引”所无法办到的。

有组织的群众影评活动和单篇的群众影评不同，是自导引与他导引的结合，常常表现为他导引向自导引转化，外导引向内导引转化的过程。通过有组织的影评活动，把国家、社会、时代对电影和对电影观众的要求，变成电影和电影观众对自身的要求。

第三，群众影评将社会文化的有价传播和无价传播、高价传播和低价传播沟通、融接的特性。

社会传播在当代可分为有价传播、无价传播，前者如电影、戏剧、书籍、报刊，后者如电视、广播。在有价传播中，电影与各类演出又相对来说属于高价传播，而报刊相对来说属于低价传播。传播价格与传播幅度则常常构成反比例关系，即价格愈高的传播，传播面愈小，价格愈低的传播，传播面愈大。另外，纯艺术文学的传播如电影、演出，一般比组合在新闻舆论传播网中的文艺传播板块如电视、广播、报刊，其传播面要小。因此就产生了一种内在的要求，即高价的、纯艺术的、传播面小的文艺品种要求通过低价的、新闻舆论的、传播面大的文艺品种来扩大自己的影响，增强自己的知名度，同时也就增加自身的经济效益。实际这种内在的，将大、中、小幅度的传播结合起来的要求，才能形成最佳的坐标，最高的效益。

影评，便是实现这种要求的一个强有力的手段。影评在报刊上、电视上的发表和播放，使电影这个子系统的传播和社会舆论大系统的传播并网连接，使更广大的群众通过低价和无价传播，熟悉、了解电影艺术，从而产生更大的社会效益、审美效益乃至经济效益。群众影评在好几个方面使评论的这种功能得到了更大的发挥。例如，群众影评大都跳出纯艺术评论、跳出纯文艺的立足点，主要以社会为坐标，为立足点，比较容易进入报刊、广播电视等舆论阵地。在评电视连续剧《渴望》时，群众评论大多从评论刘惠芳、王亚茹的文化人格入手，谈她们谁是妇女的楷模，谁真正体现了妇女的力量等问题，很快就进入了街谈巷议。又例如，由中心城市向地、县、乡逐层扩散的群众影评活动，使一部影片在一个较长时间内多次成为舆论中心。而结合群众影评开展的各种专题汇映、复映活动，更使一部影片得到了在观众中多次流传的机会。这都极大地延长了影片在社会上留驻的心理时间，而心理时间的延长，也就是艺术生命延长的一种表现。

群众影评，一项愈来愈显示出生命力的评论活动；群众影评，一个说不尽的题目。

1992 年 4 月 15 日，岚楼

谈文艺评论写作的思维

文艺评论是对创作进行评论的，它本身也是一种创作活动。它需要有严密的逻辑思维，也少不了活跃的形象思维。评论作者的心幕上，既有抽象的概念演绎和论理，又有形象的画面联结和辐射。

每一篇评论的构思写作过程都是不一样的，但又常常有共同的地方。可以说大致是这几个过程：先是作为一般的读者和观众初读作品，获得一个大体的感受。这个印象并不具体，有时甚至只凝结为几个很简练的字：真好！挺好的！还不错！也就那样吧！实在不怎么样！真够呛……也有具体的，那便是有几处给你印象最深、最新的地方。这些都将成为“兴奋灶”，成为“思想酵母”，留在你的脑海里。这个最初的评价，是一个总体的评价，很少受其他因素干扰，要抓住不放。你未来文章的立论、角度，以至笔墨，常常由这第一次印象发展而来。这次评价虽不是刻意思考的结果，却是评论者文化素养、理论水平和鉴赏能力的综合表现。一位有修养的评论者，第一次印象应该是八九不离十的，才能为下一步的思考和感受奠定良好的基础。如果第一次印象和作品的实际距离就很远，在以后的思考和写作中，就会越走越远。当然也有可能纠正最初的看法，回过头来逐步靠近作品，这就走了弯路了。

接着，这“第一次印象”就开始在你思想中发酵了。围绕着大脑中这些最早的兴奋灶，开始了各种各样的记忆、联想活动，有关的思想观点、生活感受和知识见闻被唤醒了，开始聚合起来。在聚合的过程中进行着初步的筛选和组合，并且不知不觉就进入了分析的阶段。和同类作品的同位点做横的对称比较，和过去有关作品的同位点做纵的递进比较，和成功的（如果你评论的作品是失败的话）、失败的（如果你评论的作品是成功的话）作品做反向比较，等等。通过比较，最初的感觉得到了验证，有的地方修正了，有的地方冲淡了，有的地方加强了，文章的立意、观点、角度便初步形成。

这之后，最好再回过去读一次作品。这次欣赏和一般读者、观众不同了，用的是有目的的评论者的眼光。比之第一次欣赏来，可以说这是一次微观的欣赏，不仅注意整体感受，而且侧重“拆卸”，在欣赏中伴随着更多的思考。通过再一次欣赏验证观点，充实和丰富材料。在这次欣赏过程中，大观点分出了侧面和层次，材料和语言也大致有了雏形。这种再欣赏的过程，有时可能反复多次，在反复拆卸中反复凝聚，最后形成比较准确的综合。

在观点和材料的结合中基本完成积累工作之后，有时还需要对观点做更深的理论上的思考，把你的观点放在更大的格局和更长的历史进程中来观照、展开。这常使你将来的文章带有较强的理论色彩。此后，便可以把这些所思所想形诸文字了。上述整个评论写作的近期准备，我们不妨归结为由宏观的欣赏、感受，到微观的欣赏、思考，再到宏观的思考这样一个三部曲。在这个构思过程中，从思维方法上看，有这么几点应该注意的地方：

第一，要从所评论的作品实际出发，具体问题具体分析，从分析中引出结论，不要帽子加例子，更不要只有帽子没有例子，离开作品的实际去发空论。电影评论家钟惦棐说，一篇影评，七八十字以后就必须和电影挂上钩，把你的观点结合着影片来展开。紧紧粘连着作品具体内容的分析，才是有说服力的、有个性的分析。

从实际出发，既要注意所论述作品的具体的实际，又要注意所论述的这部分实际在整个作品中的位置，并把所论的作品放到这个大的实际中来展开。

第二，除了思考作品本身，还要把所论的作品放到三个背景中来考查。这三个背景是：现实生活的背景、作品的时代背景和社会哲学心理的背景。点实面虚，点面结合。这是一种立体思维。要用这种立体思维来检验原先平面思维、单向思维得出的论点、论据的正确性和深刻性。阿Q、贾宝玉、奥勃洛莫夫，就事论事是解释不了他们的典型意义的；而不了解社会哲学心理，也无从解释这些典型人物在当前现实生活中的意义和引起共鸣的原因。

第三，要培养和发展自己敏锐的发现能力。作家的才能在于从别人无所发现的生活现象中有所发现。评论家除了需要这方面的才能，还要具备从别人无所发现的文学艺术现象中有所发现、有所感触的能力。这种能力主要表现在，能够远比一般读者、观众更快地将具体的文学艺术现象和一定的文艺规律联系起来，看到偶然中的必然，反常中的有常，个别中的一般，并且实现知觉转移——由艺术欣赏中具体的感受转移到规律性的思考。如果能够将这种转移过程用艺术语言表达出来，一篇有特点的评论文字便诞生了。

第四，构思和写作文艺评论要逻辑思维和形象思维并用。评论中的形象思维主要表现为欣赏过程中的感受能力，因此也可以说，写作文艺评论既要有分析能力，又要有感受能力，甚至可以说感受是分析的基础。王蒙说过这么一段话："正像作家善于感受（感觉、体验、认识）生活一样，评论家也应该善于感受（感觉、体验、认识）作品。而这种对于作品的感受，同样需要敏锐的知觉，丰富的感情，新鲜、强烈、大胆的想象，同样要借助于自己的生活经验与艺术经验的补充，同时，比作家更难，评论家应该有比作家更广博深湛的知识，更强大得多的概括、思辨能力。"[①] 王蒙是位既写小说又写评论的"两栖作家"，他的体会应该是经验之谈。

形象思维的特点是将现实作为一个整体来感知，而不像逻辑思维那样，按一定的观点，对现实生活做抽象。一般的形象思维是被动地复现表象。创造性的形象思维却是把表象重新组合安排，经过加工创造出新的形象。文艺评论作者在构思和写作过程中，观点的形成和演绎，直到最后的表达，都是

① 王蒙：《把文艺评论的文体解放一下》，见刘锡庆、张继缅、吴炫编：《写作文鉴》（下），中央广播电视大学出版社 1985 年版，第 362 页。

不脱离、不舍弃作品所表现的生活形象和人物形象的。否则，容易将作品肢解开来以适应自己论点的需要。而在对作品的总体把握上失之偏颇，至少不利于读者和观众完整地感受和理解作品。

第五，仅有感受对评论写作而言当然是不够的，文艺评论的作者还要有一种统摄材料，在感受的基础上形成观点的能力。要锻炼自己能够把欣赏感受，升华成具有概括性的观点，并且用简洁而又通俗的文字表述出来。文艺理论的一些现成的分析语言自然是需要采用的，但文艺评论不是科学研究，它面向的是社会的广大群众，所论的又是社会性很强的文艺作品。因此，评论作者要兼具统摄材料、形成观点和用又通俗又新鲜的文字表达观点的能力。

第六，要培养和发挥自己的“求异思维”，抓住一部作品的异点、新点、难点和动情点，做深入的剖析、阐发。要极力避免观点、思路和语言的落套。发挥求异思维的作用，必须熟悉生活和创作的背景情况，知同才能求异。求异的主要方法，就是通过比较抓住作品在内容和形式上矛盾的特殊性，并且能够从矛盾的普遍性中来理解这个特殊性。

所谓新点，就是你没有或很少见过的题材、人物、冲突、情节、手法，或者在同类作品的基础上，在某一方面有了新的进展。所谓难点，是观众、读者（也包括你自己在内）在欣赏、理解一部作品时最吃力的地方。这些地方往往包含着深意，或者涉及了一个新的领域，也可能包含着失误和偏差。作品欣赏中的难点，是读者和观众最感兴趣、最需要知道的，切不可绕道走，要迎难而上，分析它、回答它。动情点——欣赏中最感动你的地方。所以打动你，必有两种情况：一是它同时也能打动别人，既如此，便有这样那样的成功之处，也是大家感兴趣之处；二是它只能打动你，而不能打动所有人，这也值得谈。这种地方，要么表现了评论者过人的感受和理解能力，要么和评论者个人的某种见解或生活回忆联结在一起，都有可能写出有深度、有个性的文字来。

一个评论者有了过人的求异思维，就既不会踏着别人的脚印走，也不会踏着自己的脚印走。

第七，还要培养和锻炼自己迅速发现类似，进行联结和反联结的能力。有位外国著名作家说过，小说的诗意和美，常常表现在作家能够将别人看不到联系的生活现象，合理地、艺术地联系在一起。恐怕写评论也是这样，常常要采用联结和反联结的方法。联结——举个例子，眉户现代剧《兄弟姐妹》反映了 20 世纪 80 年代农村的婚姻问题，如果将这个戏和另一个写解放初期农村婚姻问题的现代剧《梁秋燕》（也是眉户剧，也是陕西戏曲研究院演出）联合起来就有很多文章可作：既可以写三十年来农村婚姻道德观的变与不变，并论及社会在这方面的进展和沉滞；也可以从事隔三十年，这个社会问题非但没有解决，某些方面甚至有加无减来发表自己的议论。将两种或两种以上的创作现象联结到一起，这样便产生了观点。

反联结是将相反而有可比性的两种以上的创作现象联结到一起产生论点。也举个例子：去年夏天在汉中，话剧《高山下的花环》和歌剧《小二黑结婚》同时演出，同时受到欢迎。而这两个戏在农村婚姻方面所反映的道德思想，可以说属于三个不同时代的水平——《高山下的花环》中梁三喜叮嘱妻子在自己牺牲后一定要寻新的幸福，并且留给她“未来的丈夫”一件新军大衣。他把这和共产党人要使全体人民得到幸福的崇高信念自然地联系在一起。小芹、小二黑还在争取婚姻自由的民主革命水平。三仙姑、二诸葛则还在封建道德的阴罩中踱方步。三个时代的道德水平，在 20 世纪 80 年代的农村，分别都有自己的观众，把当前新旧交替、除旧布新的时代特点反映得多么鲜明。这里有多少文章好作！

要做到联结和反联结，首先要寻找类似，锻炼自己从正反两方面发现事物之间类似的能力。如果在别人看不到类似的地方发现类似，从而进行联结和反联结，深和新便可能进入你的评论文章。

第八，除了那类全面论述一个作家或一部作品的评论，报刊上的评论文字，从篇幅，从可读性考虑，最好都不要正面出击，而要发挥侧向思维的优势。侧向思维，说通俗些就是“左思右想”“旁敲侧击”，从对象本体以外的领域中取得启示的方法。英国医生德博诺把这种运用“局外”信息来发现和解决问题的能力，同眼睛的侧视能力相比，称它为“侧向思维”。

一个人侧向思维的培养、锻炼，得有两个条件：一是涉猎面广，有左思右想的广阔天地；二是思维目标集中，经常有一些题目和观点在大脑中形成“优势灶”，海阔天空的想象一和这个目标挂钩，便会引起“优势灶”的兴奋，有时如电光石火，在不经意之中便得到了启示。侧向思维常常使文章落笔新奇，又出其不意地引向了结论。这结论也许是众所周知的，但因为它和人所不知的画面、思路联系在一起，加上论述的角度新奇，常常能让读者久久难忘。譬如我们要说一部作品的结构，谈重组生活素材的重要性，开始却先讲个历史上的故事：曾国藩的湘军在征讨太平军时，经常向清廷谎报军情。有次下面的战报上写着湘军“每战每败”，曾国藩朱笔一勾，成了“每败每战”，仅移一字，而意思大变。前者说的是湘军的狼狈，后者则极言其英勇了。然后，再笔锋一转，联系你所评的作品，谈结构安排在创作中的重要性，肯定是新鲜的、机智的写法。

文艺评论写作中的思维问题当然还不止这些，这里只是就个人体会较深的地方，谈一点看法。

1990 年 7 月，根据在陕西师范大学讲课提纲整理成文并发表

电影评论十题

在工作之余，我一直搞些文学方面的研究和评论，对电影本来不甚了了。前几年，由于在报纸编辑部工作，要审看影评稿件，电影还是经常看的。这几年，甚至不能算是个热心的观众。只是由于影界同仁的信任，选举我担任了中国电影家协会陕西分会和省影视评论学会方面的一些社会职务，为了名实相符，也为了不辜负许多影评组织和影评爱好者的感情，我陆陆续续在一些场合讲过自己在电影评论工作中的体会。既然只是“票友”，自然谈不出多少深奥的理论和语惊四座的见解，仅仅是实践过程中的感受，离专业“演员”的水平是相去甚远的。好在听众主要是群众影评作者，而又以青少年居多，他们抱着学习写影评的目的而来听着倒也亲切。他们大多数并不想成为专业的电影研究者，只是希望寻找到一条能够将自己对影片的感受、见解、共鸣表达出来，并与社会交流的渠道，故而对我的体会不乏兴趣。不少人来信切磋或登门讨论。我因此而结识了许多年轻的、热情的朋友——这是比影评活动本身还要大的收益。

蒙《陕影通讯》的主持者章坚同志关照，几次要我将这些体会整理成文，而且提供发表园地。催之再三，“鸭子”再笨，也不好不上“架”了，遂有这个《十题》的问世。我真挚地感谢《陕影通讯》的编辑同志。

这个《电影评论十题》，拟分成上、下两篇。上篇为总论，要谈“文艺评论的性质和作用”“电影的特性和电影评论的特性”“文艺评论的标准”“好影评的要素”“影评写作应注意的问题”“影评工作者的修养”六个题目。下篇为分论，要谈“影评的立意和构思”“影评的选材和用材”“影评的论证”“影评的表述”四个题目。在整理过程中会有所增删和调整，希望能得到读者和编者及时的反馈和指正，以期在修改调色中搞得更切实、准确。

一、文艺评论的性质和作用

电影是最具群众性的文艺样式，电影评论理所当然应该成为最具群众性的评论样式。群众影评是电影评论重要的一翼，在有些地方，甚至成为电影评论的主体。群众影评不但跳出了专业评论的圈子，也跳出了看电影一写文章的单调形式，而以它主论的多坐标辐射，作者的多层面组合，影评写作与影评活动的多形态交织，及其所产生的广泛的社会影响和综合的文化效应，为群众所瞩目，为影界所瞩目。然而毋庸讳言，如何进一步提高电影评论的质量，仍然是这项活动健康发展的一个亟待解决的问题。这首先就要从明确文艺评论的性质和作用入手，加深对影评的认识，提高自己的素养，然后进入具体写作方法、技巧的锻炼，积以时日，才会有所收益。

教科书上对文艺评论的定义，有多种说法，却大同小异。比如“文艺批评是对文艺作品的评价，它向社会描述和解释作品、作家和文艺现象，向文艺创作主体指出其成就与不足，对文艺的发展提出意见和建议”。冉欲达等编著的《文艺学概论》认为，“文学批评是批评主体在文学欣赏的基础上，运用一定的标准和方法，对以文学作品为中心的各种文学现象的分析和评价的科学活动”。杨明琪等编著的《新编文学原理》这些定义都较准确，一看就能明白。从我的感受来说，可以从这三方面去理解：

一是从文艺和社会的关系去理解。

评论是社会对创作的检验和反馈，通过这种检验和反馈，达到对文艺进行社会传播和社会制约的目的，也就是现在常说的评论对创作和欣赏的正确导向。列宁写过多篇论列夫·托尔斯泰创作的著名评论文章，指出了托尔斯泰作品和“托尔斯泰主义”中的矛盾。他说：“托尔斯泰的作品、观点、学说、学派中的矛盾的确是显著的。一方面，是一个天才的艺术家，不仅创作了无与伦比的俄国生活的图画，而且创作了世界文学中第一流的作品；另一方面，是一个发狂地笃信基督的地主。一方面，他非常努力地、直觉地、真诚地反对社会的撒谎和虚伪；另一方面，是一个‘托尔斯泰主义者’，即一个颓唐的、歇斯底里的可怜虫……一方面，无情地批判了资本主义的剥削，揭露了政府的暴虐以及法律和国家管理机关的滑稽剧，暴露了财富的增加和文明的成就同工人群众的穷困、野蛮和痛苦的加剧之间的深刻矛盾；另一方面，狂信地鼓吹，不用暴力抵抗邪恶。一方面，是最清醒的现实主义，撕下了一切假面具；另一方面鼓吹世界上最讨厌的东西之一，即宗教，力求让有道德信念的僧侣代替有官职的僧侣，这就是说，培养一种最精巧的因而是特别恶劣的僧侣主义。”列宁在精辟分析的基础上指出：“处在矛盾中的托尔斯泰，绝不能了解工人运动，了解俄国的革命；但是作为俄国千百万农民在俄国资产阶级革命前夕的思想和情绪的表现者，托尔斯泰是伟大的。他的矛盾，反映了农民在俄国革命中的矛盾状况；从这个意义上来说，托尔斯泰是俄国革命的镜子。”列宁在评论中，对这个作家先有肯定又有批评，实际上呈现出文艺评论对作家和作品的社会传播（肯定）和社会制约（批评）的双重作用，体现出评论对创作、对欣赏的正确导向。

在整个艺术生产过程中，创作和评论是两翼，是甲方和乙方的关系，是生产和检验的关系。作者生产出了作品，评论家（包括读者、观众的业余评论）代表社会来验收。所不同的是，这种检验不完全是在“产品”进入市场之前进行，而标准也不那么绝对。这种检验是和文艺作品的传播交织在一起的，边检验边传播。一方面，反馈生活和社会对作品的信息。比如，反映生活是否真实、深刻、新颖，当前生活里出现了怎样的最新的思想、人物、情绪、性格，群众的审美趣味、文艺界评论及艺术技巧有了哪些变化和发展？社会心理、社会矛盾出现了哪些新的动向？等等。这是评论在向创作主体反馈生活信息、艺术信息。另一方面，评论也向欣赏主体，即读者反馈艺术生产方面的信息，比如，作家的生活积累、个人气质是怎样的？作家的艺术、思想、感情、心理特征是如何在创作中呈现出来的？作品的模特儿情况以及从生活到艺术的蜕变过程如何？等等。古往今来许多脍炙人口的作家作品论，主要是反馈这方面的信息，比如歌德的《说不尽的莎士比亚》、雨果的《论司各特》和《论拜伦》、泰纳的《巴尔扎克论》、勃兰戴斯的《安徒生论》等等。文艺评论就是这样，通过反馈，把文学艺术各方面的因素黏合起来，构成一个整体，并使这个整体有机、活跃、生气勃勃。

很清楚，这种评论过程，事实上是对作品的一种宣传。评论使作品在社会上有更大的知名度，也使作品在社会上流传的绝对时间长度和心理时间长度大大增加（如对影片的宣传，现在大多从改编、筹拍就开始，一直延续到公映之后。这种长时间的宣传评论，使一部电影在观众心里留驻的时间，远远超过直接欣赏影片的那两个小时），这就促进了作品在社会的传播。同时，评论指出作品的不足和缺点，有时甚至指出的是一些原则性问题，是有害于社会和群众的地方，这又是社会对文艺的一种控制。评论将文艺欣赏者的意见、要求、希望反馈给文艺生产者，使他们在艺术生产中不断校正自己的方向、趣味、格调，这本身就是一种制约。这几年，评论界对推理片和武打片脱离生活实际、直露浅白等不注意思想艺术水平的倾向不断有所批评，正是这些批评引导了、启发了西影青年导演周晓雯，使他萌生了要在推理片的吸引力和社会片的思考色彩之间、在推理片的动作和社会内容之间找到一个契合点，进行嫁接、交融，探索的结果就是《最后的疯狂》和《疯狂的代价》两部优秀影片的诞生。这是评论制约作用产生的积极效果。又有的时候，评论对作品的表扬和肯定，使作者知道艺术市场对什么感兴趣，从而更执着于自己的追求，这固然是提倡，但不也是一种制约吗？有时候，评论对作品的批评、争鸣，使作者知道自己的不足，知道自己不应该去追求什么，这固然是制约，但同时不也是一种提倡吗？不也常常使一部影片反而增大了影响吗？

文艺评论就是这样将艺术生产部门（作者、表演团体、制片厂等）和艺术接受市场（社会）连接起来，在它们中间展开着双向反馈，实现对文艺的社会传播和社会制约。

二是从文艺内部各方面的关系去理解。

评论是衔接、黏合、熔铸文艺各个方面，使之成为一个整体的"黏合剂""溶解液"。它是文学艺术各部分之间联系的纽带，是创作、文学史和文艺理论的黏合剂。从某种意义上说，评论的基本任务就是选优汰劣。每年各类文艺作品数量常以上十万计，第一次筛选，由观众和读者进行，这表现在上座率和销售量上。评论进行的是第二次筛选，通过评论，汰选出几百份评论较为优秀的，使之产生一定的社会影响；有时，评论家们还组成评选委员会进行第三次、第四次筛选，这就为未来的文学艺术史留下了基本的史料，成为文艺史家写史的基础。事实上，没有一个文艺史家是以零开始，直接从未经汰选的原始作品中开始工作的。文艺评论为文学史做了奠基工作，将创作、欣赏的艺术实践活动和历史的发展结合起来。

它是创作和文艺理论的纽带。任何新的理论观点都是在实践中产生的，生活变了，文学反映生活的手段、形式也就会相应地变化。文艺评论工作者在欣赏、研究作品时感受这些变化，经过自己的评论将艺术上新的东西提炼出来，形成文字。这就为高等学校文艺教学和文艺理论研究提供了最新的也是最初的理论素材。搞文艺理论研究的同志不断从文艺评论中吸取营养，从中取得新的观点和说明这些观点的例证，经过积累、整理、系统化，到了一定的时候，就可能孕育出文艺理论某个观点的大变化、大发现、大创新，有时甚至形成作为一个时代标志的艺术思潮。比如：关于现实主义典型的基本理论——"典型环境中的典型性格"，就是恩格斯评论英国女作家哈格奈斯的小说《城市姑娘》时提出来的；马克思主义的文艺批评标准——历史的审美的标准"较大的思想深度，意识到的历史内容和莎士比亚式的情节的生动性丰富性的完美融合”，也是恩格斯在评论拉萨尔的剧本《弗兰茨·冯·济金根》时提出来的，他认为这三者的融合在未来的文艺作品中才能实现；雨果在评论文章《〈克伦威尔〉序言》中则提出了关于浪漫主义的经典性论断；等等。这些最早出现在文艺评论中的观点，后来都构成文艺理论的基石，写在浪漫主义、现实主义思潮的旗帜上。从这个角度来说，文艺评论又是把创作和理论黏合在一起的一种东西。

它还是具体作家和宏观的创作现象联系在一起的纽带，评论所提供的各种信息和宏观思考材料，使作家、艺术家从具体创作情境中跳出来，站到时代的和历史的宏观格局中来反视自己的创作，从而在一种崭新的意义上进入创作。这种联系，是作家在思想艺术上提高自己的重要途径。

三是从文艺评论内部的两个层次去理解。

评论是欣赏的理性结晶和升华，欣赏是评论的感性基础和触媒。广义的文艺评论有两个层次：欣赏和评论。我们的社会文化也是由两个层次组成的；一个层次是成体系的意识和形态，即哲学、伦理学、政治学、美学、文学等等；另一个层次是潜文化、无意识的意识状态，就是流传于群众中的价值观念、思维方式。这一部分看来不构成学问，却对民族心理发生着隐形的、顽固的制约。社会欣赏在某种程度上更近感性，更受潜文化的影响。而文艺评论则最近理性，更受特定意识形态的制约。欣赏常常是个体的，评论因为要向社会传播，则要受到社会群体、社会集团功利和思想体系的制约。因此，个体欣赏可以有更大的自由度，甚至可以容许较大的排他性；文艺评论则要代表社会发言，要考虑整个社会大多数人的需求，要考虑社会效果，要考虑特定社会的政治、思想、道德、美学标准，看来自由度相对小了，却更科学，更具有代表性和权威性。评论是自觉的欣赏，是代表社会向创作做理智层的反馈。从这个意义上看，评论又是将社会欣赏主体和艺术创作主体联结在一起的“黏合剂”。

总的来看，文艺评论在文学艺术中是一项举足轻重的、独立的、创造性的劳动。它需要发现生活，也需要对作品进行再发现、再创造。许多作家、作品是经过评论家过人的见解的阐释、分析才被发现、被承认的。因为文艺以现实生活的原貌来反映生活，文艺作品中所描写的生活画面，虽然作家按一定的主旨做了整理调整，却仍然是丰富多义的。形象大于思维，作者的思维常常无法囊括他作品中的生活；有时，由于世界观和思想方法、文化水平的限制，作者对他所描写的生活的理解并不是深刻的，甚或是错误的，这都需要通过评论家创造性的劳动来解释。比如曹雪芹的《红楼梦》，作者的主观意图中虽然充满着对封建社会各种弊端的不满，从根本上看是要“补天”的。但他笔下的形象（包括人物形象和生活形象）揭示了封建制度在晚期的病入膏肓和大厦将倾的历史趋势，清晰地透露出一种不祥的“变天”之音。对这种来自历史深层的不祥之音，只有马克思主义批评家，运用历史唯物主义和辩证唯物主义的“声呐”，才能收集得到，才能聚集、放大，变为一种对作品明晰的评论判断。也许正是这个缘故，俄国作家冈察洛夫曾经说过，他塑造的典型人物奥勃洛莫夫，“是杜勃罗留波夫和我共同创造的”。他感到评论家杜勃罗留波夫比自己更深刻、正确地解释了这个形象的社会意义，使得作家自己重新发现了这个形象中所包含的原来意识不到的内涵。列夫·托尔斯泰从另一个角度谈到了评论的重要性。他说，一个作家必须是两个人，既是作家又是批评家。一个作家身上缺少批评家因素是极其危险的。这两位作家的感受具有普遍性，它说明评论在文学艺术中不可或缺的地位。事实的确如此，我们写文章时是作家，我们改文章时就是评论家。改文章就是用各种理智的标准来审视自己的创作。

而对电影这类音画艺术来说，评论的再创造、再发现就更显得突出。如果说文学作品是作家用形象语言重新结构过的一个世界，那么文学评论就是评论者从语言符号背后感受生活，然后用逻辑的语言再度结构一个世界。虽然这个评论世界是作品世界的再创造，但表述形式却相同，都是文字符号。而电影评论以及其他艺术评论则不同，它比文学评论多了一层再创造。它除了要在艺术作品（电影）形象思维的基础上再创造，然后用逻辑思维作新的表述，还要将电影的音画语言翻译成文字符号传给社会。这是二维度的再创造。在这种情况下，文艺评论劳动的创造性就表现得更为突出。

二、电影的特性和电影评论的特性

从 1985 年在法国问世算起，电影不到百年的生命。它本开始于杂耍，之所以能在艺术王国占重要的席位，关键是它和文学、戏剧的结合。这种结合，使电影脱离了技术性、职业性的匠气，迁入了以塑造典型形象为主旨的艺术创造圣殿。因而，电影评论作为文艺评论的一种，各类文艺评论的共性是它的基础，诸如对题材、主题、人物、情节、结构、风格、语言的分析，自然也构成了电影评论的主要内容。这是毋庸多说的，在以后的篇章中我们会逐步接触到上述各个方面。这里要讲的，侧重是电影评论不同于其他文艺评论的一些特性，明确这些特性，对于初学者一开始就切中肯綮，对于有相当基础者将自己的评论提高到具有研究水平的境界，都是至关重要的。而电影评论的特性，又无不来源于电影艺术本身的特性。我们将把二者结合在一起来讲。

电影艺术的综合性，使电影欣赏成为感染力最全面的文艺欣赏，使电影评论成为辐射面极宽的文艺评论，它要求评论者具有综合的艺术欣赏和评论表达能力。电影艺术的综合性，主要表现在时空综合和艺技综合两方面。文学艺术和现代科学技术的综合，即艺技综合，构成电影和其他艺术门类的一个鲜明的区别，它极大地扩展了电影表现生活的领域，丰富了电影表现生活的手段。可以说，它是电影艺术其他特性的物质技术基础，重要性不言自明。但也正因为它是电影艺术特性的基础，它对电影欣赏和电影评论的影响往往是通过其他特性表现出来的，我们在这里也就不专门去讲它。

时空综合在电影艺术中的表现有两个层次。第一个层次，是电影既具有文学、诗歌、音乐等时间艺术的线性特点，又具有绘画、雕塑、摄影等空间艺术的体积特点。文学、诗歌、音乐，无论从叙述延展形态还是从表现方法上，都表现为一个时间延续的线性过程，而不表现为空间的体积占有。绘画、雕塑、摄影，从时间上看，永远只表现一个瞬间，即零，但却都实在地表现为一个面（绘画、摄影）或一个体（雕塑）的空间占有。但生活本身却不表现为纯时间或纯空间形态，而是以时空结合的综合形态进展，时间艺术在表现生活时，只能将时空综合的生活抽成时间的线条来描绘，如文学在描写同一秒钟进入会场的几个人时，只能将这种同步变为异步，一个一个拉成顺序来描写，从严格纪实的意义上看，这是一种失真。而空间艺术在表现生活时，又只能将时空综合的生活做纯空间的表现，而将生活的时间因素压缩掉。如雕塑在表现丝绸之路这类题材时，只参考驼队在一个瞬间的状态。整个丝路上的艰苦跋涉和坚韧意志，以及人物关系和人与动物、人与自然的关系，都只能压缩到这个瞬间来表现。这固然迫使雕塑等空间艺术具备了高度凝练的特点，但从严格纪实的意义上看，也是一种失真。只有电影、电视这类综合艺术，才能在时间和空间上同时充分展开。它既可以像文学那样从时间的发展中描写生活（叙事性），又可以像绘画那样从空间的浓缩中来描写生活（呈现性），而且能自如地将两者结合成空间的时间运动和时间的空间延展，即一种时空复合体。这是一种通过镜头的移动、场次的转换，化时间系列为空间结构、在空间的移动当中通过运动表现时间的独特叙述方式。这不是别的，正是生活本身的呈示发展方式。因而，电影是充分纪实的，是可以形象地再现生活的艺术样式。

当这种时空综合的特点，被电影艺术家自觉地意识到，便在艺术实践中系统地、执着地、创造性地得到发挥和发展，并逐步凝结成科学的综合美学观念，形成一整套体现着综合美学观念的风格追求和表现技巧体系。比如，根据内容的需要，有意识地追求电影的散文风格，大量在影片中运用散文的构思和表叙方法；或有意识追求电影的诗化，运用诗的哲理意象、象征隐喻手法；或有意识地追求电影的戏剧化，致力于戏剧精巧的结构，拿人的故事，引而不发的悬念，意外的结局；等等。这是电影艺术的第二次综合，这次综合使电影的综合性由自在进入了自觉的阶段，它表现为以电影特性为基础，以电影艺术本体为主干，将电影向姊妹艺术学习取得的成果加以综合，把各艺术门类看来相距甚远甚至相互对立的艺术因素糅为一体，最大限度地调动多种表现手段来再现复杂多样的生活。这就使电影获得了时空上的充分自由，获得了表现生活各个领域、包含表现人心各种领域的充分自由，形成了自己无可替代的优势。

电影艺术的这种综合性，给电影欣赏和评论带来了许多独有的特色。比如，它使得电影欣赏成为直观感染力和非直观感染力相结合的艺术欣赏。时间艺术的欣赏是非直观的，音乐通过音符、文学通过文字（也是一种符号）引起欣赏者内心的联想。这种联想或是情绪性的，或是心灵屏幕上的一幅幅画面，却都不是直观可视的，都不是确定一致的。故读《红楼梦》，每个人心中都有自己的贾、黛形象，这些形象大体一致却不是确定一致的；听《蓝色的多瑙河》，每个人心中都会激起属于自己的心灵波澜和情绪波澜，那波澜大体一致（如舒展自如），却也不是确定一致的。空间艺术的欣赏则是直观的，只是美术作品的直观，只是静态的直观、瞬间的直观，有局限性。一般的综合艺术，如戏剧，虽然展示的是连续性的直观画面，却又受到舞台的时空限制。只有电影能以现代科技和蒙太奇组接，使观众自由度极大地看到各种各样如实的生活实景和心灵画面。电影甚至可以用可视的画面来再现人们在生活中都看不到的画面，如晕眩时的天旋地转，溺水时内心感觉的画面化，等等。从这个意义上看，电影欣赏是感染渠道最多、感染力最强的欣赏活动。

又比如，电影艺术的综合性特点，要求电影评论者要有综合的欣赏和分析、表达能力。这种能力，一方面是指评论者不但要懂得文学、戏剧，而且要具备欣赏摄影、音乐、美术、表演和镜头组接的能力，对录音、剪辑、时装、化妆、道具也需要粗知一二。评论者多方面的欣赏能力，实际上在艺术欣赏中构成了多方面的信息接受渠道和多方面的艺术共鸣腔。综合的电影艺术是以多渠道、多频率的方式来传输自己的艺术信息的，如果欣赏者、评论者没有相应的接受渠道和接受频率，不但是对影片信息的一种浪费，主要是使我们无法全面综合地来把握影片，无法真正在综合艺术的意义上全部看懂影片，无法在综合艺术的意义上发掘影片的价值和不足。另一方面，综合的欣赏和评论能力是指，欣赏和评论者要能在同一时间内调动自己的各种感觉器官——眼、耳、鼻、舌、身来接受影片传输的信息，同时接受影院内观众欣赏反映的信息，并且用心灵（大脑）及时地综合这些信息，及时做出整体的、综合的感应或判断。和看小说、听音乐、欣赏美术作品不同。看电影要耳闻、目睹、心领、神会同步进行，既注意到电影中文学因素、表演因素、音乐因素、摄影因素以及其他电影因素、电影技巧，又注意到各因素之间的关系与动态的协调发展；既注意到各方面的精微之处，又能捕捉到总体的印象。听起来，这种欣赏活动似乎太复杂，叫人无法适从，其实，只要我们多在具体欣赏实践中锻炼，这种多层多面多方位的艺术接受和鉴赏，是会很自然地融于一体的。

再比如，电影艺术的综合性特点，不但要求我们在欣赏中多渠道综合地把握电影，而且要求我们在欣赏中把握各种艺术因素进入电影之后，在综合过程中的变异和变异中产生的新特质。文学、戏剧表演、音乐、美术等等，在进入电影这门综合艺术之后，都发生了这样那样的变化，构成了不同于母体的新质。

文学在进入电影之后，构成了电影文学的新品种。电影文学作为电影拍摄的文学基础，与纯文学作品有了很大不同。它注重矛盾冲突的设置，注重具有动作性的情节、细节和场面，注重可视性的画面，把一切描绘、叙述都落实为可拍摄、可观赏的画面。它一般不做心理活动的描绘，却必须在人物的言行动作和场景的展示中包含着丰富的心理内容，也一般不做细致的肖像、神态、语气、动作的说明性描绘，这些都留给演员去完成。因为电影文学的最终目的不是让读者阅读，而是拍成电影后让观众欣赏，演员的表演、镜头的画面是它最中心的表述系统。电影的文学系统，既要为这个中心系统提供基础，又要为这个中心系统空出施展的场地。

表演从戏剧进入电影之后，也发生了变化。首先是演员和观众由戏剧的确定距离变成了电影的不确定距离（可以将演员拉成大远景，也可以推成大特写）。其次，电影表演不像戏剧表演是二维度交流的（既有演员之间的交流，又有在剧场和观众的直接交流），而是面对镜头的一维度交流表演（只有演员和演员的交流）。还有，电影表演不像戏剧表演是连贯性的而是被镜头切割开的中断性表演，这既有不利（感情、感觉、语气、神态不易一气呵成），又有优势（可以在重复表演中，选择最佳效果），这些特点，使电影表演更注意真实而不容夸饰；更注重细致、内在的动作，而不容大幅度的动作。甚至可以说，电影表演区域是在戏剧表演基础上，逐步向心灵中心部位收缩，如由肢体的大动作向面部表情的小动作收缩，由“热”动作向“冷”动作收缩，由外动作向内动作收缩。目光、鼻翼、嘴角、不动之动等等在电影表演中远比在戏剧表演中重要。这种区别，我们可以从金山和高仓健表演的不同中去体会。

音乐进入电影之后，也发生了变化，这个变化主要表现为向音响化、背景化的转移而淡化主题和叙事性。因为音乐在电影中主要是烘托背景、渲染情绪、宣叙感情，它一般不具有交响乐独立的意蕴和结构，而是以电影的意蕴为意蕴，电影的结构为结构。如果一个电影音乐在各方面都自成体系，很完整、很强烈，常常会以自己的独立性影响、干扰电影的表现。造型艺术进入电影之后，常常要空出焦点留给演员。而构图，由于从美术的单幅画的瞬间性演变为连续画面的时间性，对每幅画面的浓缩度和运动感的要求也就有了变化。至于化妆、道具，电影对纪实性的要求更是明显比戏剧严格得多。

所有这些变异，都使我们在评论电影时有了不同的标准。电影的视像性，要求电影欣赏和评论具有对造型特殊的接受、理解和分析能力。电影是主要诉诸视觉的音像艺术。但电影的视像和绘画不同，它是连续的、运动的；也和人们眼睛的视像不同，它是可以大幅度在时间空间中运动、转移的视像，可以通过镜头的角度和蒙太奇组接，倒转、歪曲、延缓或加速实际生活中的常态运动，使之成为一种服务于构思的异态运动。它既是艺术的，又是生活的，既是客观的，又是主观的，具有再现和重塑自然的广阔天地。银幕的视像效果，主要来自人物造型、环境造型和摄影造型三方面的造型表现能力。

电影的人物造型能力，使得在戏剧中只能由人物对话说出来的东西，可以通过无声的画面直接加以表现。在《归心似箭》中，前后有两个点火吸烟的镜头，第一次男主人公要抽烟，女主人公扔过去一盒火柴；第二次抽烟时，则是女主人公从灶间抽出一支秫秸给他点着。前后两个动作的细致区别，反映了两人关系微妙的变化：由客气到亲昵，到某种心灵和感情的默契。日本电影《狼》，片头是一条垂死的虫子在痛苦的挣扎，然后拉开镜头，主人公正凝神地看着这虫子的死。这个镜头既象征了那残酷的社会中人与人的搏斗，又预示了人物即将投入一场殊死搏斗的命运，揭示了他在搏斗之前干涩、烦闷、孤独、苦闷的心情。我们要学会从这些画面中“读”出人物的性格、心理活动和人际关系的变化。

电影评论者要能够“读”懂影片的环境造型“语言”。导演在开拍之前，首先要到实地去采景，选择一个最能表达题旨、最能展开生活故事、最能烘托人物性格的场景，可见环境对影片的重要。在《乡音》中，陶春一家所生活的那个水乡，那个榨油作坊，已经完全进入了故事，成为主题（沉滞而又纯净的生活）和人物（善良而又没有开化的农民）的一种象征，使我们感到人与环境是如此融于一体，一种协调之美油然而生。《良家妇女》中那阴晦之中生满青苔的台阶，古老的油灯盏所造成的沉滞气氛。《湘女潇潇》中在古老的而又不停吱呀转动的水磨房中，男女主人公动情的爱抚便完全融在一种突破沉滞的骚动之中，它表现得有些变异，和那吱吱呀呀没有润滑油的水车形成一种对应，但又确实在运动着，打破着那窒息人的静。这些环境造型的语言，我们应该有能力去阐释它。

还应该能“读”懂摄影造型。在影片中，所有的观众都是通过摄影机这个眼睛来看生活演进的。但这个眼睛和人的眼睛不同，它不是恒定为一个主体所有，而是在恒变中归属许多不同的主体。在一般情况下，它代表观众的眼睛。有时，又代表作者、旁白者或采访者的眼睛，有时还代表剧中人物的眼睛，有时又代表在一种特异视角、特异心情下的目光（如突然定格，慢镜头，茶色向彩色、彩色向茶色的转换，等等）。电影这种变换主体的摄影造型能力，组合到人物、环境造型之中后，可以形成千变万化的语言能力。我们如果在这种语言面前是文盲，怎么能评论电影呢?

电影是商品性、市场性极强的艺术，电影和欣赏者的交流是现场的、群众的交流，这就使得研究市场、研究观众不但成为电影创作，也成为电影评论的一个重要特点。可以说，电影评论受艺术接受市场的影响之大是其他文艺评论所不及的。电影评论（而不是电影理论）从根本上说是社会性、群众性极强的文艺评论。

从作品与欣赏者的交流来看，电视和文学是个体或小群体欣赏，而电影是大剧场集中的现场欣赏，这和戏剧略有相似。但电影的社会传播面又远比戏剧要大得多。作为商品，它在市场流通的范围和经营额属于各文艺部类的最重量级。这使得电影评论不能像别的文艺评论那样，带着过多的学者气、书斋气，它既要建立在对观众和市场充分了解的基础上，又要面向观众、面向社会。这使电影评论从立意、角度、写法以至语言方面，要特别注意社会性、群众性，真正做到从群众中来，到群众中去；使影评的作者远比其他文艺评论更为广泛，群众性影评成为电影评论极为重要的一支队伍，群众性影评活动在全国各地得到广泛开展。而且，使电影评论的组织工作常常和电影制片和发行部门的宣传工作结为一体，影评活动可以借助制片厂和电影发行放映公司解决评论者的看片问题，解决评论者了解市场情况和观众心理问题，制片和发行部门又可以借助影评来宣传影片，扩大发行量，还可以借助影评及时得到社会对一部影片思想、艺术以至技术上的反馈，及时调整自己的制作和发行，把制片和发行工作搞得更好。从这个意义上说，在各种文学评论中，电影评论超出纯思想艺术范畴，或者说超出精神范畴的幅度是最大的，介入创作发行过程，或者说介入艺术实践和经营实践过程是最深的。这构成了电影评论不同于其他艺术评论的特色。这方面，我们陕西的工作搞得很出色，成绩名列全国前茅，已经总结了许多行之有效的好经验。

顺便说明的一点是，电影艺术蒙太奇的独特性，对电影欣赏和评论的影响也是十分深刻的。它使影评者通过整体结构和镜头组接来感受编导的意图、评论影片的思想艺术优劣，成为别的艺术评论所没有的重要渠道。因而，影评作者也要具备“读”懂蒙太奇基本语言的能力，要具备能够在蒙太奇所造成的假定性中感受银幕再现的生活、人物、感情的能力。这一点，后面将会从不同方面接触到，为了避免重复，在这个题目里就不谈了。

三、电影评论的标准

关于文艺评论的标准，经典作家多有论述。比如，恩格斯说到过，文艺批评标准是“较大的思想深度和意识到的历史内容同莎士比亚剧作的情节的生动性和丰富性的完美融合”；毛泽东指出，我们的批评标准是政治标准第一，艺术标准第二，政治标准和艺术标准尽可能完美的结合；刘勰在《文心雕龙》中谈到评断好文章的标准是“情深而不诡，风清而不杂，事信而不诞，义贞而不回，体约而不芜，文丽而不淫”。这些关于评论标准的论述，尽管所处时代不同、思想体系不同、着眼点不同，却大致都是从生活、思想、艺术三个方面来谈的。鲁迅曾经十分精辟地将这三个方面归结为真、善、美。他说：“我们曾经在文艺批评史上见过没有一定圈子的批评家吗？都有的，或者是美的圈，或者是真实的圈，或者是前进的圈。没有一定的圈子的批评家，那才是怪汉子呢！”[①] 所谓“圈子”，也就是标准。鲁迅说的“美的圈”即美的标准，“真实的圈”即真的标准，“前进的圈”是善的标准。真，即真实性；善，即思想性；美，即艺术性。以这三个标准为依据，我们在评论一部电影时，可以先问三个问题：真不真？对不对？美不美？现在分开来谈。

（一）真

电影和其他文艺部类一样，总是直接、间接地反映社会生活和感应社会心理情绪，这便有了一个真实、准确的问题。电影是诉诸视觉和听觉的艺术，是以画面和声音直观地而不是符号地（如文学那样）反映社会生活的艺术，是叙事为主而不是抒情为主（如音乐、诗歌那样）的艺术，是面向社会多阶层、带有强烈大众性和通俗性的艺术，这一切，决定了电影对真实的要求更为严格。观众想从电影中得到思想和哲理的启发（善），得到愉悦和娱乐以及其他种种美的享受，首先要有真实的感觉。有了真，才能产生亲切感，才能跟创作者和影片表现的生活建立起信任的关系。倘若观众认为一部电影是在那里胡编乱造、矫揉造作，在他们的心目中，电影片子就变成了“电影骗

①鲁迅：《批评家的批评》，见鲁迅著、童秉国选编：《鲁迅作品精选》，长江文艺出版社 2003 年，第 545 页。

子”，一切欣赏活动便将破坏，艺术接受过程便将中断。所以真是善和美的基础，真实是艺术的生命。罗丹在《艺术论》中说：“在艺术中所谓丑的，就是那些虚假的、做作的东西。”

但是，艺术的真实性，并不是指机械地复制实际生活（尽管电影复制生活的能力在各种艺术中堪称第一），而是指艺术形象中生活客体和创作主体的统一，现象与本质、偶然与必然、个别与一般的辩证统一。任何一个真正的艺术形象都是个别的、具体的和直观的。但只有当形象在个别中寄寓着一般性，在形象所反映的具体现象中蕴含着某种共同的本质，在直观的形象中寄寓着非直观的内容，形象才能具有真实性。从这种意义上来说，当电影只有“照相”纪录功能而没有创造出真正的艺术形象时，是谈不上真实性的。只有它超越了照相的逼真性，通过各种假定途径而达到艺术境界之后，才有真实性可言。很明显，这里说的艺术真实性是包含艺术假定性的。任何艺术都是一种假定的存在，即便新闻纪录片，也在时间、空间上对真实生活做了极大的调整和改造，至于戏曲中的程式动作和脸谱，相对于生活本身来说，更不是逼真的照相，而是假定中的真实。这里说的艺术真实性也是包含各种艺术思想和创作方法、风格流派的。比如，强调生活就是这样的现实主义和强调生活应该是这样的浪漫主义，都可以写出具有艺术真实性的作品来；强调超越真实的爱森斯坦“蒙太奇”理论和强调复制真实的巴赞的长镜头理论，也都可以拍出具有艺术真实性的影片来。所以汉德逊在《电影理论的两种类型》一文中指出：“爱森斯坦和巴赞的出发点都是真实。”甚至不排斥在各种“现代主义”“变形”的艺术观念指导下，拍出具有真实性的电影来，只要这种变形实际上是强化了、浓缩了一种真实的感受，编导的主观感受和客观生活实际上在这种变形中得到了一种异态的统一，那也是符合艺术真实性要求的，它真实地再现了一种心态和感受。在流派纷呈、百花齐放的艺术时代，我们的真实观不应该是狭隘的，应该是包容性很大的。

真在电影艺术中起码包含这四方面的内容：

一是指生活现象的真实，即作品中人、情节、画面、细节否要合生活的真实，这是具体的真实。近年来大家谈到的许多现象，比如英雄在牺牲时总是死不了，要说大段表白性的豪言壮语，要交代这样那样的未竟之业；比如古装片中男演员留大鬓角、女演员跨现代步，说今天的生活用语，等等。这些都属于生活现象的不真实。获奥斯卡金像奖的《末代皇帝》，新婚之夜婉容将万岁爷吻得满脸口红；《西安事变》前景是西安钟楼前 20 世纪 30 年代的游行，后景却出现了七八十年代的无轨电车；《空谷幽兰》和《快刀乱麻斩》中以女扮男装深入敌巢，却处处忸怩作态、嗲声嗲气，一看而知为女子；等等。这些都因具体生活的不真实，毁坏了观众的信任感。要说明的是，这种种不真实，如果是在科幻片、神话片或者荒诞片（如西影的《古今大战秦俑情》）中，是可以允许的，因为编导往往正是从时代、性别和其他生活现象荒诞的错位中，来显示他对生活的哲理思考或其他创作意图。但在现实主义影片中，这就是失误。

二是指历史整体的真实。光有现象的真实，不一定就是优秀作品，也不能包容像浪漫主义电影那样的真实性。从更高的美学要求来说，真实性应指本质的真实、历史的整体的真实。亚里士多德说："诗人的职责不在于描述已发生的事，而在于描述可能发生的事，即按照可能律或必然律可能发生的事"。歌德也说过，自然即艺术的"材料宝库"，艺术家从中选择"对人具有价值愿望和有味道的那一部分"加以艺术处理，然后"拿一种第二自然奉还给自然"。中国古典美学中，有大量关于形神辩证法的精辟见解，如顾恺之的"以形写神""传神写照"，谢赫六法中的"应物象形"和"气韵生动"，李卓吾所谓"极幻之事及极真之事"，以及齐白石的"似与不似之间"，都强调形似与神似的并重，强调整体的、内在的把握表现对象的真实。马克思去世之后，恩格斯挑选了优秀摄影师梅奥尔为这位伟人拍的最成功的一张照片。这张照片除了黝黑的脸色、乌黑略带斑白的上鬓等形似特征外，更重要的，是“表达了摩尔的全部庄严、宁静的神态和他所特有的乐观精神以及对胜利的信心”。这是具体真实与整体真实、表象真实与内在真实统一，即形似与神似统一的一个好例子。故而，我们在评论影片时，在人物、情节、画面符合具体生活真实的基础上，还需要考察影片对人物、环境内在的整体的把握是否准确、真实，人物、故事、场景放在特定历史时代的生活中考察是否典型（即在个性中是否包含了共性，现象中是否含纳着本质）。有些生活现象，虽然社会现实中确有其事，但从整体上看是个别的、偶然的，甚至是畸形的，编导在反映时，如果不能对这类个别、偶然、畸形的生活现象做正确评价，并放在特定的环境背景中去做恰切的艺术展现，就容易使读者对整个生活做出错误的判断，造成失实。这方面最著名的例子，是恩格斯关于哈克奈斯的中篇小说《城市姑娘》的评论。恩格斯指出，这篇小说所描写的英国工人阶级的生活在伦敦街头特定社区，是真实的，但从当时整个英国工人阶级的历史状况来看，却是不典型的。也就是说，由于历史的、整体的宏观真实上有了距离，影响了这部作品的思想艺术价值。

三是指人性的哲理的真实。即文艺作品中人物的感情、情操，是否符合特定时代、特定阶层、特定人物的真实，符合这一时代和阶层的人性人情；作品所表达的总体思想和某一个人物的思想是否符合当时时代和具体环境的真实。近几年来有些反映城市生活的电影作品，不论影片中人物具体的成长道路、生活环境和个人性格如何，都写成“现代派”一种格式。这些人物从衣着到心态，完全西方化。这样的人在生活中也许是存在的，但写得过多过滥，成为一代城市青年的总体形象，就不真实了。同时，即便是现代青年，尽管他们中有人以中国文化传统的叛逆者自居，但是，他们生活在中国社会，生活在一条文化传统的延长线上，要完全甩掉传统是不可能的。将他们完全写成西方现代派，只能成为不真实的“伪现代派”和“假洋鬼子”。这可以说是人性人情的不真实。

另外，在近年来的探索电影中，有许多编导热衷于通过表层故事和人物去探索或呈示一种哲理，这本来无可厚非，在大多数情况下，也使得影片有了深度，有了启示力。但也有的哲理探索，实际上不是以历史唯物主义的观点来解释历史和现实进程，而是用资产阶级唯心主义的种种理论——萨特的存在主义，尼采的强者哲学、抽象的人类本体论，以及弗洛伊德的性本能论来解释进程，特别是来解释阶级斗争、民族斗争、革命历史和社会主义现实，这就非常不真实，而且谬误百出了。老革命、老作家司马文森的长篇小说《风雨桐江》本来是作者自己在 20 世纪二三十年代阶级压迫下走向革命的艺术纪实，真实感很强，搬上银幕之后，改编者却把上一代走向革命的原因说成是婚姻不自由、性苦闷，用抽象的性意识、性本能替代了阶级斗争的严酷现实。这种哲理探索，不但是错误的，首先是不真实的、虚伪的，它只能起到掩盖历史真实面貌、搞乱青年思想的作用。

四是指电影艺术家感受的真诚。一部影片能否真实地反映生活，取决于电影艺术家（包括编剧、导演、演员、摄影、美工以及服、化、道各个环节的创作人员）感受生活是否真诚。我们搞评论的，常常要通过影片来检验创作者的真诚。常常越是编导演员熟悉的、有亲身感受的、确信无疑的生活，艺术表现时越能够亲切自然、真切生动。生活是朴素的，哗众取宠、矫揉造作的创作态度不能真实地再现朴素的生活。生活是各种因素的、复杂的综合体，概念化的、简单化的创作态度（比如一味地为了表达某种政治概念或某种新潮哲理，一味地为了迎合某种低级庸俗的欣赏趣味，言不由衷、故意卖弄，把生活简单化）不能真实地再现复杂的生活。每个特定时空的生活、每个人的生活都是独特的，不是真诚、刻苦地去捕捉这种独特性，而是追新潮、逐时髦，亦步亦趋、拾人牙慧，不能真实地再现独特的生活。生活流程是内容和形式统一的，生活内容在不断的呈示中，自然地表现出各种形式因素。

人生总有这样那样的开端、发展、高潮、结束，人与人的命运总是有这样那样的交织、穿插，人的心态和人的言行总构成这样那样的同步或反差，构成双层或多层的推进——这些形式因素，自然地融解在真切的生活中，如果不结合着内容去把握形式，追求形式主义或以形式的花样来掩盖内容的贫乏，也不能真实地再现生活，所有这些方面，都考验着电影艺术家的真诚，从而决定了影片真实性的强弱。以此故，历来进步的文艺理论都十分重视真诚。俄国文艺评论家皮萨列夫说："真诚是诗人最必需的品质。"清代文论家刘熙载说："诗宁可数年不作，不可一作不真。"

（二）善

善主要是指影片在思想道德情操方面是否进步、正确。电影反映生活不是目的，反映生活的目的在于给读者以思想的启发、感情的熏染、品德的怡养、情操的陶冶。这样，文学批评就必须判定作品所蕴含、所宣扬的思想、感情、品德、情操的性质和深度，估价其对社会的影响。这种判定和估价，是评论影片思想标准的核心内容。

思想性标准有着明显的阶级性的价值坐标，这一点在还存在着阶级分野的社会中，是不可避免的。在评论政治性较强的题材的影片时，或者在评论影片的政治内容时，思想标准的阶级性就表现得更明显。对莎士比亚的剧本《雅典的泰门》，黑格尔从德国资产阶级软弱和怯懦的本性那里生出一种审美观，认为艺术只应该给人一种和谐、宁静的印象，而不应当唤起动荡、仇恨之类的感情，据此，他认为这是莎翁的失败之作。而马克思却高度欣赏泰门对黄金的诅咒，显示出无产阶级革命的、战斗的政治标准与资产阶级的原则区别。不过，思想性的标准绝不只是政治标准，时代发展到了今天，我们是从整体上以是否坚持四项基本原则，是否有利于社会主义物质文明和精神文明建设来确定什么是应当允许、提倡的，什么是应当反对、排斥的。这是一个很大的原则，既包括社会主义的标准，又包括爱国主义的标准，还包括民族传统的标准。只要有利于人类文明的精神产品，都应当是允许的、欢迎的。

对影片的思想性提出要求，并不是说电影不能反映思想不健康甚至反动的社会现象。思想性的正确含义是指创作者的主观思想和影片客观思想的统一。主观思想是指创作者通过形象力图表现的思想，客观思想则是指在形象的内在逻辑和完整结构中直接显示出来的意义。作者描写善的生活题材，恰如其分做了善的褒扬，描写恶的题材，恰如其分做了恶的贬斥，能够善其善，恶其恶，便是有进步的思想性。相反，你虽然表现的是社会生活中真善美的题材，却在影片中对这种真善美缺乏认识，甚至评断错误。比如有些影片反映了我国劳动人民艰苦奋斗、执着追求的愚公精神，但却将这种精神当作一种落后的土地文化的保守性、封闭性来“反思”，就是非颠倒了。有的影片，虽然描写的是社会上的丑恶现象（如《赌命汉》），但能从社会主义精神文明的高度进行挖掘、批判，产生了积极的思想影响和社会效果。

我感到，在善的标准中包含着如下几方面的因素，即“合法不合法”，“合理不合理”，“合情不合情”。在评价一部影片思想性时，我们不妨从这三方面提出问题，展开思路。

“合法不合法”，是指影片内容是否符合有关的法律、条令、政策。有的电影，如《山道弯弯》，描写了矿工因公牺牲后由妻子招工顶替这样的情节，因为和现行政策规定不符，在实际生活中引起波动，许多矿工家属要求顶替工作，社会效果不好。《空谷幽兰》写了云南一个少数民族的公主爱上了女扮男装的汉族女战士，伤害了民族感情，也引起了不良的社会效果。这类触犯了法律、政策的影片，尽管其他方面有可取之处，因为在客观上不利于社会主义的安定团结，发挥不了影片在精神文明建设中的作用，思想性受到极大的损伤。

“合理不合理”，深了一步，指影片宣扬的思想内容，是否符合马列主义之理、社会主义之理、民族的和世界劳动人民的优秀道德之理。影片《红旗谱》，着力表现朱老忠如何由优秀农村劳动者成长为共产主义战士的过程，表现农民运动由自发走向自觉的过程，通过生动真实的人物与情节，很自然、很深沉地将中国劳动人民优秀的传统道德和共产主义光辉品格衔接、熔冶为一体，在“理”的闪光上，可以说是耀目的。影片《高山下的花环》，写了梁三喜给妻子的遗书，要她在自己牺牲后，寻找理想的新伴侣，并将崭新的军大衣送给未来的“他”。这个情节，将共产主义战士和传统决裂的光辉品格表现得十分动人。

“合情不合情”，更进了一步，指影片所蕴含的情调、情操、情感，是否是文明的、美善的，这已经将善的标准和美的标准衔接起来了。有的影片虽然合理、合法，但概念、生硬，没有和人情融合起来，善就成了一种理念，很难感染人，发挥不了艺术的特殊教化作用。

需要指出的是，情、理、法的要求，不能用来机械地卡某一个具体人物、具体场景的思想道德正误，需要从作品总的思想情调趋向上来把握。它们之间也不是孤立的，常常相互交织，做综合的表现。有时，也会出现合理不合法、合法不合理，或合理不合情、合情不合理的复杂情况，需要我们对具体影片做细致的、辩证的、符合艺术特点的分析。例如生活中曾经出现过这样的案例：受到丈夫长期欺凌的弱女子，由于是法盲，不知道通过法律途径制裁丈夫，而在忍无可忍的情况下杀害了他，使自己成为死囚。这类违法而又合乎情理的题材，搬上银幕之后，需要在评论时格外细致。

（三）美

美主要是对作品艺术的、美学的评价，但又涉及影片整个的审美情调（这已是真、善、美的统一了）的评价。在对作品做艺术的、美学的分析时，也可以从三个层次上提出问题。

一是表达内容的形式美如何？比如影片的结构，是线型、圈型还是辐射型？是单层还是复式结构？复式结构，是同向并列式还是逆向错位式？等等。

影片的叙述角度、描写手段、人物塑造方法和情节推进方式，影片的文学、影像和表演语言等都可以做综合的或分门别类的分析评论。

二是影片具体的形象性和感情性如何？作品所描绘的形象是否美？如果是丑的形象，编导是否揭示出其丑恶、表现出正确的审美评价、审美趣味？这种审美评价是否通过艺术构思、通过生活，形象得到了体现？根据电影艺术的特点，我们对影片形象和感情的分析，不但要着眼于人物形象和人物感情，还要特别留意画面的形象感和感情性。例如《黄土地》主要的美学形象，便不是人，而是物——黄土地。黄土地通过编导的艺术构思，在镜头中由生活到形象再到意象的过程，是可以大做文章的。

三是影片总的美学趣味、审美品格如何？是否健康、向上？是否流露出庸俗、低下的倾向？如果大体是健康、向上的，在美学上是高品位、还是低品位？这个问题，在近几年的影评中，特别需要注意。许多影评出于追求宣传效应和经济效益，常常一味叫好。一些趣味低下甚至很不健康的影片，也是一片掌声。这是一种对观众、对艺术、对精神文明不负责任的宣传倾向，是评论主体品格的失落。有时，为了提倡某种方向性的东西，又往往走向另一个极端，把一些思想内容正确但美学品位并不很高的影片说得天花乱坠。

这都说明，真、善、美作为评论标准，应该是统一的整体，唯美不对，唯真、唯善也会产生评论导向的偏颇。当然，在具体评论一部影片时，不一定面面俱到都要写，可以根据具体影片的特点，从某一方面落笔写开去。但作者的心中，却应是真、善、美俱全的。

四、好影评的要素

衡量评论的优劣，最根本的，在于文章是否从所论影片的实际出发，是否谈出了这部影片在思想艺术上的主要特点和它对社会、对艺术的主要贡献及不足。准确，这是起码的。在这个基础上，要看谈得是否深刻、是否开阔、是否鲜明生动。再进一步，还可以要求是否独特和别致。根据我的感受，好影评的要素可以概括为八个字：感受、见解、角度、文采。

感受——文艺评论不同于别的社会科学评论，不仅它所评论的对象（影片）是形象性、感情性很强的生活画面，而且它本身就是文学艺术的一个品种，一个体裁类别。况且，从评论和评论阅读者的关系来看，它不仅要通过逻辑论证来说服读者，还要通过种种形象的手段来感染读者。因此，在文艺评论的写作中，逻辑思维和形象思维要并重。形象思维表现在立意的渠道、角度的选择、语言的运用各个方面，而最主要的是要在欣赏评论过程中有真切的感受。这种感受，既包含着理解程度，又包含着感染程度和形象的表达程度。写影评不能从概念出发，完全用逻辑的演绎推理去理解作品，将作品切割成碎块来印证自己的观点（尽管这观点是正确的，符合影片实际的）；而要从看片的真切感受出发来提炼观点，上升到理论的论述。并且，那种真切的艺术感受要贯穿到全文的论述中去，从文章的具体写法和遣词用句中体现出来。目前流行的那种艰涩难懂、堆砌术语名词而缺乏对作品真切感受的评论文章，我以为不足取。

影评要有感受，需要特别强调欣赏和评论的一致性，强调评论作者首先以一位普通欣赏者的身份来看电影，在欣赏中，捕捉、发展自己独有的感受，经过提炼、思考，上升到理论的阐述上来。从这个角度看，影评思维的一般过程是：艺术意象—再造意象—情理感应（即感受）—观念意象。

第一步，艺术意象，即评论者首先要全身心地欣赏电影作品，接触艺术意象。法朗士说得好，“文艺批评的灵魂是在杰作中的寻幽访胜”，这种在“杰作中的寻幽访胜”，是在作品中捕捉艺术意象、触发艺术感受、凝聚审美发现的过程。在这个过程中，评论家其实扮演的是艺术家的角色，不过他不像作者直接在生活中采撷美，而是在影片中采撷美而已。

第二步，再造意象。在欣赏影片、阅读剧本的过程中，各种零星的艺术感受集聚在一起，经过渗合着思考的联想和想象，在自己脑子里复制出一个再造的艺术意象来——这个再造意象是以影片的艺术形象为基础，却又糅进了评论者、欣赏者的主体感受，发生了由形而意的转化。所以，每个观众心中的再造意象都大致相同（都以影片艺术形象为艺术），却又不完全相同，所谓“每个读者心中都有自己的贾宝玉”即是这个原因。

第三步，情理感应。欣赏者和评论者在再造意象的过程中，既然不是被动的“再现”，而是主动的“再造”，那么，对影片在自己头脑中浮现的想象意象不可能无动于衷，总会在感情和思想上引起触动、感动、领悟，乃至强烈的共鸣。列夫·托尔斯泰说：“艺术活动建立在人们能够受别人感情的感染这一基础上。”当然，欣赏者的心灵感应，不仅是“动情”，还有“启思”。而影片对观众动情与启思的统一，就是欣赏者的感受。情理感应，可以大略分为感触、感动和共鸣三种情况。“感触”是对文艺作品某一局部意象的情理感应；“感动”是对文艺作品整体意象或主要意象的情理感应；“共鸣”是当文艺作品中新颖独创的整体意象与欣赏、评论者主观思想感情十分融合一致时所产生的强烈的情理感应。《红楼梦》第二十三回“《西厢记》妙词通戏语，《牡丹亭》艳曲警芳心”里，有一段林黛玉隔墙听戏曲的描写。一开始，黛玉听见梨香院内“笛韵悠扬，歌声婉转”，偶然有两句吹到耳内：“原来是姹紫嫣红开遍，似这般，都付与断井颓垣……”她觉得“倒也十分感慨缠绵”，这是感触；当听到“只为你如花美眷，似水流年……”时，黛玉“不觉心动神摇”，这已是感动了；后来，又听到“你在幽闺自怜……”等句，她联想起古人的诗句，想到自己的身世处境，“不觉心痛神驰，眼中落泪”，这就是共鸣。

第四步，观念意象。这对评论思想来说，是十分关键的一步，它将情理感受升华到理论观点高度，但这种“观念”，仍然离不开形象和意象，这是与别的学科的理论研究所不同的。这一步实际上就是形象的形成和阐发见解，将在下面详细谈。

欣赏和评论的感受，既可以是对影片一人一事一物一镜头具体、微观的感受，又可以是对一部作品整体的、宏观的感受。这要根据影评的题旨和着眼点来定。但我觉得，对群众影评者来说，着重要培养的是自己的宏观整体感受能力，这比较难，却可能产生大手笔。通过对影片中形象的复述和分析，去辐射全社会、全人类，或者用极简洁、形象的笔墨，点出整部作品给人的感受，都很不容易，却能给读者以完整的印象和开阔的联想延展。比如鲁迅对殷夫诗集《孩儿塔》的整体感受：

> 这是东方的微光，是林中的响箭，是冬末的萌芽，是进军的第一步，是对先驱者的爱的大纛，也是对于摧残者的憎的丰碑。一切所谓圆熟简练，静穆幽远之作，都无须来作比方，因为这诗属于别一世界。[①]

几句话点出了作品宏观的意义、特点，在当时整个小说创作格局中，给作品做了基本定位。

评论中要有深湛精到的感受，除了评论者形象思维和逻辑思维的能力都很强，艺术鉴赏水平和思想理论水平都很高外，十分重要的一点是评论者要有丰富的人生阅历和心理经验。有了丰富的人生阅历和心理经验，还要善于在欣赏评论中，借用自己的这些阅历和经验去感受、理解影片，善于将影片中的人物形象、生活形象、情绪心理意象和欣赏者的人生阅历、心理经验结合起来，在和鸣中形成观点。

见解——深刻、新颖的见解，是一篇好影评的核心。见解，是评论者创造性思维的结晶，是影评作者创造性劳动的成果。见解，也就是上面讲到的

---

① 鲁迅：《白莽作〈孩儿塔〉序》，见鲁迅著，曹金洪主编：《鲁迅杂文精选》，吉林出版集团有限责任公司 2010 年版，第 188 页。

观念意象，是欣赏、评论思维的第四步，也是最后形成观点的一步。影评作者要运用自己所掌握的文艺理论、美学、社会学、政治学、伦理学等科学理论的思想观点，分析、对照、衡量文艺作品的思想内容和艺术形式，形成同艺术形象系统某一层次或某一部分相联系的审美的、理性的多种判断。这种判断即是评论文章的见解，这种见解是既上升为理性又结合着感性形象的审美判断。这种审美判断不是单一的，而是多元的。比如对影片《阿Q正传》的社会内容和意义，就可以从各方面分析：从政治学的角度看，阿Q性格是封建专制主义的产物；从社会学的角度看，阿Q是乡村流浪雇农的写照；从心理学角度看，阿Q性格是轻度精神病患者的肖像，他的精神胜利法，是类分裂人格的表现，是一种夸大的迷妄症；从思想史的角度看，阿Q性格是庄子哲学的寄植者，一方面安于无可奈何的命运，一方面内心又要做到飘飘然；从演变史的角度看，阿Q性格是鉴照辛亥革命失败的、一面来自底层的镜子，也是半封建半殖民地旧中国失败主义思潮的象征；等等。

见解来自思索。思索需要两个条件：一是正确的思索方法，一是丰富的思索材料。正确的思索方法，总体上是指唯物辩证法，即在事物的联系中，在矛盾的运动中鉴别、比较、分析事物，具体到创造性思维，诸如求异思维能力，灵感思维（即孕育和捕捉思想闪光的能力），统摄和提炼观点的能力，侧向思维的能力，等等。

但光有好方法还不行，主妇虽巧，无米之炊也是难以为之的，因此还要有丰富的思索材料。这主要包括：

第一，对生活的熟悉了解和真知灼见。文艺作品都是反映生活的，评论作者对生活本身不了解，检验就没有准绳。评论家对生活的了解，首先要从宏观、微观两方面把握。对影片所反映的那一部分生活，自然要大致有所了解；更主要的是对影片所反映的时代的整体生活，要有较深的把握——比如时代生活的主流和支流，主要的社会矛盾和社会心理状态，当时社会发展的新趋势以及这种趋势在人物形象和生活环境中的体现，等等。只有对宏观生活有较深的把握，才能将影片所反映的生活放在大的背景下来评价，做出比较准确、有深度的判断。

第二，相当的理论修养。对哲学、社会科学发展状况的大致了解可以使我们在思考一部电影时，具有多方面的理论观点，并且能将影片中所包孕的具体的思想、生活和艺术问题，上升到相应的理论高度来认识和阐发，从而对编导、读者、观众以深切的启发。

第三，对文艺思潮、创作总体情况和历史情况的了解。这方面情况的积累，可以使我们将影片放在纵横两个大坐标上去观察，进行共时态和历时态两方面的分析，还可以帮助我们寻找编导个体创作思想和一个时代群体文艺思潮之间的深刻联系。这都可以使我们的评论做到“刨根问底”，写出“来龙去脉”。

第四，对文艺技巧和艺术语言有一定素养，并了解这方面的综合发展趋势。素养深者，可以通过对影片艺术性的分析，启发编导今后的创作；起码也可以帮助读者和观众了解影片的艺术特色，更好地理解、感受作品。

丰富的思索素材和正确的思索方法，不但使我们在写影评时有话可说，而且能说得深刻厚实，又说得举重若轻。比如，我们可以运用上述几方面的宏观思索材料，将影片《乔厂长上任记》《祸起萧墙》《代理市长》连在一起评论，从乔光朴、付连山到肖子云命运的变化看新时期中国改革者命运的历史变迁。乔光朴的改革，凌厉如破竹，挥扬如舞剑，充满了革命理想主义色彩却并没有更深地触及中国社会各种矛盾。这不但反映了改革初期，大风乍起时的社会现实、时代情绪和人民善良（而又有些简单）的愿望，也反映了作者对改革的认识并没有超出当时社会的认识水平。付连山的改革，由于遇上了带有封建割据性的地方主义，陷入了困境。改革者由挥扬凌厉被推上了审判席，受到社会各种势力的纠缠和拷问，带上了深刻的现实感和悲剧色彩。这看起来是改革的曲折，其实表征着改革的深化。到了肖子云，改革者又从矛盾的旋涡中击水而去，甩脱了种种的困扰，破浪前进。这时候，不但改革者自己更强劲成熟，而且改革的社会环境也在经历了一番风雨的洗礼之后，春光明媚了。这表现在省委领导对代理市长的支持上，肖子云身上重又显现出乐观主义的色调，却不像乔光朴那样表面。这是在经历了各种深刻斗争并取得胜利之后的乐观色调，凝重而又厚实，显示出改革和改革者的成熟，也显示出编导对改革生活、改革性格把握的成熟。

角度——有了感受和在感受基础上的见解，在构思写作过程中，要特别注意角度。好见解如果装进平铺通叙的、千篇一律的表达框架中，也会给人以司空见惯的感受而被忽视，或只留下一个平铺通叙的印象。相反，有时见解即便一般，但由于找到了一个别人想不到的新角度来表现，倒会使人耳目一新。当然，更多的情况是，新的角度本身就反映了新的眼光和见解。比如，在评美国电影《黑马》时，抓住两个小主角（小男孩）脸上的雀斑，从其貌不扬的角度做文章，来谈美是性格，美是气质。这既是角度新的问题，又是见解新的问题。

要做到角度新，我认为要注意四点。第一，要培养自己侧向思维的能力，在思考问题时能跳出正面、平视、中景这种种习惯性的角度，学会“旁敲侧击”“出奇制胜”。幽默思维，是最好的侧向思维之一。英国一位初学写作者将一篇作品寄给英国大文豪萧伯纳，通篇不打标点符号，并在信中说：“我不习惯标点，你给我加上得了。”萧伯纳回信，只画了几个标点，通篇没有文字，并写道：“我写文章只标标点，而不习惯写文字，你给我加上得了。”对青年作者的傲慢、飘浮批评得鞭辟入里，却又不正面强攻，而是旁敲侧击，随手拈来，这才是大家手笔。

第二，要善于捕捉自己在看电影时的第一印象，追踪这个印象在自己脑海中的提炼发展过程，然后，在构思写作时真切地将这个过程写出来。因为它带着作者欣赏时的个性色彩，又总是出自不同的具体欣赏环境和欣赏对象，常常是独特的、新颖的。第一次看电影《乡音》时，在山乡反复出现的古老的油坊木榨声，给我很深的印象。这声音和沉滞的生活、闭塞的乡风、木讷的乡民浑然一体，成为山乡古镇的一种音响象征。我捕捉住这个印象，储存进大脑。不久，在影片快结束时，山那边越修越近的铁路工地响起了开山炮声。在陶春病逝之前，要求丈夫把自己推到县城去照个相，看看火车，于是又响起了独轮车的吱扭声。这吱扭声迎着越来越大的火车长鸣声而去。我当下豁然开朗，脑际出现了一组由声音构成的形象——

油坊木榨声→独轮车的吱扭声→火车鸣声（沉滞的生活）（山乡在缓慢地追赶时代）（正在临近的新生活）

这个“音像”，不正是影片《乡音》题旨的再现么？多么明晰，又何等深藏，何等巧妙！这个“第一印象”以及“第一印象”的进展，便成为后来的影评文章，角度几乎不与任何人重复、撞车。影片编导读后也来信说，此文抓住了他们的构思，“真正看懂了”。

这点说来容易，做到却很难。这要求我们以一位普通观众的身份全身心投入影片欣赏，不要一开始就带着某种既定的评论框框去套影片。只有这样才能获得欣赏中的原色、原香、原味。每个人，由于出身、文化、思维习惯、具体的欣赏心理不可能一样，他在欣赏中的最初感受以及这种感受的提炼过程，也都不可能一样，这就有了独特性。

第三，在看片时，要集中精力抓影片的特点、难点、重点、疑点、动情点、乏味点和相似、相反的对应点。这些“点”，都应该是我们看电影时注意力的“集中点”，也是构思未来影评文章的“着重点”。不同于别的电影的内容和形式，正是这部电影的特色和贡献。疑难之处，正是深刻之处，或点题之处，或未能表达清晰之处。情节和人物的重大转折和关节处，是理解和解释影片不可缺乏的重点段落。令你动情或令你乏味之处自然是影片成功或失败之处，是分析影片优劣的观点和素材。相似的或相反的对应镜头、对应表情、对应乐段，当它在影片中反复出现时，你在脑海中将它们用虚线连接起来，很多规律的东西就显现出来了。

第四，还要在写作时善于将上述独特的、本色的感受表达成文字，不要通过文字淡化这些感受，而要通过文字强化它。许多人有一种约定俗成的习惯心理，似乎写文章和闲思闲谈不一样。闲思闲谈可以放松自如，无拘无束，写文章则一定要搭架子，要三段论，要“因为所以”“而且但是”“首先其次”“一方面另一方面”，要一套四平八稳的书面语言。这些同志不懂得，愈是真切、平易、口语化的文章愈好，也愈难写。他们本来有很好的感受和见解，一拿起笔来，就将这些放松自如的思考装进各种各样的文章格式中去，消磨了原有的特色。要锻炼自己“怎么想就怎么写”的能力，锻炼自己真实地反映自己的见解和感受的能力。每个人的“怎么想”都是独特的、不重复的，如实地将所想写出来，自然也会是独特的、不重复的。

文采——文采是见解的彩翼，是感受的电波。文采将一篇影评的好观点、好感受、好角度变成文字实体。好的文采可以使你的好见解易记、易懂、易流传，甚至达到“不胫而走”“有口皆碑”的程度。深刻的见解没有好的文采，会显得平庸、暗淡，被人忽略。孟子说“言而无文，行之不远”，没有文采的言论是传播不开的。刘勰说“虎豹无文，则鞟同犬羊”，没有文采的文章，像虎豹披了一张没有毛的兽皮，那就和狗、羊一样了。这里，我们举一些文艺评论中富有文采的例子，大家可以从中体味。

我国古代许多文艺批评的著作，本身就是言辞形象优美的散文，例如陆机的《文赋》：

遵四时以叹逝，瞻万物而思纷。悲落叶于劲秋，喜柔条于芳春。心懔懔以怀霜，志眇眇而凌云。咏世德之骏烈，诵先人之清芬。游文章之林府，嘉丽藻之彬彬。慨投篇而援笔，聊宣之乎斯文。

钟嵘的《诗品》：

> 若乃春风春鸟，秋月秋蝉，夏之暑雨，冬月祁寒，斯四候之感诸诗者也。嘉会寄诗以亲，离群托诗以怨。

别林斯基这样表达文学作品的真实性：“它对生活既不阿谀，也不诽谤。”泰纳这样表述作家艺术家要注意观察人的内在气质，把握人的灵魂：“当你用你的眼睛去观察一个看得见的人的时候，你在寻找什么呢？你是在寻找那个看不见的人（即指内心，指灵魂）。”巴尔扎克这样表述小说创作要注重独特性：“若要问小说怎么写，你去问偶然性就行。”

从上面这些例子大体可以看出，文采，首先要求准确、鲜明、生动地传达内容，准确、鲜明、生动地说出你想说的话。在这个基础上，要求文字有个性、有感情、有形象，而且最好带点含蓄幽默。不见得堆砌和雕饰文辞，但句式要有自己的特点。句式的特点不但反映了评论作者表述方式的独特性，也反映了一个人观察、思考问题的独特性。

感受、见解、角度、文采，是一篇好评论的要素，但不是说只有这四大要素俱全，才能算好评论，有一两方面很突出，也就难能可贵了。

五、电影评论的思维特性和思维方法

在现代科学技术、理论研究、文艺创作和实际工作中，思维的重要性日见显著。了解电影评论的思维特性，掌握电影评论的思维方法，不只是一个理论问题，更是一个实践问题，是我们写好评论很关键的一环。在这个题目中，我们想谈三个问题，侧重谈实践性较强的第三个问题——思想方法问题。

（一）影评思维的一般过程

文艺评论思维的大体过程分为四步，就是银幕意象—再造意象—情理感应—观念意象。

银幕意象，即影评人首先要看电影，接触、感受银幕再现的人物、生活

（象）和容纳的思维、哲理（意）。

再造意象，指影评人在看电影的过程中不是一开始就进行理性的、抽象的判断，而是和一般观众一样，先进行审美欣赏活动。通过想象和联想，将自己的生活经验、感情经验融进影片之中，使银幕意象在自己的心中复活并保存下来，这便是再造意象。由于影评人融进了个人的生活经验和感情经验，再造意象虽然以银幕意象为基础，却不会完全一致。同样去看电影《人生》，同样看一个人物如巧珍，在不同的人心中，“再造意象”并不完全一样。作为影评人，他心中的再造意象一般应该比普通观众更生动、更丰富、更深刻。

情理感应，即欣赏过程中，影评人以自己的感情色彩和理性观念为基础和影片产生这样那样的迎合，对心中的再造意象做这样那样的审度。列夫·托尔斯泰说：“艺术活动是以下面这一事实为基础的：一个用听觉或视觉接受他人所表达的感情的人，能够体验到那个表达自己的感情的人所体验过的同样的感情。”情理感应对影评者来说，就是“动情”和“启思”的过程。它可以分为感触、感动和共鸣三种情况。“感触”是对文艺作品某一局部意象的情理感应；“感动”是对文艺作品整体意象或主要意象的情理感应；“共鸣”是当文艺作品中新颖独创的整体意象与欣赏者主观思想情感十分融合一致时所产生的强烈的情理感应。影评人比一般观众也许需要多一点理性的判断与分析，却决不能少一点感情的激动与共鸣。

观念意象，对影评人来讲是十分关键的一步。所谓理论意象，即评论家根据多种科学观点和方法分析艺术形象所获得的、既上升为理性又结合着感性形象的审美判断。这种审美判断不是单一的，而是多元的。如对影片《乡音》，我们既可以从艺术学的角度分析——古老的油坊木榨声反复出现，以音响暗示着山乡的封闭落后；正在临近的修建铁路的开山炮声，暗示着一种新生活、新节奏的出现；而陶春坐着丈夫吱扭作响的独轮车去看火车，则暗示着农民群众以略显蹒跚的步子告别传统生活方式、追赶新生活的热切要求。

这三种声音构成了“现代乡音系列”，即影片主题的音响形象。也可以从社会学、伦理学的角度分析——陶春的发自内心的“我随你”、对丈夫言听计从丈夫自然地把陶春摆在附属地位，这种夫妻之间和谐的不平等，反映了中国封建时代男女不平等的问题，已经演化为一种相当稳固的家庭伦理关系，在当代生活中保存下来。还可以从政治学、历史学的角度来分析——十一届三中全会以来搞活开放的政策和新文化因素如何使中国农村的经济由停滞走向活跃，而经济的活跃繁荣又如何使古井似的精神生活激起涟漪和波澜。这都反映了影评人在欣赏、评论影片时，内心的理论意象是十分丰富的。

（二）影评思维的结构

应该说文艺评论在构思和写作上，不应该有什么框框，它是不拘一格的，既可以写成印象式、感受式的（类似于散文札记，用回忆、联想、比喻来传达自己的体会），也可以写成纵深剖析式的（即常见的论文形态），或推敲求异式（即在争鸣、驳难中论证）、延展联想式（样似于杂文，由作品引向社会问题）、信息述评式（介绍故事、作者、人物、背景或作品中的其他有关知识掌故），等等。写法应该根据所评的作品以及你的论点、角度千变万化。但写作过程中也不是没有规律可循，评论一些应该注意的规律性问题下面将陆续谈到，这里仅从思维结构上，归纳以下四种类型。

单一组合意象——单项判断结构。这是较简单的常用的评论思维结构。影评人用形象思维的想象、再造意象的形式，结合抽象思维的概念、判断、推理等形式，对影片的某一点或某一侧面做出单项的分析或评价。这种思维结构常见于品尝式或评注式的影评中。比如我们评影片《开国大典》在艺术性这一个方面的一个特点——对比手法，可以将毛泽东率领大家走上天安门台阶和蒋介石失败前率领残部祭中山陵后走下台阶，毛泽东教育儿子不要特殊、派他去劳动和蒋介石告诫孙子不要忘记“丧国之耻”，毛泽东在西柏坡与群众、干部融洽地打成一片和蒋介石在台北阳明山的苍老、孤独等三组对比性镜头连缀起来分析。这就用的是这种单项判断结构。

多重组合意象——综合判断结构。这是我们在评论一种艺术风格或一种哲理倾向的几部电影，或评论某位电影导演或编剧的几部作品时常常采用的思维结构。我们要谈新时期中国电影的现代思潮，可以从《黄土地》《盗马贼》《黑炮事件》以及“王朔电影”等若干部电影中归纳出带现代思潮色彩的生活内容、思想追求和艺术观念，再分层分面做分析论证。这类文章在思维上采用的是综合判断结构，但这种综合判断结构是建立在若干单项判断之上的。我们要评论水华这位著名导演的艺术追求和艺术道路，也必须从他导演的《白毛女》《林家铺子》《革命家庭》《烈火中永生》等作品中归纳出带规律性的论点。我们写文章时，脑子里出现的是多重组合的再造意象和观念意象，但这种多重组合意象也是建立在许多单一意象的基础上的。

逻辑论证——综合判断结构。在写纵深论证式、延展联想式和推敲求异式的影评时，经常采用这种思维。它以抽象的逻辑论证为主，有时也间以形象的表述。当综合一个阶段（甚至一个时代）的电影创作，提出问题进行分析论证的时候，作者主要已经不是向观众读者表述自己对具体影片的欣赏心得，而是以对这一阶段若干欣赏心得的综合判断为起点，对一些理论色彩较强的，具有普遍性和规律性的问题进行逻辑论证，比如“从几部影片看后现代主义电影思潮”这一类题目。推敲求异式的文章，因为主要是论辩驳难，主要是就某个在欣赏过程中已经提出来的问题进行再探讨，比如关于伦理片或推理片的讨论，或者具体到某一个电影的讨论，如《阴阳界》是否真实地反映了当年革命的历史进程。一般也不再讲具体的品鉴心得，而是直接进入论题的论证。延展联想式的影评，主要是以影片为契机、为引子、为出发点，去议论更广泛的社会问题和艺术问题，因而往往更需要思维结构宏大的综合判断。写法上可以是杂文式的，形象思维与逻辑思维相结合，但从文章根本的思路与结构看，当然是逻辑论证的。写这类文章，要求作者不仅懂得文艺理论和美学，也应懂得一些哲学社会科学，多知道一些社会情况和社会的、审美的发展趋势。

群体组合意象——多元综合判断结构。故事片是叙事艺术，它不像专题片或散文那样单纯，它的艺术形象系统常常是由动态的群体组合意象构成的，因而评论故事片，特别是评论那类人物较多、意蕴较复杂的故事片，评论者必须对自己在欣赏过程中产生的群体组合意象做综合的和多元的判断，也就是以各种不同的理论坐标、从各个不同的角度对影片各个方面进行分析，并在这种多元多面的分析中得出综合判断，否则便容易简单化，或者不得要领。譬如上、下集的《谁是第三者》就描绘了比较复杂的社会现象，从客观上看，从合法的角度看，任何第三者都是在别人家庭解体的基础上来建立自己的幸福的；但从当事者的具体情况和主观感情来看，从合情合理的角度看，情况就很复杂，有的是把自己的幸福建立在别人痛苦的基础上，有的则是自己应得的、合情理的幸福被一种不合情理的婚姻现实扼杀和窒息。这就需要我们从各个层面做细致的、有说服力的分析。

多元综合判断的影评结构，一般是写成专题论文式评论，评论者的理论思维形成一定的网络或体系，有的直接运用系统论，对评论对象的自然质、功能质从社会、思想、艺术各方面进行分析论证，并且也注意到事物的悖论和负值，从逆方向上提出一些看法。这类文章是比较难一点，对于业余影评人，我想提倡大家学习中国古典文论的点评式写法。像李贽《卓吾》，冯梦龙、金圣叹、毛宗岗、脂砚斋等对《水浒传》《三国演义》《金瓶梅》《红楼梦》的点评。他们通过“序跋”“读法”“总评”“眉批”“夹批”“旁批”“圈点”等各种灵活的方式，结合作品的欣赏过程，结合自身的思考、感受、联想，以最精粹的语言写出最有特征的感受。由于无须连缀成一整篇文章，每段点评之间角度、观点、语气、句式都可以随意变换，十分自由；也可免去过渡与连接的段落，干净利索，且带着即兴的灵气和生动，总篇幅不很长，却可以多元地论述各类问题，信息量大。这便于在报刊上发表，也容易受到读者欢迎。

（三）影评思维的方法

影评思维的方法可以说包括了全部创造性思维方法，它特别注重思维的独立性（包括思维中的怀疑因子、自变因子、抗压因子），思维的联动性（包括纵向连动、逆向连动、横向连动），思维的多向性（包括发散机制、换元机制、转向机制、创优机制），思维的跨越性（包括加大思维的前进跨度、加大思维的联想跨度、加大思维的转换跨度），思维的综合性（包括智慧杂交能力、思维统摄能力、辩证分析能力），等等。在这里不能一一详尽介绍。我想结合影评实践中表现出来的问题，着重谈三对思维方法。

（1）辐射思考和辐集思考。所谓辐射思考，就是围绕一个中心问题，经过积极的思考和联想，尽可能广泛地搜索、汇集与这一中心有关的各种感情材料、信息和观念。从思维的性质来看，也就是指思维的多向性。辐射思维要求发挥和培养自己的这样一些思考机智：

一个是发散机制，即在对一部影片评论时，尽可能在论点、论据、角度、结构、文体上提出多种设想，以扩大选择余地，好中选优。要防止那种被第一个冒出来的写作方案主宰，毫无选择地一条道走到黑的思维弱点。执着对信念来说是可贵的，执拗对思维来说是可悲的。

一个是换元机制，即灵活地变换影响事物质和量的诸多因素中的某一个，从而产生新的思路。古代曹冲称象，用小秤无法称出大象的重量，但他将大象牵上船，记下吃水的刻度，然后换成等重的石子，问题就迎刃而解了。我们说全国每年要浪费两千万斤粮食，对一些缺乏数字观念的人来说并不触目惊心，如果换算成另一种说法（即换元），说全国每年浪费的粮食相当于把二百万农民（或一个地区的总产）一年的劳动果实倒进了垃圾堆，效果就截然不同了。

一个是转向机制，即思维在一个方向上受阻或感到不满意时，能够马上转向另一个方向去思考、构思。这是辐射思维的一个基本素质。

辐射思维要求作者具备思维辐射的条件，这就是广博的思维空间和丰厚的思维材料。影评人平时必须养成广泛积累各方面素材的良好习惯，除了关于电影本身的资料（譬如做看片卡片或札记），还有社会科学、社会思潮各个方面的资料。积累越丰厚，思维空间越广阔，辐射时就可能展开双翼。

所谓辐集思考，也可以叫收束思考。我们在构思时，既要撒得开，又要收得拢，在辐射思考的基础上，好中选优，一旦选定，便能收束、调整思维，紧扣中心议题，思不旁骛地开掘下去。在评论写作中，影片的思想、事件、人物、意境中心，以及重点、特点、难点、疑点、动情点、争议点和索然寡味之处，都常常是我们思考收束、聚光的轴心。如果没有轴心，一味地发散思考，是很难写出有分量的评论的。

辐射和辐集思维的结合，是在一定的主导意识控制下，形象思维与抽象思维的结合。丰富的想象与联想，以及感情的搏动，易于诱发灵感，激发多向的思考；而冷静的理智推断，则有利于思维的凝聚、收束。

（2）求异思考与求同思考。求异思考是打破习惯思路和流行观点，向似乎行不通的与常规思维相反的方向进行的思考，这种思考常常独辟蹊径，能获得意外的收获，是影评创新的一种重要思考方法。它需要发挥思维品质中的独立性。例如：

怀疑因子。敢于对影片的思想生活艺术进行推敲，提出问题，以启动自己的思路；敢于对已经发表或已经流行的看法、观点提出质疑，对一部影片提出新的看法；敢于从流行的各种写法中跳出来，采用新写法、新语言。总之，不贩大路货，不说大路话，对既定的、既在的东西先问一个“为什么？”问一个“对不对？”

逆思因子。也可以说是追求科学异常的能力。能够把电影创作中已经成为常态的东西看成相对的，从相异的方向甚至相反的方向去思考问题。这种逆思，有时表现为对现行常态观点（包括影片）的否定，有时从表层来看否定了现行的观点，实际上是从更深层次上对异常看法的肯定。譬如在《红楼梦》评论中有一种流行观点，认为薛宝钗的性格是虚伪的，并且举了一些具体情节和细节为例来说明。这个观点不能说错了，却是肤浅的。其实，薛宝钗的“正人君子”，就她个人品格来说，大部分是真实的；她的虚伪，主要不在她个人的品格，而在于她所依附的那个阶级的全部礼教的虚伪。她“真实”地遵行了那虚伪的礼教，所以虚伪。虚伪的礼教使一切遵行于它的“好人”也变成了“坏人”，这才是曹雪芹的深刻之处。这种逆思表面看来否定了前面的观点，实际上是更深层次的阐发。

自变因子。即能够主动否定自己，打破自己的思维定式和写作、思考的框框，不断求自身之异，从自身中超脱出来。不重复自己，既是艺术创作的一种追求，也应是艺术评论的追求。这里特别要注意的是，不要重复自己已经获得成功的思路和写法。

求同思维，在某种程度上就是寻找各种事物之间联系、相似的思维。这种求同，既包括寻找、思考具体事物（如一部影片或一个人物形象）和大的背景（如时代的或历史的背景）之间的联系，又包括寻找、思考两个事物之间，特别是两个看起来不相关甚至相反的事物之间的联系。许多科学家、文学家、理论家都谈到过这样的感受，什么叫创造、发明、发现呢？就是能在别人发现不了联系的地方发现联系。求同、连动思维也可以从四方面来阐述：

纵向求同连动，即从纵的方面将有关事物的相似处联系起来思考阐述。如将《红旗谱》《暴风骤雨》《我们村里的年轻人》《咱们的牛百岁》《乡下人》等几部电影联系到一起，谈从旧民主主义革命到新民主主义革命到社会主义改造、社会主义新时期几个历史发展阶段农村题材影片的特点与发展趋势，就是一种纵向的求同连动。

横向求同连动，即从横方面将有关事物的相似处联系起来思考阐述。如将同一时期的几部有共同追求的电影联系在一起，探讨一种电影创作趋势，描述一种电影文化现象。又如将《巴山夜雨》《城南旧事》《良家妇女》《湘女潇潇》等追求诗意和散文化的电影横向联结起来，谈电影和戏剧中的离婚问题，都属于横向求同连动。

逆向求同连动，即和求异思维结合，从反方向将有关事物的相似（或相反相成）处联系起来阐述问题。比如将《秦香莲》（戏曲片）和《谁是第三者》两部片子联系起来，从前片在农村的大受欢迎和后片在农村受到非难，谈当前农民的婚姻、爱情观念。

深层求同连动。从表层没有联系的事物中发掘出深层联系并加以阐发。如评论《阿 Q 正传》，就可以阐发鲁迅在构思中的深层连动思考——阿 Q 可以让小 D 多打几下，只要觉得这是儿子打老子就可以得到心理平衡，而清朝廷可以多割地、多赔款，只要求侵略者的使臣在签字时向慈禧太后下跪称“老佛爷”就可以得到心理平衡。正是这种深层求同连动思考，使阿 Q 成为一个典型，成为中国国民性的痼疾——精神胜利法的一个“共名”。

（3）分析思考与综合思考。分析思考，是将笼统的事物分解开来的思维方法。可以做横向的分析，这便是平常文章中经常可以看到的，“一方面”，“另一方面”；也可以做纵向分析，这便是文章中经常写的“首先”“其次”“最后”。横向分析是将所论问题分解为若干平行的侧面，纵向分析是将所论的问题分解为连续性的段落，这都能使我们的分析论证细致、丰富、切实。

还可以做辩证分析，这就不光是从表面的纵横排列来分解了，主要是将所论问题的主要矛盾抓住，分析论题的内在矛盾、矛盾的主要方面和其他侧面、矛盾的运动和转化，等等，是更深层次上的一种分析。比如从“王朔电影”出发，分析现代社会某一部分青年价值观的转化，由“乐世”到“混世”到“厌世”到“弃世”的发展过程，以及个人利己人生哲学的本质，就是一种辩证分析。

综合思考，是在分析思考基础上归纳、统摄、升华。要成功地进行综合思考，需要具备智慧杂交能力，即在写评论时，要善于选取前人智慧宝库中的精华，并集中自己各方面的知识见解，通过巧妙结合，形成新的成果。各类知识的交融、移挪、借代、置换常常能产生奇妙的新生命——这里当然是指新观点、新见解、新写法。当代许多边缘科学，如社会生物学、生命全息学、生物电子医疗学、天文哲学等的生命力，正在于智慧杂交。

综合思考还需要具备思维统摄能力，即把许多概念、见解、论据、例证和其他材料综合在一起加以概括整理，形成科学概念并具体化为结构、段落系统的能力。有些初学评论的人，常常对影片有许多零星的、很精彩的感受，却因为思维统摄的能力不足，不能在综合思考中产生质的飞跃，形成高于零星见解和朴素感受的论点，或者不能反过来以这些论点去统摄欣赏过程中的零星感受和例证材料。结果常常是材料观点不统一，或者有材料而无观点，有观点却又大帽子底下没有分析论述。

从上面三对思维方法的介绍中可以看出，这些思维方法对影评写作的全过程都是极有益处的，从欣赏到构思到写作，都可以交叉运用或融会贯通地运用这些思维方法。

初学影评的同志开始要有意识地锻炼、培养自己的思维能力，哪怕生硬一些也不要紧，天长日久，成为自己的一种内在思维能力之后，便会自如自得、圆融无碍了。

六、影评写作中应注意的几个问题

在这一节里，我想从当前影评写作的实际出发，结合个人的写作体会，谈几个应该注意的问题。为了便于记忆，姑称之为“四不要”和“四要”。

“四不要”——

（1）不要脱离所论作品的实际发空论。这是时下影评常犯的一个毛病："拈"其一点，不及其余。离开影片的实际，离开对影片全面、缜密、切实的分析，和电影的某个场面、某个细节、某个人物沾一点儿边，甚至连边都不沾，只凭粗略的感想，便大做文章，天马行空地写下去。为了掩饰自己影片欣赏时的粗疏，也为了卖弄自己的新潮理论知识，常常以理论术语的堆砌，新名词的"轰炸"，艰涩语句的缀连，组构成文，令人读了虽不知所以却着实受到一种"威慑"。我以为这类作品于人于己都没有多大益处。尤其是群众写的影评和写给群众看的影评，不应提倡，以免误入歧路。

影评不但忌讳纯然在理论层次上进行逻辑演绎，也要防止帽子加例子的写法。不能用千篇一律的几个帽子，如原来爱用的主题深刻、人物生动、矛盾交织、情节曲折、蒙太奇语言运用得当等等，现在爱用的历史文化感、集体无意识心理、生命悲剧意识、后现代主义、本体象征等等，来肢解影片，以论点的"刀子"将活生生的具有整体生命的影片切碎，装入各种帽子底下。这是一种尸体的解剖，而不是具有艺术活力的评论。

我们提倡影评要时时紧扣影片的实际，对具体问题进行具体分析，然后从分析中引出结论。由于这种分析论证始终离不开影片的形象，说理本身既有了鲜活的生命，又能加深读者对影片的理解，它常常可以达到宣传影片和普及理论的双重目的。比如我们分析《良家妇女》的历史文化感，要从它的片头用"女"字在中国文字发展史不同阶段的演化（由跪着的人演化而来）入手分析。这个片头，表明了编导鲜明的历史文化意图，他是从中国文化对妇女的根本态度入手来描写这个故事的，来写中国妇女如何被封建文化驯服又如何被革命拽带来的新文化引导着走向新生。全片由于有了这个基本的文化坐标，就能对各类生活现象和人物形象做出准确的价值判断。这样从形象开始来写此片的评论，既抓住了全片的脊骨，又使说理显得切实、生动。

（2）不要脱离影片的各种背景就事论事。这也是一些群众影评常有的弱点，当然，这和作者大多系业余搞评论，不可能具备对社会、对艺术多方面情况的了解和素养有关。有时候，同样一个镜头，放不放在一定的背景上或放在什么样的背景上来理解，常常会得出深浅殊异的结论来。如对“王朔电影”（《轮回》《顽主》《一半是火焰，一半是海水》）的理解，就事论事地谈是不能鞭辟入里的，只有将影片中所描写的生活现象、人物心理以及作为一种社会精神现象的艺术追求放到整个社会生活的历程、社会心理的变迁和审美情绪的倾斜等等大背景下去观照，才能看得深说得透，他写的是丧失理想和信仰之后破碎的心灵。在时代骤然的转折之中，他们从原有的营垒中被甩了出来（如石岜，从人民军队的集体中甩了出来），又还没有来得及建立新的理想和信仰，没有来得及成熟地重新选择新路，于是“两间余一卒，荷戟独彷徨”，成了时代的“浪子”，实用主义成为他们的人生哲学和价值坐标。他们由乐世到玩世，进而甚至发展到弃异、厌世（如石岜的自杀），又证明了实用主义与乐世、玩世并不能使他们感到真正的平衡和充实。破碎的心非但不能在“浪子”生涯中弥合，反倒引起了新的精神分裂，只好弃世而去了。如果说作者有什么不妥，那不在于他写了历史嬗蜕期生活中确实存在的这一类生活现象和人物形象，而在于他自己也是以一颗破碎的心在写这些分裂的灵魂，以病态、畸形为真善美，赞赏之情便溢于言表……就这样，一放到背景上，你的见解，你的论证便显出了深度和大器。

从上面这个例子大体可以看出，所谓影片的背景，主要是指这四个背景——一是作品中人物与情节借以展开的社会生活和精神生活背景，即作品的时代背景（如石岜等人生活的背景）。抓住了这个背景，便抓住了影片中人物和生活的历史成因，分析起来便能够做较深层次的开掘，特别是能够发掘出影片包蕴着的特定时代的历史信息和心理信息。

二是作品写作和发表时的社会背景和心理背景，即作者（编导）生活的社会背景。将影片放在这个背景上观照，常常能较深地发掘出作者写作的历史社会动因，发掘出作者思想、心理、情绪和艺术追求的长短优劣对作品的投影，并可以帮助我们将作者思想感情的倾向和作品中生活的倾向分离开来，判断哪些是有价值的历史信息，哪些是作者的倾向对这种历史信息的强化或抑制，从而得出一般人难以得出的见解。

三是社会审美热点和欣赏心理的背景。一部影片的产生（创作过程）和接受（欣赏传播过程），不可能不受到特定时代或阶段审美热点和欣赏心理的影响。这种影响，大多数情况下是顺向的，即作者不同程度地适应社会审美需求以调整自己在电影创作中的思想艺术方位，如粉碎“四人帮”之初，适应社会整个对“十年浩劫”的否定和反思所出现的伤痕电影和反思电影热；后来适应整个社会对神圣的英雄意识的否定和信仰某种程度的丧失出现的电影世俗化走向和西方哲学美学思潮对我国电影创作的影响；适应伴随着商品经济的活跃和公有制基础上的多种所有制的出现，社会上出现的追求享乐和崇拜物质的倾向而蔓延开来的“娱乐片”热；等等。有时这种影响表现为逆向，即作者不同程度地从社会审美需求的反方向来调整自己影片的思想艺术方位，如《黄土地》这类重本体象征、重画面写意的作品在传统现实主义创作的汪洋大海中出现。不论是顺的还是逆的影响，都是分析作者创作动力和作品价值的重要依据。

四是文学艺术创作的宏观背景。常常是将某部具体的影片放到当时或一个时期的电影创作中去考查，思想艺术上的特点和不足便自然衬托和显示出来。有比较才有鉴别，有鉴别才能判断、分析。而比较必须将一事物放到他事物之中去。

当然，不见得每一篇影评都要同时从这四方面的背景上去展开讨论，但从四面八方展开思路以选择自己笔墨伸延的方向却很有必要。

（3）不要求全求大，也就是说，不要舍不得抛弃可以抛弃的论点和材料。西方艺术家说，什么是雕塑，雕塑就是在石块上将不需要的部分凿去，写影评也是这样。构思、写作的过程，既是考虑要写些什么、怎样写的过程，也同时是考虑不要写什么，怎样躲开这些不需要的思路、素材、语言的纠缠的过程。一般人常常只注意前者，而忽略后者，使得好见解、好例证、好论证、好语言淹没在平庸的海洋之中，反使文章由利变钝、由明变晦。

在这个意义上来讲，文章构思的第一阶段，是“大放”的阶段，即放开思考各方面的问题，在发散思维和多维坐标中确定文章的立意、论点、结构。到了第二阶段，则是“大收”的阶段，在选准立意和观点之后，大刀阔斧地砍去一切与观点无关的旁枝末节。去与留的原则为是否符合深、新两个字。有深度、有新意的则留，而“惟陈言之务去”。对报刊影评、群众影评来说，一篇文章最好集中阐述一个论点，因为一是篇幅有限，只有一两千字，二是读者对象大都是非专业观众，他们也并不要求那种毫无遗漏的、详尽的评论，他们更喜欢抓住要领、重点突出、论述集中的文章，这样的影评能使他们以不多的时间抓住一部影片的主要特色和优劣。如果你对一部影片有两个以上又深又新的见解，无妨分成几篇文章来写，每篇都可以集中些、透辟些，在这样“大收”之后，思路集中了，提起笔来，又避入一个“大放”阶段，即围绕一个集中的议题，放开笔墨去写，从四面八方、从许多层次上去充分地阐述它。同时，又能在这种对一个问题集中而充分的论述中，防止由于要分散笔墨谈很多问题而可能产生的片面性和粗疏简单。

（4）不要只满足于评论影片社会价值、审美价值的第一项即表层的、直观、直感的价值，而要力求发掘、评论影片社会价值、审美价值的第二项即深层的、非直观、非直感的价值。前者当然也是影评应该关注的，第一项价值是观众理解、评断一部影片的基础，也是影片特色表现得最鲜明、最容易引起观众共鸣和社会反响之处。但不能因为只关注第一项价值而有意无意埋没了一部影片更深的、具有长久意义的价值。这一点，在影片评论很大程度上还不能不承担市场宣传任务的今天，更应引起我们格外的重视。

影片的第二项价值，主要应从这些方面去发掘——比如，从影片的象征结构效应中发掘。电影《红高粱》就充分发挥了艺术象征作用。贯穿全片的高粱酒，这“酒”和影片所着力表现的民族精神中的“酒神”精神、洒脱自如的生活态度和内在激情就是一种象征关系。“我爷爷”的洒脱自如的生活态度一旦在生活实践中表现出来的时候（如追求“我奶奶”，组织乡亲去打日本鬼子），那情节总紧紧地和红高粱酒胶着在一起（这种深刻的象征性联系，编导用几首酒歌做了明示和升华）。而“酒”不但与“九”谐音，而且一度简化为“氿”，又与女主人公姓名（九儿）、主要场景地名（十八里坡）、重场戏的时间（九月九酿新酒）暗合，更加强了这种象征感。通片都能使人隐隐感到，这红色的“酒”的精灵的存在，它作为一种活跃的、激情的、易燃的、充溢着生命力的精神象征，流贯于我们民族、我们人民的心中。抓住了这一点，常常可以使观众从新层次上看到影片的深意，加深对影片的理解，也提高自己的境界。《野山》的所谓“换老婆”的故事，实际上隐藏着历史转折时期人与人关系变迁的一种具有普遍性的结构，即改革开放的历史转折，使原有的相对静态的生存状态和生活观念发生了这样那样的裂痕，这裂痕导致了人与人关系（包括中国农村来说最稳定的夫妻关系）的调整、变化，使生活观不相同的分道扬镳（绒绒与灰灰，秋芝与禾禾），而生活观相同的人走到一起（绒绒与禾禾、秋芝与灰灰）。这样，影片中两个家庭结构的变动便全息着社会运动中生活结构的变动，影片中发生在家庭中的戏剧性故事，实际上是时代舞台上戏剧性冲突的凝聚，发生在四位主人公心中的感情风暴也实际上是特定时代群众内心感情的震颤。而两个家庭重组的悲喜剧，又实际上是历史坚定地冲决原有的伦理关系，向前迈出新步的悲喜剧的缩影。这是结构辐射产生的效应。

又比如，从影片的文化心理效应中发掘——在《乡音》中，陶春在与丈夫对话时，有一个口头语：“我随你。”她总是很不经意，甚至总是很愉快地说这三个字，把自己的思考和自己的命运高高兴兴地交给别人。当陶春有了病（不论是什么病），丈夫便说：我给你买几包“人丹”吃吃。他说这话也是很关切、很自如的。在这种不应该和谐的和谐中，在这种以关切表现出来的歧视中，流露出一种中国农村的集体无意识心理（即文化心理）——社会对妇女命运的漠视和妇女自己对自己命运的漠视。这是一种悲剧性的和谐与平静。

还可以从感情、情绪经验的类似性中去发掘影片的深层价值，从影片所包含的神话 - 原型因子中去发掘影片的深层价值，这里就不一一赘述了。

“四要”——

（1）要善于发现影片与影片的相似点和相异点。影片之间的类似，从创作来看，可能是重复、趋同，但是，当一种创作现象在不同的作品中相继出现，又常常反映着一种潜在的趋势和规律，可以给我们提供有价值的社会信号和审美信号，应该引起评论者的注意。我们正是从一些影片反复出现的类似中，提炼、概括出许多有价值的评论观点和研究课题，如“人与自然主题在当代电影中的深化与发展”“探索电影由现代主义向后现代主义的趋势”“第五代导演现象”“电影文化和文化电影”“电影民族化的新发展”等等。发现类似、抓住类似、分析展开类似，是写好综述、综论性影评的一个重要的基本功。影片与影片的相异点，不消说，更包孕着各种新的信息。艺术创作的主要价值就在于创新，一切创新都是异于前人的，一切创新都包含在影片相异于其他影片的特色中（当然，不能说一切相异都是创新）。因而，抓住了相异点，常常就抓住影片的创新之处，抓住了影片的特色。《高山下的花环》这部战争片有几处明显不同于其他战争片的地方，如它写了在枪林弹雨之中我军内部由于认识和作风产生的人民内部矛盾（赵蒙生不同意上级对靳开来的偏见，坚持要给他请功）；它充分表现了前线的战斗与后方社会生活的深广联系（梁三喜死后留在身上的欠账单、“小北京”误伤于“1974 年造”的哑炮，反映了“十年浩劫”的余灾；赵蒙生母亲的走后门又是社会不正之风在军内的反映）。这两个相异点，恰恰是《高山下的花环》在军事题材影片探索中的成就。《黑炮》与同类电影的相异点：一是用段定性的色彩作为语言参与了影片的叙述与描绘；一是注意捕捉了不经意动作中的经意的心理内蕴，渲染了随意性言行和画面中耐人寻味的神秘感；一是抓住了喜剧性偶然突发事件中的悲剧性的、文化心理的（即非偶然的）因素。而这些相异点，正好是《黑炮》在新时期电影发展历程中的贡献。影片相异点的信息中，或是成功的探索，或是有价值的创新，或是值得总结的尝试，也可能是应予以总结的经验教训。一切异于别的影片的地方，都是评论可以下笔的地方。我们要善于发现作品与作品间的类似和相异，而且还要善于将许多同向、同型的类似和相异连接起来。连接，常常使规律性得到显示。

（2）要锻炼自己在感受基础上形成观点，在零星观点基础上统摄、提炼出基本观点的能力。这是影评人和一般观众不一样的地方。比如我们看《老井》，常常能听到观众中这样一些议论：老井村的群众那种执着的追求既定目标的精神确实可佩的，只是这样不考虑经济效益和实际效果的执着精神在今天似乎需要一分为二。还有的观众有一种感觉：编导一方面在影片的形象塑造中肯定了这种执着的打井精神，但透过那冷静执着的客观显示的镜头，另一方面又似乎感到编导在用情节的发展来否定这种精神——因为最后打井成功的原因，可以说主要并不是这种精神，而是用科学技术手段找到了水源。这样一些感觉，逐步吸聚在一起，经过整理、升华，可以概括出《老井》的几个内在的深刻的矛盾：精神评论和经济评价的矛盾统一，认同思维在形象表层的肯定和结构深层的否定的矛盾统一，悲剧（老井村人在打井失败中表现出来的崇高）和结构悲剧（但这种崇高在实践中只能是一朵无果之花——谎花）的矛盾统一，还有艺术上本质象征与逼真真实的矛盾统一，等等。还可以更进一步分析，正是这些内在的矛盾统一，构成了影片的深刻和创作欣赏中的活力。这样，具体的感受经过几度概括、升华，就构成了文章具有深度的基本观点。李健吾有一篇散文，题目叫《雨中登泰山》，写雨中登泰山之情趣。最初的感受是，作者真怪，偏从别人不写处落笔，偏从无从写起的地方（雨中之景）落笔。接着就要问，作者为什么要这样写呢？哦，是为了捕捉“独得之美”，别人得不到的美。于是反过来，以这个总观点重新分析文章，看此文怎样捕捉，捕捉到了哪些独得之美，一篇有特色的评论就写成了。作为影评人，我们在欣赏过程中不能停留在感受的程度，也不能满足于罗列零星的观点，写观众札记式的文章。统摄、概括、升华，是评论写作中的重要劳动。正是这种劳动，使得评论超出了对某一部作品消极的检验和反馈，而具有了对整个文艺创作在思想艺术上的指导性。

（3）要学会选择典型影片、典型的编导或演员展开宏观述评的方法。别林斯基说过，文学的本质和精神不是表现在它的全部作品中，而仅仅表现在出类拔萃的作品中。电影也一样。因而，我们评论一个时代、一个时期、一个阶段的文艺现象或一个方面的文艺趋势时并不需要事无巨细地转述情况，那样反而不得要领。可以选代表性的作家和影片，用红线串联起来，像地图上连接等高线那样，然后在不同的等高线圈内着不同的颜色，整个地貌就鲜明地呈现出来了。这不光是个简洁的问题，更是辩证思维的运用；通过汰选，达到本质。比如，我们要论述文学创作中中国农民的历史命运，无须多做罗列，只要选择几个历史阶段衔接时期的典型形象加以剖析就足够了。像封建社会和旧民主主义革命衔接时期的阿 Q，旧民主主义革命和新民主主义革命衔接时期的朱老忠，新民主主义革命和社会主义革命衔接时期的梁生宝，进入社会主义时期的武耕新（农民企业公司经理），等等。这四个农民形象在相当完整的程度上展示了中国农民在近代历史演变中的命运和心理历程。

（4）要学会用不同的批评方法评论不同的创作，要锻炼几套笔墨。电影创作是个百花齐放、百家争鸣的园地；电影生产是需要几度创造，需要各方面创作人员配合的一种艺术生产；编导、演员在每部作品中并不总是在一个方面，而常常是在不同方面显示出自己的成绩和特色，弱点和不足；观众（也包括评论者在内）对每部影片的感受，即观众的情感和影片的相交点也总是随影片，随欣赏环境和具体的欣赏心情，随理解角度的不同而不同的。这一切，就要求我们在影评写作时要量体裁衣，要根据不同的角度、见解使用不同的笔墨。如果影评人员只有一套笔墨，不仅仅是个写法单调的问题，而且无法准确地传递你对多风格影片的多风格感受，这就损伤了内容。

要锻炼自己多套笔墨，当然要多读、多写不同风格的评论，但主要的，是要养成一种在欣赏中随同感受一道形成文字的习惯，养成一种随时将欣赏感受变成文字储存起来的能力。不能等到坐在桌子旁写文章才开始将感受变成文字，这时时过境迁，常常会不自觉地以文字的陈套，改造、肢解有生命、有血肉的现象，见解再丰富，角度再多样，写出来都形成了一副面孔。搞画的人要将生活感受化为画面，化为色彩和构图储存起来；搞音乐的人要将生活感受化为旋律和节奏，化为声部和配器储存起来；搞文字的人则要将你的感受和理解化为文字储存起来。这种现场储存，即兴即时储存，语言形式和内容是天然融解为一体的、不可剥离的，内容的多样化天然地表现为形式与语言的多样化。这是影评写作的又一个重要的基本功。

七、电影评论作者的修养

我们在上面所谈到的写好电影评论各方面的问题，以及后面将要谈到的具体写作方法方面的问题，最后都要经过影评作者的脑子和手落到纸面上。因此，写好影评有一个最根本的基础，就是影评作者的自身修养。作者的修养，是作者综合水平和内在气质的表现，它是长期培养、积累、熏陶的结果，不是一日之功，不能一蹴而就。它当然也包括作者的电影文化素养和电影理论知识，但主要却“功夫在影外”。大体归纳起来，影评作者主要从这几个方面去提高自身的修养：

第一，加强辩证唯物主义和历史唯物主义的学习和各方面理论水平的提高。马克思主义的辩证唯物主义和历史唯物主义是影评作者的立论之本，是我们评断一部影片思想、艺术、社会效果最根本的价值坐标。譬如我们感到一部影片有些新意，首先就要判断这种新意的思想、时代内涵，是革命的、进步的、健康的新意，还是错误的、落后的甚至反动的“出新”？或者仅仅是为艺术而艺术的、哗众取宠的标新立异？近几年，有的影片把实践尼采超人哲学的个人奋斗者作为英雄来歌颂，也许这种形象以前的银幕上并不多见，却未必是出了社会主义之新。有的影片隐隐地透出一种出世的情绪和宿命思想，甚至认为这是一种解脱，一时为银幕提供了一种与众不同的价值坐标，这也不能算是什么出新。有的影片以极度欣赏的态度来写小资产阶级知识分子的狂热、偏激、虚无，也一时吸引了一些青年观众，但这又是哪个思想体系的“新”呢？有的影片脱离中国观众的欣赏习惯，过度地采用象征、暗示和一系列反艺术的艺术手法，使观众感到沉闷而不知所之，这样的艺术出新，又是否应该不加分析地提倡呢？等等。只有以马克思主义的立场、观点、方法，我们才能判断得准确，谈得清楚。

当然，无论是政治思想内容上的还是艺术上的、审美上的是非正误，我们在评断时都不应该是简单的、武断的，而应该是具体问题具体分析的。这就恰恰需要学会运用马克思主义的科学分析方法，需要学会辩证唯物论和历史唯物论，抓住影片思想、艺术上的主要矛盾，分析矛盾的各个侧面以及各侧面之间的动态关系，同时把影评中提出的各类问题，放到作品所反映的时代背景和欣赏者所处的时代背景中去做具体分析，使历史的、辩证的分析方法，成为我们思考和写作的基本方法。

与此相适应，影评作者还应该学习哲学、美学、心理学、伦理学、社会学等各方面的理论知识，这不但是马克思主义的具体问题具体分析精神所要求的，也是影片所反映的生活、性格的多样性、丰富性所要求的。

第二，加强对社会生活的熟悉和理解。影评所使用的思想艺术尺度只有在一个更基本的标准上才能发挥作用，这便是生活的标准。我们说一部电影思想上是否正确、健康，主要看什么呢？看它对待特定时代特定生活现象的臧否态度。褒扬了社会中进步的、健康的实践活动和精神状态，贬抑了社会生活中应该贬抑的东西，影片就具有正确的思想倾向。我们说一部影片艺术上是否成功，主要看什么呢？也看它是否以最恰当、最充分的形式，表现了影片的生活内容，看它是否以人民群众喜闻乐见的形式表现了生活内容。这一切，都要求一位影评作者首先要了解社会生活，了解时代情绪，了解群众对艺术的要求。

首先，评论反映哪方面生活的影片，起码要对那方面的生活有所了解。对当代青年生活和思想动向没有起码的了解，要评论王朔的电影几乎是很困难的。对“文革”那一段生活不了解，也很难对《牧马人》《芙蓉镇》《天云山传奇》等谢晋导演的电影做出切中肯綮的评论。这是不言自明的。当然，影评人不可能对各个历史时期和三百六十行生活都熟悉，于是在影评写作中就有一个选择问题。一般来说，总是选择自己熟悉一点的题材来评论，更能发挥优势。

其次，影评人要善于将自己对生活的零星的、具体的感受和理解，通过联想、思考、扩展，提高为全局的、理性的认识，然后再以这种理性的认识去吸聚平时储存于心间的更多的生活现象，从总的社会生活格局和时代精神格局中去分析特定影片的生活内容。由于影评人对生活的理性认识是糅合着自己的感受的，在写影评时，不妨和作者切身的生活感受挂钩，即便不直接挂钩，论述的角度和语气也必然平实、贴切，具有一种带有对话、交流色彩的动人力量。

再次，评论者对生活的了解和作者有一点重要的区别，就是评论者更侧重从宏观的、整体的角度去熟悉、理解生活，不像作者主要从微观的角度去把握社会生活的脉搏。评论者心中要对社会生活总态势和总动势有基本的把握，才能鉴别和判断出一部影片是否提出了生活中的新问题，是否开拓了新的认识领域和审美领域。

第三，加强对文艺思潮和文化创作总体情况和历史情况的把握，在这个基础上，特别要加强对电影艺术思潮和创作专业知识的学习，使自己成为内行。越是内行，在评论中发言权越大。

首先要了解文艺思潮、创作倾向，特别是电影艺术思潮、电影创作倾向。有可能的话，最好花点功夫认真读几本电影艺术史、电影艺术论著和电影美学论著，以及介绍、论述电影综合艺术中主要创作门类的书籍，如电影编剧、导演、表演、摄影、美工、音乐、剪辑方面的书籍。这方面的报刊也需要经常涉猎。

还需要了解特定题材范围的创作情况，特定编导和演员的创作情况，特定思想艺术追求和风格样式影片的创作情况，如第五代导演，如革命历史片的创作、现代探索片的简况，等等，以便能够在有关影片的评论中谈得更深入、细致，有纵向的比较。

第四，要加强对电影欣赏能力和感受能力的培养。普列汉诺夫说：“只有那种兼备极为发达的美学感觉的人，才有可能做艺术作品的好批评家。”王蒙也说过：“正像作家善于感受（感觉、体验、认识）生活一样，评论家也应该善于感受（感觉、体验、认识）作品。而这种对于作品的感受，同样需要敏锐的知觉，丰富的感情，新鲜、强烈、大胆的想象，同样要借助于自己的生活经验与艺术经验的补充，同时，比作家更难，评论家应该有比作家更广博深湛的知识，更强大得多的概括、思辨能力。”作为一位影评人，要加强对影片感受能力的培养。这种能力是评论家思想、生活和艺术素养的综合表现。

这种能力，首先表现在看影片时能产生敏锐、丰富的第一印象。影评人在第一次看一部影片时，思想应是十分活跃的，既要对影片有一个总的评断（打总分），又要对影片最突出的特点或有可能深入思考议论的地方有初步的把握。有时还可以迸发出许多思考的火花。

接着，还需要加强形象的综合记忆力。也就是要把电影看真、听清、记住。电影不像文学、美术等作品，在评论时可以随时翻阅，反复品尝推敲。在目前条件下，特别是非专业的影评作者，只能在电影院看一两次电影，就要写文章，一般没有条件调看影片，也不能随时取到分镜头剧本。这样，影评人的各方面的形象记忆力就显得特别重要。需要锻炼自己记住稍纵即逝的镜头、对话、画面、表演、音乐等等各类形象的能力。记忆得清晰、准确，感受、思考、判断才能准确，分析才能细致具体。锻炼综合的形象记忆力当然不是一日之功，需要长期的努力。

影评人还需要锻炼将感触发展为感受、发展为思考的能力，这里面既有联想能力又有统摄能力，既有整理性思维又有创造性思维，既有形象思维又有逻辑思维。巴尔扎克说："真正懂诗的人会把作者诗句中只透露一星半点的东西拿到自己心中去发展。"影评人需要有这种能力，能把看电影时一星半点的感触，拿到自己心中去发展，用自己的生活经验、情感积累、各方面的理论知识以及自己所储存的对社会生活、时代情绪的了解以及写作技巧、语言能力去发展、强化、丰富作品给予你的感受。影评人如果没有这种文化的"营养体"，欣赏时获得的感受的"种子"就无法长大，也就谈不上开花结果。在这种情况下，影评人在欣赏中这样那样的感触、感受、感动，只是一般观众的感触、感受、感动，而不可能升华为评论，升华为能引导和启示广大观众和社会舆论、艺术舆论的真知灼见。

此外，影评人还要花大力气加强自己的论理能力和写作能力，要有较强的理论家和文章家的自我意识，在欣赏、构思的起始，就将思想见解化为表现形式、表述语言，尽可能以准确的、语言的构态形式储存于脑海中或笔记本里。这样，到写作时便可以游刃有余，而不至于捉襟见肘或含混不清。

总而言之，影评作者应该力求将自己培养成有社会责任感，有时代和人民意识，有正确的立场、观点、方法，有理论修养和艺术修养，热情、敏锐而又思考深刻，逻辑思维和形象思维可以并驾齐驱的人。这是一种素质。素质与文化知识水平有关，却并不完全是一回事。文化知识可以通过强记博闻而获得，文化素质却需要长久的浸润和熏陶。从这个意义上来说，影评作者的自我修养，不仅有利于影评写作，也有利于使自己成为一个人品、文品并美，人格、文格等高，人情、文情俱丰的人，有利于使自己得到真、善、美综合、全面的提高。

八、电影评论的分类

对影评的写作分类，是相对的。文无定法，水无常形，采用哪种文体写，全要看文章的内容、角度和具体作者在具体文章中的追求。有时内容、角度大体相同的文章，不同作者可以用不同的文体格式来写，同一作者在不同的时候、不同的心情下，也可以写成不同的文体格式。在选定一种格式写开之后，还有可能中途变化，或几种写法交混。这时，分类在写作实践中就显得界限不清。形式归根结底只能在适应内容需要的基础上发挥自己的能动作用。

但在初学影评阶段，了解影评的分类，对于作者拓宽思维并使自己多样的思维找到相应的表现形态，对于自己掌握多种写法、多种笔墨，是有好处的。初学写作者应该聚求自己有一个由无法到有法的阶段。到了能够熟练地掌握各种写法，驾驭各种文体之后，又需要一个甩掉刻板写法对自己束缚的阶段，这就由有法进入无法之法的自由境界。

下面我们从两方面向大家介绍影评分类的情况。

（一）从文体形式方面分类

（1）立论体影评。这是影评最基本、最常见、运用最广泛的文体。它总的特点是正面论述自己对影片的感受和见解，文风比较庄重，文字也讲求严谨。这种文体以逻辑思维为结构框架，通过理性思考将材料和观点统一起来，便于说理，便于准确地表达作者的见解。它一般要求有论点、论据、论证这三个要素。论点最好集中、新颖，有一定的深度，并要归纳为相应的文字表述。这种表述虽不一定要求采用术语，却要做到准确、鲜明、生动。论据就是引出、说明论点的材料。在影评中，论据当然主要是影片本身的各种素材，即能够说明观点的人物形象分析、情节细节乃至场面、音乐分析，也包括由此生发的其他素材，如类似的生活例证、生活感受乃至理论思考材料。论证是将论据和论点连接起来的环节，它包括对例证的分析和在这分析基础上的推论。一般来说，从例证分析，到推论，到分论点，再到总论点，在思维走向上呈一漏斗状，即由影片的形象表象，经过论证思维逐步提炼凝聚到主要论点上来。新颖、深刻的论点，严密、机智的论证，不但是评论作者对影片的一种思想和艺术发现，也可以引发评论读者（观众）对影片新的思想和艺术发现、激发大家思考的热忱，还可以表现出一种思维之美和欣赏这种美的乐趣来。

（2）驳论体影评。实际上，这是另一种立论体文章，只不过它是沿着逆向思维来立论的，是一种和影片创作者以及一般的评论意见相异的论点而已。可见，驳论体影评实际上有两类：一类是对影片本身提出驳论的，对影片从内容到形式，从剧本到表演、导演和摄、音、美的某几方面或某一方面提出不同意见。另一类是对影片已有的评价、评论提出驳论和商榷意见的。在这种情况下，影评人不见得是对影片本身持否定意见，主要是对某一种评价持否定意见。驳论体影评，一般也需要具备例证、论证和论点这三个要素。但从思维上看，则更要求作者具有较强的求异思维的能力，特别是思维中需要具备较强的怀疑因子和抗压因子。对已有的看法（不只是指已有评论的看法，其实一部影片一经拍出来，也就结晶着编、导、演、摄许多主创人员对社会、对艺术的看法）提出异议，发端于怀疑因子（不轻信）——能够在既成看法中提出疑点，进而论证这疑点的由来、根据、意义、反响，以确立它，但驳论一经确立，在得到各种认同的反馈的同时，必然要承受各方面的反质疑（例如驳论对象和影片主创人员的质疑）。所以，这种驳论又结束于抗压因子（有自信）——能够在各种反驳论、反批评的意见中保持自信，同时冷静地从别人不同的反映中，去伪存真，去粗取精，吸收合理的因素以完善、丰富、调整自己的看法。这样不但可以继续写出有分量的文章，而且常常可以把具体影片的讨论引向深入，使之具有理论的深度或社会的广度，在文艺界和社会上产生影响。

驳论体影评，虽然是批评一部影片或是批评一种观点的，从宣传心理来说，有时并不会影响上座率，相反，倒常常刺激观众“一睹为快”“眼见为实”的欣赏兴趣，吊起了他们的胃口，吸引他们参与影片的辩论，在宣传效果方面会有出人意料的收获。而从宣传心理时间看，经过立论—驳论—讨论，比一哄而起地说好，时间绵延较长，效果也持久。

（3）新闻体影评。主要是指内容上以汇聚和传播信息为主，形式上以大众性、舆论性为主的那些影评，如关于某一部电影或某一类电影的评论综述，或从介绍背景入手的影评。从背景入手，可以从介绍创作人员艺术特色入手来评他的新作，如《从“谢晋模式”的讨论到〈最后的贵族〉的诞生》这样的题目，就可以从关于“谢晋模式”的讨论谈起，谈到一些新潮评论家对“谢晋模式”的否定，如何潜在地影响了谢晋创作追求的自信心，以致自觉不自觉地弃己所长，拍摄了《最后的贵族》，结果反响平平。由此出发总结一些规律性的问题。从背景入手，也可以从介绍对一部影片各方面的看法入手，引出自己的意见，展开论述。

在形式上，这类文体的影评忌用“板着脸”的论文架势，而宜采用诸如“对话”（如广播影评的男、女对话，驳论内容的影片用甲、乙对话），“书信”（写来自然亲切，文字常带感情），以及“观众絮语”“来稿撷英”，采用可以容纳许多评论者观点的信息性、舆论性都很强的文体。

（4）文艺体影评。主要是以散文、杂文等艺术文体来写评论，也有用诗歌来抒发自己观后感的。像朱玛在《影评写作》中所举著名诗人邹荻帆的诗影评《胜利者的脚印——看纪录片〈先驱者之歌〉后》，就是由这部纪录片出发，讴歌了党的历史上从李大钊到张志新各个不同历史时期革命先驱者的精神，不但使影片的主旨得到了升华，而且使原来通过视觉形象表现出来的革命精神又通过另一种审美形态让观众重新得到一次感受。散文和杂文文体的影评，作者可以通过形象和逻辑的渠道，从影片出发开去，更多地表述自己的主观感受，或借题发挥，由影片引发一段回忆、一段抒情、一段议论，显得自然而亲切，有较强的可读性，也在更阔大的背景上延展和开掘了影片的意蕴。

（二）从影评内容方面分类

（1）剧本内容方面，主要是对影片主题意蕴、人物形象、矛盾冲突、社会辐射、情节细节、结构布局等某一方面或几个方面的特色进行分析。对主题意蕴的分析，一般又可以从两方面人手。一是判断、鉴定主题的正误和深浅。这需要评论者有正确的立场、观点、感情，需要有一定的辩证唯物主义和历史唯物主义素养。比如有一部反映中越自卫反击战的影片，从抽象的人性、人情出发，把战争表现成为扼杀青春、扼杀美好人情的恶的力量，混淆了正义战争和非正义战争的界线，这里面就有一个主题把握的正误问题。评论作为欣赏舆论的导向，应该通过具有说服力的分析，指出影片思想倾向方面的问题。又比如一些武打片，大都表现正面人物除暴安良、仗义疏财的品质，表现他们的这些品质如何在情节的开展中得到实现，真善美如何取得胜利。在伦理的层次上，这种题旨应该说是正确的，但在历史的层次上，却未必完全正确。一个人物、一个事件在历史进程中是否应该肯定，在什么程度上得到肯定，主要的判断标准并不是伦理标准，而是历史标准。美善的胜利主要取决于历史的力量，亦即经济的、制度的、阶级和一定阶级集团的行动，而不取决于个人的行动。因而从深刻的历史主义的层次来看，这一类武打片的思想意蕴就有个深浅问题，其中也包括一些正误问题。

评论主题的另一个方面，是分析、检验主题表现的精粗和巧拙。影片主题的表现，是直露浅白，即通常说的“直奔主题”“公式化”“概念化”，还是含蓄暗示的、曲折巧妙的、饶有新意的、具有形象特点的？像英国影片《红菱艳》，为了表现在资本主义社会金钱如何使艺术成为奴隶，舞蹈家艺术创造的喜悦如何转变为劳役式的痛苦，不但将这个主题贯穿到整个情节中（女主角爱情所需要的自由和被迫为金钱而舞蹈的不自由），而且通过幻觉（那停不下来的舞鞋）、通过象征镜头（那燃尽了的蜡烛，“蜡炬成灰泪始干”）来表现主题；不但引人思考，而且感人至深，在情与理的交融中表现主题，做得很好。捕捉、理解、开掘、阐述影片主题表现上的特点，很不容易，是影评的基本功之一。

评论影片人物形象的塑造，也是影评常见的一大类型。叙事性艺术，主要就是创造人物与“典型”的艺术。一部影片的美学价值常常主要体现在人物形象的塑造上。人物是传达主题意蕴最主要的途径，人物关系在某种程度上就是戏剧冲突，人物命运轨迹也常常构成影片主要的情节线，人物个性经常要借助细节来表现，而在人物塑造上，又集中体现了电影艺术家的各种技巧水平。从各方面来说，人物形象的评析都处在影片评论的中心地位。对人物形象的分析是影评的重要任务。

评论人物形象的塑造大致从这几方面展开思路：首先是要给形象宏观定位。所评形象在社会内涵上、在个性气质上、在艺术展示上是否有独特性？

有哪些独特性？这些独特性在纵向和横向的比较中处于什么样的水准？具有什么价值和意义？如果没有独特性，落套和陈旧之处又表现在哪里？这样的分析，能使人对所评影片形象有一个鲜明的、基本的印象，以后的文章就好做了。

其次是纵深开掘。定下某一点可评之处后，便要展开。比如，形象在社会内容上的独特性，在表层和深层有哪几方面表现？这些表现反映了作者对社会生活哪些方面的发掘？影片在表现人物形象的社会内涵时，主要通过哪些情节场面，采用了哪些手法？等等。从这一点开掘下去，就可以写很充实的文章。而对人物个性气质上的独特性展开分析，则可以捕捉到社会心理和人类感情的新素材。观众在评论的激发下常常能反过来对自己的心灵领域中那些未被发现或已被遗忘的角落有所发现，这对丰富人的心灵、感情是极富促进作用的。

在评论人物形象时，有一种方法看似容易但做起来难，这就是复述人物。用评论者自己的形象性语言，在影片提供素材的基础上，重新复述人物，乍看似介绍，实际上已经融进了评论者的感受和理解，是一种形象思维与逻辑思维交融的再创造。《良家妇女》一片描写了五个女子的命运，笔者在《五女印象——〈良家妇女〉人物谈》一文中，用无论点、无论证的写法做了五段复述（即小标题标出的“五娘”“疯子”“大嫂”“三嫂”“杏仙”）现摘“五娘”一段如下：

在漫漫长夜中，感到了黑暗的压抑，将醒未醒之时，自没有力量站起。善良和软弱，使她打算像自己的先辈那样，以青春和生命去殉可怖的黑暗，默默地走孤儿寡母终生守节的老路。善良和软弱，又使她不忍扼杀杏仙的叛逆，却不知这便应允了她将那新光源的亮度和热力带到了自己身边。阳光正在靠近，她会长久地拒绝温暖吗？她让孩子跑去送给杏仙一个镯子，或许这将变成五娘献给阳光的见面礼物吧。

在人物形象的分析中，还要注意到形象的复杂性，以及这种复杂性给形象带来的多色彩、模糊色彩。由于生活、生活中的人物，特别是人物的心灵是多色调、多光彩的交融体，这多色、多光之中有时甚至包含着矛盾对立的成分，因而不能一般地要求评论人物形象要明晰、清楚，倒是要求核心的清晰和边缘的模糊较符合实际。对矛盾冲突、情节细节、结构布局的评论分析，也都是可以自成一体的。

（2）艺术要素方面，主要是对导演、表演、摄影、美工、音乐以及化妆、服装等电影综合艺术的各要素的评论。这方面的评论，以前专业刊物还不时发表，社会报刊和群众影评则较少涉及。随着整个社会电影文化水平的提高，群众影评作者电影专业素质的发展，对影片艺术要素的评论正在逐步受到重视。我以为是应予以提倡的。

电影主要是导演艺术，电影在艺术上的成败，主要取决于导演。在拍摄电影之前导演必须对影片总的艺术追求和各方面艺术要素有一个完整的构思，它体现着导演对剧本的理解。导演要确定影片的主题思想，拟定影片的样式与风格，人物形象的基调，表演风格与分寸，选择演员，分切镜头做蒙太奇组接，确定场面调度和画面、音乐、音响手段处理的大原则，节奏和色彩基调也要有大致的确定。从这个意义上来说，导演是把剧本当作表述自己对社会生活、社会心态看法的讲台，把剧本当作表演自己艺术见解和艺术水平的舞台。对导演各要素的评论，实际上几乎囊括了对影片主要艺术内容的评论。

评论导演的思路是：评论导演对原剧本总体把握的准确性和深刻度。特别是那些根据观众熟知的名著改编的影片，因为思想艺术价值早有定评，把握的准确性和深刻度就更重要。关于电视连续剧《红楼梦》以宝黛爱情为主线或多或少掩盖了全书原有的“百科全书”式的丰富，凤姐的戏过重影响了原著结构的均衡和社会底蕴的探究，等等，属于导演对原书和剧本把握方面的问题，就引起过广泛的讨论。

评论导演对剧本处理方面有什么创造性的发展，有什么不足，特别是将文字转变为画面过程中，内容和形式上有什么探索，在哪些方面发挥了电影的优势与长处。评论导演蒙太奇处理的思想艺术性。如《林则徐》的导演郑君里在表现林则徐送别关天培时，一层一层蹬上城墙，以便能够看到远去的关天培的船只，是以中国古典美学中的游走美学观，表现了“孤帆远影碧空尽，惟见长江天际流”的诗境。评论导演对演员的发现和选择。如谢晋从陌生化的美学观念出发，每片主角都选择观众不熟悉的演员，“一次性使用”，从珊、王馥荔、姜文就这样在他手下一个一个冒出来。当然最主要的是评论导演总的风格追求。像郑君里对中国民族电影美学的执着追求。谢晋作为一种“模式”也好，作为一种“样式”也好，它的优劣成败如何？张艺谋常常在一部影片中找到一个总的意象，然后将这个意象融入情节，融入画面、色彩，构成整部影片特殊的基调，像《黄土地》的黄、《红高粱》的红和《妻妾成群》里的大红灯笼。

评论演员的表演需要细致地看片，反复地琢磨。主要衡量表演是否真实可信，是否能将角色与演员的矛盾降低到最低程度，使表演的第一自我和第二自我尽可能地叠合；是否既有鲜明的个性又有内在的激情；是否既有丰富的内心活动又找到了相应的外部动作体系；是否统一完整、把握适度；是否既演出了角色个性的独特性，又在艺术追求上有自己的独特性；等等。轰动全国的《渴望》，宋大成和刘大妈的表演在这几方面都值得称道。

评论影片的摄影，一直是一个薄弱环节。在现代电影中摄影的地位日益重要，某种程度上，它是导演、演员艺术创造的最后的物质形态的表现。从构图、用光、色彩处理到整个意境的渲染，都是大有文章可做的。前面说到郑君里的影片，摄影常常发挥“动”的美学优势，用游走镜头拍摄动态画面，双向游动造成一种特殊的韵味。而张艺谋则恰恰相反，喜欢发挥“静”的美学优势，他在《黄土地》和《大阅兵》中，常常是以长时间的静态镜头取胜，把电影（动的摄影）的短处变成长处，令人意想不到，却又欣然接受。这种静态的画面、匀称的构图、黄土的色彩三种基调完美地结合在一起，构成《黄土地》摄影的创造性。在色彩处理上，像《开国大典》用彩色片和茶色片将现实与历史组接起来，使历史生活的表演因为用黑白纪录片的方式拍摄而具有了真切的纪实性和历史感……这些不都值得我们很好地评论一番么?

九、电影评论的立意构思方法

（一）电影评论的立意

评论文章的立意，是指将自己在欣赏影片中的感受，归纳、升华、提炼、确立为全篇的基本论点。这个论点是全篇意蕴和主旨集中、明确的体现。清代文论家刘熙载在《艺概》中说，写文章时，有的题目立意在题面上，有的题目立意在题面下，有的题目立意在“题之背也”。我们常见的影评立意也便有直接立意、深度立意、逆向立意、联想立意、感受立意等方法。

（1）直接立意。这是指从电影的直观感受出发，正面立意。它主要追求的是一个“准”字，尽可能准确地抓住影片的意蕴和含义。它虽然也可以就一点深入开掘，但一般在分析影片的基础上，通过归纳，抓住关键（影片内容或形式中的主要问题）来写，例如最近上映的峨眉厂出品的宽银幕电影《焦裕禄》，主要通过人民的儿子焦裕禄的感人形象来表现党和人民、干部和群众的血肉关系，我们可以以此来展开分析。全片基本有三个视角，都是表现这个主旨的。最主要的是视角，是写主人公作为县委书记与兰考广大干群的关系，为干部的身体考虑果断决定买高价粮补贴；大雪天，自己拉架子车为灾区送粮；弥留时，还要看看麦穗，要求把自己葬在兰考大地，不想和群众分离。第二视角，写了焦裕禄和吴荣先的官僚主义的斗争。这场斗争的实质，不是别的，正是对人民群众的不同态度，是俯首甘为孺子牛还是高高在上当老爷？对人民是热爱、至爱，还是冷淡、冷漠？这场斗争之所以比有些影片表现的官僚主义的斗争感人，正是因为它是从人物感情世界落笔，从这个角度和全片的主旨挂钩。第三个视点，写了焦裕禄和妻子、儿女之间深厚的感情，集中表现了焦裕禄的人性、人情之美，表现了他深藏的一颗爱心，但是这种亲情之爱一旦和对群众的爱在有的地方发生了抵牾（如孩子要吃肉，他却把钱用来救济患病的群众），他总是把群众放在第一位，亲情之爱烘托了他对群众的至爱……直接立意不求发掘别人看不到的含义，但在准确的基础上，要求表达得充分，表达得实在，这对读者也就有了启示作用。

（2）深度立意。深度立意就是不停留在影片一眼可见的含义上，而是力图从影片象征、寓意、辐射的角度，力求捕捉深层的含义。这种立意，是在“准”的基础上要求“深”，常有发人之未发、见人之未见处。比如评论影片《红高粱》，你可以从中国民族精神和日本侵略者的矛盾这个角度立意，这是直接立意；也可以从女性崇拜的轰毁到理想人格的破灭这个层次立意，这就是深度立意。整个影片随着对“我奶奶”的崇拜开始，又随着这种崇拜的毁灭而结束。九儿这个女性形象，实际上是一种理想人格的凝聚，是作者心中的审美理想——真、善、美的结晶。从叙事表意系统看，九儿一开始被一群男子抬出来，她的一个眼神可以使“我爷爷”扑上去压倒强盗；一声召唤，可以使就要散去的酒场伙计留下。但随着剧情的发展，特别是新酒酿成之后，女性地位开始下降。两次唱《酒神曲》，九儿都无权参加，直至最后在日本人的枪声中倒下。从象征表意系统看，月亮象征着女性，太阳象征着男性。影片前半部是女性的高扬期，月亮先后出现了三次，太阳只微弱地闪现了一次。到后半部分女性崇拜的衰落期，月亮只出现了一次，还是半轮，而太阳则光辉灿烂，出现了三次，构成极为规整的象征对应。九儿死时的日食现象，更是象征着这种女性崇拜的轰毁。在符号象征方面，影片中多次出现“九”这个数字，“通天的大路九千九百九十九”，“九月九酿新酒”，“九九归一跟我走”，十八里坡、十八里红（双九），“我奶奶”死的那年，“我爹”九岁，酒坊的伙计也正好九个。这都和女主人公的名字九儿有关，九儿生于九月初九，排行老九，七月初九出嫁。九在数字中最大，中国文化认为这是至极至大的象征。这中间就带有女性崇拜的意味。到影片后半部，九儿酒坊里酿出了新酒（酒、九谐音），升腾为一种民族精神。最后九儿在日本兵的枪击中倒下，倒在十八里红的酒浪中，不能不说是女性崇拜的轰毁和民族精神的升华得到了同时的展观……这样来评论《红高粱》显然深入了一个层次，而文章的深刻主要得力于立意的深刻，是深度立意的 功劳。

（3）逆向立意。逆向立意是发挥逆向思维的优势，从反面去思考问题，提出问题。这里包括两个方面：一是提出和影片构思意图相反的立意，即对影片进行推敲和商榷；一是提出和别的欣赏者、评论者不同的看法，相反的思路，即和别的评论者进行推敲和商榷。

前者，如对《妈妈再爱我一次》是否真实，是否是真情，提出商榷和质疑，母亲为了完成自己美善和贤淑的形象，压抑自己的爱也强行扭曲孩子的爱，不准他来看自己，用打、骂把他赶走，要他和父亲、后母一起生活，结果自己由于过度的压抑精神失常。这有悖于常理，也不是美的。真与美相连，矫情无美可言。编导为了给情感的喷射力加压，强使人物感情畸形，因而母亲最后的神经病，相当程度上要由她自己负责，这就反而削弱了人物的感染力。这一点恐怕是编导始料未及的。

后者，如对电视连续剧《渴望》的理解，当评论界和观众一边倒地称扬刘慧芳形象的道德观时，我们不妨从另一个角度想想，即她身上这种忍辱负重的实际内容及后果，无边际的爱，以爱心对待一切人、一切事，是不是多少带一点儿乌托邦式的托尔斯泰主义的色彩？过分的忍辱负重，又会对自己一往无前的创造活力产生多少负效应？从这方面去立意，常常能产生出有新意、有深意的文章来。

（4）联想立意。这是从联想、象征、比喻、启示和综合感受的角度来立意。联想立意，即在挖掘影片含义的基础上，展开想象，联想上下左右前后的实际来确立题意。这类立意，常常言在意外而意在影中。电影《巾帼英雄》是表现打入中美合作所军统电台的地下党员张露萍烈士的事迹的。张露萍牺牲后，长期被当作军统特务，直到十一届三中全会之后才被平反。有篇影评文章由此联想到，假如张露萍想到她牺牲后“特务”“叛徒”的冤案会笼罩她的英灵几十年，她还会慷慨深入敌巢，从容赴死就义吗？文章提出的这个问题别出心裁，又很有现实针对性和相当的深刻性。作者接着回答：“其实答案也是有的。仔细读一下 1983 年 8 月的纪实报道，便不难发现张露萍舍弃富有之家，奔赴延安时，便是义无反顾的；新婚不久，生离至爱的亲人，南下四川，是义无反顾的；冒着生命危险，打入魔窟军统电讯总台，是义无反顾的；被捕后，在敌人严刑拷打和长期关押中，始终保守党的机密，决不暴露身份，直至牺牲，也是义无反顾的。不是她不具血肉之躯，不具七情六欲，不懂天伦之乐，不知生命之贵，而是因为她有崇高的革命理想，懂得革命纪律对革命成败至关重要，因而在执行党的决议时，才义无反顾。所以，即使张露萍真的想到她身后还会出现这桩冤案，会蒙受后人的误解甚至唾骂，想必她仍然会心肠坦荡、慷慨就义。这是一个为理想而献身的共产主义者的必然选择。”这种联想（在这里确切地说是“设想”）好似离开了影片，实际在更深的层次上阐发了影片的主题思想。

（5）感受立意。这主要着重于欣赏，在欣赏的基础上，不是条分缕析，而是将自己形象的、感情的感受，用描写、比喻、象征等各种艺术性的文字表述出来，传达给读者。它或是形象地说出了欣赏者内心说不出（也不宜用论证分析的语言说出）的感受，或是引起欣赏者内心再一次形象的、感情的共鸣，从而加深对影片的理解或强化对影片的感受。笔者在一篇评论《红高粱》的文章中，一开始用一整段文字描绘了笔者观后的感受："电影《红高粱》把我震了。我半晌'无言'，也'无思'。那片血红、甜腥的高粱地以及发生在那土地上的奇人奇事，固执地盘桓于脑际，它变得无声，拉成了慢动作，色彩却愈浓郁起来，那是红色不同层次、不同调式的组合。不是明媚亮艳的红，而是渗进了深沉历史文化沉积暗红、黑红、稠浓厚重的红。那是辉煌、凄绝、忧郁、庄严的高粱红，是一股气。地气，人气，红高粱之气。震悚于全片红高粱渗沥于丹田的感觉，惊撼于高粱酒叫你燃烧的感觉。我们的爷爷奶奶们，半个世纪前，中华儿女精魂重又在心里活脱脱地活起来了。"这一段感受看似纯感性的，其实是凝聚着对影片理解的、超越理性之上的感性。

（二）电影评论的构思

构思是写作影评时的总体设计。清人刘熙载说 "意在笔类"，就是说构思是下笔之前的周密思索过程。在立意之后，第二个思维过程就是构思，通过构思，围绕论点，挑选落笔角度，布局结构文章，选择论证方法，归纳组织材料。立意只有通过构思，才能最终反映、体现在文章的内容和形式上。

文无定法，构思也没有什么定法，主要是为文章的立意、文章的论点找到最合适、最便捷、最明快、最充分又最美的表述方式。常见的构思方法有：

(1) 直接发论。直接发表议论，是最基本的构思方法。这种构思方法，有时可能直用"直接发问"的构思，一开始就将你的主要论点提出来，然后逐层展开论述。如评影片《人生》，可以这样构思全篇："在历史的转型期，当代农村青年的追求和苦恼是什么呢？影片《人生》通过男女主人公高加林和刘巧珍的形象回答了这个问题。"下面，可以通过这两个形象的主要命运历程和主要性格特色，两个形象内在世界的复杂性以及两个形象之间的复杂关系，逐层分析解剖当代农村青年的追求和苦恼。

更多的情况是并不直接发问，但却"直接发议"，开门见山摆出观点，然后逐层逐段剖析。也可以先从各个侧面论证，最后归纳中心论点。这种构思办法，常常是对中心论题提出“为什么”“怎么样”“如何办”等问题，然后逐步回答（或暗中回答）这些问题。对这些问题的回答就组成了影评文章的论述内容和结构层次。在评论《老井》时，有一种观点认为《老井》实际上是愚性精神的颂歌，在艺术上值得称赞，在内容和思想倾向上则有可指摘之处。这篇文章总的构思框架就是：首先摆出中心论点，“影片在赞美我们民族勤劳、勇敢的优秀品质的同时，对锲而不舍、前赴后继背后所掩藏着的一种愚公移山式的愚性精神给予了过高的颂扬”。然后，先回答“是什么”的问题，即通过分析（主要是通过“打井精神”和“愚公精神”的联系论证），论证“老井”精神就是所谓的“愚性精神”；接着回答“为什么”的问题，即为什么挖井不止、挖山不止在现代社会是不值得颂扬的。再下来，回答“说明了什么，危害是什么”的问题，即从愚公移山的故事传为千古美谈到《老井》的电影备受赞誉，说明了静态生存观、愚性精神一直到社会主义现代化建设的今天仍然有市场，“这是一个悲剧”；最后是短短的结语，这样构思的影评，一般都逻辑清晰，层次分明。

（2）环绕析题。环绕析题法，是从各个侧面（横）、各个段落（纵）、各个层次（深）对中心观点展开分析的方法。所有这些分析，虽只是三个角度上的，却都紧紧环绕着中心论点来展开。这在群众性的、篇幅很小的影评中，是最常见的写法。在我国古代议论文写作中，这种写法也很普遍，像韩愈的《师说》，开头一句就解题：“古之学者必有师。师者，所以传道受业解惑也。”然后以此开发下去，前句领起后句，后句解释前句，句句相释，环环相扣。毛泽东在《民族的科学的大众的文化》一文中，也是紧紧围绕着题目的三个限制词——“民族的、科学的、大众的”来逐层逐句阐理论证的。

在电视连续剧《凯旋在子夜》（考文简称《凯》）获得“飞天”金奖时，某大报约稿，明确地提出要笔者写一篇对该剧思想艺术做全面评价的文章，在发奖那天的报纸上发。因为要全面评价，我在构思时采用了多层环绕析题法，即全文总的中心是写《凯》剧的四点成绩，名为《“凯旋”四重奏》；每一段又是一个中心，各自或横或纵或深度地围绕段落中心展开。第一段，论该剧表现英雄主义的成功，以三个自然段从三个侧面做了论述：它注意写具体人物身上的英雄品格和时代生活、人民生活的内在联系；它注意发掘了革命英雄主义新的时代内容；它注意处理好英雄人物身上英雄因子和普通人因子的关系。第二段，论该剧在现实主义艺术探索中的成功，也从三方面做了论述：这成功首先表现在艺术家和描写对象有结合，即深入群众、体验生活、贴近时代；其次表现在《凯》剧既严峻，又乐观，既敢于直面人生，对生活的弊端不讳饰，又能在人生的坎坷、命运的曲折中，把握生活之河不舍昼夜向前奔流的总趋势；再次论述了该剧主要采取传统现实主义的一些艺术手法，表现了现实主义活跃的生命力。第三段，论《凯》剧在军事题材创作中的突破，从它避免了一般军事题材作品在处理战争生活与社会生活时走两个极端出发，论述两点：既不回避对战争集中的、正面的描写，又能将军营生活放在整个社会生活的有机整体内来展开。第四段，论《凯》剧在电视艺术上的探索：一是尝试在家庭欣赏环境中的小屏幕上搞大的战争题材，在小屏幕上表现阳刚之美、沉雄之美、史诗之美，开掘电视剧的潜力；二是纪实性强，发挥电视作为传播媒介的优势，在前线现场拍摄，多机异位同步连续拍成……这篇大而全的评论，比较典型地体现了环绕析题的构思方法。

（3）融事论证。融事论证法是把论证融合在叙事中，通过叙事来引论、融论的构思方法。这也是中国古代议论文章用的方法。《论语》《孟子》《老子》《庄子》《六祖坛经》《资治通鉴》等中国古代主要的思想理论著作，常常大量采用融事论证的方法来写，通过故事的叙述来呈示或说明道理。唐宋八大家中，柳宗元的《捕蛇者说》，通过叙述蒋氏的捕蛇之苦来议论“苛政猛于虎”；韩愈的《进学解》仿照汉代东方朔《答客难》、扬雄《解嘲》、班固《答宾戏》的形式，设为问答，借“诸生”之口发泄自己有才有德却被贬黜在闲散职位上的不满，表白自己具有远大的抱负和精深的学业，议论、叙事巧妙地结合在一起。在近代杂文中，这种手法成为主要手法，鲁迅杂文被誉为创造了议论的形象，他善于通过形象的描述来呈文剖析深刻的道理，如《例提》《论雷峰塔的倒掉》等名篇，不但融事论证，而且融白描、象征、心理描写、艺术想象于论证，使得他的杂文成为逻辑思维和形象思维相互渗透的典范。

影评写作中的融情节于说理和融形象于说理的构思，这“情节”、这“形象”，只能在影片中撷取，在叙述影片的情节与形象时，要防止一般容易犯的毛病，帽子加例子。“加”是简单的油水关系，只有“融”才是水乳交融。这就要求复转中必须渗透影评作者的理解与感受，根据这理解与感受将影片中的人物情节重新组合、重新表达。寓理于事，融事于理。前文提到的评《良家妇女》一文即是这方面的例子。

（4）借题发挥。这种构思方法，是由影片出发，向社会情绪、现实问题辐射，由此及彼，因小及大，以银幕小舞台的材料去议论生活舞台上的问题。有时候，这类构思的文章，只是以影评形态出现的社会思想性的杂谈。这类构思，常常要借重深层联结和思维能力。一般的表层联结，虽然也可以借题发挥，但那是人人皆知或人人可以想到的，启示作用不大。如《焦裕禄》，由焦裕禄全心全意为人民服务，借题发挥，和社会上干部作风联系，谈官倒和私倒，谈立党为私，谈不廉不洁，虽然也可以起到二次教育作用，却终归有些表面。如果从焦裕禄身上发掘 20 世纪五六十年代精神，即新中国成立初期那种社会气氛、社会情绪，以及我们党的活力、在困难和危难时刻那种中流砥柱的作用，可能就要深刻一点了。

有一篇在全国影评大赛中获一等奖的影评《〈开国大典〉的深层意义——对该片的一点辨正》，由《开国大典》毛泽东形象塑造的非神化追求开笔，借题发挥，深刻地论述了当前社会“寻找毛泽东”的心理趋势和原先神化领袖的心理内含。影评指出：“当我们的影片有意无意将人美化为神、将本来是由人完成的历史勋业伪捏到神的头上，便实际上反映出我们并不相信自己能够推动历史前进，或者说并不相信推动历史前进的伟人竟然是普通人。精神的跪行者不承认世上有人站立着，他们往往将人群中的站立者一律视为神。这样，对某个人的神化也就实际上导致了对所有人的贬低；而对某个人的神化又实际转化为对这个人伟大的褫夺。”[①] 新时期群众寻找真实的毛泽东的趋势，表面都是“非伟人，尚平民”，实际上是非个体神人而尚平民之伟力。“真实的毛泽东银幕形象的诞生，使中国人确信，揭开历史新篇章的那位领袖，乃是我们的一员；古往今来的一切历史功勋无不是普通人创造的。毛泽东因普通而亲切，因其真实而可信，因其可信而使杰出真正成为杰出，使伟大获得现实的价值。这是对毛泽东更高的历史肯定，也使中国老百姓减弱了对异身之力——虚幻之神的迷信，增强了对自身之力——现实之人的信赖。”[②] 这篇文章，借影片主题，挥洒开来，谈了当前社会心理趋势中一个深刻而又重要的问题，是很有思想启动力的。

当然，借题发挥，这发挥的幅度可大可小，不一定都要发挥到大社会范围，也可在电影艺术中发挥。由一部影片，或一部影片中的一个场面甚至一个细节，生发开来谈一个普遍的问题。影片《铁甲 008》只能容纳四人的坦克里，偏要塞进一个女性，而且能在里面自如救护伤员。这样失真的东西却能混过影片军事顾问的眼睛。有篇微型影评从此出发，又列举了一些有军事顾问而缺乏军事常识的影片，然后提出了“军事顾问是否又‘顾’，又‘问’”的

① 李秀芳：《〈开国大典〉的深层意义——对该片的一点辨正》，见白莲主编：《银海探珠——全国微型影评选讲》，复旦大学出版社 1991 年版，第 3 页。

② 李秀芳：《〈开国大典〉的深层意义——对该片的一点辨正》，见白莲主编：《银海探珠——全国微型影评选讲》，复旦大学出版社 1991 年版，第 4 页。

问题，要求军事顾问在影片的拍摄中发挥作用，编导、演员也要尊重军事顾问。

（5）假言问答。也就是对话体构思。采用问答、对话或与人交谈的方式来评论影片。对话者，可以是真人真景，也可以虚拟，即假人之口、发己之话。在对一部影片众说纷纭，而各方面意见都有相对的道理时，采用这种构思较好，能把各方面的意见都反映出来。同时，事物总是在矛盾运动中展示自己的内在面貌，对话体便于展示影片的内在矛盾，进入深刻的境界。此外，对话体、众人座谈体，也亲切自然，口语化，容易为群众读者所接受。所以古代文章家常用这种构思法，如《论语》，全部是孔子和他弟子的对话，通过对话阐明儒家的道义信条。韩愈的《进学解》、柳宗元的《永州铁炉步志》也是采用主客问答方式来表述的。

广播、电视影评，是近年来逐步发展起来的影评新园地。音象影评的表达方式较文字影评有了很大变化，它的主要方式就是对话、采访和座谈，因此，认真探讨音像影评的构思法，有着重要的现实意义。这种构思方法在当前还没有引起足够的重视，大可以发掘其潜力。

最后要反复强调的是，这里举的只是几种常见的构思法，挂一漏万。文无定法，主要靠自己的实践。在采用一种构思法的同时，也可以，而且最好糅合其他方法，使之千变万化，自然流畅，不要拘于成话，千人一面，千部一腔。

十、电影评论表述和论证方法

影评有了立意，而且对通篇有了构思，也大体有了材料，一般说，便可以动笔了。这就进入了影评的表述过程。由于影评总体上属于议论的范围，故而在大多数情况下，影评的表述过程，主要是论证的过程。也就是在确立论点（立意）之后，用论据来证明、阐发、分析论点的过程。准确充分的论证，不但可以使读者（观众）信服你对影片的看法，将这种看法变为他们的看法，变为社会的看法，而且可以使读者（观众）自觉地或潜移默化地接受你分析、论证问题的思维和方法，锻炼、培养自己的逻辑思维和论述能力；还可以使读者（观众）在你的论证中，由点及面，由表及里，超越具体影片的鉴赏，获得对电影艺术、社会现象和种种知识、思想更大范围的收获。这既可提高观众整体审美水平，也可以促进群众精神文明水平的增长。

根据一些写作学方面论著的介绍，议论文的论证是多种多样的，从不同的角度，可以做不同的分类，如从逻辑推理的形式分类，有演绎法、归绎法、归纳法、类比法；从论点和论据的关系分类，有直接论证和间接论证（引申法、排除法、反证法）；从论题的性质分类，有立论（证明）、驳论（反驳）、评论（分析）；从论据的种类来分类，有例证法、说理分析法；从论证的表现手法分类，有对比法、喻证法、反证法、引申法（归谬法）、旁证法；等等。由于影评只是议论文的一种，而且议论的又是特定对象，即艺术作品、电影艺术作品，我们无须全面介绍议论文这些论证方法，只是对影评写作中通常采用的一些论证法做一些分析。

（一）阐析法

是指对文章的立意（大论点）和支撑这立意的若干分论点，用逻辑的思维（社会科学特别是艺术科学有时也包括一些自然科学的理论和知识），以影片为素材，进行分析、阐述、归纳、推理，将对影片的感性认识，通过立论和论证，提到理性的高度。

其中，分析是阐析论证最主要的、最常用的方法。分析论证，即从你的基本立论出发，对影片进行分解、拆卸；然后以基本立论为逻辑线，在分析的基础上做重新组合，并在论述中呈示出、挖掘出重新组合的各部分之间的关系；而在这各部分的关系中，最主要的是抓住“主要矛盾和主要矛盾方面”（毛泽东），亦即影片最主要的特色、要说明的最主要的问题，以及这特色和问题最主要、最关键的方面。分析，又可以从三个角度来展开思路。

一是从论点论据的横向组合上展开分析，如评论一部影片散文化艺术特点，可以从剧本结构不重戏剧巧合和不搞大幅度的起落反差等方面，展开平列式的分析。在这种横向组合的分析中，要注意抓住各方面的内在关系，比如各部分是可以比较的，或可以相辅相成的比较，或可以相反相成的比较（上例所说一部影片在剧本结构、蒙太奇组接和表演上的散文化追求，就是相辅相成的、有整体感的）。如果这部散文化电影是根据一个多幕话剧改编的，则可以从相反相成的思路来展开：电影在结构、镜头组接、表演、摄影画面各方面是如何淡化戏剧性、强化散文性，并将戏剧的浓郁色调自然地转换为散文清明的色调的。这种分析法，总体上是平列的展开，每一个局部又是从反方面去追索的。

二是从论点、论据纵向的递进开掘中展开思路。根据所论影片的实际，可以用演变分析法纵向开掘，即将这部影片的某个思想、艺术特点提出来后，纵向展示这个特点在电影艺术或整个文学艺术发展过程中的地位，分析它的新意——或审美的，或社会的，或思想的价值。根据立论的实际，也可以采用递进分析法，将论点由浅入深纵向分为几层，逐层分析。比如要分析《黄土地》一片中“黄土地”的象征意蕴，便起码可以将论点分拆为三个递进层次：第一是“黄土地”的景观象征意义。从来没有一部影片将“黄土地”作为贯通全片的主体的审美形象，拍得这么美，这么丰厚，这么耐人寻味；第二是“黄土地”的人物象征意义。黄土地和生活于其中的老百姓在质朴、劳苦、含蓄、拙讷、沉默、忍耐等方面都是对应的、融为一体的、“天人合一”的；第三是“黄土地”的历史文化象征意义。在影片中，“黄土沉积层”既是历史的见证，又是作为民族的历史文化沉积层的形象出现的。这种纵向的演变分析和递进分析，常使你的影评获得一种深刻性。

三是从论点与影片提供的分析素材之间的表里和因果关系展开思路。论点常常是更本质的思想和见解，即“里”。但表述论点时，一般忌讳直接从

“里”入手，即直接摆出你的深层见解，然后再用电影的例子来印证，这就是通常说的帽子加例子的表述方法。这种写法，常常是静态地列出论者思考的结果，突兀地要读者接受你思考的结果，论据和论点的关系容易成为一种静态的印证关系，难于表达出论者欣赏、思考影片的生动过程，也难于启动读者的再欣赏、再思考。如果采用由表及里的分析方法，先讲影片触动你思考的材料，即“表”；再讲你由表及里的思考、开掘过程，然后引出论点，即“里”来，既动态地展示了作者的思索过程，也容易带动读者边阅读边思索，参与到对影片的思索过程中来。这不仅是作者和读者两方面一个活跃的交流、对话，而且由于开始从人人可见的影片画面人手，最后达到未必人人能想到的深层结论，便造成了“悬念”“意外”“陌生”，增加了阅读的兴趣和文章的吸引力。在因果关系中展开分析，也是一种纵向开掘式的动态写法。无论由因及果还是由果及因，都是将论点从纵向上解剖成递进的几个层次，然后顺向或逆向地层层深入地展开。我们在前面谈到过，纵向展开自己欣赏过程和分析过程的写法，是最富个性特色的写法。因为不同的人看同一部影片，或者同一个人看同一影片，欣赏中的关注点、兴奋点、思路过程和表述方式都是永远不会重复的，永远带着欣赏主体（即后来的评论作者）的独特色彩。而欣赏主体具体到每一部影片，都是“这一个”，都是不同的。同一人，面对不同影片，或同一人在不同环境与心情下面对同一影片，都是以不同的欣赏主体在工作着、运行着自己的智慧。

（二）例证法

如果说阐析法是影评论证最主要的方法，它常常是从文章的整体论述来使用的，那么，例证法以及后面要谈到的喻理法、引申法，则是阐析法的一种丰富和补充，它们常常是作为一种局部的论证方法，穿插、贯串于阐析法的整体框架之中。以影片的例子来证明论点，当然先要叙述你选用的例子，但这种叙述不可能太细太长，一般控制在简述和概举的范围内就可以了。过细过长的叙述例子，常常使文章拖沓，而且淹没观点的展开，不是明智的做法。何况群众影评一般是在影片和社会见面的时候写作和发表的，大部分读者都看过或可以看到电影，无须过细的唠叨。点到为止，这个“到”，是指例子的叙述只要能说明论点就可以了，不必被例子本身的完整性牵着鼻子走。从这个意义上说，影评作者能否根据自己的论点改造和组合例子，是思考和写作能力的重要表现。对例证的使用，常见的有这几种：分列法——将影片例证按一定的逻辑关系，在简短的导语（即引导、导读之语）之后，分别列出，或从各个侧面，或从不同层次说明论点。分列法例证，多方援引、反复论证，不但显得清晰，而且能做到充分。比如我们论《高山下的花环》的细节描写，如仅举一例，常显得单薄，也容易给人造成从个别例证得出一般性结论的印象。这时就需要分别地举几个例证：梁三喜三次手持用弹壳做的“不浪鼓”，点出他对家乡、亲人的思念和视死如归的决心，也点出了他的农家本色和拮据的经济状况。与此相对照的是：赵蒙生玩进口的照相机，熟练地为起舞的妻子和优美的风光拍照，却没有兴趣为战友们留下战斗的身影。到后来，他却要卖掉照相机为烈士梁三喜偿还债务。这个细节不但对比地点出了赵蒙生的身世和感情，而且暗示了他生活和思想的转变过程。还可以举出靳开来去照相馆拍全家福，摄影师阻止孩子吃蛋糕，靳夺到手里要扔，又觉得可惜，赶紧塞到自己嘴里；而战友们要他请客，他慷慨地掏出十元，也对比地揭示了这位英雄的劳动者性格。多举例证，就能看出影片确实将细节作为塑造人物、展示人物关系的主要手段，也就能从对众多例证的分析中，提出影片运用细节的一些特色和规律来。

概举法——用排比的单句或复句，而不是一个段落，概略地举出一系列例证，证明论点，然后总的论述，或在概举例证时夹叙夹议地论述。如上面举的谈《高山下的花环》细节描写的例子，也可改为概举的写法：“细节描写是这部影片塑造人物、展示人物关系的重要手段。……可以说全片主要人物的主要性格特色和心理状态，很大程度有赖于生活细节来传达。细节是……”接着可以生发开来，论述细节在艺术创作中的意义。

点示法—— 一种不以数量而以质量取胜、不取全面而取典型例证来说明问题的方法。这是一种取样法和个案分析法，常常对选定的例证做较细致的分析，而且叙中夹议，在示例的过程中同时完成观点的论述。点示法“攻其几点不及其余”，不随便分散笔墨。如果要评论影片《人到中年》如何发挥视听艺术的特点展开戏剧冲突，用点示法写，可以选陆文婷的眼睛和部长夫人的嘴巴作为“样品”，在对比中深入分析。陆文婷的内向和忧郁，她丰富的、略显复杂的精神世界，是具体的情节难以表达的，全通过潘虹的眼睛表现了。而部长夫人“马列主义老太太”的颐指气使和爱说教，则主要通过她那永不疲倦的嘴巴表现出来。这样，影片内在的戏剧冲突（思想的和性格的冲突）虽然有许多表现的渠道，但我们只需通过陆文婷的眼睛和部长夫人的嘴巴这两个例子便可以做比较充分的分析。

对偶法—— 选用对比或反比的例证来论证观点，这在上面已经涉及。对偶例证，常能清晰地、鲜明地说明论点，对短小的群众影评来说，是事半功倍的方法。

（三）喻理法

喻理法主要指两方面：一方面指用形象的、各种比喻的方法来论证；一方面指在一定程度上离开具体的影片，用影片之处的景物、事物、人物做象征物来论证。“喻巧而理至”，恰到好处的比喻往往能帮助说清道理，而且显得生动活泼，使人爱读。

用形象的、各种比喻的方法，描形摹状揭示事物的本质，展开说理论证，可以使抽象的说理变得形象、生动、活泼。比如《共产党宣言》中讽刺封建社会主义者笼络、蒙蔽人民时，这样写：他们“往往把无产阶级的乞食袋当作旗帜来挥舞。但是，人民每次跟着他们走的时候，发现他们的臀部有封建的印章，就哈哈大笑，哗地一下子散去了”　。毛泽东同志也常用各种形象的描绘和比喻来说理，如剖析有余钱剩米的小资产阶级时这样写：“这种人发财观念极重，对赵公元帅礼拜最勤，虽不妄想发大财，却总想爬上中产阶级地位。他们看见那些受人尊敬的小财东，往往垂着一尺长的涎水。”

用比喻论证，又可采用陈喻、联喻和夹喻几种写法。陈喻，即陈述喻证法，即将用以比喻的事物、人物、景物陈述出来，点出含义，和自己的论点挂钩论证。联喻，即成组地、连接地运用比喻，以强化喻理效果。毛泽东在《一个极其重要的政策》中，论证根据实际情况改变我们的政策方针的必要性，写道：“气候变了，衣服必须跟着变化；孙行者‘化为一个小虫’，却把铁扇公主战败了；柳宗元曾经写过的‘黔驴技穷’，也是一个很好的教训。”这里一连打了三个比方，一个现实的，一个神话的，一个寓言的，递进表述，好似联珠一般滚滚落下，产生了强烈的说服力。夹喻，即将喻理手法和其他论证手法夹杂糅合在一起，构成一个论证过程。因为是多种写法，特别是论、喻的夹杂糅合，一般要求将比喻的事物打碎和论证穿插进行，使喻的形象和论的逻辑相得益彰。周恩来在《全国大反攻，打倒蒋介石》一文中，为了论证蒋家王朝末日的来临，写道：他们“专说如何防卫，如何突围，如何待援，如何警戒，如一个人患了肺病，专门讲要如何防感冒，防咳嗽，防消化不良，防这防那，这样的人死期也就不远了”　。

用象征的手法论证，常常不举和少举影片具体的例子，用寓言、故事、神话或生活中的实例来暗示影片在思想艺术上和人物形象方面的某个特色。这是鲁迅杂文中常用的手法，我们可以认真研究、学习。鲁迅常常将深刻的思想藏在某种类型化的人和事之中，行文时，常常以形象的象征性的人和事为主，少讲道理，而道理自在其中。这种含蓄的象征论证法具有很大的思考启动力和思考空间，比起逻辑严密的精确论证来，往往对读者、对影片、对社会有更大的辐射场。鲁迅描摹的“媚态的猫”，“比它主人更严厉的狗”，

“吸人血还要先哼哼地发一篇大议论的”蚊子，以及“虽然是狗，又很像猫，折中、公允、调和、平正之状可掬，悠悠然摆出别个无不偏激，唯独自己得了‘中庸之道’似的脸来”的巴儿狗，都是用形象概括熔铸成的寓有深刻社会历史信息和哲理的典型化形象，以至可以走出文章进入社会舆论，成为某种人、某种心态、某种社会现象的“共名”。用象征法论理，可以极大地强化、扩展和伸延影片人物的典型意义和思想艺术成就。

（四）引申法

引申论证法主要是运用发散性思维，将所论问题先“拉出去”再“打进来”的论证方法。这是一种“貌离神合”，拉开和靶子的距离，然后更深更准地射中靶子的论证法。主要包括三方面的含义：一是“围而自歼”，一是归谬论辩，一是“落水出石”。

“围而自歼”的论证法，是指一开始并不直奔论题，而是将论题引申到外围，然后在一个广阔的背景上，拉开思路，逐个论证外围的问题，各种外围的问题解决了，中心论题也就自然得到相当程度（甚至是全部）的解决。为什么要将论题引申到外围来谈呢？常常是由于正面论述难度比较大，或是群众性短影评限于篇幅不好正面完成论证。这时就需要用侧向思维，把论题引申到一个有利于论证的角度和环境中来谈，像打仗那样，把敌人引诱出城，引到有利于我方的地形地物和群众环境中来歼灭。在外围将敌人歼灭得差不多了，城也就不攻自破。

归谬论辩法，主要用于论辩、驳难、商榷方面的影评。即把被批驳的论点，经过合乎逻辑的推理，以引出错误的结论。这种论证方法有四个要素，即假设、引申、归谬、评议。先假设对方的论断是正确的，并将对方的论点进行合乎逻辑的推理，最后得出明显荒谬的结论，然后对对方错误的结论进行评议、分析，确立自己正确的观点。鲁迅在驳斥“作品愈高，知音越少”的观点时说：“倘若说，作品愈高，知音愈少，那么推论起来，谁也不懂的东西就是世界上的绝作了。”这用的是单项引申。他在《三月的租界》中批驳狄克(张春桥)说“田军不该早早地从东北回来……如果他在那里多待一段时间，让自己更丰富，这部作品当更好”时说：“这话自然不能说是不对的。假如‘有之’说，高尔基不该早早不做码头脚夫，否则，他的作品当更好；吉须不该早早逃亡外国，如果坐在希忒拉的集中营里，他将来的报告文学当更有希望。”这里连用了两次引申，是多项引申。还可以先运用喻论、类比等论证方法，然后以此为前提，进行推理引申，得出错误的结论，这是混合引申。

“落水出石”法，是一种排除论证法，在评述性影评、论辩性影评中经常使用。评述性影评在评述各类影片或各类观点时，逐一进行分析，排除、摒弃不很好的影片和不尽正确的观点，从而突出好的影片和正确的观点。这里需要注意的是，排除筛去的影片类和观点类要全，如果遗漏很多，就失之科学。同时，排除的过程和立论的过程一样，都要充分说理，不能简单地否定。

《电影评论十题》到此全文结束。需要说明的是，所以只写“十题”，并不表明作者要作十全十美的追求。影评写作主要是在实践中学习提高，它的复杂处、深刻处、微妙处也需要到实践中去感受、琢磨，不是理性的文字可以说全谈透的。这个“十题”，只是笔者在影评实践中感受的大致总结，有的题目、有的部分很重要，并没有写到、写全、写细、写透，那是因为自己没有这方面体会的缘故。有的题目、有的部分却又写得较细致，也是由于有点儿体会，敝帚自珍罢了，并不见得就特别重要。这点，还望读者见谅。

最后要特别说一句，十个多月来，《陕影通讯》的编者对这篇长文的关心、支持我是不能忘怀的。一些地县电影公司和读者也曾来信提建议、出题目，对我也是极大的鼓励，在这里一并致谢。

1992 年，根据在北京、西安、兰州及部队讲课提纲整理

书法程式与生命表达

谈书法程式这个问题时，我没有用“形式”这个词，而用的是“程式”这个概念，原因有两个：一是在文艺论说中，“形式”一般是与“内容”匹配的一对概念，当我们探讨形式时，容易让人感觉是在说内容之外的问题，而这与书法程式的所指与能指都不符。中国书法程式既包含形式，其中也积淀着内容，但不是通常我们所指的文艺作品的人生及社会内容，它积淀的是抒情性内容、情绪性内容。在这个意义上，书法程式中就有内容。二是用“程式”这个概念可以进入中国民族美学的概念体系，而与西方术语体系相区别。

艺术创新怎样才得以实现？那常常是在汲取传统的营养之后，经由否定之否定实现的，而不可能在肯定之肯定中实现。创新是在旧有矛盾的冲突中，产生了新质范畴和新质文化之后才实现的，而不可能在同质范畴和同质艺术文化中形成。如果传统是一条环环相扣的铁链，铁链的下一环一定与上一环有九十度的不同向度，只有异向异态异见，才能够衔接贯连下去。这也就是马克思说的“任何领域的发展不可能不否定自己从前的形式”，西方经济学家熊彼得说的“一切创造都是破坏性创造”。

但是中国艺术有一个重要特征，这便是表达的程式性、审美的程式主义。推翻前人用创造积淀成的程式，则无中国艺术；完全沿袭固有程式，又无法实现创新。这带来了中国艺术创新的特殊性，是一种两难的特殊性。

如果说西方艺术关心的是塑造什么样的形象，中国艺术则更在乎用什么程式塑造。在中国各门类艺术中，都明显地由某种程式单元而构成艺术作品最基本的元素。在戏曲中，是以相对固定的行当、脸谱与程式动作作为基本元素来表现千变万化的内容、千姿百态的人物性格和情绪心理。在音乐中是以相对固定的曲牌和唱腔，相对固定的民歌调如信天游、采茶调、二人转、道情、花灯、花儿，来传达各不相同的内容与情趣；在诗歌中是严格的格律和平仄；在小说中是章回体；在绘画中是笔墨、结体和皴法。书法呢，更是以汉字的造型形象作为程式单元，将汉字的书写过程与笔法、墨法和章法动态组合，构成自己程式创造的特色。中国书法远播东方各国乃至世界各国，始终不离开汉字造型形象，始终以汉字作为书艺的程式单元，就是明证。抛弃了汉字的造型形象则无中国书法可言。石涛把这种基本单元描述为“用无不神、法无不贯、理无不入、态无不尽”的“一画之法”，是中国书法的“众有之本”“万象之根”。

因而我们可以说，程式化、程式主义，是中国艺术同西方艺术最本质的区别之一。程式单元可以像七个音符、三种原色那样，具有无限的可能性，它们可以排列组合成无穷无尽的可见、可听、可感和可意会的图像，使其具有特定的审美内涵。中国艺术程式的这种审美品格和功能，体现了中国人特有的致思方式。它肯定与中国人浑一的、抽象的、感悟的思维特点和表述方式有关，与中国文字在生成过程中的象形色彩和艺术创作过程中的“书画同源”有关，也与中国文化艺术在传布、传承中不倚重震荡性的突变创新，而十分重视重复，重视在重复中“积墨”增辉，以那种渐变的、积淀的稳步推进的方式来创新有关。在更深的层面，又可以说它与中国的村社文化、农耕文化自古以来形成的传布方式，即文化的圈式传布方式，而非辐射传布方式有关。中国艺术程式、中国书法程式，都是无数次重复—创造—积淀、再重复—再创造—再积淀的结果。若用《周易》中的“三易”（简易、变易、不易）来表达的话，这是在简易中的变易——程式是物象和心象的简易的符号化，艺术在这种简易的符号体系中变化，也是不易中的变易——程式是相对不易的、凝定的，却又在这种不易和凝定中悄然地变化。

中国艺术程式也是历代艺术创造中“他者经验感”“他者感情”和“类

象经验”“类象感情”的叠加，是一种经验和感情的复制和借贷。这种经验复制和感情借贷，在创作的具体过程中与个人的即兴的感情和体验相结合，艺术家活跃的个性生命便注入了程式“空筐”而鲜活起来。显然，这与西方艺术重个人化、一次化的艺术创造方式大不相同。这是一种从感性到理性、由流动到凝定的过程，是生命凝结为审美程式而又承载新生命的过程。

这样看来，中国历代书法的传承与创新，实质上都是围绕着如何处理既有的艺术程式和它所承载的生命体验和艺术体验之间的关系来展开的。正如电影《梅兰芳》中那纸质的镣铐——我们不能扔也扔不下那无形的镣铐，却又要在镣铐的拘束中让生命、情愫喷发、流淌。

中国书法史上创新虽有多种途径，但从这个角度看，我感到主要有三种类型。

第一类我姑且称为程式进入型创新，这是承续性、归纳创新型，譬如赵孟頫。前期他刻意用古，“务仿古人”，以似其形而求肖其神。由于他的文化底蕴深厚，命运的坎坷和心灵创伤、情绪压抑又使他世事练达皆学问，所以丰厚的个人体验得以回溯到前人书写的情绪状态中，不但能融会贯通前人的程式，也能使之与自己的生命体验和艺术情趣相熔接，因此逐渐写出了自家面目。这是一条通过对固有程式的深度进入，渐成大气象、营构新风景的路子。集其大成其实也是一种创造，但在创造的路子上终究走得不远。

还有那类“以古为新”的创新，譬如清代的由帖学转碑学，适应艺术的生态变化，翻箱底，出新意，大致也可属此范畴。

第二类姑且称为程式突围型创新或程式冲决型创新。譬如历代的狂狷书法家，都是以生命冲突礼教，以真性童心冲突社会和艺术既有的游戏规则，而实现创新的。作为一个群体，他们的情况各有不同。有的是“心疾”之狂，如徐渭，坎坷的身世、苦难的命运使他真有了精神病态，在书画艺术上却病蚌成珠，将自己压抑变异的心灵化为书画艺术冲决樊篱、求异创新的生命动力，在书画中创造了前人罕有的悲慨、荒诞境界。有的是心性之狂，如怀素、张旭，都借酒激发生命、心灵和创造的才智勇气，如许瑶在《题怀素上人草书》中所云："志在新奇无定则，古瘦漓骊半无墨。醉来信手两三行，醒后却书书不得。"但是他俩都是在注重佛法基础上，实现对程式的变易、发展和改造的。有的是艺术之狂，如米芾。他是在进入艺术创作的迷狂状态后，在灵感的球状闪电不断照耀下的异常状态中实现创新的。米芾主张书法要"随意""率性""天真""变格"。"忽然挥扫不自知，风去入怀天借力"是他进入迷狂创作状态后的真实写照。还有的如杨凝式，则是佯作疯狂，是为了对付政治、社会的压力。现实的压抑迫使他只能在书艺中释放生命，既可以以佯狂示人，又可得到内外两个世界、虚实两种境遇的平衡。所以他成为中国书法史上能够放胆写字的文人书家之第一人。

这里，不论是病狂、心狂、艺狂还是佯狂，狂癫精神状态都成为他们突围常态、突围传统、实现创新的强大动力，而狂癫精神又使他们的创造走出了中国文化常有的平和冲淡，带有强烈的冲决色彩甚至断裂感觉。但不能不注意的是，从创作准备层面看，他们都对传统程式有深厚的功底，他们把前人的程式融进了心里；从作品显示层面看，他们却把程式抛在了脑后；从作品质地层面看，他们又把程式化在了笔墨中。

第三类我把它称为程式构建型创新，我想以于右任为例。于老从研习北碑起步，传统程式功力极深。他法古却不泥古，习碑既深，渐次透出本性之消息，既不死追北碑的刀意，也不过分追求蕴藉含蓄、藏头护尾，自有一番天真潇洒的仪态。这以后，他更自觉地致力于传统笔法的突破与变革。在《秋先烈纪念碑记》（秋先烈指秋瑾）中，楷书中时见行、隶笔意，隶笔又常以行、楷笔法写出，平易中便自有了奇崛，大拙里也就深藏着大巧，很是和谐自洽，雍容大度。再一步，即从参加同盟会的 1906 年到 1932 年出版《右任墨缘》，在 27 岁到 54 岁这个黄金年龄段，他的书法由局部创造到整体构建，由"集古字”到“立我法”，实现了构建新程式的大创造。他适度突破“中和”美，在爽朗洒脱中，将痛快的笔墨与沉着的质地交融一体。他以自家的个性与功力融行、楷、草为一体，创立了“标准草书”，成为一代新程式，惠泽后世。他的许多创新，如雄浑冲淡、中锋入纸、法体变化和经营趣味，都成为后人追慕的新“王法”，也就是新程式。

这三种创新类型，也可以说是处理书法程式与生命表达关系的三种方式。一种是深研细习、得其精粹，在既有程式的内里找到自己的个性、生命独特的表达方式；一种是把程式消化于心里，然后以感性的、激情的生命表达，狂放地冲决程式而呈现创新气象；再一种便是在对传统程式的开放融汇中，理性地为自己的生命表达和艺术追求构建新的程式法度。这三种创新类型今天都可以给我们很多启示。

每一位书家的创造活动，都无一例外是个体创造活动，但又无一例外不完全是个体创造活动。他总是处在一定的社会资源、艺术审美资源、时代情绪资源所构成的潜文化场、潜艺术场之中进行的，这些潜在因素也会通过艺术舆论和艺术市场，变成一种显在的影响力。如此说来，我们的创新其实是一种率性中的不率性，个体中的非个体，传统中的非传统，这样一种精神活动。一定的科学理性判断是必要的。

譬如，我们一定要找到适合自己个性和优长的创新路子，不能见什么即学一手、抓一把。陈师曾在关键时刻点拨了齐白石，促成了他的衰年变法，但陈师曾并没有按他对齐白石的要求来改变自己的风格追求，因为他不但有“知人之明”，而且有“自知之智”，他知道自己不能走齐白石的路。

书法创新一定要不断地去民间书迹中汲取营养，以大地上、民众中无比新鲜的艺术信息和艺术资源激发书家的个体创造力。文人书法从来都是在汲取民间营养中壮大、提升的。但文人书法在漫长的发展过程中，或迟或早会出现“基因退化”现象，由开始的虎虎有生气逐渐变得纤弱、苍白。这时候，便需要从民间书迹鲜洌的创作资源中补钙，以强化自身。由生机盎然到基因退化再到补钙复壮，几乎是文人书法发展过程中规律性的现象。有时，审美生态转移也会导致对民间书迹的重新发现、推崇、推广。其实碑学就是民间书迹，它对帖学的冲击与置换，实质上是对文人书法（帖学）基因退化的拯救和审美生态转移的非常典型的表现。我们需要在民间书刻、经生写经、敦煌残纸，直至简牍、钟鼎、甲骨文字等非艺术性的文字书写中汲取营养、开拓矿藏，以维系书法的创新资源和创新能力。如何汲取现代民间书迹资源以丰富专业书家的创作，也需要我们认真探讨。

书法家还应该不断在社会情绪和时代审美潮流中汲取营养，校正自己的创新坐标。普列汉诺夫说："社会状况决定着社会心理状况，社会的心理状况又决定着艺术的发展状况。"时代审美情绪的变化，艺术市场的变化，以及艺术家创作追求的变化，最深刻的原因都在社会的变化之中。对社会、时代、艺术思潮和市场的变化，我们不主张赶时尚、抢眼球，轻佻地迎合，我们也不主张轻易地忽视和轻率地歧视。其中有大量的信息可供我们创新之用。譬如当代书法对娟秀、纤巧的远离和对崇高美的追求，对文字书法实用性的淡化和对艺术性、观赏性（墨色、构图、线条趣味）的强化，都无不与时代生活的变化、审美思潮的变化有关，本质上是书法的社会功能、艺术功能产生了变化所致。新媒体时代特别是电脑时代，是一个说话、读图越来越占据话语平台中心的时代；从书写的角度看，当下社会已经进入了一个电脑输入与硬笔为主的书写时代。一方面，笔墨书写正在现实生活中被边缘化；另一方面，书法艺术却在纯粹艺术领域和大众艺术领域以及文化市场中形成热点。书法愈益成为审美的专有对象，展览与发表、环境装饰与市场流通愈益成为书法艺术的主要展示渠道。这一切都催动着现代书法艺术要有属于自己时代的新的创新。

我们要适应历史、时代提出的这一创新任务，要花更多的精力和工夫以更大的热情向前探索当代书法艺术的新途，而不要以传统的标准、程式的限定对创新多加指责。在书法创新中，我们当然要坚守东方艺术精神和中国程式主义，无此则无中国书法和中国艺术，但却不必拘泥于坚守旧有的程式形态。一部中国艺术史证明，每个时代都可能创造出新的艺术程式和艺术法则来。

新的历史机遇正在向我们走来。

2008 年 12 月 24 日，平安夜

中国书法的文化意义

——“2012 中国书法 · 金陵论坛”讲演

世界上，只有中国文字具有象形性，每个单字构成一个方形图框，在方寸之地中有结构、有线条、有图像、有意义。追溯到源头，又大多由字与词所指事物的原本图像简化、变异而来。因而汉语文字是直接符号，是表意文字，更倾向于视觉艺术。汉语方块字，是这个世界上唯一的表形、表音、表意三者同步进行表达和传输的文字。

以字母拼音组成的文字，主要以表音来表意，字母虽也有形，但只是形状而不是形象。单个字母的形状，本身并没有形象意义，只有以几十个字母为“母标”的不同组合、拼写，才产生意义。在组成词汇之前，字母只是音标，不是有形象有意义的图标。而且这种意义，只与词的音相关，与字母的形并无关涉。拼音文字的形和义是不挂钩、不同步的。所以拼音文字是表音文字，是需要转译的符号，更倾向于听觉艺术。

这是汉字与其他文字的本质差别，也是汉字所以成为中国文化和中国思维、中华美学和书法美学最早源头的真正原因。汉语言文字使人类的精神劳动和物质劳动得以固化为一种图像性、形态性表述，通过这种图象和形态表述才得以在人群中、社会中传播、交流，并留存下去。不同族群、不同文字呈示和表述的方式，必然反过来影响不同族群的文化思维、文化心理和艺术、行为的方式。

一、汉字书写的元素影响了我们的文化和思维

汉字书写的哪些元素影响了我们的文化思维和艺术思维？

第一，书画同源的造型特性。象形的图画经由简化、抽象、变形，逐步演变为汉字符号，每个汉字最初都是描摹事物的一个单幅画（如鱼、龙），或是由两幅、多幅图画拼接起来的一幅组画（如好、安）。音指与象指在汉字中合一，笔画与结构中均有图像、意象和情象内容。后来随着字的日渐功能化、实用化、符号化，书与画在实用功能层面开始分离。但后来，自书法进入愈来愈重视以真、草、隶、篆，特别是行草来表达创作者的感情的阶段，艺术的功能重又上升，书画在艺术审美层面重又结合。之所以能再度结合，当然与中国的书法和绘画本来都同时具有造型功能，艺术性格犹如弟兄有密切的关联有关。

第二，笔、墨、水、纸特性。弹性幅度极大的毛笔，可浓可淡可枯可润的水墨，能够以吸水度和印迹感天然造成原生效果的宣纸，使中国书法因毛笔、水墨、宣纸的书写，能以在快慢、提按、推拉、扭折、顿挫、转甩、浓淡、湿枯、晕涩、虚实中相映相辉、相生相克，能以丰富的艺术语汇，给构思和表现提供无限张力，给精神创造和艺术创造提供其他文字无可比拟的阔大空间。

第三，多形态多方向笔画特性。汉字的点、撇、捺、钩、方框（圆）和三角的多形态笔法，以及毛笔笔画的多方向性写法，这些在别的文字中罕有的特色，为各类线条和几何图形大量进入书法铺就了通道，使得徒手线艺术、点画造型艺术、符号化艺术、空间造型艺术的许多观念很早就进入汉字书写，同步提升了中国书法具象和抽象的双向表达能力，也为书法提升为书艺、提升为墨象艺术，或再度高层次回归绘画本体，奠定了基石。

汉字书写发酵了哪些中国文化思维和美学思维？汉字书写这些独特的元素，对中国文化思维和美学思维的形成起到了怎样的作用呢？

我想简明地说一下自己体会较深的几点：

第一，形神说。汉字书写由具象的图画在漫长的岁月中逐级简化、变异、提升为书法艺术抽象的符号，却又草蛇灰线，留下了各种象形的印痕。中国书法在发生学领域的这一过程，其实全息着也发酵着中国文化特有的思维。形与神，在书法中既衔接又变异，既隔离又呼应。形与神互通，形与神暗寓，形与神在运动中融合，在融合中冲突。中国书法始终重视并持续解读形神关系，也就逐渐成为中国书论、画论、艺论、文论，乃至整个哲学文化思想的一大特色。

形神说力主艺术不能只停留在形似的、具象的、具体的言说层面。要由形入手，去捕捉、提炼、表述形中之神，以形凝神、以神驭形。要在形的造型基础上，有气有韵，气韵生动，要由形格、能格提升到逸格、神格。在中国古代，由形神说生发出来许多文化理论和美学理论，譬如古典诗论文论中的“通感”说，“述而不作”说（司空图，如孔子《春秋》），“灵幻寓言”说（如庄子《逍遥游》），画论戏论中的“离形得似”说，“传神”说（顾恺之），“气韵生动”说（谢赫），等等。

第二，造象说。由形神说进一步深化，又衍生出造象说。中国远古的思维，早就为艺术文化不以具体形象表达客体事物开了路。《周易》之“符象”“易象”概念，“观物造象”理念，清楚表明“象”并非自然主义直接选取客观物象本身，而是通过对自然物象烂熟于心的观察，感悟总结其义理，再创造出可观赏体察而又可喻思联想的“象”来。“符象”“易象”者，即符号化之象、不停变易之象也。这种“象”已经不是原生之“形”，而是形与理与心熔冶一炉之后“造”出之“象”，它非物非心非理，亦物亦心亦理，故曰为“意象”。

《周易》前后，这种非具象文化观、艺术观在老子、庄子的言说中得到了进一步的表达。老子首度将“象”与“道”“气”视为一体，认为“象”是“道”与“气”的表现与呈示，认为“大象”可以“无形”，“大音”可以“稀声”，可为“无物之状”。庄子的“象网”说，即有形之象与无形之象（即“道”）的结合才是最高的“象”。这些思想都极大地丰富了中国古典文化和美学思维中的造象说，使之成为中国书法作为意象美学和抽象艺术实践的美学基础，它既开古代文人画尚意、写意、品意的风气之先，也是近几十年中国书法在东西方世界陆续出现“现代书象”倾向最早的渊薮。

第三，线的意趣。远古时人善文字的初始阶段都以线来表现，这从东西方的许多文物，特别是壁画和崖画上可以看到。但许多民族在创立了拼音文字之后，线条的功能开始单一化。拼音字母虽仍然用线条书写，却日益趋向表音功能，是与音符益相近而与画符益相远的“母符”。表象功能只是保留了字母书写的装饰性。在西画中，用对面的光暗晕染替代了对物界的线的勾勒。中国不一样，汉字作为“母符”，表音表象表意始终不离不弃，多重功能始终结合，也始终将画趣溶于本体之中。

发现并发展线条的美学表现功能，中国书法早于绘画。由于书写全用线划表达，在秦篆、汉隶甚至更早的甲骨文、金文时代，书法对线条审美功能已经有所自觉，对线条作为有意味的形式元素的表现能力，已经着手发掘。直到唐代大画家吴道子晚年，绘画才用“如莼菜条”般的线条，以粗细、宽窄、枯润和自如的转折来表现物象的动态、光暗，才对线条丰富的造型能力和表现趣味有了较深的审美认识和艺术实践上的飞跃。“学画先学书”的说法也许就是这样来的。

以此故，中国书法素来被称为线条的艺术。那真是点如朝露，钩如顽石，竖如修竹，横如水波，撇捺若双桨击浪，推拉扭折和提按更似老藤飞扬，无一不是情感的枝条。或酣畅，或飘逸，或枯涩苍劲，或典雅古拙，又无一不是人生际遇的再现和人格的外化。而以纯形式感的线条来表达书者的生命情怀和艺术意趣，更臻于中国文化写意精神和中国文人写意情趣的极致。书法对线条的探索，给国画提供了持久而丰沃的艺术营养。

第四，程式美学。将线的意趣普泛化、固态化、规律化、形式化，积以时日，则升华为一种程式，像真、草、隶、篆、行。每一形态中，如草书又凝固为章草、狂草、行草。各形态之间还嫁接出新的品种，如行隶、隶篆等等。书法程式和中国艺术、中国文化的程式化美学融通一体，在全球文化中显出自己的奇诡和独特。创作本来最忌重复和相类，程式化却偏偏强调“不易”（不变）和反复。中国书法一贯强调认真切实地习帖学碑，讲究字的师从背景和文化渊源。戏曲有相对固定的行当、脸谱、唱腔和程式表演动作。古典诗词歌赋有严格的平仄、格律、对仗、韵脚。词曲的词牌、曲牌如《念奴娇》《蝶恋花》《忆秦娥》，以当时流传最广的作品命名，固定传承下来，成为永久品牌。古典小说跑不出章回体，回目的开篇和结尾要有诗为证。就连科举考试的命题文章，也必须符合“八股”程式。

要学习中国古典文艺，必经过带有强制性的反复训练，使前人优秀的创造成果层层积淀、凝固为当下的文化传统和艺术行为。在这一过程中，一方面对原有的积淀不断精致化，以广受欢迎的文化精品持续而全面的传播，培养和提升民族独有的审美评价体系和文化接受渠道；另一方面，汲取新的鲜活的创造因子、新的个体生命体验和艺术感悟，不断锤炼为新的精华甚至经典。我们就是以这种流动的、开放的而又是相对稳定的结构，维系着程式美学的生命力。

第五，“三易”质地。中国书法以上这些特征，不是孤立的文化现象，它具有中国文化思维共有的“三易”质地，也就是说，在总的方面它全息、丰富了“简易、变易、不易”的中国思维。这是东汉郑玄在《易论》中总结出来的。“简易”不是简单化，而是总体、宏观、浑一地在各种关系的把握中看问题，是统摄提升具体而又庞杂的现象，简化、转化为总体感觉的能力。字是对画的简易，线是对面与体的简易，程式是对自然主义的简易。书家对自己创作的定位，对作品结体关系、气韵脉势的把握，常常考验着他在这方面的水平。

“变易”不是乱变，是根据自己具体情况去实现符合规律的变化发展。变是恒常的，变才能生生不息。但又要有“不易”，执守本质、执守原则、执守规律。字体和书风就是“不易”，经典和传统就是“不易”，碑帖和程式就是“不易”。显然，“不易”不是绝对不变，字体和书风可变，传统一直在与时代的汇流中变化，程式也在不断融进每个创作者生命的过程中变化。用“简易”思维和写意表神精神统摄，辩证处理好“不易”和“变易”的关系，是书法创作之精要，也是中国文化发展之精要。

二、中国书法与世界文化和现代文化接轨有哪些基础

中国书法作为一种不同于拼音文字的象形文字，看似孤立于世界文字之林，其实在很多方面有着与世界文化和现代文化接轨的基础。

第一，中国文字和书法体系的孤独性，反激出它交流世界、融入世界的热切要求。

方块字是一种更倾向于视觉艺术的直接符号，它以直观视像为基础，表形、表音、表意同步传输。中国文言书写将语言文学化，而产生有别于口语的书面美文和文言美文。由口语到书面语言，是中国人梳理、深化自己思考的重要途径。在这个意义上，书写就是思考，在书写中思考。这使中国书写深深植入民族思维和人文历史之中，成为民族思想的重要表征。中国书法艺术更将文字的书写由书写表达符号提升为艺术化创作，在文辞美的基础上，兼具结构、线条、水墨等造型美，并以文辞美、造型美同步倾诉书者的内心世界。这使整个中华民族的思维倾向于“文”（人文，包括论道、玄思、文学、纹饰即美术），倾向于直接的、直观的感悟。在世界文字之林中，中国文字和书法的特色是孤独的，却有一种孤独之美，它使中国人形象、悟象、灵象思维发达，并构成了整个思维的东方色彩。

拼音文字则更倾向于听觉，这使西方社会更看重听觉艺术，如音乐。文字和口语的同音，使两者难于分离，难于像中国那样产生与生活口语相分离的只用于书写的书面语言和文言文。它不表形只表音，由表音到表意便需要经过翻译、分析，是一种间接的转译符号。这使得使用拼音文字的民族，分

析的、逻辑的、实证的思维更为发达。

今天，世界文化已经由早期的隔离发展阶段、中期的竞争发展阶段，进入当代的综合发展阶段。世界和中国，都有强烈的双向交流的需求，都希望在交流中互适、互补、互惠。这种希望，不只表现在世界市场和社会一体化进程所激发的人才、知识、经济和资本在交流中的共进，更表现在文化和思维对交流共进的迫切性。外语学习的普及已经怎样深刻地改变了中国一代年轻人的思维方式和行为方式，不是有目共睹吗？同样，随着世界正在出现的学习中文和中国书法热的持续，中国文字思维又将会怎样地营养和影响人类，也完全可以预期。也许这才是“孔子学院”最深刻的意义。

第二，中国文字和书法体系的变异性，在世界华语地区和一些周边国家扩散出两个泛汉语、泛汉文圈，这是中国文字和书法走向世界的桥梁。

由上亿人构成的世界华人和华裔的汉语地域和社区，是中国文字和书法向世界播扬的桥头堡，是早就存在了几百年，而且早就融入了当地社会和文化场的“孔子学院”。华人华裔圈的汉语、汉文和汉字书法，为了适应各自的交流环境，都有程度不同的变异，这种变异了的汉语、汉文和汉字书法，形成中国文字和书法体系走向世界的第一个泛汉语、泛书法圈层。

另外，在长达千年的历史时期内，汉字曾经是东亚地区的国际通用文字。在东亚汉文化圈内，汉字，苗、壮、瑶、侗语的准汉字和非汉字，契丹文、女真文、西夏文、方块苗字、方块布依字，以及越南喃字、日本假名、朝鲜谚文等二十多个民族或国家借用、借源汉字创造的本民族或本国文字，形成了“一母多文”“一文多语”的文字传播圈。在这个传播圈内，中国书法艺术以程度不同的变异形态发展着，比如功能变异、形符变异、体式变异。有的照搬，有的假借，有的转注仿制，有的变异改创。其中日本、韩国、新加坡保存得较好，中国书法在那里至今仍极有活力。这种以汉语、汉文为基础、为核心的“一文多语”的文化圈，是汉文、汉语和汉字书法走向世界的第二个泛汉语、泛书法圈层。

中国文字和书法这两个泛汉字、泛书法圈层，在几百上千年中为汉字和书法文化走向世界积累了丰富的经验。

第二，中国文字和书法原生的非具象表达精神，和“以形写意”“观物造象”的传统，构成中国书法与现代文化接轨的内在通道。

近代白话文的出现，改变了“文”“言”分离状态，书法出现非生活化趋势。书法的书写内容和表达方式，与书家所处当下生活的表述方式严重脱节，出现了书法很难用白话文表达当下世人情怀，只好沿用文言诗文来苟延传统的双重价值。不变不行、变又困难重重。中国书法从诞生那天起，千百年中被古典诗文涵养的那份“胎里带”的高雅质地在转型中将遭受严重冲击。没有了这份古典的高雅，书法情何以堪？又如何自处？

不过我们又分明看到，传统书法与当下时代接轨不是没有基础。近几十年来，有识之士一直在发掘、加固这一基础，并在这一基础上卓有成效地实践着。这个内在的基础，就是刘骁纯命名的“书象”。按旅法现代书象艺术家吴华的概括，这种一脉相承于中国各个历史时期的“书象”艺术链，由原始彩陶符号和纹饰，古代易象与书法、现代符象与书绘等，共同构成了连贯几千年的中国“书象”艺术现像。“书象”艺术将真切的图形，提炼为各种线条和几何图形的刻画，形成了艺术长河中的中华非具象艺术。[①]

这种“书象”艺术不只中国才有。在西亚，远古的美索不达米亚符象与楔形文字、埃及图文并茂的圣书字、3世纪前后美洲的图形玛雅文字等，西方称之为“文字与图像”，其实都类乎中国“书象”。人类文字史上这种世界性现象，正是中国书法走向世界的通道。

---

① 吴华：《略论书象——贯通中国非具象艺术的历史长河》，见杜大恺、张敢主编：《清华美术》卷12《文字、书法与相关艺术》，清华大学出版社2011年版，第56—57页。

汉字与书法点、线、面表现的视角规律，已经有许多解释，无须赘述。从视角意义看，汉字和书法的空间布局、水墨趣味，与现当代艺术的一些手法也非常接近。特别是行草书，由于更加远离表述对象的原型，非具象艺术特色更为明显。抽象的线条飞动，一定程度抛弃了象之形，而转换为心之绪。欣赏者可能不拘泥于书法表达的具体内容，而更关注线条运动中流动的情绪。

正是这些沟通的内在可能性，造就了吴冠中大师的创造性探索。他在回顾自己探索之路时这样说："今日看，书法的构架、韵律、性情之透露，都体现了现代艺术所追求的归纳与升华。""我立足于汉字家园，力图孕育东西方都感惊喜的怪胎——混血婴儿。生活变，时代变，文字变……书艺觅新知、新的造型美。"①

当然与此同时，在书法现代化进程中，传统国粹的文化安全问题，又尖锐地提到了我们面前。在书法现代转型过程中，由于外来表音词的大量渗入，现实生活"言"的通俗必然冲击古典表述"文"之高雅。"文言分离"，一定程度上破坏了千百年来形成的书法文化内容与表达形式和谐的结合，中国文字文学之美和中国书法艺术之美的分离，极有可能伤及中国书法高雅的本质。再加上当下汉字书写键盘化和网络语言对白话文规范化的严重冲击，让人不能不为书法的未来担忧。倘如此，古埃及文字被罗马拉丁文字所替代的历史恐将重演，几千年中华文明以文字为主干的延续将被危及。如何处理好中国书法在现代转型中的这个悖论，尽量降低书法现代转型的成本，避免书法国粹传承中的安全风险，是一个极需审慎对待、认真解决的问题。

2012 年 6 月 25 日，西安—南京

---

① 吴冠中：《汉字春秋》，见杜大恺、张敢主编：《清华美术》卷 12《文字、书法与相关艺术》，清华大学出版社 2011 年版，第 1 页。

在中央电视台《千年书法》专题片谈四位古代书法家

一、散谈王羲之

晋代，在文化上属于魏晋时代。在大汉帝国之后，因汉代战乱不断，虽然开疆拓土，但国力消耗很大，民心思静、思和而厌倦战争，厌倦外向的进击，希望休养生息。这种社会情绪弥漫于魏晋时代，而且狂狷型的、与社会唱反调的人物很吃香。最典型的是“竹林七贤”，阮籍、嵇康、刘伶等，都是酒仙，嗜酒，行为乖张、狷介，不与世事同流合污，就是现在的异类、另类、酷。你看刘伶酒喝到什么程度，让人后面抬一个棺材跟着，说我什么时候喝死了，把我就地就埋了。他说天地是我的房子，房子是我的衣裤，他不欢迎的人来了，就说你怎么跑到我裤子里来了？非常乖张，跟社会对立，自由性格。但是就是这种人，最后在魏晋墓室里边有他们的画像石。表明那个时候社会上很认可他们，觉得你另类好，唱出了我们的心声。这是所谓“人的自觉”的时代。这以前还有建安七子，曹植他们，使社会进入文的自觉的阶段，文体的绵密、文辞的讲究，文学理论体系的建立，都在这个时候。王羲之就是在这样一个背景下诞生的。就是说，在一个由外向内、由动向静、由粗犷到精细，整个社会风尚、审美风格大转移的历史时代，王羲之诞生了。

扬州刺史殷浩向来看重王羲之，多次劝他出来为国家效力。王羲之被感动了，担任了右军将军，会稽内史。但文人毕竟是文人，他不知道自己只是被当作一块招牌摆在了那里，还以为是有了才能与抱负挥舞的天地。为了不甘心自己只是被搁在一个闲职的位置上，王羲之多次请求去当时的军事重镇宣城任职，但殷浩没有答应他。

王羲之生性敏锐而高傲，这段为官的经历，不能不让他去重新思考自我存在的价值和生命的意义。那么，他思考的结果又是什么呢？我们不知道，史书中没有这方面确切的记载。但也许从一个叫作兰亭的地方，我们能够找到一些蛛丝马迹，找出一点答案。

从绍兴城向西南，兰渚山下，有一座优雅别致的古典园林。相传春秋战国时期，越王勾践曾在这里种植兰花，所以人们就把这里称作“兰亭”。东晋永和九年三月三日，也就是一千六百多年前的那个温暖的春天，王羲之和友人谢安、孙绰等四十一人，在这里流觞饮酒，畅谈赋诗。

这一天，天朗气清，惠风和畅。放眼望去，此地有崇山峻岭，茂林修竹，又有清流激湍，映带左右。大自然是那样的自足圆满，自由活泼，生生不息。他们围坐在溪水之畔，将酒杯置于水中，任其随水漂流。酒杯停到谁的面前，谁便饮酒赋诗，不然罚酒三杯。

虽然没有丝竹伴奏，但喝一杯酒，吟一首诗，又能够畅叙衷肠，何其乐也。在这草长莺飞的暮春时节，诗人抬头看到的是广阔的天空，低头看到的是万物的繁茂，大自然以其生生不息的气息，坚定着王羲之对自己生命方向的判断和选择。身在无拘无束的自然怀抱之中，心情才是最舒畅的。何况人生有涯，天地无限，宇宙生机中又包含着多少玄妙，需要用心去领悟才能参透呢！王羲之说“信可乐也”，这是多么值得快慰的时刻呀！

有很多历史故事都谈到，唐太宗偏爱和推崇王羲之，使得这个晋代人成为初唐书法的一个奠基者。那个时候他人已经不在了，但他的书风成为唐代众相仿效的一种书体。这的确跟唐太宗有关系。书法界常常把这个现象只当作唐太宗对一个书法家的偏爱来理解，我不这么看。唐太宗为什么要推崇王羲之？里面有它深刻的社会文化原因。因为在魏晋南北朝的战乱之后，唐帝国统一了中国，社会开始由乱到治。唐太宗这个时候最重要的任务是要治理这个国家，他必须把魏晋时期非常个性化的自由的心灵，纳入一种新的秩序。

他要治，不仅是社会治理，还有心灵的治理、艺术上的治理。要纳入一种秩序就必须提倡一种风格，在社会全面推广这种风格。书法上，他选中了王羲之，推广他，叫大家都仿效他。这样就把一种文化的自由创造纳入到这一种楷模性的、法度的轨道之中。这就是唐太宗极力将王羲之推上书圣地位的关键原因。在唐修纂二十四史之一的《晋书》时，李世民亲为《晋书·王羲之传》撰写了一段御评，这就是《王羲之传论》。在《王羲之传论》中唐太宗写道："心慕手追，此人而已，其余区区之类，何足论哉！"个中原因，何止书法，乃治国所需也。

武则天，这位为人熟知的中国历史上唯一的女皇帝，还有着不为人知的一面，那就是她还是一位书法家。她也曾刻意习练王羲之、王献之父子的书法。王羲之的九世重孙王方庆将家藏先祖二十八人书迹捐献入宫。武则天下令弘文馆分十卷摹勒拓印。由于当时的年号是万岁通天，因此这部聚集了王氏一门几十位书家作品的摹本，被称为《万岁通天帖》。

帝王不管他个人的素质怎么样，他的地位决定了他是比较宏观地考虑问题的。像唐太宗，他之所以将王羲之的行楷行为法贴、作为书法楷模，推崇和推广，与他希望用一种规范的人文精神来引导和治理国家、社会是有关联的。

这块立于太原的《晋祠之铭并序碑》，是中国书法历史上第一块以行书书体的碑刻。在它出现之前，碑刻的书体仅仅限于篆、隶、楷书，而从没有出现过行书。这块碑的书家便是唐太宗李世民。可以看出，李世民的书法也是师出二王。李世民之所以把王羲之抬到"书圣"的地位上，由于王羲之"力兼众美，会成一家"，出神入化地将中庸思想形象化为书法艺术。王羲之能成为"书圣"应该说是历史的选择，李世民顺应了这一历史潮流。

二、散谈颜真卿

书法的线条、提按、转折和结体、布局，都是心灵的一种信息通过艺术形态的表现，也可以说，书法线条是人的心灵的脉冲、人的心电图。之所以是这样，首先因为它是社会的脉冲，是社会心理、情绪、脉冲个性化的表达。我们谈到了魏晋风度对王羲之深刻的涵养，其中一点就是心灵脉冲的共振，这在颜真卿身上体现得更加清楚。

颜真卿的书风是什么样的呢？他的书风有一种钟鼎坐堂、正大光明的威仪，丰赡、雄浑，气势非常大，当然里边也有刚烈。但是颜真卿其实又有另外一方面，他融汇各家，把真、草、隶、篆等前朝的各种东西融汇于自己笔下。他创造的那种叫作逆笔启动、中锋行笔，那种藏头护尾的风格，吃墨都很深，所以显得非常雄浑有力。这个当然跟盛唐之音有直接的关系，可以说是盛唐之音的一个符号象征。

颜真卿传世碑刻中经常自署“琅琊颜真卿”。古代所说的琅琊，就是今天的山东临沂。琅琊颜氏在历史上是名门望族，颜真卿的祖上可以上溯到那个因德行好而被孔夫子赞曰“贤哉，回也”的颜回。颜氏一门以诗礼传家，名臣辈出。中国历史上的著名南朝诗人、与谢灵运齐名，被后人称为“颜谢”的颜延之，以宣扬儒家传统思想为立身治家之道的《颜氏家训》作者、北齐文学家颜之推，唐代著名学者颜师古，等等。这些颜姓大儒和颜真卿血脉相承。颜氏家族在西晋时随宗室南迁到建康，后迁长安。颜真卿公元 709 年出生在京兆万年，就是今天的陕西西安。

颜真卿，字清臣，透过名和字，不难看出父辈首先对颜真卿的道德品行方面提出的要求和期冀。开元二十二年（734），才华横溢的颜真卿考中进士，那一年他二十五岁，已经有强烈的报国之志和经国之才，以大器和大气自许。这些气质渗透进他的书法，又演变为颜体书法的一种性格、气度。它是那么具有统摄性、宏观性，整个书坛真、草、隶、篆我全融合了。接纳社会信息的这种宽阔度、这种境界，前不见古人后不见来者的这种气概，感情世界的阔大和宏博，直接影响了他的艺术风格。所以我觉得颜鲁公，与其说是人品和书品相一致的关系，不如说他的书法是他整个精神世界遗落在宣纸上的成果。

从这里，我们看到了书家主体投入的极端重要性。每位书家所以能呈现不同的艺术面貌，书体、技法当然是一个因素，但根本上是书家自己气质不同在起作用。行草在这方面当然表现得最明显。篆、隶也一样呀，篆书、隶书都有它固定的格式，看来好像没有多大的区别，都是那样的写法，为什么就能分高低呢？这个高低，绝不只是指哪一笔符合不符合那个格式和规律，不是，是书家的感情，是你注入某种统一书体形态中的、特定的个性与情绪，是你感情的活跃程度和感情的深刻程度。

千百年来，在中国书法艺术的道路上走来多少文人雅士、笔墨书家，而颜真卿的书法艺术实践在中国书法史上一直具有特殊地位。他虽然没有戴上“书圣”的桂冠，在历朝历代书法家们的心中，却足以和书圣王羲之比肩。王羲之以“中和之美”筑起中国书法的第一座丰碑，颜真卿则是以他的“气格之美”树立起中国书法的又一座高峰。颜真卿完成了中国书法史上的一次伟大的变革，颜体书法创造性地赋予了中国书法前所未有的精神风貌，颜体书法的端庄威重、崇高神圣令人不能不肃然起敬。颜真卿曾经说过：“行百里者半九十里，言晚节末路之难也。”“盖太上有立德，其次有立功，其次有立言，是之谓不朽。”颜真卿把儒家宣扬的道义风范和理想人格通过他的人生实践和笔墨艺术形象外化。从颜真卿的书法中，我们可以清楚地看到那种温良谦恭、磊落巍峨、刚正不阿、忧国忧民的品质和修养。以至于后世宋代大文学家欧阳修感慨地说：“颜公书人忠臣烈士，道德君子，其端严尊重，人初见而畏之，然愈久而愈可爱。”

三、散谈赵孟頫

宋末元初的大书法家赵孟頫，书法的地位在历史上是有公论的，但对他这个人，他的人品，却一直争议不休。这种争议触及了一个艺术创造的核心问题：人品与书品的关系。深刻解读赵孟頫，可以使我们对这个问题的极端复杂性有所了解。

大家知道，赵孟頫在改朝换代之后，又事新君，拿现在的话来说，是有变节行为的。

他不是一般的变节，他的几个特殊的身份，更加剧了人们对他变节的非议。第一，因为他是赵宋王朝的第十一世孙，他是宋朝的皇胄后裔，是很近的一个血亲子孙，后来，宋亡元建立，他给元代当官，这个大家就不理解了。不仅是不忠，而且不孝，你把你的祖宗卖了。中国人的忠、孝、节、义、四个字，他弄掉了两个字，大家不骂他才怪。从这一点当中，我觉得大家非议他是可以理解的。第二，这跟中国大汉族主义的背景有关系。因为他投降的是元，是蒙古人，是夷。如果他是蒙古人，投降了汉王朝，按我们的坐标，就不叫变节，叫归顺、归附。因此而骂赵孟頫就不对了，显出了一种狭隘的民族主义历史观。

艺术成果的积累，跟政治是若即若离的。如果在当代，离时代越近，艺术和政治越离得近，在古代，离当下生活越远，艺术和政治也越离得远。所以我觉得从这个角度来说，又不应该去非议赵孟頫。因为我们今天并没有把赵孟頫定位为一个政治家，我们是把他定位为一个书法家的。而作为书法家、作为艺术家，赵孟頫的这些复杂的、坎坷的、内心充满苦难和无奈的感情经历和人生经历，恰好是成就一个艺术家最宝贵的阅历财富。因为艺术家最大的财富就是内心的痛苦、愧疚、尴尬、无奈、撕裂。赵孟頫给元代当那个官能当得舒服吗？内心肯定很愧疚啊，我不忠不孝啊。我想他晚上面对自己的祖宗牌坊会涕泪长流。我的列祖列宗啊，我为了能活下去，我就给人家当奴才去了！他肯定有这种愧疚、内心冲突，痛苦、撕裂性的痛苦，这正好造就一个艺术家丰富的感情和心理。没有冲突哪来的艺术啊，没有感情的冲突哪来的艺术啊。这正是成就赵孟頫作为一个书法家、画家的很重要的原因。

赵孟頫的夫人是著名的女词人管道升，她深知丈夫的内心痛苦，曾填词劝慰赵孟頫说："人生贵极是王侯，浮名浮利不自由。争得似，一扁舟，吟风弄月归去休！"她认为富贵名利都不及自由更可宝贵，不及驾一叶扁舟，吟风弄月来得痛快。

延祐六年（1319），管道升病逝。相濡以沫的夫人离他而去，赵孟頫受到的打击可想而知。其间，仁宗、英宗数次召他赴京，但此时的赵孟頫早已是心力交瘁，根本无心于朝政了。

元治至二年（1322）六月，赵孟頫无疾而终，享年六十九岁。

四、散谈董其昌

有种看法，不能说全无道理。忠是大节，关乎社稷兴亡啊。恶就是小恶，地痞流氓，鱼肉乡里，西门庆似的，这样的恶是小节。为什么？因为只关乎个人品德、个人的善恶。那是天下兴亡，这是个人善恶。当然后者也不见得对。因为有的时候忠不忠的问题跟人的品德的恶不恶有密切关系，却又不完全有关系，有很多复杂的原因，因为忠不忠是一个政治态度，恶不恶基本是一个生存态度。如果只说到这一步，我觉得很浅薄。对于董其昌的认识，对于董其昌现象的认识，不完全是因为中国人能够容受他的毛病只是小节，而赵孟頫是大节，不完全是这个原因。这只是一个原因。更深刻的原因在于，我们中国的封建社会，是阶级压迫的、皇权主义的社会，它在某种程度上是暗中保护某些不端行为的。因为这些官僚们，包括相当一部分地主们，还有一些上层知识分子，正是封建社会的社会基础和骨干。皇帝要你忠，有一个条件，首先要叫你活得舒服，活得叫人羡慕，你才会忠于我。我光拿鞭子没完没了打你，最后导致什么呢？导致陈胜、吴广揭竿而起，起来把我推翻了。

不管怎样，作为书法家个体，董其昌的确不失为一位引领时代书风的大家。他书法的神韵令人折服，他笔墨的法则不仅影响了当时的审美取向，也深刻地影响了身后近三百年的大清王朝。

缔造康乾盛世的康熙和乾隆两位皇帝，都对董其昌的书法爱不释手，并以董书作为他们学习书法的楷模。

为了表示对这位书法家的仰慕，康熙皇帝还在一次南巡时专程来到董其昌的故里松江，利用检阅士兵水操的空闲，来到董其昌的祠堂，挥毫写就了四个大字的匾额，书为“芝英云气”，并称赞：“华亭董其昌书法，天姿迥异，其高秀圆润之致，流行于楮墨间，非诸家所能及也。”

2020 年 12 月

《20 世纪陕西书法简史》序

倪文东先生编著的《20 世纪陕西书法简史》，听书法界同仁说，是关于 20 世纪即近百年陕西书法第一部综览性、述评性的书籍。这个判断是否准确我不得而知，但陕西作为中国书法的故乡，我作为这块土地上的一名文化人，在为秦地书法过去自豪的同时切盼了解陕西书法的现状和全局，恐怕是人同此心、心同此理的吧。文东是位有心人，花好几年时间积累资料，扒梳、整理、定位，逐渐拉出线索、形成见解，拿出皇皇二十万言的系统著作，使行外人能略知陕西现代书法的概貌，引发和加深他们对这门艺术的关注、了解；使行内人得以在一个宏阔的时空中反观自己，提高素养、博采众长、促进创作，实在做了一件有功于书法界又有益于社会的好事。

《20 世纪陕西书法简史》是一部带有述评色彩的资料书。举凡书史之述，书家之评，书会之况，著者皆有收纳，且述且评，论在其中。翻阅检读之间，常常发现许多书界未知或少知之事、不识或初识之人，便很有那么一种品茶交友的感觉；又常常邂逅许多至交老友或陈年旧事，这时又恰如一坛窖藏多年的绍兴花雕开了封，香气直贯丹田，由不得绽一个会心的微笑；读到对书家那些精当的约论和点评，好似面前打开一扇窗子，让你看到了平素没有发现或难以发现的风景。此书注重提供第一手材料，即便是评论哪位书家，也多是介绍通认共识的观点和看法，著者很少站出来说话，保留了对 20 世纪陕西书法的一种状况描述。这种原汁原味的东西，注重真实，不违历史，对当前书界宣传评介中的浮泛之词和炒作之风，是一种廓清、一种逆反。我以为体现了作者学院派的风度，一种中国文化风度。在这本书的基础上，陕西书法的史和论，可以衍生、开掘、升华出多方面的成果。我知道钟明善、傅嘉仪、安旗、茹桂、李正峰、赵熊等许多朋友，当然还有文东本人，都在做这项工作，已经出了很多研究成果。

对于陕西书法的当下状态，著者在书中做了犀锐和严峻的思考，坦诚直言20世纪90年代以来陕西书法出现了“滑坡”，进入了“低谷”，并且列出了四条原因，其中不无道理。就我这个局外人的印象，以为当下陕西书坛最堪忧处还是艺术家自身的心态和素养。恕我直言，恐怕一部分书法界的朋友正在淡漠中国书道所要求的沉穆、虚静、修炼学养的心态，小有成就便为名利所困，沉浮于红尘，周旋于闹市，有时也难免搞一点儿现代的机心巧智。这对处在人生实践中的诸君，本也可以理解，而对处在精神实践中的艺术家，就很不利。它容易消解书法家“宁静致远、淡泊明志”的中国创作心态，将书法艺术和它固有的民族文化背景剥离开来，也使书法创作和创作者的心境产生断裂。中国书法美学和笔墨技巧与中国文化背景和创作心态，本是熔铸一体的，两者一旦游离，书法艺术将失去文化根基而无所附丽。当你凝神运气于创作时，投入的不仅是笔墨技巧，还常常汇进了书家的心智、感情和全部素养。那是一种体力、脑力、心力交错，智商、情商、灵商互融的艺术体操，无律之律地运动着，电光石火般碰撞着，万花筒式地组合着。这时候来不得半点旁骛和杂念，否则，等而上之者易成为缺乏文化内涵和感情投入的高级技巧表演，等而下之者则易堕于邯郸学步、东施效颦。有时我们会觉着，某人的书作技巧高是高，却少了一点儿文化味儿；某人的书作好是好，只是有点儿重复别人也重复自己，从老胡同里走不出来。那根子恐怕都在这里吧！一门创造性的艺术蜕变为重复和模仿的技艺，还谈什么发展振兴呢。

中国文化心态的消解，对艺术家来说，是素养丧失最重要的表现。没有了沉穆、虚静的心态，哪里坐得下冷板凳，沉得下心去临帖习字，去读书思考，去广采博览，去熔铸创造，尤其是去修炼人格、涵茹造化？有了沉静的心态，才可能持久和执着地从各方面去修养自身，越有素养心态就越不容易浮躁，事情恐怕是这样的吧。

书道艺术大约是所有艺术中最随意、最即兴、最灵性的创造了——这只是半句话，还有后半句话——又大约是所有艺术中最能显示艺术家自身艺术气质、文化底蕴和综合素质的艺术了。无法进不了书艺，甚至写不好字。有法可以写好字，却未见得能有多大的创造。无法而有法而又无法，从心所欲不逾矩，灵性才能在艺术法度中得到最大的自由度。这中间，最重要的是人格的呈示和素养的投入。说到最后，书艺的拼搏是人格、素养的拼搏。那种意和笔充满动感的交融，水和墨于宣纸上神奇的渗化组合，不但需要瞬间的创造力、瞬间的应变力、瞬间的随机组合能力，更重要的是，它总在混沌而微妙地传达着内心深处的一点儿什么：或是人生的困顿苦闷因了墨线的流动而消融，或是人生的成功欢悦因了墨线的滞涩而生出自省自思。笔墨在力的流动中这里那里溅起飞白，会松动情绪的板结。字的力感和质感，会让你对心头一闪而过的得意产生些许自惭。以墨洗心，黑白的反差使你不能中庸，黑色对七彩的吸收使你心田丰腴心灵温暖，墨的深不可测使你沉静厚实。

心态和素养对书道的非同小可，我们要有新的认识。

文东说得直白，却多少说出了大家都感觉到、也都在议论的问题，尽管还可以说得更充分、更深刻，我们还是应该感谢他。陕西西安是碑林博物馆所在地，历代书家给中华民族留下了多少辉煌的艺术瑰宝，这是陕西的骄傲，也使陕西书法界在弘扬、发展中华书艺上有了更大的责任。记得几年前我曾经写过一篇小文，说的是古人给后代留下了碑林，我们将给后代留下什么。读了《20世纪陕西书法简史》，我不由得想起了这篇文章。我想这也是书界诸友经常想的问题吧。

1999年7月11日，西安谷斋

说　草

——序《历代草书大家法书字典》

汉字书法是中国文化特有的审美形态，它仰仗一种特指而又被广泛认同的程式符号体系，以点画的随机组合，线条的律动和节奏，结体布局的疏密轻重，水、墨、纸、笔主动而极具个性的渗化融合，在精神境界和象征层面营造万千审美气象。以此而在世界文化中独秀一枝，以此而在世界文化史上独呈华彩。

汉字书法作为一种特殊的审美信号系统，传导着中国人的文化心理和审美人格。它以特有的形态，将中国人或规范或潇洒的人格价值追求，中国人或守格或破格的文化精神暗传出来。在线条的飞扬和变化的布局中，你总会时不时感觉到中国人平衡与欹侧、协调与矛盾、统一与变化、齐整与错落等等独特的哲理气息和思辨方式。

真、草、隶、篆之中，草书大约最能传达书者的生命冲动和书法的艺术神韵。草书是书法艺术中最具生命感的书体，它极致地体现了中国书法的生命特质。伏于案前书写草书时，那种成竹在胸、率意而为，不期然而然的自在状态，那种在运动中即兴组合、建构审美关系，智慧如繁花纷披的快意感觉，那种时时以情愫的律动运笔、又处处不实写情愫的曲运暗合之智和意会神通之美，那种在符号形式与形象、意蕴之间自由出入的通感，无不给生命提供了喷薄的机缘。

绵延几千年的东方制度和礼教，绵延几千年的伦理中心、家国同构、天人合一的华夏文化，绵延几千年重血缘、族缘、地缘的村社意识，大都有意无意偏于抑窒生命的天籁去顺应群体生存和社会管理的需求。这种制度、礼教、文化，在国人心里磨出了茧子结成了厚厚的痂，覆盖着真生命的释放，乃至炎黄子孙不得不在现实层面之外的模拟层面来寻求生命的自由张扬，文学艺术便常常承担起这一功能。中国的社会实践一般躬行儒的哲学，而艺术精神则大都奉传道的流脉，那原因可能正在这里吧。浪漫主义的文学与戏剧，常常虚拟地实现着人对自由、正义和种种真性的欲求。武侠小说描绘的侠精神、侠文化，既发掘、保存，又发展、建构了国人生命中潜藏的自由精神。在书法艺术中，草书便正是释放和养成生命自由的最主要的培养基。

草书又是书法艺术中难度最大的，生命无羁的奔涌几乎要同步纳入精微的法度之中。草书法度不像篆、隶、楷那样森严，而如生命的奔涌变幻莫测。书草如驭马，要有本事同时骑在两匹扬鬃奋蹄的神骥之上，奔腾自如。那连绵不绝的线条，在徐疾轻重、疏密绞缠的时间推移中，显现出音乐的旋律节奏之美，在枯润浓淡、正侧巨细的空间布设中，又具有鲜明的画意甚至色彩感。可以说草书是书法艺术笔法、墨法、构图的集大成者，是书法艺术节奏、韵律、表意的最高层次。

这样说来，苦心习草远不只是为了把握一种书体，实在可以由此出发去领略中国艺术的内在规律，去体味中华美学的精神，乃至去涵养自由心态和生命真性啊。这是中国人对自身文化素质的一种特殊的锤炼。近年来习草书者多多，一时蔚然成风，原因怕在这里吧。

草书自秦汉由隶简化创成之后，两千多年里，中经章草、今草、狂草，在东汉、大唐和大明，出现了三次大的发展高潮，产生了灿若群星的草书大家和各具风采的创作风格。东汉张芝变革章草，转精其妙而创今草，被尊“草圣”；三国皇象笔似龙鹄蠖蛰启，伸盘复行，人称“八绝”；东晋“大王”离方遁圆，形密势巧，“二王”出神入化，气象超然，更是高山仰止。经智永、孙过庭承启熔冶，有大唐张旭金蛇狂舞，落笔如烟，存抒情表现主义于其中焉；醉僧怀素圆劲驰骋，奥妙绝伦，更具浪漫主义情怀，狂草在颠张醉素手中始臻成熟。唐以后，宋黄庭坚，明祝允明、董其昌、张瑞图，清傅山，乃至近现代于右任将章草、今草、狂草冶于一炉的规范化“标准草书”的创造，都无不各领风骚，不断构造着中国草书发展的新境界。

杨贵琦、耿庆义二位先生，同为于右任大师故乡陕西三原县人氏，20世纪60年代初同时毕业于西安医科大学。二君本司华佗之职，以悬壶济世而名满三秦，却迷醉中国水墨，习丹青书事竟卓然成家。以业余之时间、执着之心力、认真之精神，费时多年编出这部《历代草书大家法书字典》，使书家的精研和习书者的仿学，有了一部极为全面、实用的工具书。此典以草为经，分类组编，将历时态的草书发展置换为共时态的草书境界，史的时间链接于是转化为典的空间陈列。习书者不只可用此典作资料性工具性的查阅，细细翻读品赏字形、笔势和结体在诸家笔下的异同，又可在研究比较中感触到草书发展的某些脉象和演变规律。这又将空间还原为时间了。

《历代草书大家法书字典》的面世，于中华草书艺术在当代的普及和提高，在世界的展示和弘扬，功莫大焉。

2004年2月15日，西安不散居

《道德经》书法集序

《道德经》是中华大智慧、东方大智慧、人类大智慧。它大音希声、重剑无锋，主张顺道而为，以无为达无不为。

在中国传统文化中，道与艺本有境界之区别，所谓道乃心、德乃行、艺乃术是也。道是人类心灵中那股可以涵养万物的气蕴；德是行为的操守；而艺不过只是术，技艺而已。但实际上，如果说中华民族的实践理性倾向于儒，中华民族的艺术理性则倾向于道。道精神以自己的宏博通透，将对天地人生的认识推向极致而臻于艺术境界。

道与艺便这样汇于一流。汇流的一个重要驿站，就是中国的诗、书、画。

《道德经》是老子在周至楼观台写成的。作为中华山水的精华，楼观台有幸成为这一大智慧的空间容器；作为中华文化的精英，老子是这一大智慧的心灵号筒。周至由是成为历史文化的一大亮点。

书法是集心灵、行为和艺术为一体的抽象艺术，道德是集道心、德行和智术为一体的抽象精神。它们同为东方智慧神秘的太极图。我们在这本书法集里，也便看到了道与艺在一个较深层次上的交融。

己丑年春月，长安不散居

习 书 初 记

养　　生

学着在宣纸上写几个毛笔字，是五十岁以后的事。

无法选择地选择了伏案爬格子的职业，是这辈子的无奈。三十年去来，五十岁上下，引发了各种生理病变，腿的萎缩，胃的下垂，颈的增生。自来不爱活动，这时想到了运动。

走路、爬楼、太极拳，游泳、跳舞、八段锦，什么都试过，什么都坚持不下来，那原因，是没有一项活动能够由任务转化为兴趣。我的兴趣早被艺术买断。还是要从锻炼和艺术的结合上想办法。于是尝试书法。

从此开弓没有回头箭，一步一步走火入魔。老伴可以作证，只要几个钟头躲在书房里窸窸窣窣没有大动静，那准是“写开咧！”感觉真好，杂念全然排除，凝神运气于一个创造目标中，汇进全部感情和素养，脑力、体力、心力交错，智商、情商、灵商互融，无律之律地运动着，电光石火般碰撞着，万花筒式组合着，是艺术的体操，又是体操的艺术。

说来惭愧，中国艺术极致的书法是何等神圣的殿堂，我这个凡夫俗子却是从健身养生的功利之门闯进来的。

养　　心

一步入天命之年，人生经历多了，感情经验多了，心态芜杂斑驳，常感内心的许多东西无以言说，尤其难用语言文字做具体精微的表述。倒是那种简约明快而又变化万端的汉字符号，那种经由具体到抽象的多级提升而又很情绪化、很艺术化的条线飞动，那种意和笔即兴而充满动感的交融、水和墨于宣纸上奇神的渗化，更能混沌而又微妙地表达内心的一点儿什么。

人生的困顿、苦闷因了墨线流畅舞蹈而通融、消解，人生的成功、欢愉因了墨线的滞涩而有了冷调的省思。笔墨在力的流动中这里那里溅起了飞白，会松动情绪的板结，显出灵动。字的力感和质感，会让你对心头一闪而过的得意产生些许自惭。

以墨洗心，黑的彻底使心态纯净。墨对七彩的吸收使心田丰腴，心灵温暖。

书法由养生而养心。

养　灵

一幅字千变万化的布局结构，一个字千变万化的写法。线与线、字与字、行与行千变万化的组合关系，生出千变万化的效果。这里需要瞬间的创造力、瞬间的应变力、瞬间的随机组合能力。性灵从律法形式中腾跃出来，心为形役化为形为心役。性灵在自由的创造中实现，在反复的实现中发展。生命和美融为一体，比翼翱翔，何等痛快淋漓。

写了半生理论、评论文字，由于时代和自身的局限，也由于文体的缘故，写作很少进入真正的自由状态。习字数年，竟然种豆得瓜，我的理论文字有了微妙的变化，由社会视角向文化视角、生命视角靠，由理智向心智、情智靠，由浓郁严谨向恬静、散淡靠。一路写来，熨帖而舒服。

想不到沉睡半生的灵智还能再度醒来，想不到知命之年还能对自己的潜质新有发现。而想到的是，其中肯定有书法这个精灵在“作祟”。

书坛上，有为社会、为人生的书艺观，有为艺术、为文化的书艺观。书坛外，也有为自己的书艺观。我无疑属于后者。这是一种永远不想当书法家也当不了书法家的书艺观，永远游离于书坛之外，而游弋于个体生命之中的书法观。

这样的习书者会愈来愈多。他们太满足了。

2020 年 8 月，西安

关于自己的书作

对于自己书作，可说者不多。要谈风格，更无以回答。我和书法结缘已有十五六年的历史，但从来不是、现在也不是什么书法家。一年前我曾经写过一篇文章，题目就叫《不当书法家》，两年前我办了一个小小的书展，册页上便印着“一个迷醉书法而无意当书法家的人，一个不想为艺术而活却想活得艺术的人”，聊可为证。朋友之间开玩笑，有时也会吹自己的书作如何五马长枪，玩笑而已，心里是清楚的。开玩笑是身心的松弛，在超负荷的现代社会绝对有益于健康。

书法于我，主要是养生，养气，养心，养灵。悄无声息步入了人生冬季，想多有一种生命方式，在线的飞动、笔的提按、水墨宣纸的渗化里，率性宣泄意绪，涵养性情，维系生命活力。这也有文章为证，四年前写的《习书初记》用了三个小标题，便是“养生”“养心”“养灵”。十几年来，我很少练碑习帖，也不精研书法史论，只是有时随意读点帖，那原因便在这里了。

不是说碑帖史论不重要（我心里常常为不习帖而惭愧），而是不愿把书法爱好变成重荷，成为新的人生负累，以致失去在书法中静心养气的初衷。我宁愿一个人在宣纸上对字形、墨色、结体和其他书法美学要素做各种试验，有了心得便纳入库存。这种心得也许前人早已总结，今人也早已掌握，我却喜欢享受这份独自摸索的乐趣。

这便是我的心态，这心态免不了会流露在书作中。譬如，在笔墨和结体中，我更重后者，更重关系美和总体美；在辞章和书艺上，又更重前者，更重以内容辐射形式，营构人生境界；读别人的书作喜欢稚拙古雅之品，自己写来却忍不住追求灵动秀美。如果这算是特色，只是说明我的字还有一点儿异于旁人之处，这异处也许显示了一点儿新意，也许却正是我的弊端，无论如何是绝不可名之为风格的。

中国字画自古以来就有所谓“馆阁体”“院体”“文人画”种种称谓，以大致概括书画家不同的出身、素养和风格追求，也显示着各类书画作品背后不同的文化底蕴。这种分法原本就很模糊，放到当代环境中，就更显出简单来。现代书家人人都有多重社会角色和多重文化身份，心境、情绪和志趣，色彩驳杂，变动不居，把具体人固定在馆阁、院体和文人字画中其实是很难的。

现在提出来“文人书法”，我想那用处怕是给一些不以书法为专业、而书艺又还算精到的文化人，或一些文化色彩很浓的名士，发一张进入书法界的入场券，外加一个“职称”吧。“文人书法”，含义多而不确定，有时意思完全相反：“某某的字，那真是文人字！”和“某某的字，不过是文人字！”褒贬何等不同。

如果“文人书法”是指书作的人生感、书卷气，即文化含量甚至精神境界——“道”，愿书法界朋友都能从匠气和术艺中破门而出，进入“文人书法”堂奥。如果“文人书法”只是进入书坛一张很廉价的门票，则文化界爱习书的朋友，首先是我自己，应该敬谢不敏。

2003 年 5 月 14 日，改旧作于西安不散居

陕西文学《开坛》谈

一、命中注定来陕西搞文艺评论

主持人：大家好，欢迎走进《开坛》，我是主持人郑毅。今天咱们继续来关注文学。在文学领域，评论家是个永远绕不过去的角色。也许你喜欢他们提供的真知灼见，也许他们那尖刻的批评，让你会觉得有点嘴损，但是很少有大作家、大作品的背后，没有评论家的身影。生活在如今这样一个变动剧烈的时代，可以五十年如一日地关注文学领域的变化，那么他收获的肯定不光是文学，那简直是一部传奇。今天我们就请到了这样一位评论家，一起认识一下。肖老师您好。

肖云儒：您好。

主持人：肖老师也是咱们《开坛》的老朋友了。肖老师是南方人？

肖云儒：是，四川出生，江西生长。

主持人：但很早就来到了陕西这片黄土地上，一来呢就扎根到这儿，您是哪年来到这儿的？

肖云儒：1961 年大学毕业就来了。

主持人：1961 年大学毕业？

肖云儒：对。五十二年了。

主持人：五十二年，半个多世纪了。就像刚才我在开场白里说的，如果一个评论家可以用半个世纪关注同一领域的变化，不管是什么领域啊，咱们抛开文学不谈，任何领域的变化，你持续关注五十二年，我相信那个感受是让人震撼的，是非常深刻的。

肖云儒：是。本来我是一个南方人，为什么跑到西北？这里面有很多机缘，有很多我自觉的选择，也有服从国家分配的因素。记得我当时在陕西日报社实习，就爱上了西安的历史和文化。我跟母亲交流，她觉得我在西安这个文化古都比在南方更有发展。然后呢，我们毕业分配的时候，教室里挂一张中国地图，标出了应届毕业生可以分配的省市区，每个人在众目睽睽之下把自己这个小红旗，插到哪儿哪儿就是你的分配志愿。那时候大家都有革命理想主义精神，也很愿意表示自己的先进，所以都插到“新西兰”，而不愿意插到“京津沪”，“新西兰”就是新疆、西藏、兰州。我因为是在陕西日报社实习的，就把我的红旗，插到了西安。

主持人：自己自愿。

肖云儒：自愿，但是众目睽睽，也有压力啊。来了之后，因为我是孤儿寡母分两地，陕西省委跟江西省委都曾经表示过我可以调回南昌去。但是我母亲不要我调回，她 20 世纪 30 年代在北京女子师范大学就学的历史，深知西安的文化分量。她说你在西安可以发展得更好，她可以退休之后来西安跟我团聚，一起搞文史研究。这样我就留在西安了。那么，我为什么选择文学评论和研究呢？这跟我的生命本体的要求有关。因为我是个南方人，个子又矮，用贾平凹的话来说，是那种经常躲在人后，一边坐地不吭声的人，有弱者心态。我觉得我身上很缺钙，精神上缺钙。而西北人的阳刚、硬汉精神，可以给我补钙，因此我就慢慢地开始关注陕西和西部文学。

主持人： 20 世纪 60 年代正是闹饥荒的时候，那时陕西是个什么样子？

肖云儒：如实说，陕西那个时候饥饿情况，比北京好。因为在北京，大三、大四两年，我们已经饿得不行了。

主持人：中国人民大学也那样吗？

肖云儒：一样！学生食堂的粮票有半两的，吃不饱在买饭窗口徘徊，痛下决心加那么一点儿，四分之一、八分之一的窝头都有。来到陕西日报社实习，最使我开怀的是咱们老陕的旗花面，用我没见过的大老碗盛着，我的胃就开始兴奋了。后来陕西日报社给了我一个票，叫我去吃一碗羊肉泡。哎呀那个羊肉泡，好油啊，好烫啊，好结实啊，好过瘾啊，三四天沉淀在我记忆里！长安这个地方是可以待下去的！从生命需求、精神需求、事业爱好以及这个地方历史文化而言，都是可待的。

主持人：所以来对了啊？

肖云儒：对。后来又有了进一步验证，因为那时候来了，便恰好跟陕西第二代作家群，几乎同时成长，虽然年龄有差别。

主持人：第二代作家群包括谁？

肖云儒：就是杜鹏程、柳青、王汶石之后的这一代，路遥、贾平凹、陈忠实、邹志安、京夫、高建群、叶广芩等朋友。他们年龄比我小一点儿，我比陈忠实大一岁多，比路遥大九岁，比贾平凹大真正一轮十二岁，都属龙。但是从文学的起步来说，我们是同步的。我是最早给陈忠实写评论的人，在当时西安市文联办的《长安》杂志发表。陈忠实当时给我打电话，还很感谢。我写的迄今为止最长的评论文章，是关于路遥的《路遥的意识世界》，将近三万字。而平凹跟我也一直是好朋友。我跟我老伴儿都记得，平凹在出版社时，大女儿浅浅周岁就抱到我们家，二十多年后浅浅的婚礼，我又去讲话祝贺。就是这样一种关系。

主持人：一来陕西就跟黄土地紧密地融合在一起。

肖云儒：跟这里的文学群体，跟这里的文化氛围一起成长。

主持人：当时从大学毕业到陕西来，就确定搞文艺评论工作吗？

肖云儒：我在报社分工就是编秦岭副刊，做文艺评论编辑，参与组织“笔耕”文学评论组任副组长。后来调到文联主管业务，还兼着文艺评论家协会的主席。

主持人：从那时一直到现在，您文艺评论的生涯就没有中断过？

肖云儒：没有，一直追踪着陕西文艺评论的发展。

二、五十年前的陕西文学

主持人：您刚到陕西的时候，陕西的文艺评论现状是什么样的，黄土地的创作是什么样的？

肖云儒：刚到陕西的时候，应该说是第一代作家兴盛的时候。以柳青、杜鹏程、王汶石、李若冰、魏钢焰为代表的延安下来的作家群。而评论家胡采是领军人物，他是当时作协的主席，他评论了每一个人，每一个作家都团结在他周围。当时的陕西，被称为是中国文学的重镇，这个重镇有评论家，有作家群，有精品创作群，《保卫延安》《创业史》这都是进入中国文学史的作品。但当时陕西评论家很少，后来陈忠实、路遥这一代崛起，评论界也崛起，我、王愚、蒙万夫、李星、畅广元，我们成立了一个“笔耕”文学研究组。胡采当顾问，王愚跟我是组长，我们开始追踪第二代的作家。第一代我们评论也写，杜鹏程也写，但主要追踪路遥、贾平凹、陈忠实。

主持人：在“十七年”文学当中，这块黄土地就已经成了文学重镇，您刚才讲那个时候就有这样的提法？

肖云儒：是，中宣部副部长、《白毛女》作者贺敬之就说过。全国著名评论家阎纲曾经在文章里说，陕西出现了“笔耕”组，是“集体的别林斯基”。别林斯基是俄罗斯著名的评论家，就是说我们在全国当时很有影响。我记得《光明日报》在20世纪80年代末，有一整版文章谈中国中年评论家，他一共点了二十多个人，陕西就有五个，就是王愚、我、刘建军、畅广元、李星，那个时候就进入全国格局，当然我们的成就远不如同时代的作家群的名气。

三、陕西第二代作家整体印象

主持人：您也谦虚了。您的大部分评论，还是聚焦于第二代，不光是陕西，中国现今人到中年到晚年的这一批文学家，您一直是关注者、见证者、推动者，本身是其中的一员。那么对于第二代文学家，您总体上有一个什么样的评价？

肖云儒：这一代人，我们姑且把他们简化为四五个人的一个代表性群体，路遥、陈忠实、贾平凹、高建群、叶广芩等吧，还有更年轻的待会儿再说。这样一个群体总体上相同的地方，我觉得有这样几点：

一是执着的现实主义精神。不管具体作品用什么创作方法，诗性浪漫、灵性意写，或者严谨的现实主义手法，他们永远关注着这块土地，这块土地上的父老乡亲的命运，关注着现实时代潮流的发展，这是陕西作家共有的一个特点。

二是他们永远有创新精神。大家都认为柳青是陕西这一代作家的老师，路遥、贾平凹、邹志安，都以柳青为师，《创业史》都翻烂了，但是他们又敢于突破柳青。贾平凹是最早敢于走出柳青的作家。第二代陕西作家群，都如柳青、杜鹏程，都有阳刚之气，都是正面强攻来表现这个时代。贾平凹当了一个叛逆者，不重阳刚重阴柔，写商山的水、月亮和女人。他第一个得奖作品《满月儿》就写两个女孩子，那咯咯咯咯的笑声，水一样清凌凌的话语，至今还在我耳畔响。贾平凹继承了柳青，又走出了柳青，便有了属于自己的不同于众的面貌。

陈忠实稍后也走出了柳青。他大量研读外国文学作品，我们可以看到《白鹿原》里的现实主义，已经不是经典现实主义，而可以说是文化现实主义，白鹿形象闪现、田小娥闹鬼，又带有一点儿灵幻色彩。路遥也有冲破，路遥受俄罗斯文学的影响很实，基本上是经典现实主义，但又有非常非常多的屠格涅夫轻音乐般的抒情的东西。这是陕西作家留下的第二个印象。

三是我觉得陕西作家群体有一种“圣徒精神”。他们视文学为神殿，视写作为神圣的事业。在 20 世纪 90 年代市场经济冲击文学的时候，陈忠实疾呼：文学依然神圣。我与他开玩笑，我说忠实，你说这个话有一个前提，就是文学已然不神圣了。市场价值坐标已经把文学冲击得很厉害了，但陕西的主力作家，仍然甘之如饴，甘守孤独，守护着自己对文学的虔诚和爱。

四是一个创作上的特点，陕西的作家都重视对人物精神的深层剖析，从来不满足于情节和场景描绘，而是致力于开掘人物和时代背后深层的精神内涵。当时写农村青年进城的作品很多，为什么只有《人生》里的高加林成为典型？因为路遥开掘了高加林的新的精神信息，就是农村青年走出土地的新机遇、新时代到来了，这一代年轻人新的生命希望到来了。高加林名字就是仿照苏联宇航员加加林起的，预示着这一代人要像宇航员那样，飞离土地，飞向新的生活和历史空间，因而引发了全国性的共鸣。开掘深层精神，这是陕西作家群的一个最重要的特点。

当然他们又各有不同，如果认为陕西作家全是一个面目，很明显是误读。

四、路遥

主持人：听您介绍陕西作家群体的共性，很让人神往，不管是直面现实，扎根土地，还是执着于创造，坚守文学精神，都像黄土高原一样突立在中华大地上。接下来，还是请您说说他们的个性。就从路遥说起好不好？也是您的老朋友了。

肖云儒：一说到陕西作家就感到沉甸甸的，陕西作家是一个有质感的作家群。为什么呢，就是由于有几个分量很重的代表性作家。

先说路遥。路遥有三部代表作品，第一部是中篇《惊心动魄的一幕》，我把它定位为：“用惊心动魄的笔墨，写惊心动魄的性格，表现惊心动魄的时代风云。”写的是马延雄这么一个公社书记，也就是现在的乡长，在“文化大革命”大浪淘沙的情势下，怎样排除各种困难奔向精神高地。那时候流行写英雄主义、理想主义，可路遥写得非常深刻，把矛盾推向极致，叫人震撼，我读了拍案叫好！这部作品是路遥由业余作者走向专业作家的标志。这部作品参加了第一届全国中篇小说评选，我是评委，把他力推上去。当时对《惊心动魄的一幕》是有争论的，有人认为：第一，这是一部走写英雄人物老路的作品；第二，对“文化大革命”的反映是否准确？但是我力推也有几点理由，就是我们的文学要直面血淋淋的人生，不能够作秀。那个时候文学把生活的发展写得很顺利，有点坎坷矛盾也是人为设置的。但是不直面民族的曲折和苦难，怎会有好的作品？而《惊心动魄的一幕》却是一个例外，整个作品矛盾冲突的激越真切，语言力度如此强劲，是很少见的。后来评上了奖，虽然排在后面，但路遥的第一部力作，在第一届全国中篇小说就获了奖，这标志着路遥真正由一个编辑、一个业余作者成了一个作家。

主持人：那个时代伤痕文学非常有影响，《惊心动魄的一幕》跟当时的伤痕文学有什么区别？

肖云儒：区别很明显。伤痕文学是受难者的弱者身影，而《惊心动魄的一幕》是驾驭生活的强者形象，这是一个根本坐标上的区别。

路遥第二部代表性作品，我认为是《人生》。《人生》写的是普通人的命运，但是其中有不普通的人生、不普通的追求、不普通的精神。《人生》是路遥由一个作家成为出色作家的标志，是他的里程碑。开始文艺界虽然觉得《人生》是一部很好的作品，但并没有预料到它会有那么大的精神能量。反而是在社会上引起了极大的反响后，评论界对它重新认识。在当时，《人生》超越了伤痕文学和改革文学，由聚焦于社会生活事件到聚焦于人，聚焦于人的心灵轨迹和价值追求。它用文学反映了一个时代新的命运转机对青年人的呼唤。“四人帮”倒台了，一个新时代来到了，给农村青年高加林和全中国的年轻人，带来了新的生活曙光。我老伴儿就是一个被耽误的老三届学生，突然有了曙光,可以高考了,生命被整个调动起来。上大学整个改变了她们这一代的命运。高加林的生命也有了曙光，可以离开乡土去走他认为更有意义的路了。所有的人、整个民族都有了新的生活希望。路遥敏锐地抓住了这种典型的社会情绪，通过高加林这个典型人物把它凝聚、呈现出来，所以引发了全国年轻人的共鸣。《人生》被叫作 “长销书”，一直到现在，一代一代，永远长销。

主持人：而且也没有人给它造势，没有人推广宣传，这么多年来它永远都在畅销书的榜上。

肖云儒：几亿农民进城最早的人物是谁？是高加林！是进城还是回乡，选择什么样的伴侣，年轻人都面临着这样艰难的选择。他是一只报春燕子，每一代人在生命春天来临时，都会被他激励。

他的第三部代表作当然是《平凡的世界》。《平凡的世界》描写了不平凡的一代人的命运。其实在某种程度上，《平凡的世界》还是路遥的自传，可以说是《人生》的全景版，或者《人生》的深度版。孙少平、孙少安、田润叶这些人后来有的出国了，有的当专家了。这部书整个就是写走出农村，走出土地之后，时代和民族给他们这些普通人提供了多少不平凡的希望和实现的可能。《平凡的世界》，到今天为止在许多大学图书馆也是借阅量最大的，因为它引发了每一个年轻人命运的共鸣。这个作品标志着路遥由一个出色的作家又达到了一个新境界，已经具备了大师的气象。

主持人：这三部作品您都是第一批读者？

肖云儒：可以说是吧，《惊心动魄的一幕》不算是第一批，我是在它发表之后看到的。它发表之前，投了好几次稿被退回来。后来是一个很有名的作家和编辑，《当代》当时的主编秦兆阳发现了它，在《当代》发表得奖的。

《人生》的创作过程，我知道一点。有一次我们一起坐车去太白县开创作会，我和路遥并排坐，沿途路遥给我轻轻唱《赶牲灵》这个歌。唱一句给我描绘一番情景，“你看这意境”。他说他正写《人生》，一定要写出陕北女子的痴情，这便是巧珍的感情原型了。后来这首歌进入了电影《人生》的插曲。

《平凡的世界》创作过程非常艰苦。他躲在延安写第二部的时候，我正好陪老作家丁玲到延安。丁玲是省军级干部，延安市委的领导出面宴请，我作为省上陪同记者也安排在主桌，路遥却安排到另一桌。丁玲很重视他，说，听说路遥来了，是哪一位？我说，这一位，她说：“坐到我身边来，坐到身边。”丁玲对路遥夸奖有加，我看了你的作品，你很有才。还约他给她当时主编的大型杂志《中国》写稿。路遥显得很羞涩，没有多余话。那天晚上，路遥到我房子来，说借你一个晚上，我说行。他开始给我讲《平凡的世界》第三部的构思，讲到半夜三点，很激动。我一路陪丁玲很疲倦，讲到快两点时我困得不行，他生气了，说：“你怎么这样！我都苦想了多少天的构思，你怎么犯困呢！”他完全沉浸在自己的创作里。现在想来还是感慨万千……

主持人：听您一讲述，就觉得路遥的人生，也是不平凡的人生，也是个典型的文学家的人生。一开始，在那个特殊的年代，有一个青年人不平凡的梦和抱负，紧接着跟那个时代风云互相作用，走近了“惊心动魄的一幕”；后来人到中年，关注的是领悟复杂的“人生”，以及在人生的复杂中，寻找自己的道路；到创作的最后阶段，回归一个“平凡的世界”，又坚持着一个不平凡的人生理想和文学抱负。我觉得这是非常经典的作家的一生，尽管他的一生那么短暂。

肖云儒：我们可以从三部作品的名称，看出路遥内心的格局。路遥在文章里曾经说过，他构思一部大作品，要离开都市，他的根在农村，他要回到陕北。而且不回到陕北的城市，他要到乡村，而且不到一般的农耕文化的乡村，他要到毛乌素沙漠。躺在沙漠之上，天地之间，离开这个世界才能俯瞰这个世界。如果他身心总缠在这个世俗生活中，一天打电话，办这事那事，怎么能写出大格局作品？着眼于人生和世界的全景图，这是路遥。

五、陈忠实

主持人：再来说说陈忠实。《白鹿原》和《平凡的世界》都是大部头大作品，但给人带来的感受是完全不一样的。

肖云儒: 这个忠实啊，文如其名，对文学的态度正像他的名字，忠诚踏实。《白鹿原》的创作是厚积薄发。我曾经在座谈会上谈过，《白鹿原》是中国长篇小说里写村社文化、家族文化写到骨子里去的一部小说，是超深度的剖析，不，是透析。因为家族文化、村社文化是几千年历史的积淀，所以《白鹿原》里边有很多发现性的文化现象，我把它叫作中国文学的最后现象。这个论题我曾经在《上海文学》写过文章，也主持过一次讨论。其中主要的意思就是：《白鹿原》里面写了最后一个好族长白嘉轩，最后一个好长工鹿三，最后一个好先生朱先生，最后一个中国古典的乡约，若干若干个“最后”。

这意味着什么，意味着小说是在描绘一个正在逝去的村社文化，它是中国传统村社文化的挽歌、悼词。但是，这部作品里又有很多“最先”，最先的革命者白琳，最先的投机分子白孝先，最先的莽撞的由暴动走向失误的黑娃，等等。这意味着什么呢？意味着历史预兆，预兆新时代将要降临。它并没有唱颂歌，它写了新时代在诞生过程中间的痛苦。所以《白鹿原》是旧时代的挽歌、新时代临盆的阵痛。你看黑娃多么痛苦，他本是天然的革命者，但是最后却成了土匪被革命枪毙了。

还有一条，《白鹿原》写出了中国人内心世界里，对于人性和人情大胆的追求和对于礼教压抑的殊死搏斗。田小娥和白嘉轩、鹿子霖的斗争，是一个女性以自己脆弱的身躯和旧宗法文化这一个庞然大物的撞击、抗争。她殊死的撞击，连白嘉轩都害怕了，死后还要建个塔把她压住，要不然万千飞蛾到处扬播她的生命。这是一种寓意，表明田小娥的心性力量，自由的、追求爱情的力量，对于中国礼教来说，简直是毁灭性的。

主持人：一个女人却产生了摧枯拉朽的力量。

肖云儒：她以毁灭自己，证明人性的伟大。

第三条，我想比较一下朱老忠和白嘉轩。朱老忠是梁斌的《红旗谱》中着力塑造的人物形象，当年对朱老忠的评价非常高，但是那是从政治历史角度来评价的，认为朱老忠是中国传统农民革命和党领导的自觉革命的转捩和衔接的典型人物，是由绿林造反进入党的队伍的人物，因此在中国文学画廊里地位举足轻重。

主持人：有一个红色经典的成长意义在。

肖云儒：但是这只是一种政治社会意义。而白嘉轩这个人物的意义更甚于朱老忠，因为他是中国村社文明最后的景观，也是中国新阶段文化最新的景观，是站立在拂晓时光的一个文化形象，反映的是文化转移而不是政策转变，有更深的震撼力量。

《白鹿原》的确是沉甸甸的。

主持人：肖老师，听见您这么一说，我突然想到，对于农民的关注，对于农村生活的书写，应该是中国文学的，特别现代文学的一条主脉，像萧红的《生死场》写东北的农民，像李颉人《死水微澜》写四川的乡村社会，再往前头溯是鲁迅先生的《阿Q正传》写的南方的农民。那么如果把《白鹿原》放在百年中国新文学的农村叙事当中，他的独特之处又在什么地方？

肖云儒：因为中国的农业社会太久远，农业文明太深厚，所以中国文学必然也理所当然会关注农村生活，这是绕不过去的。农民、农村是中国社会的一号文本、文化底色，你能绕开吗？就我来看，“五四”以后，中国文学的农村题材，起码有三个阶段。

第一个阶段就是《生死场》，包括沈从文的《边城》，常常被我们归到

“寻根文学”中。他们基本上是站在都市文化的立场来怀念农村，怀念根性文化。这是一种角度，那是在农村之外写农村。

第二个阶段就是《红旗谱》中的朱老忠。那是从革命、农民起义的角度，来写农民的觉悟过程，写社会改革、社会革命对于中国农民命运的影响。

而到了陈忠实的《白鹿原》和相关作品，进入了第三个阶段。再不是城里人来写农村，像沈从文那样，也不再是从革命者的角度来写农村，而是从整个人类文明发展历程的角度来解读中国农村、农民。我觉得这找到了中国农业文明的主体和根基。以前是以城里人怀念乡村的心绪为主体，或者革命者改造农民的激情为主体，现在真正进入了到工农业文明自身的主体——家族文化来解读中国乡村。

主持人：而且当你从乡村文明主体来写中国文明的时候，你发现他写的不光是农民，他实际上写的是以农民为代表的最原初的一种中国人的生活状态、生命动力和生活诉求。

肖云儒：而且陈忠实的《白鹿原》，是中国第一个把中国村社文明展示得那么成熟的作品。因为中国的礼教、中国的农业文明，的确在世界上是最成熟的。

主持人：所以从作家的人生经历来联系，你看路遥与陈忠实就是非常鲜明的对比。路遥、陈忠实都是农民出身，但是路遥的一生是惊心动魄的，是大起大落的，而陈忠实这一生是相对平稳的。

肖云儒：是持重和思考的，是稳重的。我和陈忠实也是老朋友了。他在我 70 寿辰时说了一个我俩的故事，说我给了他反面的激励，后来还成了他中篇小说的一个情节。他说他当年没有考上大学，成了文学青年。那时我已经大学毕业到《陕西日报》工作了。我在西安群众艺术馆做散文报告，陈忠实看到报上广告就从西蒋村走 40 里路，趟两条河来听报告。他在最后一排坐下，一看那个做报告的人，心里就说：“狗日的，你还没有我年龄大，你为什么做报告，我为什么听报告，我就不信当不了作家！”他看走眼了，其实我比他大两岁。

主持人：这也算从背后刺激了一下作家。

肖云儒：我只是当了他的反面教材，如果把人家的自谦当真，那就是弱智。

六、贾平凹

主持人：那么跟这两者不同，同样是农民出身的贾平凹，人称“鬼才”。鬼才这个“鬼”字呢，费思量有讲究了。你像这个巴蜀的魏明伦也叫“巴蜀鬼才”，好像作为鬼才的人呢，都有些共通点，就是别的人才不具备的，那会是什么呢？

肖云儒：你刚才说鬼才，我就想起了魏明伦。三星堆的文化，具有一种诡魅之气，魏明伦的作品也流动着这种气。我们说贾平凹是鬼才是为什么？因为他和魏明伦其实处在一个文化体系，就是巴蜀文化体系。商洛在秦岭以南，属长江水系，古楚地界。同时他俩一样聪颖、精明，创作上有超人的“鬼点子”。

我先说一下对路遥、陈忠实、贾平凹这三个作家宏观的评价：首先是生长地域不同，一个地处陕北高原，一个地处关中平原，一个地处陕南山地，不同的自然地理，形成不同的人文地理，导致这三个人性格的不一样。路遥有高原的强悍，绝对是个强者，很像他笔下的马延雄，有胡文化色彩。陈忠实持重而中庸，如关中平原厚实而稳健，有儒文化色彩。而贾平凹呢，是灵智的，如山的曲折、水的灵动，有道文化色彩。路遥是“入世而造世”，是要搅动风云的人。陈忠实呢，是在世，“在世而行世”，是儒家的做派。他积极参与当下社会，当过基层干部，但是他不去造世，只是在世。贾平凹呢，是“出世而观世”，贾平凹作品里有几个典型符号，就是月亮和女人，水和绿。

所以贾平凹的作品，特别他早期的作品，有很明显的特点。他叛逆柳青，作品对于这个世界的感觉，有种非常个人化的气质。他感悟能力强，能够感觉到常人感觉不到的东西，却又很准确、很深刻。比方说改革开放刚开始，他给第一部长篇命名为《浮躁》，后来“浮躁”成为表述那一时期社会情绪的流行词。他早一步感到了改革开放初期社会容易浮躁，急功近利，提倡沉稳。情绪，他所表达的是社会情绪。后来市场经济发展了，一些西方思潮压抑着中国文化，让中国知识分子心无定所，找不到北了。“文化大革命”又把国学破坏了，西方思潮涌进，中国知识分子失重了。这个时候，他又捕捉到一个情绪，给另一部作品命名为《废都》，老城墙上吹埙的悲凉，庄之蝶的颓废，表现了知识分子总体上的颓废感。而在他的《秦腔》里，“秦腔”实际上是一个代词，指代一个即将逝去的文化。农业文明在现代市场经济的冲击下静悄悄地悲凉着。白雪的秦腔剧团难以为继，唱秦腔的夏老汉，一直很悲凉地怀念着辉煌却已过去的那段光阴。最近，他又有一个长篇叫《高兴》，也表述的是农民工进城后高兴而又不高兴的情绪。《浮躁》《废都》《秦腔》《高兴》，所有的这些都是人物情绪，也都是时代情绪。后来写《古炉》，“古炉”指代中国这个古老的炉子，如何在“文化大革命”的红炉中冶炼淬火。从《古炉》开始，到《浮躁》到《废都》，到《秦腔》到《高兴》，这不就是中国近半个世纪的历史进程和社会情绪轨迹吗？贾平凹的作品连缀起来看，是中国改革开放以来的情绪编年史。

主持人：他不属于任何流行的文学思潮范围之内？

肖云儒：恐怕是的。他看重时代的情绪记录，因为情绪是超时代的，任何时代都有浮躁，任何时代都可能颓废，任何人也都有高兴，因此他就有一种超越行业和时代的共鸣、审美共鸣。

主持人：他跟这个社会的历史文化进程，始终保持着呼应。

肖云儒：保持着呼应。我觉得这是他最大的一个特点，第二个特点是他一直执着于对中国民族小说写法的探索。像路遥创作中能看出俄苏文学的营养，陈忠实将传统的现实主义和马尔克斯西方现实主义结合起来。贾平凹的文学营养从哪儿来？要从《世说新语》，从《聊斋》，从《红楼梦》甚至于从《金瓶梅》，从这些中国民族文学叙事方式中去寻找。现代小说是外来的，“五四”以来的中国小说，从“鲁郭茅巴老曹”开始都是以西方写法为基础做民族化探索，而贾平凹想探索一条小说民族写法的路子。成功不成功还需要在长期的创作实践中观察，我觉得是成功的。这种探索是很艰辛而富有创造性的。

主持人：您说到这种探索，我一下想到了莫言，莫言也是对中国传统的小说写法进行梳理和再创造，他生活在山东那一片古老的文学土地上，也受《聊斋》等古典小说影响。那么把莫言跟贾平凹放到一块儿来聊聊？

肖云儒：莫言的确受《聊斋》的影响，蒲松龄就在他家乡附近。莫言在鬼气和灵智这一点上，走得比贾平凹还远。我觉得莫言的功劳在于对于我们这个民族的灵智心态和浪漫情怀，做了成功的文学书写。这是之前的作家做得很少的。之前许多作品反映出来的中华人格，常常是很现实、很入世、很规矩的，就像鲁迅讽刺的，还没有长大就老了，老头儿童化，稚童老年化。其实这是一方面，中华民族，尤其是这个民族的底层、化外层面，也是非常浪漫瑰丽的。莫言的功劳就是把中华民族内部世界的这种浪漫，幻想的、灵性的东西变成了文学。

主持人：而且《废都》的话题效应，已经溢出了文学的范畴，成了一个社会话题。二十年后的今天我们再看《废都》，想听听您怎么解读？

肖云儒：《废都》出来以后争论很大，但当时北京出版局并不是从评论的角度，而是从出版管理扫黄的角度禁止再印刷。《废都》遭受了一段厄运，弄得平凹也很消沉。

主持人：您最早是在什么情境下接触这部作品的？

肖云儒：那当然是在评论时。记得没有批评前，有一个叫田爱兰的编辑，策划我跟平凹在省广播电台做了一期一个半钟头的长节目，谈《废都》。我后来整理成纪要，在南方一家报纸发表，题目叫《非史之史，无律之律》。不是历史的历史，没有规律的规律——这是我评《废都》的基本观点。节目之前我跟贾平凹悄悄约定，性描写不属于学术评论范畴，我们可以不谈，还有一点不要谈，流贯在《废都》深层的历史颓丧情绪不谈！其实《废都》最要命的不是性描写。

主持人：所以实际上《废都》所引发的文化颓丧心理意义，比它的性描写引发的社会影响，要深刻得多？

肖云儒：非常深刻的。因为贾平凹原来有过一个中篇，就叫《废都》。长篇《废都》被禁之后，有些出版商很会炒作，把包括中篇《废都》在内的四个中篇合成一本书，说《废都》又出版了。为什么贾平凹把这个题目又重新拿出来写长篇？他认为《废都》是一个意象，是中国当时社会，特别是知识分子精神状态的意象，不过借用了废墟般的都城来表达，讲的绝对不是具体建筑，而是精神建筑。写颓丧的《废都》挨了批评，他加倍地颓丧。

我觉得《废都》这个作品，是有深度的作品。后来我们几个朋友写了五六篇文章，没在陕西发表，在一个对外杂志上成组发表了，我那篇还放在头条，就是解读《废都》的深层问题。这部作品实际上信息量非常大，记录了历史的这个特定阶段，中国知识分子失去自我的过程，这个过程没有人写过。

主持人：因为我当时看《废都》最直观的感受是贾平凹居然把无聊的状态，写得如此无聊，他用各种各样的生活细节来给你制造无聊的氛围。

肖云儒：你抓住了要害，无聊之中写无聊。庄之蝶每天忙忙碌碌热热闹闹干了那么多事情，但是收获的是一段一段的无聊。

《浮躁》是有戏剧性情节的，从《废都》开始之后，贾平凹有了一种新的探索，我非常欣赏。这种探索，虽然市场并不十分欢迎，他还是坚持下来了，一直到《古炉》到《带灯》，还有中间几个小说。那就是一点儿不作秀，摒弃追求情节和戏剧性，把生活的五杂状态完全原生出来，搬进小说。他甚至于不分章节，他的《秦腔》没有分章节，一篇到底。他的《古炉》，章节名称叫“冬季、春季、夏季、秋季、冬季、春季”就是这样。他尝试着很多种结构，想让结构跟生活一样连贯，不要断开。路遥说过：写长篇小说，最难的是断开，这一段什么时候停止，那一段什么时候开始，又如何交错穿插？“断开”本身是一种高技巧。

贾平凹近几部小说给人感觉甚至是杂乱无章的，情节没有那种戏剧性的大起大落，就这么慢慢地进展，像日常生活一样“泼烦”。在《秦腔》的缓慢的生活进程里，我有感受到一种“不动声色的惆怅”，贾平凹很认可我这种感受。比如说他不渲染我多么难受啊，多么痛苦，没有，只是不动声色地惆怅，静悄悄地悲哀。其实生活本身就是这样，这才是生活。你痛苦，你会跑到钟楼去喊我不活了吗？只有作秀，做给别人看才这样，真正的痛苦，最深刻的痛苦是无言的，是静悄悄的。

主持人：哀莫大于心死嘛。

肖云儒：对。作为“陕军东征”的代表还有高建群。“陕军东征”实际上有两个意义：第一，对陕西文学而言，是作家成熟的标志，是第二代陕西作家整体亮相的标志；第二，对于中国文学而言，“陕军东征”带动了全国长篇小说的高潮。这个高潮是改革开放之后，文学寻找自己独立人格的过程。他们在这个过程中找到了自己的文化坐标、社会的情绪坐标，而不只是社会的政治坐标、历史坐标和生活坐标。他们找到了文学的主体，这就是对中国文学的贡献。当然“陕军东征”有偶然性，其实那个时候山东、河南到处都在写这种长篇，但恰好陕军五部作品先后密集在北京讨论，便被历史选择了。

“陕军东征”，注意到创作的这一块，还要看到另一面，那就是市场性。所以批评“陕军东征”的都说，这是一次群体的恶性的炒作。这个炒作又跟贾平凹的性描写连到一起。

主持人：但不管怎么说贾平凹一直到今天他的第一代表作，应该说还是《废都》，可以这样说吗？

肖云儒：可能是这样，从历史的角度看。当然贾平凹还年轻啊，后面还有更好的。

主持人：那《废都》之后要首推什么呢？

肖云儒：我个人觉得是《秦腔》，我比较喜欢《秦腔》。我觉得《秦腔》也是静悄悄地悲哀。秦腔这个剧种，因为是外地人我个人算不上是粉丝，但我特别喜欢秦腔的衰派老生，喜欢秦腔的悲剧，为什么？就是秦腔在骨子里有一股悲凉，跟这块苍凉的历史厚土紧紧相连。

前些年北京人艺林兆华、濮存昕他们来西安演出话剧版《白鹿原》，与他们当面开会评论，我曾经提出过批评意见，《中国艺术报》发了，京华大评论家雷达还剪下来，他说我感觉到你是对的。我说北京人曲解了老腔，老腔被市场化了，老腔不是那样咋咋呼呼的，老腔是一种遥远的、苍凉的、逝去的土地上的背影和声呐，这才对。现在的老腔，欢快而激昂地把那个板凳砸了。

主持人：现在夜总会里也开始演老腔。

肖云儒：那是旅游版，旅游版老腔这已经不是文化的老腔了，在市场的挤压下，真正的秦腔、老腔精神，正像贾平凹《秦腔》里写的，在慢慢地、悲凉地远去。包括跟秦腔农耕文化传统联系着的那个农耕生活方式和后来的计划经济，都在远去。读完以后你会有说不出的一种感觉。《秦腔》《带灯》《古炉》就像朦胧的音乐一样，是不可复叙的。而传统的主题性音乐，如《梁祝》的主题曲，是可复吟复唱的。贝多芬的《欢乐颂》也能复吟，但现代的无标题音乐不能复吟。《带灯》《古炉》《秦腔》的故事也是不能复叙的，它就给你提供了一堆生活现象，一种氛围，但是在生活现象的底层有一种很明确的情绪在流动。在阅读作品过程中你会被它浸润，而完成对这种情绪的接受。

主持人：《秦腔》作为贾平凹代表作获得了茅盾文学奖，而且是毫无争议的获奖。他前两年推出的一部迄今为止他最长的著作，小说《古炉》，六十四万字。

肖云儒：《古炉》我倒是看过，但没有好好研究。其实当时出版部门明令不让写“文革”，我有一个人大同学，原来还是一个出版社的主编，退休后写了一部长篇，涉及大学生活中的“文革”岁月，写得很不错，最后被卡了下来。为什么贾平凹这部写“文革”的作品能够出版呢，绝对不是因为贾平凹的名声，而是因为他把一场政治性的运动，化解为中华民族的文化人格，化解成一种乡村的日常生活。他用底层原汁原味的生活，很巧妙、很智慧地躲开了那个政策性规定。

但是他又从根底上把中国人的精神弱点、恶性爆发写出来了。在一种错误政治路线和疯狂社会氛围的诱导下，中国人心中那些很肮脏的东西，全部被诱发出来。小而言之说这是智慧，大而言之说这叫深刻。

主持人：他是用典型的生活，用各种典型的细节、氛围来让你构筑一个时代。

肖云儒：当大家关注遥远的天安门的革命烈火时，他关注在遥远的村落中是怎么样一个状态。

主持人：贾平凹是个特别鲜活的存在，关于他的故事也多。他各种爱好也多，比如书法、收藏。我们会听到各种各样他的故事，这个鬼才远远溢出了他的文学世界。您能不能简单给我们说说您跟贾平凹的交往，您眼里的这个作家是个什么样的人？

肖云儒：我跟平凹，我跟这三个作家年轻时就熟，与高建群现在还住一个院子。但交往是越往前越亲密，年纪大了反而走动少了。平凹从西北大学毕业后，分到陕西人民出版社一个六平方米的房子，我去过，放了一张床，放一个桌子，不能放凳子，只能坐在床板上。他就在那结的婚，生的孩子。后来他住到北郊方新村，也曾带着他的爱人、孩子到我们家里来，他买的杏我还之以桃，朋友的关系。在很早的时候，在“笔耕”文学组之前，记得在钟楼旁边社会路的西安市文联，陈忠实、贾平凹，还有李建民，我们七八个人，在那儿成立一个文学组织。我印象很深的是，大家想名字，想了很多都一般，平凹以他独特的思维方式，说叫“群木”。

主持人：“群木”？

肖云儒：“群木”，我们是很多树群为一片林，为了争夺阳光和空气大家都使劲往上长。意思是我们要团结，大家都争着去迎接阳光，好好写作，不要横着扎个杈。大家觉得很好，还发了消息，后来这个文学社没成大气候。

我在《陕西日报》当记者时，评论过他的作品，也写过批判他的报道，批判他的中篇《二月杏》。

我记得当时正开会，诗人雷抒雁从北京来了，他和贾平凹是西北大学的校友。我说我们正开会呢，他说你们“会诊”贾平凹吗？那时平凹对我还有点儿误解：你为什么报道批评我？后来他也明白了：你是记者，不是作为评论家，是作为党报记者来写这个报道的。最早《南方都市报》专访我，曾经在文字中配了几幅照片，有一幅是平凹在1980年初给我送的书《兵娃》《早晨的歌》。南都记者说，你们这么早就成朋友了啊！

七、从性格角度对路、陈、贾的评价

主持人：陕西，包括咱们西北的这些作家，大都是您的老朋友，您能不能回忆一下他们的性格？我们读其书，总还要观其人吧，路遥、陈忠实、贾平凹您怎么评价他们？

肖云儒：这三个作家从创作角度来说，各自代表了一个地域的文化核心。路遥有点儿像法家，较为苛世；陈忠实有儿像儒家，较为入世；贾平凹有点像道家，较为出世。从个人性格来说，这三个人也截然不同，是一种很有趣的性格组合。

总的来说，三个人都是强者，共同的特点就是对生命和创作的珍爱和谨慎、刻苦，视文学为神圣，视生命为神圣。最近贾平凹在作协代表大会上说的一句话我很感动："我像保卫生命一样，保卫我的创作时间。"路遥是写着写着中途倒下的。陈忠实为写《白鹿原》六年不下原，在农村老家自己做饭、写作。贾平凹则基本上保持一两年一部长篇的恒定产量。这是他们的共同点，就是对文学，对生命，对目标，珍爱、执着、慎重。贾平凹有多少长篇？随便算算就十几部了。我看过他《秦腔》的原稿，是三稿。他不用电脑，手写，六十万字手抄三遍，一百八十万字。当时我非常感慨，非常惭愧。一般人，包括我，首先没有他那种像农民、像牛一样劳作的精神。

主持人: 那您说这么有名的一个作家,没有助理干这些基础性的工作吗?

肖云儒： 这可能和他的写作习惯有关，因为他也试过电脑，他一用电脑，就感觉不对，写不成了。口述也不行。姚雪垠写《李自成》下部，口述的质量比亲手动笔差，他一拿起笔才有感觉。

主持人： 这也是陕西作家群一个特征？一定要用最原始的方式，最笨拙的方式，去体验生活，去写作？

肖云儒： 也许吧，当然不是所有人。中国的纸，中国的案头，一个字一个字往下写，才能寻找到文学的感觉。路遥为什么那么强势，对我曾是个谜。路遥的命运其实很坎坷，出身很苦。从小他从清涧的亲妈那儿，过继给延川。严梧说他不是因为写作劳累而死，是他母系血统里有严重的肝病遗传。他全家，现在除了他最小的弟弟，都已先后离世，太惋惜了。这么一个穷困异常的孩子，还没有出名时给我说过一句话，我很震撼。他说："云儒，你没有挨过饿，你不知道人挨饿的时候，对一切有馍吃的人都是仇恨的！"他说得非常认真，有一股狠劲。这种极致的语言，只有亲身体验才说得出，这是作家对生活残酷性的独有表述。

这个土地啊，给了路遥贫困，也给了路遥财富。这个财富，就是强大的人格力量。他反复说一句话："像农民一样耕耘，像土地一样奉献。"土地和农民是他的根性文化，是他内心的图腾。从小那么苦，很早就挨饿，读初中开始有了人生的幻想，却遭遇了"文革"。路遥乘"文革"之势，十七岁就当县革委会副主任，某种程度上实现了人生抱负。但"文革"整个是历史性错误，所以"文革"以后他的人生发展就被掐断了，通过介入现实生活，改造世界的这条路被掐断了。

我在谈路遥的时候说过，作为作家，路遥有两个很深刻的矛盾，第一，路遥本人有强大的人格，他最高的理想是当一个政治家，当一个社会组织者、管理者，用自己的实践行为，改造这个社会，这个民族，这个国家，他这个改造绝对是向上的。但是由于各种历史机缘，被掐断了这条路，那么他只好在稿纸上，在胸中，虚拟地实现他改造社会的蓝图，这就是《平凡的世界》跟《人生》。你看他的主人公都是那么强大的，都是要改造社会，改变命运的，没有一个安分。高加林的爱情选择很明显反映了路遥的人生选择。面前摆着两个女性：一个是黄亚萍，知识青年，县广播站广播员，生活在城里；一个是巧珍，农村青年，生活在乡里。他内心的爱情之路，有个细节很感动人。巧珍为了配上高加林，努力学文化，她学写字，纸上全是高加林、高加林、加林哥什么的，她跟高加林在麦积囤坐下的时候说："加林哥我们好了，哪怕累死也要让你像城里人一样，过礼拜天休息。"那就是一个农村女子最深的爱，要让她的汉子每周歇息一天，多感动人。高加林心里非常复杂，他更爱巧珍，但此生就只能在农村。黄亚萍却能让他进城实现人生理想。高加林的困惑其实就是路遥的困惑。

主持人：其实也是路遥的内心冲突。

肖云儒：他真爱这块儿土地和这块儿土地上的巧珍。但是他最后选择了黄亚萍，当了负心汉。因为人生压倒爱情，因为选择巧珍，意味着他要像他的父辈一样，永远在这块儿土地上生存。选择黄亚萍就可以成为“加加林”，就可以离开土地，到县上，到西安。高加林有句名言，他妈说：“你心大得很，你还想去西安呢？”他说：“妈，何止想到西安，我联合国都敢去！”这是正大庄严的宣告，闯荡天下是他的人生理想。在人生理想与爱情的矛盾面前，他屈从了人生，选择了黄亚萍，辜负了巧珍。我注意到一个细节，路遥说他自己没有意识到，我不相信：后来巧珍嫁给了一个叫马拴的人，这是什么寓意？就是把青年人的心猿意马，拴到农村土地上。如果高加林不当加加林，不走的话，高加林就是马拴，从此拴在土地上，跟他祖辈父辈一样过农业文明的传统生活。那对他来说是多么大的历史悲剧，所以他残忍地割断了自己的爱情，屈从了人生的选择。

路遥出名了以后很多县上的乡上的人来找他，托办这个事、那个事。因为他很有名啊，报上经常登啊，又得了奖。大家不知道文人其实是很脆弱的，很没办法的一个阶层，手无缚鸡之力又没有钱，穷酸得很。路遥只好苦笑，他说我连我妈都搬不到城里，我怎么可能办成你们的事？但是有两个事情引发我的思考。一个是路遥那么贫困，刚从农村出来，但给他的女儿路远远吃面包、喝咖啡，他自己也喝咖啡。这是一种象征，就是要叫我的下一代，还有我这一代的后半生，享受更现代的生活。

还有一件事我很触动。路遥逝世之后花圈之多和花圈的构成，让我思考。作协那个院子非常长，祭奠花圈从院子的最里面一直摆到大门口，再摆到建国路内街上，几百米长呀。送花圈的除了宣传文艺界，还有大量的陕北故乡的县市、乡镇朋友。他为什么会有这种气场？你们可能没注意到路遥密札札的串脸胡，耳朵里的毛翻出来，绝对有胡人血统。路遥自己也开玩笑说：“我也不知道哪一辈的祖母，叫匈奴人强奸了，才有了我们这一支。”路遥的身上有那种胡汉交汇、基因杂交之后的强势的生命力，气场非常大。他没赶上参与“陕军东征”，但是是促进“陕军东征”的一个重要力量。“陕军东征”之前在榆林召开的陕西长篇小说促进会，就是路遥主持的。一两年之后，陕军的长篇都纷纷出来了。他要花那么多精力去写作，为什么气场又会辐射到整个社会？包括省上的很多领导对他都不只是对文人的尊重，而是挚友的感情。包括吴天明，吴天明跟我跟他都熟，当时吴天明在抉择当不当西影厂厂长时，就找了几个朋友商量，有我有他有张子良。路遥这样强大的气场是我所缺少的，所以我说我要到西部来搞西部文化研究，给自己补钙。

主持人：那陈忠实、贾平凹他们呢？

肖云儒：都是强者。陈忠实是另一类型。关中古代有深厚的关学，张载的关学，儒家宋明理学以后，比较入世的哲学，主张为天地立心，为生民立命。这就是忠实，他是以一种老持沉重的形态出现的强者，不张扬，埋头苦干。他写《白鹿原》时压力很大。路遥获得茅盾文学奖的当天，我们几个，路遥、陈忠实、我、李星、王愚，正好都在出版局开会。当中央人民广播电台广播路遥《平凡的世界》获得茅盾文学奖时，大家都说：“路遥祝贺你，你获得茅盾文学奖了！”路遥说：“知道，已经知道了。”当时忠实问了声：“是吗？”愣了两秒钟才回过神来，“哎呀祝贺你祝贺你！”其实他压力是很大的，因为《白鹿原》正在很艰难地跋涉。文学界这种竞争，是非常良性的竞争，大家都埋头书案中，写出重头作品来。你想《平凡的世界》得了大奖，他的《白鹿原》还没有杀青，好长一段时间他就不下白鹿原，埋头干！这是一种关中汉子的强者心态。

主持人：是一种隐忍的强者。

肖云儒：对。这种隐忍的强者不次于路遥那种爆发的强者，也许耐久力更强。我跟陈忠实，有过谦虚得叫我脸红的时候，有过争执得叫我激动的时候。谦虚得叫我脸红就是上面那个故事，在我 70 寿辰上当那么多人讲：肖老师是我的老师，不是一般意义上的老师，是我听过他的散文报告，如何如何。讲得我在下面直摇手，浑身出汗，后来还整理出来发表了，公告了。

但我们也有争执，他执拗的时候也有一股强者精神、汉子精神。在你们“开坛”时一次关于陕西文化的话题上，张锦秋、陈忠实、我以及主持人李蕾四人对话。李蕾从西安的四方城墙开始说，说西安的四方城是不是意味着闭塞？可能陈忠实在此之前对这个问题接触太多了，马上就火了：闭塞跟城墙有啥关系？陕西人怎么闭塞？周秦汉唐闭塞吗？他说得有道理，闭塞跟城墙关系也许不大，但我的确觉得陕西的文化氛围趋于保守，陕西需要更开放。我也是个执拗的人，而张锦秋是四川人，她与我有同感。一问她，她就说同意老肖。三弄两弄把陈忠实气的，我也气得手打战，完了以后中午饭也不吃了。到晚上我们才通电话，说学术争论啊，不要伤了哥们和气啊，不要当回事儿啊。哈哈！

主持人：都当真了。

肖云儒：都像孩子一样，非常可爱，这是陈忠实的强韧，跟路遥不一样。忠实到了最近十多年益发慈祥宽厚，好多事情看得很透。记得后来，他还是执拗地在陕西文化是不是闭塞这个题目上，一气写了好多篇文章，掰扯这个事。

主持人：真是强者。

肖云儒：平凹也很强，平凹是“曲水为强”。他不是高原的强者，不是平原的强者，是水般的强者。其实水是最强的，水能把山川切割，水滴能穿石。平凹的强大表现为月色、水和女性。当然他进入长安城后，十三朝古都文化也使他慢慢有了变化。我感觉平凹始终有一种抱负，从大学毕业开始，就不是说我要当个作家这种一般的心气，他始终瞅着国际文学的标高，从很年轻时就这样。我讲一个细节，他刚分配在出版社，一个小年轻，大家都叫他平凹，或者就叫“娃啊，娃啊”（陕西话“凹”“娃”同音）。领导问，给你分啥工作啊？他的反应我很震撼，就像《史记》里面很多古代高人的故事一样，他说他啥都不会，不会编稿子，不会组稿子，我给咱写退稿信封吧。你知道他想什么？白天少动脑子，晚上把全部的精力放在写作上。远大而强韧呀。如果那个时候他目标是在出版社当个模范编辑，就没有今天的大作家。我有更大的志向，白天给你写些信封算了。

主持人：选最没有技术含量的工作。

肖云儒：平凹你不得了，你把人吓死了。这个故事能上《史记》吧？像伍子胥一类人物吧？

主持人：这细节真是典型！《史记》里写陈平，“使平得宰天下，亦如此肉矣！”还有“王侯将相，宁有种乎”，都是这一类的细节。

肖云儒：你看他以后。我有一次开玩笑，我说平凹现在也跟他的《浮躁》一样也有所浮躁，得了很多奖，美孚飞马文学奖、法兰西金棕榈文学艺术骑士勋章及法兰西非米娜文学奖等等，档次也很高，但不是国内文学语境里的文学最高奖，他始终心里有点不平静。

主持人：那他知道莫言得奖，不是得愣上两分钟？

肖云儒：这也有个细节，待会儿看我敢说不敢说。我前两年劝过他：“你不要这么一年一本两年一本地出，作为一个兄长吧有个感觉，有好多书你可以写得比现在更好，但是你推出来太匆忙，你为什么要出这么多？”他不吭气，光笑，我知道就是茅盾文学奖这个情结解不开！1991 年，路遥得了。1997 年，陈忠实得了。自 1997 年到 2007 年，十多年过去了，他没有得茅奖，心里那个呀。不是攀比，也不是为了那个奖，就是没有得到一种他应有的评价，他内心是非常焦虑的。

主持人：这也是骨子里强者和韧劲的一面。

肖云儒：非要拿到这个奖不行！

主持人：就好像江河水要奔向一个方向，怎么都拦不住。

肖云儒：前几年终于拿到茅奖了，有记者问他，你现在的感觉是什么？

他说了一句很有禅意的话："今天天气晴朗。"你看，他原来为此内心是有雾霾的呀！这是一个作家前进的动力，哪一个作家没有这种想法呀。

主持人：这也是陕西作家的一个共同的特点。正因为有这样的动力，才能集中冒出一批作家作品。这种例子别处也有，像陕西这样在20年前，造成一个"陕军东征"的文学事件，成为一种形象和文化符号，一直延续到今天，还真不多。

肖云儒："陕军东征"，到底应如何评价，我并没有想透。我写过一篇《论"陕军东征"》的长论文，前面有个绪论，后面是分别评几位作家作品，并没有很认真地从整体上展开谈。

其实你去搜索、查资料，会发现"陕军东征"的影响真是很大很大。在百度搜索里，有"陕军东征"的英文译名，这就说明它有国际影响。我的一个人民大学的同学，现在是人大的副校长兼哲学院院长，搜索他的资料，发现他的代表论文里边竟有一篇《论"陕军东征"的非理性文化》，就是说它引发的文化影响远远走出了这五个作家、这五部长篇，是走出了文学界别，走出了国界，的确成了那个时候中国文学的一个标志性现象。

主持人：对，我们都应该为它鼓掌。

肖云儒：回过来说贾平凹是一个强者。他得茅奖后，又出版了三部长篇，现在还在写，他还有更高的目标，更强大的心力。再说高建群，"长安匈奴"能不是强者吗？高建群上次参评茅盾文学奖名次靠前，但失之交臂。他曾经公开表示从此再不参加茅奖评选了。但莫言得诺贝尔奖以后，他的《大平原》面世，他又公开表示，我这本书的出版意味着中国乃至世界文学的一件大事，我不是奔茅盾文学奖，我是直奔诺贝尔文学奖去的！一个人得有这种追求，诺奖情结不是坏事，他起码是牵引中国文学走向世界的一种力量。

主持人：我们今天讲"陕军东征"，可能当时是由五部作品引起来的，但实际上引发的那种讨论和效果，特别是慢慢地把它从作品的层面，引到了人的层面，引到了精神层面，这是“陕军东征”相比于其他集群性作家作品，一个非常标志性的区别。

肖云儒：陕西五部作品先后在北京讨论，我参加了三次会。《光明日报》记者韩小惠抓住一位评论家的话：“你们这样连续到北京讨论，简直是陕军要挥戈东征了”作为标题，在《光明日报》二版头条发表消息，引发轰动。这就是“陕军东征”的根由。

主持人：肖老师，您给我们描述了这几位作家，对比了他们的人格力量，沉浸在了非常悠远的岁月中。我感觉扑面而来的那种最强大的气息还是路遥带给我们的，尽管他已经逝去了。

肖云儒：对，因为路遥的生命光彩是集中闪射出来的，所以更为耀眼吧。他的作品给我们印象深刻，他的早逝，生命的悲剧感也震撼我们。他的人生不是一个皆大欢喜的大团圆结局。那么强韧的一个人，气场那么大，成就又那么大的一个人，真诚到什么话都敢说的一个人，竟然由于家族的遗传，由于超负荷的劳动早逝了。太令人惋惜了。

主持人：如果作家是圣徒的话，那他就是圣徒中的殉道者。

肖云儒：路遥在他的创作谈《早晨从中午开始》中，不是写过一个细节嘛，他躲在陈家沟煤矿写《平凡的世界》的时候，跟自己做斗争：“我不能出去，我不能出这个招待所，我不能去玩，去分心。”他把电话关了，跟自己的孤独搏斗。墙洞有个老鼠，每天出来，他便用吃剩的馍养活这个老鼠，这是他唯一的伙伴。我看到这儿，觉得这个人真的强大。路遥为什么给人的印象特别深，就是他把悲剧感，把人格的强大推到了极致。

主持人：路遥的强大让我想起大秦，突如其来，狂飙突进。

肖云儒：原来拍过一个片子叫《陕西作家群》，我受访时就说过路遥有法家苛于世的心理背景，后来删掉了，说这个话根据不明显，其实只是一个比喻。

八、延河

主持人：有一个巧合，巧中也有它的必然性，就是这三位作家的成长、成熟，他们阶段性的文学里程碑，都跟一个文学杂志相关，就是咱们陕西的《延河》。陕西河流纵横，但是以这个说大不大、说小不小的“延河”命名，它在陕北大地那样奇绝的高原潺湲蜿蜒地流过，可以说是一条精神的大河。那么作为一个文学刊物的名称，跟这些作家的精神也是有联系的吗？

肖云儒：当然。今天恰好有一个《延河》杂志的编辑在场。《延河》是一个河床，这个河床上流淌着陕西四代作家的生命和成果。“延河”这两个字是老一代作家柯仲平写的，全国作协副主席，在延安时代是文抗的主任，跟丁玲同代。柯老有一首诗，就是写延河的，意思是“延河照样流，千山万水不回头”。不光陕西，在20世纪50年代以前，《延河》杂志是中国作家协会西安分会的杂志，覆盖西北五省，撤销大区以后才变成陕西作家协会的杂志。取名《延河》，是因为延安文艺座谈会在延河之畔、宝塔山下召开，新中国第一代文艺骨干都是从延安出去的，像丁玲、艾青、舒群、周立波、萧军、欧阳山、柯仲平、马健翎、草明、陈学昭、贺敬之、阿甲、李季等等，还有美术家、雕塑家王朝闻、张停、彦涵、古元、石鲁，交响乐第一代作曲、指挥李焕之、李德伦，第一代舞蹈家吴晓铃，第一代摄影家吴印咸，都是延安时期培养出来的。他们逆延河而上，从全国乃至于世界汇聚到延安，又顺延河走向全国，撒播文艺的种子，成就了新中国文学的气象，这是第一代作家。第二代就是柳青、杜鹏程、王汶石、李若冰、魏钢焰，再加上第一代的柯仲平、马健翎，构成中国文学的一个重镇，许多陕西作家上了中国文学史。一个省有这么多人上文学史是很不容易、很不容易的。

这些作家，柳青《创业史》的前几章最早就在《延河》连载，杜鹏程、王汶石的短篇《夜走灵官峡》《新结识的伙伴》也在《延河》发表，因为他们是驻会作家，体制内，所以首先都给《延河》。特别要说一件事，《延河》虽然说是从延安文艺传统一脉下来，但思想并不保守，很开放，茹志鹃——王安忆的妈妈，当年写了一个很著名的短篇叫《百合花》，在文学史上很有名。投了很多杂志都被退稿，说她把革命写得过分地浪漫，不是艰苦搏斗。小说描写战士们扛着竹子巡山，竹梢在石板上一颠一颠地那么跳动，很美。她最后投到《延河》，《延河》发表了。茅盾那时候是全国作协主席、文化部长，在那一年的小说评论长文中专门分析了这个作品，指出这是当年创作的重要收获。茹志鹃成了全国知名作家，而《百合花》是她的代表作。

至于陈忠实、路遥、贾平凹、雷抒雁、阎纲、叶广芩、高建群、邹志安、京夫、王晓新、王蓬、吴克敬、红柯、程海、李凤杰等等，这个作家群，在他们没有成名的时候，无不以在《延河》上刊登小说为荣，后来则无不以在《延河》上发他的头条为荣，到现在虽然不全给《延河》，但是《延河》依然是他们出发的基地。真是延河水长流，说不尽的《延河》。

现在，《延河》依然是青年作家的苗圃，是多元发展的陕西文学的一个窗口。你看，除了像陈忠实那样的史诗写作，除了像高建群、红柯那样的诗性浪漫的写作，除了像冯积岐那样的乡村风情小说，叶广芩那样的家族文化小说，周瑄璞、唐卡那样的都市青春小说，鹤坪那样的市井风情小说，除了这些之外，还有很多现代主义的写作探索，像爱琴海和寇挥。寇挥在《延河》当过一段时间的编辑。有些网络作家也开始上《延河》了。它可以说是陕西文学各个历史时期的展览平台，是陕西文学发展的见证者，是陕西文学美丽的倒影。《延河》真是光荣！

当然，现在《延河》的发行量不大。在一个多媒体时代，所有的文学杂志，包括《人民文学》，包括 20 世纪 80 年代大型刊物的“四大名旦”，《十月》《当代》《收获》《花城》，现在都显出了衰落。我个人认为这不标志着杂志和文学的衰败，时代使然，而不是质量使然。这是进入新媒体时代以后，在一个转型期中的断裂现象，它需要调整期。纸制媒体永远不会消失，就像经典歌剧演出永远不会消失。影视网络以快捷、即兴见长，而纸质文学是以深刻的品尝、回味见长。希望《延河》一方面适应新时期的转型，多发展青年作者，与现代新媒介接轨；另外一方面《延河》也应该有坚守，不能被印刷量左右，应该有一点儿神圣的孤独。马克思不孤独吗？当年他许多学说没有人认同。司马迁不孤独吗？被阉割以后出不了门，只能闭门写《史记》。但是孤独者集中力量坚持干好一件事，却可能会存于历史。

主持人：通过您的描述，我首先感到的是，《延河》是一个孤独的中年人。如果我们再给他梳理几条孤独中年人的性格的话，他会是一个什么样的性格？

肖云儒：《延河》的性格基本上是厚重。它的性格就是那几位代表性作家的性格。《延河》可以说有陈忠实的厚重，有路遥的气势，有贾平凹的灵智，有高建群的浪漫诗情，也体现了一些青年作家的现代感。人到中年，不像青春少年那么单纯，它已经多姿多彩，已经是一个多面而复杂的汉子。《延河》是个汉子。

主持人：是个汉子，一个过了知天命之年的汉子，有了智慧，有了成熟。可能郭敬明的刊物发行量和影响力大过文学刊物，但却永远取代不了文学刊物，因为人或者说社会不管发展到哪个阶段，文学的典雅的生活，总会有人愿意过。

肖云儒：它曲高和寡。阳春白雪和下里巴人总是并行，这里没有褒贬。社会的需求是多样的，小众的东西永远要存在的，是吧。谁都不研究哥德巴赫猜想，谁都不做原子弹而去做茶叶蛋，中国就完了，茶叶蛋很普及，但是没有原子弹总归不行。需要大众也需要小众，让小众去开路，小众去种实验田，然后推广到大众的文化田野里去，就像袁隆平的杂交水稻试验推广一样。

九、今天的青年作家的创作

主持人：时代发展到了今天，文学的火炬传递到青年一代身上。您看陕西目前青年创作的现状是怎么样的？我们应该怎样培养青年作家呢？

肖云儒：这个问题得先声明，我发言权不多。随着年龄增长我读当下的作品比较少，也不细，只能谈感觉。这个感觉不见得对。我觉得现在陕西青年作家的创作，给我最深的印象，就是自由、松弛、多元化。

主持人：这也是所有中国作家的感受。

肖云儒：但对陕西特别有意义。陕西曾经固守革命现实主义，而且做出了很大的成绩，新探索要进入不容易。第一，一个地域文学的总体成就靠什么呢？不能用得奖来衡量，不能靠印刷量来衡量，不能靠出了几个大作家来衡量，它也许是标志。也不能靠作家财富榜来衡量，最有钱的作家并不见得是最伟大的作家。我觉得最重要的是精神的、文学的氛围，应该靠氛围。总体氛围是不是宽松，是不是自由，作家队伍的思想是莺飞草长，还是寂然无声？不同的氛围，不同的结果。现在陕西文学的氛围很好，这是第一。

第二，要彻底改变文艺就是宣传的这个旧观念，这方面任务还很重。你问我怎么样培养青年作家，我说得极端一点儿，我根本反对“培养”这个词。作家只能陶冶、涵养，自己在阳光雨露下成长，不能外在培养。你给他办学习班他就能写了？我给好多作家班讲过课，只能给他们一点儿启发、一点儿知识，创作还是要靠自己的修养、锻炼。还有，党和政府、文联、作协给你一个职务、一点儿荣誉，你就能成为大作家吗？我省让很多作家下去兼职，当书记、县长，有的写出了好东西，例如路遥、邹志安、冯积岐等。有的兼了三次职十来年也写不出好东西。这都是外因。

第三，作家个人的和群体创作的发展，常常带有偶然性，不可预测。比如陕西文学的下一个高峰什么时候到来？很难把握。说不定明年就来了，说不定后年还来不了。因为文学不像种苹果，有大年小年，文学创作的复杂性、个体性、独特性、新颖多变的创造性，很难用一种不变的规律去框定。它是许多社会的、个人的因素，机缘千变万化的碰撞、影响、组合。它与社会发展有关但又无关，难道盛世就一定有好作品？不见得，乱世出好作品的例子多了去。

主持人：诗人不幸国家幸，国家不幸诗人幸。

肖云儒：也不见得。谁说盛世就出不了好作品？李白、杜甫不就是盛世天才。这个事情很复杂，它是时代使然，个人命运使然，文学氛围使然。就像恩格斯说的，一个事物最后的发展趋势线，是无数个平行四边形的对角线的总和，它是多种力量造就出来的。所以我们不要去算命，说陕西文学现在是不是断了代，或者说陕西文学哪一年又能东征一回。我曾经说过文学没有断代的问题，因为整个人类要倾诉，要通过文学倾诉，它就不会断代。文化只有区别，东方文化、西方文化，谁比谁高不能说。陕西文化跟河南文化谁打多少分？打不了。它们是在区别中丰富，不是在高下中排名次。

陕西青年作家现在状态很好。氛围多元化，文化界活跃，政策又宽松，作家有主体性，创作心态放松，特别好。我披露一个细节。前些年，有关方面对《白鹿原》颇有微词，并且指令陕西省委宣传部拿个意见，当时的宣传部长王巨才，后来到中国作协当副书记，召几个评论家在一个宾馆开会，就六七个人，作家们都不知道。说上面要对《白鹿原》拿个意见，拿一个正确的判断，希望听听评论家的意见。会上意见几乎一边倒，为《白鹿原》申辩，最后形成一个东西，说我们觉得这部书没有什么政治问题。历史的进展已经到了这一步，对国共两党的历史认识，已经提升到这样一个程度，不构成多大的问题。陈忠实后来说，老肖你们神神秘秘干啥呢，我说现在不能给你说，以后会通知。所以我觉得陕西的氛围很宽松，陕西很少限制批评家、作家。我觉得这不容易，是好现象。

主持人：我一个朋友有个观点，他觉着一代有一代的文学，纸质的文学，文字写成的文学，一定会历史般没落。今天的电视剧就是过去的唐诗宋词，文学在今天只有用影视语言才能获得再传播，再升华，才能有生命力。这个观点您认不认同？

肖云儒：这个观点的前半部我不完全同意，后半部我部分同意，为什么呢？我觉得现在的影视作品中有一些精品，可能成为唐诗宋词，大部分影视作品成不了，因为的确在商业的驱动下，规模化生产过度，精品很少，特别是电视剧，电影好些。这个话说得太武断，因为电视剧我看得不多，基本上看不下去。有的流行小说能看下去，像官场小说，但完全是情节拉动，而不是审美鉴赏。但是从传播学的角度来说，从唐代市井乡里读李杜这个传播的角度来说，有一些电视精品、电影精品可能会传世。我始终坚信纸制文艺体在所有的文艺样式中是最富有审美内质、思想内质和传播恒久价值的品种，对此我抱着非常乐观的态度。

从说话跟写作的状态就可以理解这个问题。说话的即兴、随意跟写作的精雕细刻，当然会产生不同水平的成果，一分耕耘，一分收获嘛。但是我们纸质文学写作，首先要调整自己的题材、视角、结构、思路、表述语言和欣赏习惯，要了解新一代传播市场的需求，不要过分清高。作家应该进入博客、微博、微信，参加年轻人的 party，进入年轻人的生活圈子。实际上我们的年轻人生活和精神的深处，是有很多很深刻的东西的。我退休以后在西安外事学院兼任一个院长，对“80 后”“90 后”多少了解一点儿。很多学生很勤奋，很善思考，很有感觉。也有青春的苦闷，少年维特之烦恼，高加林的烦恼，在这一代年轻人里面依然存在，而且很生动，我们要去发觉。我们不要被网络上一些现象所迷惑，要深刻地去了解。我那些学生中就有五六本长篇小说出版。

只要学生出的书我都给写序，鼓励呀，同时也就成了朋友。每一个人身上都有历史信息，每一个人的命运都是长篇小说。

十、文学作品的影视改编

主持人：说到影视，确实是今天最有影响力、最有传播力的一种语言，也确实有很多陕西作家的作品被改编成了电影、电视剧包括话剧，您会去看这些文艺作品吗？有没有您特别喜欢的？

肖云儒：我曾是陕西电影家协会副主席和省影视评论协会会长，有一段又专门研究西部电影，所以那一段看影视作品不少。近年来偶尔也看看电影，电视剧基本不看，但跟陕西有关的作品改编的我还都看。

主持人：有没有印象很深的？

肖云儒：这么说吧，可能有点丧气，陕西的文学力量很强，根据陕西文学名著改编的电影电视，基本上没有太满意的。你像电影《白鹿原》我是看过几次，还写了文章，说了一点儿好话。

主持人：王全安版的？

肖云儒：王全安版。但是怎么说呢，它有它的好处，令我最感动的就是俯瞰大地麦浪的旋风，那种大视角、大画面。

主持人：一个油画般的感觉。

肖云儒：但是我跟很多评论的意见是相左的。很多人都说它是因为没有尊重原著所以不太好，我恰恰认为它是始终跑不出原著，它始终想把《白鹿原》的小说版较完整地翻译成电影故事，这是电影改编的大忌。它没有寻找到一种与长篇小说完全不同的，改编《白鹿原》所应该有的，比较单纯的电影线索和电影结构。又要表现白鹿两家的宗族矛盾，又要表现国共两党的政治斗争，又要表现田小娥与白嘉轩之间宗法礼教和人性感情的冲突，想让一个多小时的电影承担长篇小说繁复的内容，怎么可能？

我倒主张下决心删繁就简，以田小娥这条线为主线，深入展示近代中国农业文明背景下，人性、生命与礼教的冲突，把家族文化、政治斗争全推到后面，就像《红高粱》，一个代表生命，一个代表压抑生命，很单纯的故事，那就是电影。但聚焦以后要放大，心理感情要细致解剖，矛盾冲突要推向极致，让观众震撼，这是电影的优势和特点。还有，我觉得《白鹿原》没有完成镜头语言的充分转化，还基本上是在用对话和一些解读性画面，复述白鹿原的故事，当然又复述不完整，所以有人说这是半部《白鹿原》，有点儿苛刻。

电影版《高兴》最后用了一点儿梦境中的飞翔，这个想法不能说不好，但它违背了我前面说的，贾平凹给这部作品深处流贯的淡淡的悲凉，电影把这个深刻东西没有抓住。

主持人：它做成一个非常热闹的电影，请一线的大明星黄渤来演，又拍成了歌舞片，花团锦簇，非常具有喜剧效果。

肖云儒：我觉得从文学作品的电影改编角度来说，张艺谋值得我们认真研究。他大部分佳作几乎都改编自文学作品，而且几乎所有改编都比较成功。你像《红高粱》，不是没有缺陷，但最大的成功就是理解了莫言的原意，原意是什么呢？不是九儿参加了抗日，是九儿对生命的追求，具体表现为对自由、爱情的强烈追求，以及和麻风病人所象征的旧风俗旧礼教的冲突。当然《红高粱》不得不最后加一个抗日的尾巴，那其实有一点儿遗憾。如果完全写生命冲突艺术效果会更强烈。莫言有很明显的意图，就是要用中国文字里边“九”这个神秘数字，这个象征极致、最高境界的九字，九儿，九乘二、十八里坡，然后喝红高粱酒（九），唱九月九的歌，喝了我的酒怎么怎么样。用“九”表达一种人性中最激扬的东西，人性跟酒的豪放、跟爱情的追求形成合力，贯通了电影的方方面面，既单纯，又细致，也充分。

你看张艺谋改编那个《大红灯笼高高挂》（苏童的小说《妻妾成群》），也是从小说的众多生活描写中，抓住了人性解放和人性冲突来强化它。四姨太颂莲进到那个大院，是一个学生打扮，穿的是阴丹士林的旗袍，提一个小藤箱，那是典型的 20 世纪 30 年代的中学生模样。

主持人：这是细节的刻画。

肖云儒：这个细节说明她是一个知识女性，有新文化因素，但是由于她家里穷，被迫来到了这个大院，成为四姨太。本来应该有非常大的苦闷，有一个由中学生转变为姨太太的过程，但是她有个叫人猝不及防的转变，马上被老妈子捶脚陶醉了，然后老爷宠幸了她，第二天也就撒娇，按家规可以不出大堂吃饭，要专门送到房间去。颂莲很适应姨太太的生活，让人感觉到在强大家族文化背景下，这个人物内心的软弱。张艺谋妙在，没有用一句语言，全部是用行动来表达。

但二姨太，那个京剧演员，在高压下敢于红杏出墙，执着于自己的感情，最后被处死。这两个人物是一种强烈的对比，很有深度地揭示了古典文明的弊病，那种强大的镇压和怀柔力量。

主持人：所以张艺谋其实也是一个文学家，他是电影里面的文学家。

肖云儒：张艺谋是一个思考者。他能够把原著潜藏很深的思想精华挖掘出来，用电影语言表达出来。最有意思的是《秋菊打官司》，张艺谋发掘了陈源斌原作里面没有的内涵。原来就是写改革开放之后，中国农村妇女萌动了法律意识，村长打了她男人就去告状，要讨个说法，不停地告。张艺谋当然也表达了这样一层意思，很多评论家也这样称赞电影。

我不理解为什么大家都把这个定位为中国农民在改革开放之后有了法制意识的萌动，你们怎么没有看到，最后张艺谋实际上否定了这个主题。他说的是中国农村妇女在改革开放之后，虽然初有法律意识，但是动机依然是家族文化。比方秋菊说：村长，你打人也就罢了。这个前提是什么？村长是可以打人的，“你不要往要害处打”，要害是打了他的根部，怕弄得断子绝孙。你看她，基本的告状目的是传宗接代，是尽自己的为妇之道。后来她怀孕了，生了个胖娃娃，她高兴得很，不告了，撤诉了。但法律不容情，警车来逮村长，这时秋菊满脸茫然：我都生娃了为什么还抓他？可见，整个意蕴其实不是法律意识的萌动，而是以浅薄的法律行为来捍卫传宗接代宗法制的观念。电影结束的时候，镜头在开走的囚车里，秋菊满脸茫然，由中景慢慢地变成远景，慢慢摇到高空俯瞰，雪地里的秋菊孤零零地站着，像一个问号：这是怎么回事？

我们的改编缺乏这种东西，深刻的人文理解，地道的电影语言，把作品深处，甚至作品不包蕴的东西发掘出来。

主持人：去年最受关注的两部根据文学作品改编的电影，一个张艺谋根据海派作家严歌苓的作品改编的《金陵十三钗》，一部就是王全安执导的《白鹿原》，对比这两部非常受关注的国产电影，您有什么判断。

肖云儒：《金陵十三钗》原著我没有研究，仅从电影来说，当然更喜欢这部，因为它把矛盾、情境浓缩、推演到了极致。而《白鹿原》，我觉得它小说味太重，电影不能没有一个从头至尾的悬念拉动，要不然太平。《白鹿原》缺乏的是没有从小说里边提炼一个单纯的故事，从这个角度来说我喜欢《金陵十三钗》，它更电影化。

主持人：其实《金陵十三钗》的原著小说是个短篇小说，还不到五千字呢，但是张艺谋把它改编成一部有影响力的电影。

肖云儒：其实改编电影最好就是给一个意念、一个点子，编导才有广阔驰骋的天地，它可以用这一个点子去生发、延展、辐射、丰富，用一个聚光点把许多线索、场景、细节凝聚起来。独立的电影作品，应该单纯、强烈、极致，应该是放大镜下的生活，而不是平板玻璃下的生活。

主持人：那是不是也是由于小说作品本身的丰富和复杂，超越了导演驾驭的能力？

肖云儒：是啊。所以我倒主张，对一个像《白鹿原》这样史诗性的、多头绪的长篇，可以从不同角度改编很多东西。现在吴征正在改编以白灵为核心人物的片子。还可以搞一个以田小娥为核心的片子，以白、鹿两家矛盾为中心线索的片子。这是小说的丰富性决定的。你要把它全揽进去，很难成功。

柳青非常谦虚也非常清醒，他说我的《创业史》是不能改编为电影和戏剧的。因为他是侧重写各种心理状态，故事非常缓慢，把它变成一个建立合作社的故事有什么意思？《创业史》全部价值在于对内心生活的开启，所以他提前声明不主张改编，这是有道理的。

十一、多重地域造就陕西文化的丰富

主持人：肖先生是咱们老朋友了，通过这十几期的节目，大家每一次都见识了您的风采。任何文化精神都不是凭空长出来的，陕西这些优秀的文学巨匠，他们的创造，他们的思想和才华，都有母体。可能这个母体，我们从当下还不能完全领略，如果要上溯的话，您觉得从什么时候开始梳理比较好？

肖云儒：好，一个地域的作家、艺术家，还有一块土地的文学精神，的确是天地孕育的，是土地跟历史孕育的，又是先驱者开的路。这三个因素是构成陕西文学精神最重要的方面。

首先从天精地气说起吧……

主持人：大家都说陕西的造型像一个跪射兵马俑。

肖云儒：是，有很多不同的说法。有的说它像跪射兵马俑，我常常说陕西的版图更像一把钥匙。它的钥匙孔就在西安，上面你看是锯齿形。这个钥匙是干什么的，是打开中国历史、文化的钥匙。陕西南北跨度 1000 公里，这个跨度在中国的各省里面不多见。当然也有，像内蒙古就非常长。但是陕西所跨的气候带、生产方式、生活形态，在全国是最多样的。苏南、苏北，淮南、淮北，有属于江南的部分，有属于长江以北的，但是苏北跟淮北不是典型的北方。陕西不一样，有陕北高原、毛乌素沙漠的生活样态；有关中最典型的北方平原的生活样态；又有秦岭以南，长江流域的南方生活样态。这样，陕西就把中国的沙漠、草原、高原、平原、山地五种地形全概括了。气候也是这样，从北边的寒温带、暖温带，到温带，到亚热带，陕西全覆盖了。这就是我说的天精地气，它使得陕西具有地理的垂直辐射力，为陕西的整个文学精神、文学群体打下了多样化的基础。

主持人：其实很多省都可以分成南方、北方。

肖云儒：对。他们是一分为二，我们一分为四，沙漠、草原、高原、平原、山地。多样的地形，造就多样的生产方式、生存方式、生活习俗。我原来在榆林蹲过点，榆林、靖边、定边都是高原的生产、生活方式。但是你从榆林出城，一过长城，不出榆阳区范围，所有的地名，都有了蒙古味，小壕兔呀、保尔滩呀、巴拉素呀。而且妇女头巾的扎法不一样了，土地文化区的妇女头巾扎到下巴颏下面，巧珍就是这么扎的，但只走二十公里，一到了沙漠地带，头巾就像蒙古人一样，扎到了脑后。生活风俗变了，这边是农耕，那边就是游牧，由农耕到游牧。所以陕西既有游牧的习俗，又有高原的情怀、平原的气度，还有山地的智慧。

到了山地，曲曲折折的水从山里流出来，这不就是贾平凹吗？大平原的俯瞰气度，不就是陈忠实吗？在高原上雄视一切的强势，不就是路遥吗？路遥经常要到沙漠中吸收营养，那里没有供给植物的营养，却有着宏阔的精神营养，所以地理因素是非常影响陕西文学精神的。这也是陕西文学能够形成这三四个人迥然相异风格的原因。其实不止路遥，陕北高原后来又有高建群、红柯的诗性浪漫群体。这是我研究另外一个问题，中国西部文学，我把陕北划到西部去，关中、陕南则不划进去。陕北那个地方就是胡汉文化跟草原文化、游牧文化的交汇地带，也是动态生存跟静态生存的交汇地带。因为在那个地方，在毛乌素沙漠，一个小伙子的价值就在于游动能力的强弱，你骑马快、搬家快，能走、敢“走西口”，就是姑娘们最喜欢的小伙子。但是挪到土地文化区，这个标准就变了，你守土守家的能力强，你就是好小伙子，能守住三十亩地一头牛，一心看顾婆姨娃娃，能够富家，就是好小伙子。这是一个因素，天精地气孕育了陕西的文学以及价值观。

“走西口”为什么不在关中发生？因为关中是“守土为业”的农耕区，白嘉轩和鹿子霖的小辈出去闹革命，老一辈就认为你是败家子，你不守住你这块地、你这个四合院，不是好男人。但是到了陕北，流动是好的，“走西口”是好的，尽管有风险，尽管妹妹唱着歌，叮咛你“走路要走大路，不要走小路，住店要住大店，不要住小店”，还是要走。游动生存能力强被视为男性的生命力量和生存的能力。活脱脱的标本，就是路遥本人和他的主人公，这是一种流动生存的价值观。

我们还可以从历史文化上挖掘一个作家群体和它的精神。创作看起来是当下行为，但作家精神中无不有历史遗存，作品所描写的生活，既是当下的，也是历史产物。我们吃的羊肉泡是当下的，但饮食是活着的文化，羊肉泡的前身羊羹汤就有当年游牧民族的痕迹。一个地方的现实精神是千百年来历史的延续。文化其实不是培养出来的，是积淀得来的。千百年来历史文化，一层一层积淀，就像黄土高原的风把黄土一层一层吹过来，积淀成世界上最深的黄土高原一样。

主持人：所以有个词叫文化层。就好像考古一样，那个钢钎打进去，你发现一层一层的，这个层这个年代，那个层那个年代。

肖云儒：是，跟树的年龄一样，跟地质层一样，它完全能够通过取样考据出来。我一直不太同意对文化用“建设”、对作家用“培养”这两个词，文化可以建设，但是主要是建设硬件、营造环境，你可以投资，可以搞文化产业，而精神是建设不了的，要积淀，要多少年的涵养。作家也不好提“培养”，我更愿意提“涵养”，不是强求，我来开设一些班给你讲课，给你做形势报告、技巧讲座，就能培养出作家吗？恰恰我们陕西的作家都不是大学中文系正儿八经毕业的，所以作家对文化要长期积累，这就要追溯历史。

从周礼到秦制，到汉代儒风，到唐代的文化交融，到宋明的关学，从周公旦到秦李斯，到汉董仲舒、司马迁，到唐李白、杜甫、王维，到宋张载，到清末民国于右任、吴宓、张季鸾等等，从《诗经》到先秦散文，到《史记》，到唐诗，到关学，历史上一长串熠熠生辉的文化瑰宝，都给陕西文学以营养，都说明了历史文化精神与天精地气，是如何通过一些代表性作家作品一代一代传承下来的。我们能够从今天的陕西文学群体中，文学群体的作品中，听到它的回响，看到它的蛛丝马迹，感觉到它的文化模型，觉得真是很有意思的事情。

主持人：让我刚好想起，中华的大地原点，就在西安市以北四十里的泾阳县，而北京时间也是由陕西蒲城国家授时中心授时的。陕西是时空原点，在文化的历史坐标上，这里好像也是文化的一个原点，散发着最原初的生命力量和文学精神。

肖云儒：可以这么说。当然，因为陕西文化这棵树太大了，有像榕树一样的荫盖，下面的花草也就比较难长，特别是异样科目的植物，所以应该说陕西文化中的现代因子、青春因素还是不足的。这种不足也反证了陕西历史文化精神和土地精神对这个文学群体那种很难消磨掉的影响。不见得陈忠实、贾平凹、路遥、高建群、叶广芩一定要像学者那样研究陕西这块土地，不需要，他们通过民间行为，通过文化氛围，都会收纳到、感知到这块土地的文化信息。吃肉夹馍的时候，去回民坊上的时候，去昭陵、乾陵、茂陵、横渠游览的时候，都会感受到这种文化的营养。营养无处不在，力大无穷。有人会说没有见过陈忠实研究关学呀，不见得，他其实很关注，但也不见得一定要研究，就是这种宏大的历史文化气息，在涵养着这一批人。文学创作不是理性化的东西，你叫他们去研究司马迁，研究关学，可能研究了半天，诗人也不见了，作家也不见了，都成了教授了。

主持人：就是这些经典，这些人物，这些精神，经过千年流转已经化为黄土地上的文化空气，只要你在这儿生活，呼吸这样的空气，就与这样的精神难相忘怀。

肖云儒：其实他们血管里就流着这些东西。作家形象地、灵性地感知能力是超过凡人的。你去回民坊玩，光说啥好吃，啥好玩，人家到那儿一转，会收纳到很多民族交汇的信息，感悟到社区的形成和变异。他的感知跟学者的感知不一样，学者是归纳为一二三、ABC，他是感知到无数个细节和表情，然后以生活原有的形态写出比生活更深刻、更有审美意味的作品来。

主持人：那可不可以这样理解，因为这个地方传统的根扎得太深了，以至于今天陕西作家的创作，可以称作中国传统文化、传统生活、传统风俗以及传统局限的百科全书？以最典型的几位作家来说，路遥作品中那种奇绝的人格精神，陈忠实笔下那种风云变幻的政治社会风云，以及贾平凹梳理的那些世俗的乡村生活、市井生活的曼妙和流动，都是在传统文化因子里可以诞生出来的花朵。

肖云儒：不见得是传统文化因子诞生出来的，但他们的创作都能从传统的因子中寻到蛛丝马迹，再加上他们个人生命的感悟和生活的积累，艺术感受和生命感受汇于一体。你后面那个说得特别好，陕西文学既是传统文化精神优良传统的一个模型，的确也反映了中国传统文学的一些局限。陕西文学本身是一个活体，鲜活的生命，很难把它像肉案子上的肉，切割得条分缕析。它是浑然一体的，有呼吸，有皮肤，有淋巴管，血管里血液在流动不息。有些青春派的作家认为陕西作家观念略显陈旧，如果作品本身是一个和谐的完整的鲜活的生命，这就是好东西。你观念很现代，但各种零部件，比如细节、情节、心灵、情绪，还有文字表达能力，都赶不上去，光有一个好观念，也未必是好作品。《诗经》你说它观念陈旧不陈旧？《史记》虽然资料多，也比较敢说，大处也还是帝王观念，但是因为它的作品有鲜活的生命，呈现在我们面前的依然是那个时代活的历史。《红楼梦》《安娜·卡列尼娜》许多观念也过时了，但这些作品永远不会磨灭，原因就是作品本身的生命在起作用，作品中描写的生活在起作用。

十二、陕西文学的未来

主持人：通过这么长时间的梳理，发现这块黄土地给我们留下了那么多宝贵的、奇瑰的文学记忆，这些记忆也是中国共通的文学记忆。您作为一个批评家，您感到这些记忆，可能会在未来催生什么样的新的文学花朵呢?

肖云儒：这个问题太大了，我回答不了，终于把我问住了。因为文艺创作是很复杂的精神现象，我不同意简单说陕西文学断代了。文学怎么会断代呢？它只有喷发期和酝酿期这两个时期，喷发期过去，新的酝酿期便开始了，这不叫断代，没有这个酝酿期就没有下一个喷发期，它是蓄势、积累、准备期，是高速公路上的车，一会儿钻到隧道里去，一会儿出来迎接扑面的光明而已。

包括用微博、微信都有文学的准备作用，一段文字，能够用几句话表述得那么迷人，本身就是创造。文学是非常个人化的东西，它不一定要组合成一个代、一个群体才叫高峰，司马迁有什么群体，他依然是高峰。而产生一个司马迁，条件很复杂。你说盛世产生好文学，司马迁多苦，文章本来憎命达，苦难正是文学资源。你说富贵就一定不能出好作品，那李后主的词、宋徽宗的画怎么解释？他们是皇上，极尽人间富贵。

马克思说人的本质是社会关系的总和，你各种社会关系不一样，阅历不一样，有过苦难吗？有过爱情吗？有过特别幸福的感觉吗？有过对于月夜特别深刻的记忆吗？这些都构成文学资源。这一切都没有，你把经史子集读得烂熟，也成不了文学家。我觉得不要以代际和群体来判断一个地区的文学成就，这是简单的做法。只有一个什么都要量化的时代，才容易这样想问题。某个作家、某部作品的成功，因素非常复杂，只能具体分析个例。当然有规律，规律也体现在个例身上、作品内部，而不体现在群体的共性上。

十三、人生感受以及对年轻人的希望

主持人：我们的话题已经非常丰富了，从文学聊到了影视的改编。今年是您扎根黄土地的第五十二年，半个多世纪了，应该说，在这块土地上，您不只见证了文学变迁，更多的是一种生活的变迁，也给您自己带来一种人生的变迁。回顾半个多世纪的变迁，有没有什么特别的人生的感慨？这个问题我知道很大，但我也只能这样问。

肖云儒：问题的确很大，我这么来说吧。我其实已经视陕西为我的第一故乡，或者说第一精神故乡。我有三个故土，有三个根系，四川、江西是我的血缘的故土，我的父母来自四川和江西。江西和北京是我青少年的记忆，是我接受教育文化奠基的故土。而陕西是我整个人生的舞台，是我终生跋涉之地。不管成功还是失败，如果说我的人生是一部冗长的、不忍卒读的戏剧，没有办法，它是在陕西演出的。对陕西的感情，我想这么说，我对陕西有时苛刻，经常说一点儿反思性的话，影响最大的、有十几万点击率的，就是我在《华商报》说的：陕西人的“十好”，好为忠、好称大、好怀古等等精神陋习。但是我有一种感情，那就是恨铁不成钢，就是愈亲者愈苛。我能数叨我老妈，别人不能说；别人要说陕西不好，我定是百分之百的陕西立场。但是我可以说，因为我知道我爱她，因为这是我的母亲我的母土。现在看来我会终老陕西，我的儿孙们也都在陕西，我会跟这块土地永远结缘。

还有我所处的文化圈，包括文学圈跟艺术圈，因为我在文联工作多年，那个氛围我是怀恋的，我也为此感谢陕西。我回报不完这块土地，尽力为之吧。

主持人：其实像我们这些年轻人，特别是年轻的评论家们提起您肖老师，觉着就是当年的胡采老。您在这块土地上观察了那么长时间，感受了那么长时间，经历了那么长时间，对年轻的文艺工作者、年轻的评论家，有什么心得想跟他们说说?

肖云儒: 要给年轻的评论家提要求很感愧疚，因为我已经是退伍的战士，干得不多。第一，希望年轻的评论家，不要完全按市场规律来评价、来选择这个职业。评论家是什么？是思想家，是罗丹雕塑的那个思想者。我原来当评论家协会主席，自己调侃称“贫协主席”。评论家在文艺界属于低收入，贫穷，但应该说是文学上的、精神上的“高富帅”。老天爷给你这个岗位，你自愿选择这个职业，不是来赚钱的，是来思考的，来为社会提供更多思想资源的，来给民众更多思想启示的。要有这个责任。我发言、写文章常常能体验到一种思辨之美、表述之美，这真正是一种美感。赚钱也愉快，那是快感，绝对没有思考的感觉美好。

我思考一个问题，有了闪光，可以彻夜不眠，可以激动得从床上爬起来赶快记下。即使语言跟不上思想，那种兴奋，那种对于生命意义的确证，真美！希望我们青年评论家多体验这种有意义的生存。我曾说，我的胃是可以用粗粮供养的，我的脑袋却要用精粮、要用“鲍鱼”“海参”营养。所以青年评论家要给自己有个很高的定位：我们生来是要给这个社会贡献思想，而不是为自己索取什么的。这好像是漂亮话，但是真话。

第二，希望我们的评论家能够不被作家牵着鼻子走，尤其不被同一地域的作家牵着鼻子走。应该从大文化、大人性、大情绪的角度来关注文学，关注作家作品。你会发现自己的格局也很大。我曾说，评论家要少跟作家讨论具体作品的语言、结构、写法、矛盾冲突，这些东西作家酝酿了三四年，在心里滚了多少遍。你看一遍，有资格给人家指教吗？评论家应该站在一个大文化视野上来给作家作品定位，说出作品里蕴含着但作家没有思考过、想不到的东西。如果有了这个大胸襟，你可能走向全国，走向世界。思想无地域、无国界呀。

第三个希望，是坚持自己内心的立场，错了不打紧，真诚就好。现在年轻的评论家已经比我们做得好多了。我们这一代因为被体制陶冶了50多年，常常有些话不能往明里、往透里说。有时有外力，有时是走不出自己。现在压力少了，又绕不开文化的制约，绕不开朋友的面情，有时将欲言之又觉得不必要多说，这可能是一种老人心态。作为评论家到老都应坚守自己内心的立场，该怎么样就怎么样。

十四、结语

主持人：听了这三点我个人感触很深，特别是您说的要过一种有意义的生存。今天从下午到晚上，我们坐在古城西安唐华宾馆的园林中，大雁塔千年古迹近在咫尺。这个园林非常有意思，本身是江南风格，建筑带有新唐风，而整个又有日本文化和风的感觉，这种丰富性和错杂感，真像肖老师您本人的人生，南方人，北京求学，扎根黄土地，做了一个陕西文学和西北文化的研究者。

肖云儒：我想这也就是人生，也就是文学，在一个特别惬意的所在，找到自己的位置，任由时间的变化，无论阴晴，自由地思考、拓展一个有意义的人生。

主持人：肖老师，您看谈到这时候，已是万籁俱寂，夜静更深，周围的一切仿佛空蒙下去，唯有夏夜的飞虫在我们话语中飞舞，我想不妨把它看作一个个文学的精灵在飞舞，在张扬他们璀璨的生命。

通过您的叙述，我们也终结了《大风歌·文学陕军记忆》的系列节目。我们用了这么长时间谈文学，其实是在谈文化。说陕西，其实是在说中国。说创作，其实是在说心灵，在说记忆。目的在于展望未来。未来的文学想象，离不开历史的璀璨花朵的营养，今天的执着和创造，也决定着明天的再一次丰收。我们有理由相信黄土地上的生命能量、文化文学能量，让我们将它交给历史，交给时间。谢谢肖先生，也谢谢所有的观众，所有的嘉宾，再见。

2013 年 6 月，西安唐华宾馆

陕西文艺评论“特别成就奖”获奖感言

感谢省文联、省作协、省文艺评论家协会对“笔耕”文学评论组同仁的关爱，感谢整个陕西文艺评论界对我们这些评论老人、老枪的不离不弃。我们这时候特别怀念胡采、王愚、蒙万夫、李健民等“笔耕”组已经故去的先生。

30年前在省作协领导的关怀下，我们只做了那个时代文艺创作需要我们做的一点儿事，成效甚微，能够获得这样的荣誉，实在诚惶诚恐。我们将继续为文艺评论事业尽自己的绵薄之力。

但希望在在坐各位同仁身上，在青年人身上，希望在具有创造品质的理性思维与具有创造品质的文艺实践的不断结合之中。祈愿我们的评论界在深刻的思考中，构建对历史、时代更为透辟的认识，积累对生命、人性更为独特的体验；祈愿我们的评论界不断更新自己的知识结构、拓展自己的理论视野，以创造性的见解为文艺输钙，为创作助力；祈愿我们的评论界坚持立足本土创作、关注陕西作品，同时又能更积极地参与到全国的文艺舆论中去，更大程度地融入当前最前沿的文化语境。

让陕西文艺评论事业在一代一代的传承、发扬中不断提升。

谢谢大家！

2011年12月30上午，在陕西文艺评论奖颁奖大会上

长安应有学

——评“长安学丛书”

由李炳武担任总主编的“长安学丛书”第一批八卷约五百万字，最近由陕西师范大学出版社和三秦出版社联袂推出。这套丛书将在几年之内出齐百卷，总共六千余万字，统揽自古至今有关长安政治、经济、文化各方面的资料，并在此基础上立论创派，力求勾勒出“长安学”的基本轮廓。中国素有盛世修史、盛世修典、盛世修学的传统。著名考古学家石兴邦先生说得好：“每当澄明盛世，集饱学之士，奉文化之圭臬，修宏图之巨制，稽古佑文，编纂成册，藏之馆阁，传之后世，几乎成为定制。”[①]这既是一种历史责任，也是一种文化自觉，中华民族文化赖以承传的那些光辉典籍正是这样形成的。由陕西文史馆馆长李炳武先生领军，倾全馆文史专家之力，并动员社会各界学术精英合作完成的这部大书，当之无愧属于此类传世之作。在一部皇皇巨著背后，我们看到的是一次巨无霸式的学术行动。

长安应有学。长安作为中国的十三朝古都，作为历史上具有标志意义的大都会，其社会、政治、经济、文化各方面，都有较为完备的形态，无论结构的完整和典型，发育的完善和成熟，历史积累的深沉和厚实，或是在国家历史进程中举足轻重的地位，在民族文化版图中的辐射作用，都值得我们在分门别类深入研究的基础上，进一步系统化、学理化。应该说，构建“长安学”理论体系有着坚实的历史文化和学理基础。长安文化素来是中国文化的

---

① 石兴邦：《中华国宝·陕西珍贵文物集成》序二，见李炳武主编：《长安字从书·综论卷》，陕西师范大学出版社 2009 年版，第 341 页。

重要芯片，在这个意义上，也可以说研究长安就是研究中国，打开长安就是打开中国历史。

“长安学”研究其实古已有之，千百年来几乎从未中断。像围绕“人文初祖”轩辕黄帝开展的中华文化发生学的研究；像围绕《诗经》开展的中国文学发生学的研究；像围绕周代礼教和秦代改革逐步建立起来的中国政治学研究；像围绕汉唐研究发展起来的汉学和唐学；像围绕先秦关中水利建设开展的中国水利学的开篇；像以“留得正气冲霄汉，著成信史照尘寰”的司马迁《史记》而开其先河的秦地史学、中国史学；像北宋大哲学家张载的唯物主义哲学“关学”（秦地民间有“家遵东鲁百代训，世守西铭一卷书”的家训，将张载和孔子并提）；像以孙思邈为代表的民族医学和药学；以及近年来兴起的“秦俑学”“法门寺学”研究；等等。这些研究无论学科建设是否完备，也无论在学科层面是否得到认可，都以大量的工作和出色的成果，初步形成了自己的学术领域和人才群落。长安社会经济和文化的一个重要的特点，是它对整个民族文化的全息性和辐射力。它是中华民族文化重要的源头，在相当长的历史时期内，它还是中华民族文化的标志和主体。说“长安学”是“中国学”的一个有机组成部分，是“中国学”在世界文化格局中的一个重要窗口，并不为过。从这个意义上说，历代对中华文化的研究，都为“长安学”的学科建设提供了前提和基础。

初读“长安学丛书”前八卷，给我印象深刻的有这么几点：

一是发挥了文献功能。它以卷帙浩瀚、分门别类的资料钩沉，史、论、人物、专题、资料全方位展开，为今后“长安学”的研究行了奠基礼。

二是注重了学科意识。研究“长安学”，当下最重要的是定位、立论，以宏阔的理论思考将“长安学”的丰富史料向学科层面提升。全书《总论》集中体现了编著者学科意识的这种自觉。该文对“长安学”做了统摄性述评，有大致的学科定位，有宏观策划，有理论先导，对“长安学”的要旨、精义、体系、方法、在学术版图中的地位等方面，都不乏简要而又精到的论述，是一篇很好的开篇文章。它有助于将相关的微观研究统摄到“长安学”这个大格局中来，也有助于将“长安学”一些最主要的精义渗透到具体的研究之中去，对理顺研究思路、在学界寻求共识极有好处。

三是显现了包容气象。丛书在收编各类资料时，不存偏见，不加删动，尊重文章的原创性和原生性，为后人保存了有关“长安学”的各种视角、各类观点，并在这个基础上系统化，反映出编者全维的文化视野和科学的宽容气度，这是搞一个贯通古今的大课题必要的学术态度，十分可贵。

作为一项综合性文化工程，“长安学丛书”的研究不仅结晶了浩瀚的文字成果，还形成了学术研究和社会文化实践相结合的特色。近年来陕西文史馆每年都举办大型“长安雅集”活动，对“长安学”的研究做学术引领和社会弘扬。“长安雅集”专设长安论坛，邀集全国各地专家就“长安学”的某一方面问题研讨交流，在一个高端的、开放的学术平台上引领、推动、深化学科体系的构建，使个体的、部分的思考成果尽快转化为整个学界共同的财富。“长安雅集”还通过专场学术报告、吟诗作画和歌舞表演等多个板块、多种方式，将“长安学”研究向舆论延伸、向民众弘扬，产生了良好的社会影响。

对一门新学科的建构来说，稽古佑文、汇总资料只是肇始阶段的工作。多少先贤以毕生精力开宗立派，成功者盖寡，因而要有长期作战的准备，要聚集一批“现代达摩”和“现代愚公”，执着面壁，不息移山。此前相关“长安学”的研究中，存在“三不少三不多”现象：史料梳理和文物考证不少，对文化内涵做探幽发微的开掘还嫌不多；古代长安文化的论述不少，对近现代尤其是当代长安文化的研究还嫌不多；从典籍文化资料（包括庙堂文化和山林文化）着手研究长安文化的不少，以坊间生活中的文化留存，如各种民间风俗、民间艺术以至饮食、服饰文化信息，尤其是以当下鲜活的社会文化心理为对象切入长安文化腠理的研究还嫌不多。我想，当我们在一种群体的、自觉的状态下开展“长安学”的研究时，一定会克服上述的不足，使“长安学”既具有浓郁的理论气息、文化气息，同时也具有鲜活的民间生活气息、现代生活气息，使“长安学”的整体面貌得到改变。

“长安学”的提出，对已有的相关研究不是干扰，更不是否定。从学科建设的角度考虑，要重视与原有各类相关研究（比如炎黄文化、法门寺文化、秦俑学的研究）的衔接融通，在已有基础上拿出今天的成果。

“长安学”作为当代人组织的学术活动，应该更加重视理论思维的开放结构，广泛地吸纳各种新的文化学术成果，启动现代性、创新型研究。从一定意义上讲，对历史的解读其实是对当代的解读，既要以宏观、开放的视野给“长安学”及其相关门类定位，又要在关系的研究中揭示“长安学”的全息性和辐射力，在比较的研究中（譬如长安学与罗马学，长安文化与日本、韩国传统文化的比较研究），以审视和发掘“长安学”在中国和世界格局中的意义。

另外，除了梳理、总结历史前进，尤其是周秦汉唐盛世的正面经验，也需梳理、总结发生在这块土地上的种种历史教训。譬如除了从政治、社会、经济、文化等已有的坐标解读历史，不妨也从生态的角度对历史变迁做再认识。气候变化、农业衰败、超负荷社会承载等对长安乃至关中地区历史变迁的影响，就很值得进一步开掘，以警醒今人和后世。

2009 年 11 月 1 日，西安不散居

向世界话说陕西

——评六卷本“话说陕西”丛书

世界市场的贯通，全球一体化的形成，使当下社会进入了一个大经济、大文化时代。历史、地理、旅游也纷纷纳入这一大文化格局，进入了大表述时代。每一个局部都处在一种全维关系之中，都会受到全局影响并反过来影响全局，全维地、立体地审视和表述具体对象，已经成为现代文化话语的基本要求，也成为当下文化融入社会、融入民众、融入市场的重要途径。

西北大学出版社经过三年努力完成的六卷一百万字的“话说陕西”丛书，我以为是大史学、大文化和大众文化追求指导编纂出版的一次可贵实践，也是用浅近表述传达深虑思维的可贵实践。这项宏大而艰巨的工程，是对陕西历史文明一次新的梳理和开掘，更是在大文化架构中对陕西文化进行新表述的一次探索和创新。丛书通俗易懂、好看耐读，基本实现了介绍陕西、阐发陕西、服务陕西的编辑初衷，起到了向民众话说陕西、向现代话说陕西、向中国和世界话说陕西的良好作用。

从大文化思维的角度来看，这套丛书的特点大体表现在：

第一，在宏阔视野中定位布局。

从空间上看，能够多角度地对陕西文化进行翻检、组合；从时间上看，又能够在上下五千年的历史长河中，科学把握、合理取舍。丛书能够在中华文明发展、生成的总格局中来阐述陕西文化的地位、意义及贡献，不但内容显得充实、丰富，而且给人一种总揽全局、贯通古今的感觉。编纂者曾表示，要尽力将这部书编写成陕西的文化汇览、文物博览、文明通典以及人文精神的屏幕的会通之作，现在看来，这一目的应该说是基本达到了。

第二，在多维坐标中突出亮点。

全书采用了点面结合、以点写面、以点连线的写法。丛书从历史学、社会学、文化人类学多学科坐标上，对陕西浩瀚的文化历史资料做了梳理、加工，其中又尤其注重聚焦历史事件和历史人物，注重提炼素材中的重点、难点、疑点、趣点。然后，以精英坐标与大众坐标、学术坐标与知识坐标相融汇的话语体系进行表述，将亮点写亮。立足于真实性，挖掘知识性，凸显故事性，力求趣味性，构成了丛书写作的重要特点。

在阅读过程中，不少事件亮点、故事亮点、人物亮点、思考亮点、诗文亮点，吸引着我的目光，激活着我们的阅读兴趣和再创造联想。譬如，关于秦始皇焚书坑儒的灾难性后果，书稿提出其对世代中国士人心理的长期影响，就是很新颖的说法。

我想，这是一部能够进入秦地民间话语的好读物，也是一部为读者、为市场、为历史考虑的好书。

第三，在大众坐标上多方探索。

当前，大众趣味常常和市场需求、现代色彩结合在一起，由于“话说陕西”丛书在定位读者对象时，希望尽可能扩大市场涵盖量，在写作上，也便致力于将学术表述转化为大众表述而又不失其准确，将书面语言转化为日常口语而又不失其雅致。在形式上，每个板块都采用了虚实两个标题，一个实说内容，一个飞扬文采，具有独创性。标题虽然不少是从典型的个案中提炼出来的，内容却有广泛的辐射力，从中可以感受到中国历史文化的纵深和幅员。在版式设计上，丛书将联想的字符传输和直观的视觉传输相结合，文图并茂，雅俗共赏。

如何用通俗语言来写严谨的史实，是一件难度很大、正在探索的工作。通俗史学作品其实非常难写，让专家学者们动手更是难上加难，能写到这个程度实属不易。看来，编纂者对通俗史学的研究和写作做了相当的准备，也是有严谨学术立场的学院派学者，向大众表达体系、大众阅读市场一次优美的转身。

第四，在立体空间中聚合信息。

“话说陕西”丛书在编排设计上打破了传统的文字规范排列，大胆吸取了流行书版面和网络版面的各种创新思路和手段，不仅有历史长河纵向的珍珠采撷，而且有中外历史同位点的横向比较。书页空档中插入知识链接和百科问答，不仅信息密集，而且能以一种开放性和辐射性调动读者的阅读联想。丛书在书中和书后，安插了地域文化与中华文明、世界文明相对照的大事记，又让我们看到了大疆域背景下陕西历史的发展进程，脉络清晰，眼界开阔，给人以文化宇空中满天星斗相辉映的感觉。这些，都十分符合当下图书市场和流行阅读的口味。

2005年，上海文艺出版社用了十年时间率先推出“话说中国”丛书。在他们的启发下，陕西用了不到三年的时间编纂出版“话说陕西”丛书，并列入“陕西省重大文化精品项目”，真是十分难得。我参加了2007年最早的选题论证会，之后很快组建了编辑部，遴选了作者队伍，撰写者都是我省该领域的专家。出版社为此召开过六次大型策划会议、三次专题改稿会，有的篇章修改达六七遍之多。省委宣传部和出版局领导除对书稿总体把握外，多次主持书稿的审定、修订，提出了具体的要求。没有各方面的热情支持和协同努力，没有在现代图书市场中组合资源、打造品牌的观念，要完成这么一部集知识、趣味、好看、耐读于一体的巨著，这么一部受到各方欢迎、又有恒久生命力的图书，是很难想象的。这部书冲破了传统的写作—传播（出版）—接受（阅读）的简易循环，而提升为策划—写作—制作（出版）—传播（宣传）—市场营销—社会接受（阅读）的现代图书产业的大循环。

记得在定稿研讨会上，有专家从各个角度提出过一些修改建议，譬如提出了有些在我国现代史上有影响的陕西人，还需要写进去，以免留下遗憾；

对古代的一些人物，例如秦统一六国前后那些奇才贤士，如何科学评价其历史作用，也需要更细致的斟酌；有些提法、概念需要进一步斟酌推敲，尽可能地吸收各类最新的研究成果；等等。这些意见本是学术上的一家之言，编纂者都能认真对待，有的已经做了修改，这是十分难能可贵的。

2010 年 3 月 13 日，西安不散居

由家族命运到时代风云

——序温雅芝《风笛》

虽有过一面之缘，却并不熟悉，而温雅芝这个名字在与她谋面之前就已经知道。那是在评选陕西省2007年“五个一”工程优秀作品时，我们几位评委议论一部叫《太阳雨》的长篇小说，觉得作品虽不算很成熟，可贵的是有较好的文学感觉和文学眼光，而且能用文学的语言来表述这种感觉。这本书的作者就是温雅芝。评委们相互打问她的情况，却没有一个人认识身处外地又在文学圈外的她。我见温雅芝是在颁奖大会前，她从渭南赶过来，没有熟人，孤零零坐在一旁，我俩搭上腔也只说了几句，甚至没有听出她的普通话中那赵丽蓉式的河北味来。至于她的老家在冀东，毕业于河北师大中文系，前半生在唐山迁安度过，1978年随军来秦东，后半生与陕西结缘，等等，这些背景都是后来通了一次电话才知道的。

初读《风笛》，我在笔记里随手记下的第一印象，是铺陈的宽阔和叙述的变化，作家能够用很单纯然而又有悬念的情节，拉动人物命运的进展，文字也跳脱轻灵。小说涉及的城乡风貌、官场生涯、家族生活，如藤葛交缠，经过删繁就简和适度提纯，却显得澄澈明朗。我想，这应该是一部符合当下读者口味的、挺好读的书。

随着情节的逐步进展和人物命运的逐层揭示，接着我又产生了第二个印象：这大约应该是一部家族命运小说吧？作家给我们讲述了发生在两个暗有血缘的家庭的悲欢离合，讲述了祖孙三代在几十年中的一段孽缘。宫克和陶慧如青年时代在一种缘分中的聚合与离散，使生活在同一社会同一时代的两个家庭，却处于完全不同的命运、心灵和感情空间之中。而且两家人的命运轨迹和心灵轨迹形成了一种富有哲理意味的反结构：城里那幸运的一家（宫克和叶展、叶青、叶亮、雅丽一系），生活安稳舒适，精神却陷入了程度不等的危机；乡里那不幸的一家（陶慧如、倪贵泰和倪宝珠一系），生活在艰难坎坷之中，人格精神却被苦难的磨刀石打磨得光彩熠熠。在不对称、不均衡的交往中，两家人的命运在时间上的同步与精神在质地上的反同步，形成了巨大反差。这样写，既将命运在无常中的跌宕和跌宕中的悲怆，推向了极致，又在命运的悲怆中暗传了作者基本的道德评断和审美倾向——作者明显更看重精神和道德，更看重苦难的磨砺对人格形成至关重要的作用。

再往下读，小说的线条渐次增多，由家族孽缘造成的恩仇，辐射到城乡社会的百态、时下官场的风习，到倪贵泰引出土地纠纷，眼前的风景豁然开阔。过去的家族冲突与当下的社会冲突交缠纠葛在一起，陶家个体命运的悲苦遽然转化为农民群体命运的悲怆。说《风笛》只是一部家族命运小说，看来是远远不够了。昨天的那段孽缘，其实只是作家给人物命运和社会轨迹下的一个“药引子”，《风笛》真正的人文关注，在于通过再现今天社会的“众生相”和“众心相”，去发掘现代化进程中各种新出现的价值追求、利益诉求和精神现象，发掘它们和原有精神坐标的冲突。以这个为基础，温雅芝在一个较为深刻的层次上探讨了爱情与精神追求、人性与社会心理的关系。作家并不去追索造成命运不公的具体责任，而是将一切缺陷和遗憾作为社会发展的一个必然过程来表现，这使作品有了较大的历史和美学的承载量。文学史上，以大视野、大襟怀写出大慈爱、大悲悯的例证太多了。

如果说宫克和陶慧如各是这两个家族的领军人物，倪宝珠则是缀连两个家族的穿针引线的人。这不只是指她有两家的血缘，而是指作家常常通过她的行踪引出人物、引出场面、引出情节，也常常从她的角度，甚至通过她的眼睛来展示生活画面和其他人物。可以说，她是小说情节的主要引领者和主要推动力，是温雅芝的“委托叙事人”。一般情况下，作家愿意选取全维的叙事方式，《风笛》也是这样。在全维叙事中，作家可以随时变换角度，通常主要取第三人称，有时又会从不同人物的眼光中来叙述情节、描绘场面，更会不由自主地选择自己最心仪的主人公作为作品中的“委托叙事人”，通过“委托叙事人”来引领情节、铺陈场面。倪宝珠凝聚了宫克和陶慧如身上许多优秀的东西，如道德感、事业心和才能、智慧，时代机缘和个人努力又将她推向大学、推向城市，记者的职业使她得以在小城社会的方方面面自由出入，和宫氏家族成员广泛接触。作家着力塑造了倪宝珠的情感之美、德行之美、才智之美，但一个还在实习的研究生，为什么乍入社会就会有那么大的影响力和能量，还需在可信性上更下些功夫。在长篇创作中，过分倚仗一个人作为小说情节的推力，容易显出单纯，也容易抑制长篇小说优势的发挥。作为长篇创作，作者对自身结构意识和结构能力的培养，还可进一步加强。

作家力图表现宫克在实践世界与精神世界中的某种二律背反。作为革命实践者和社会组织者，尽管带着所处时代的局限性，宫克是真诚而努力的，他的内心也是统一的。作为抛弃了陶慧如另组家庭的男性，他内心有着眷恋、惆怅，出现了某种分裂。倪宝珠的出现，使这种眷恋和惆怅有所加剧。倪宝珠的出众和自己几个子孙的平庸甚至堕落，在宫克心理上造成巨大的落差，这使他偏爱倪宝珠，也由不得因反思和陶慧如的那段孽缘而自责。所有这些，对那个时代、那一代人，是有典型性的。宫克的影子长期覆盖着这块土地和两家三代人，而时代的局限和婚姻选择的失当又制约了他自己的一生，人物的这种复杂性是大可开掘的富矿。如果写得更细致更充分，宫克的审美价值当有大幅度提高。

陶慧如的形象虽然没有多着笔墨，但从她自立、自尊和精神的矜持中，我们感受到了大地和草根的内力和尊严，感受到了一个人是怎样在漫长的人生过程中，穿越大痛苦，进入大慈爱的。这位着墨不多的人物，其实点出了《风笛》的重要题旨。

2009 年 7 月 29 日，西安不散居北窗

商家笔底下的当今世界　市民相机里的花季长安

——序王国庆《花落长安》

国庆与我是老朋友，他是成功的企业家，我乃一介书生，隔行本如隔山，是文字结缘了我们的友谊。国庆最早写成《国庆商法》，付梓前曾让我提意见，我说了一点儿建议，他如遇知音，马上就实施。后来他又写了由七个分册组成的书系“国庆商旅”，记述游历欧洲、美洲、澳洲、非洲和亚洲等五大洲的见闻，皇皇几十万字。

去年，国庆突然在上海蒸发，两个月后将《世博心旅》上下册的成稿放在我案头，让我提意见。一个商事繁杂的企业家能在上海世博会潜身四十多天，昼游夜写，那么兴味盎然地细品世界各国的文明，让我大为惊诧。分明感觉到，一位有生命激情和文化襟怀的现代企业家正在走近，于是相互敞开了心扉。对《世博心旅》这部书，我很认真地提出了一个出版策划方案。

这一次，西安世界园艺博览会还有四个月才结束，他的《花落长安》图文合集又要出版了。速度之快，内容之充盈，表现了他生命力之旺盛，热爱生活、追求美之炽热，更表现了他具有以文字和图像表达生活之美、生命之美和内心之美的潜在能力。

在现时代的中国，热爱事业的企业家多，热爱生活和美的企业家少；不止热爱，更具有文学艺术表达的激情和素养的企业家，那就少而又少了。在商场中，我们不缺担当和奉献，不缺智慧和巧术，缺的是哲思和诗情，缺的是既能在奋争中成功，又能把奋争当成一种生命之美、人生之美、智慧之美来享用。既能享用成功的快乐，又能在快乐中成功，将激情和热爱融进充满困难的整个奋斗过程——这种境界是企业家成熟的标志，是从资本的物化甚至奴役下解放出来，由单面的利益人，重建心灵，回归一个丰富、完美的人的非常重要的一步，这也是马克思希望克服资本主义社会对人的异化的理想和预言。

王国庆追求的就是这种境界。在大地上，他用实业，用一幢幢的楼房、商场装点古城长安，书写自己的人生；在电脑和稿纸上，他又用诗心和激情书写眼中和心中的世界。两种书写都让他自得其乐。

《国庆商法》是国庆治商的格言，是中国传统思维和现代企业管理科学在实践中的结合。结合不是原创，但在结合中，传统与现代会碰撞出许多当下行之有效的新思路、新方法，这又正是创造。“国庆商旅”书系是他观世的印迹，是一位中国企业家走天下、看世界的见闻和感想。行走和观察也不是原创，但以行走和观察为素材，融进生命体验和理性思考，也便有了独创。《世博心语》是对世界文明微缩景观的速览，看似着眼于客体世界，因为注意转化为作者的“心语”，文本便成为客体和主体在上海世博会上一次别开生面的、动人的拥抱。而这本《花落长安》图文集，通过对西安世园会全景式再现，不但集中反映了国庆对青山绿水、花树园林、珍奇异兽和天光云影等自然美的心仪和融通能力，更可以折射出他精神生态中浓厚的绿荫，感觉到作者内心的澄明、和谐。

我们已经进入了一个大文化时代，这个时代正在涌现大写作群体和各类写作群体，专业写作和业余写作的界限正在模糊。每个坐在电脑屏幕前的写作者，都有相同的、平等的表达权和传播权，在网络中都站在同一起跑线上。企业家王国庆大踏步向“创作者王国庆”迈进，作为一种现象和趋势，是我们民族“文化化”历史进程的一个佐证、一个个案。从他的作品中，你可以清晰地听到整个民族“文化化”的空谷足音。他是中国民营企业家走向文化自觉和历史成熟的一个得风气之先者。

国庆几次邀我在《花落长安》书前冠以短序，一片至诚让人难以推辞。

我们的友谊便这样以文事开始，又以文事绵延至今和今后。有趣的是，我俩曾在互不谋面的不同场合、不约而同称对方为“我的文友”，虽是巧合，却可谓实至名归。

2011 年 6 月 20，西安不散居，酷热中忽有凉风轻雨掠过

每个人都在书写历史

——序吴松昌《个人秘密档案》

在人生的道路上，我们有时跑步，有时散步，有时是有目的地赶路，有时是无目的地徜徉。无论怎样走过，脚迹都会在大地上印下一行长长的文字，它诉说着一个人的经历和追求，一个人的心态和情感。我们总是极力想把命运拿在自己手里，许多时候命运却总由不得自己，好像被一种冥冥中的力量支配着。仔细想来，那力量并不是不可辨析的，那是大时代的力量，是小环境的制约，是一个个具体的亲友或是素昧平生的过客对你有意无意的影响。这样，我们一天天地走过，也便一天天在用自己的日子，书写着个人的历史，也从个人的角度书写着时代的历史。

吴松昌的《个人秘密档案》，便是这样一部以鲜活的人生史凝结成的书。这部书，他在大地上写了六十多年，一个甲子还多，在稿纸上却只写了一两年。他有着一个信息量和辐射面都很大的人生。在四十七年的工作中，先后二十四次变动单位和岗位，十五次变迁职务， 二十三次变更住所。从农村到城市，南方到北方，地方到部队，列兵到大校，通讯员到厅长，经历了从土改分田、反右斗争，到“文化大革命”、改革开放等新中国成立以后几乎所有革命和建设的大事件，每一步都是时代风景。他在其中受到了锻炼和考验，有喜悦、有忧愁、有茫然、有进取、有消沉、有掌声也有骂声，每一步又无不都是独特的个人风景和“秘密档案”。他朴实地写着自己的个人化经历，也就写出了个人视角下朴实的历史。一部时代历史，正是由无数这样的个人史汇成的。

若用一个字表达我读后的印象，便是“朴”。这些记叙实在是真朴、素朴、质朴、纯朴，毫无当下回忆文字中常见的内容上的添油加醋，文风上的花拳绣腿。松昌不文饰自己，不作秀不耍酷，不加塞儿伪造一点儿什么、拔高一点儿什么，只是一味素朴地写自己的经历，质朴地写自己的感受，纯朴地写自己的追求。我们既看到了他经历过的时代生活，也感觉到了那个时代的气息和价值坐标。不着意去塑造人，但的确写出了人，他和他的同代人。

我与松昌的交往有点儿违反常规。在他长达十年的省国家安全厅厅长的领导职务上，我们虽然相识，却几乎没有来往，尽管那时他也组织了不少书画和其他文艺、文化方面的活动。听到别人谈他的好处，我也只是远观和心仪，待到我们先后从岗位上退了下来，反倒在各种民间的艺术活动中接触、接近而成为好友。

记得在筹备组织“唐风神韵· 今日陕西城市山水书画邀请展”时，他响应钱学森先生提出的“城市山水画”主张，大胆推动传统国画描摹陕西现代城市山水，为我省画坛吹来一股新风，显示了独有的探索和创新精神。其间他的热情、周到、坦诚，他事无巨细地说到、跑到，他的乐于为别人着想、为别人服务，都丝毫看不出有些老同志身上那种永远抹不掉的“曾经的角色意识”。这正是我们交往不多却相见恨晚的缘故吧。

2010 年 8 月 14 日，西安望湖阁

命门和血脉

——序“陕西交通文学丛书”

在这部系列文学丛书出版之前，陕西省交通作协主席丁晨先生给我发来了丛书的部分电子版。有散文，有诗集，有小小说，有报告文学，门类齐全，内容丰富。还有一部全景式反映陕西“十一五”期间加快交通发展的报告文学集《大纵横》和一部汇集近几年来《陕西交通报》副刊登载的文学作品精选集《一路幽香》。

我看到的其中的三部，印象尤深。王永宏的《小镇》和王俊英的《古城拾趣》均是散文，王斌的《滴泪崖》是小小说。让我从不同角度领略了一次交通文学的风采。

《小镇》从作者深深眷爱着的故乡竹林关小镇下笔，开掘一个人生命中最珍贵的童年记忆并将其做了文学审美转化。单独成篇却似断实续，从各个方位去聚焦小镇，是那种外散内聚的结构。以散点透视打开一个邮票大小的乡镇，又以对同一社区生活的集中描绘去熔铸各自独立的篇什，让我想起作者王永宏的老乡贾平凹早年所写的《商州》《商州又录》《商州再录》。从内里看，这其实具有了长篇散文的质地和规模。王永宏的创作素质较好，创作准备较充分，他从生活风情、生存状态、集群文化心理三个层面打开小镇，让我们看到了小镇深处的生命腠理。他善于写人，写性格，写细节，写风情，写隐伏在庸常生活深处的文化情愫，写对这块土地这群人不召自来而又挥之不去的爱意。这爱，无意而又浓郁。他用一支笔把一座小镇镌刻进你心里，以至于最近报载竹林关在滂沱大雨中为洪水所淹，我不由挂念着书中提到的那古渡、小街、油房、戏台子、船帮会馆，挂念着那小花、小芳、二凤、二牛、邢跛子、瞎子婆，他们都好着吧？无恙吧？

在《滴泪崖》中，作者王斌的角色是多重的。有时像《小镇》一样，是家乡儿女的角色，用陶醉的笔调叙说西府秦腔、陇县社火、岐山臊子面、宝鸡青铜器，将秦西风情融进传奇故事，宣泄自己对乡土的热爱，也点燃我们的乡情。有时，他是公路人的角色，以亲历者的情怀刻画一线公路人的形象，叙说公路人独特的生存方式、生活情趣。也写事业的艰难，改革的艰辛，也恨铁不成钢地“揭家丑”“诊病脉”，由一个行业辐射大的人生与社会。有时候，他又会站在社会人的坐标上，去描绘人生百态和突发事件，有美有丑，有爱有叹，有追寻和思索。无论哪种角色，王斌都坚守着底层写作姿态，用质朴而细致的语言写平凡而复杂的岁月，以贴着大地的视角审视大地上正在进行的生活，在不动声色中让你感觉到一种底层的忧伤和幽默。

写《古城拾趣》的王俊英，是一位女性，曾当过记者。她不是西安人是华县人，不在西安工作在安康公路基层单位工作，却以记者的勤奋遍访西安的每条街巷，以纪实的、史志的笔调，娓娓介绍着古都的幽深和绵长。作者出版过不少文学作品，曾就读北京鲁迅文学院作家班，文献性和文学性常常在她的行文中相映成趣，也就不难理解了。其实那是谈何容易的啊。

另外像王玉平的《世俗生活》、刘峰的《旁之边兮》、郭少言的《关照心灵》、杜会琴的《路上的歌》等散文，都文笔细腻，视角独特，亦不乏个性。蒲力民、何处放、李婷和董邦耀、刘骥良的《幸福的感觉淡淡的》《大道撷英》《一蓑烟雨》三部作品是散文加报告文学，也都能用朴实清新的语言，抒写对公路和公路人的执着和情怀。

因为只读了三部作品，挂一漏万在所难免，待丛书出齐之后再慢慢补课吧。我们的时代、我们所有的人，都是公路交通的受惠者。每当坐在疾驰的汽车上，望着窗外扇面般旋转的大地，我就会想，这是在享用公路人的心血和辛劳。是交通人拓展了我们的人生，延展了我们的生命啊。一种感恩之情便浮上心头。

陕西因居中国之中而交通发达，是南来北往、东去西来之要径，从地图上看，航空、铁路、公路莫不在三秦之地纠结辐射。陕西的公路交通尤为发达，国道、省道和近来猛增的高速公路，国内外瞩目。发达的陕西公路交通有两大特点：一是采用了国内外最先进的科学筑路和科学管路成果，在经济运行和科技转化方面上领先；一是文化建设极有特色，不但有像西汉高速七亩坪服务区特大雕塑群那样的高速路服务区的建筑、雕塑、文赋等硬件文化设施，更有系统的公路交通行业文化建设。

公路交通不仅是经济社会发展的命门和血脉，也是文化发展尤其是现代文化交流的重要条件。交通者，谓社会的交易流通也，既是经济的、物质的，也是文化精神的跨地域、跨社区交流。个别性和地域性的文化经验和文化想象，被交通提供的交流而激活，变得丰富活跃，并扩展为更大范围乃至全社会全人类共享的财富。这也许是公路交通文化和公路交通文学创作在各类行业文化中特别活跃的一个原因吧。

公路交通文学又是陕西交通文化的一大强项。在陕西交通部门领导、陕西省作协和一批热心人的努力下，陕西省交通作家协会在全国较早成立，延请省上著名作家为顾问，团结了一大批交通业余作者，促进了交通文学的普及和兴盛。在我的印象中，他们抓交通文学大约分三个层面：一是业余作者的培养，在本系统的报纸《陕西交通报》上开设文艺副刊，每期都刊登文学作品，已坚持出刊一千多期。在这一平台上发表了大量交通职工作者的优秀作品。二是多次组织专业作家跑公路采风、采访，深入现场走访体验，写公路工程、写交通人。先后出版了《激情跨越》《大道》《龙脉天路》《黄土谣》《远行》《感天动地的日子》等多部文学专集，极大提升了交通文学的水平。三是在这个基础上，这次又把陕西交通系统十多位优秀业余作家的作品，按人结集，出版了“陕西交通文学丛书 ”总共 15 本，集中展示了陕西交通文学的成果，向全社会播扬了陕西交通建设的业绩，塑造了秦地交通人的形象。这样的大动作，为陕西省行业文学所少有，全国交通系统亦罕见。

2010 年 8 月 7 日，西安望湖阁

唤醒心灵中更多的诗情感觉

我和徐喆不是很熟，只知道他是渭南一位有才气的诗人。20世纪80年代，在报刊上就读到过他的诗，记得当时《陕西工人报》曾组织过一次很大的文学作品评选活动，叫“开拓者征文”，我恰好是评委，还写过这个奖的综评性的文章。当时只有二十多岁的他，因一首诗而获了奖。

前不久，他拿着《徐喆的诗》三卷本打印稿，让我在前面写几句话。望着那一摞厚厚的诗稿，这位痴情了几十年的“诗田守望者”感动了我。三十年来，他曾经出过几本诗文集，主编过几部大型图书，书法上也有一定造诣，还在渭南市担任了一定的领导工作。我便更感到，在社会上已经如此负重的人，还能这般迷醉于诗文，必定在家国情怀的深处，有着相当浓烈的生命情怀和哲诗情怀。

读《徐喆的诗》，我犹如一只蝉，从一个寂静的秋季，乍然回到生命勃发的夏天，生命的振奋和犀锐被焕发起来，点燃起来。

他力图用诗来汇录改革开放三十多年的历程。以平民的心态，建设者的亲情，诗人的敏锐，去捕捉这个时代的浪花以及潮流深处的激荡。题材虽显驳杂，整体上却有 “万山红遍，层林尽染”的感觉，那自由的笔触和浪漫的诗情，给人以美的享受，那美是鲜洌的。

诗歌是作者幻象心灵的感觉，读诗是读者捕捉这感觉时的联想。读诗的时候，我们总是会依稀看见站在诗行背后的那个行吟者。第一卷收录了他的新诗，第二卷是他新翻唱的“杨柳枝”，第三卷是他自创的十二行诗。从第一卷里，你能感觉到作者坦荡而广阔的胸襟，爱生活、爱工作，有责任感和使命感。第二卷，你感到了作者厚实的文化底蕴，诗行中流动着古典诗词的韵味，又能较好地“古为今用”。第三卷，你感到了作者对我国诗歌走向的一些思考，以及他在诗歌创作创新、突破上的努力。

徐喆的诗大都不长，少则几行，多则十几行。这或许与他公务繁忙有关，或许是他对诗歌创作中刹不住的“长风”，以及对“为赋新词强说愁”的作秀心生厌倦。作者在第三卷的诗序中写道：“外国有十四行诗，中国的传统诗多为四行和八行，当代一些诗人尝试过六行、八行、九行和十行诗，都是很有意义的探索。”而他却“以为十二行诗正好”，即“在中国传统诗和外国诗文间寻找一个平衡点，在旧体诗和新诗之间搞一个折中”。他为自己选定创作十二行诗，还从历史上找到一些言之凿凿的理论依据，从中我们看到了诗人对诗歌的探索思考。因我对诗实在不敢言懂，对这个问题还是“莫言”为上。

徐喆的诗，与他生活的那块土地、那块土地上的文化，有着血肉的关联。徐喆的家乡渭南，是著名诗人白居易的故里，是热血宰相王鼎和爱国名将杨虎城的家乡。受乡里先贤的熏陶影响，他的诗流畅、大气，在抱朴守素的境界中有沉甸甸的质感，又时不时迸发出智慧的火花，透露出独特的思考和幽默。平实之中你会感觉到别样的趣味。

真正意义上的诗歌写作，现在已经成为十分奢侈的爱好。我对今天依然神圣地守护着这个精神家园的诗友们，充满了敬重。我曾提出过生命家园的三重含义，即生存的家园、精神的家园、诗性的家园。《徐喆的诗》是对三十年来自己做人和为文状况的梳理和小结，他应该有，也必定会有一个新的提升。

愿徐喆在诗海中尽情畅游，不断唤醒生命中更多的诗情感觉。自己和他人的生命，将会因此而更加美丽。

2013 年 11 月 22 日，西安不散居

修极天路　扬中华魂

——序《天路之魂》

陕西人民教育出版社出版的《天路之魂——青藏铁路通车五年纪行》是一部让人翻开就再也放不下的长篇报告文学。

青藏铁路是当今世界海拔最高的铁路，修建这样一条路，不只要有海拔最高的工程科技水平，更要有海拔最高的意志力量和精神境界。作者抓住了路，更抓住了魂，描绘了中国的铁路建筑者如何用中华之魂去构筑极天之路的惊心动魄的过程，较有深度地打开了筑路人的精神世界，并且以他们为精神聚光点，辐射出整个中华精神的光彩，尤其是展现了中华传统精神的现代变迁。

以极天之路，写中华之魂，便成为这部书的最大看点，也就构成这本书的最大特色。

几年前，由韩红演唱的歌曲《天路》，用悠扬的歌喉在我们面前展现了青藏高原的新景观，那里依然有青青的牧场、高高的山冈、霞光中的雄鹰，却新添了修到藏民家门口的天路和天路带给高原新的吉祥。今天，《天路之魂》又将我们的视线带进了令人神往的青藏高原。它由抒情进入叙事，由叙事进入宏观的思考。在作者笔下，青藏铁路再不是一条普通的铁路，而是一条西部开发路、汉藏团结路、高原幸福路、现代英雄路。它的意义早已经从促进内地与边塞地区经济、社会、文化发展的层面提升到民族团结、国家安全、国际政治格局的层面。作者写出了青藏铁路深层的战略意义，它为我国绕过太平洋岛链开辟欧亚更便捷的新通道奠了基，是南亚和平稳定的一个因素，对中国国际战略的实施有着长远的作用。当然，更不可忽视的是，作者的笔触深入到了文化精神层面，在这个层面上有新的开拓。

路，青藏铁路，是怎样一条路？媒体曾经做过大量报道，但一直缺乏一部全景式描绘和开掘的书。《天路之魂》第一次具有新意地为我们做了详尽而有深度的解读。

魂，中华精神，又是怎样一种精神？尤其是现代中华精神是怎样一种精神？在理解上并不是没有偏视和误读。过去在表现青藏铁路一类题材时，我们的记者和作家常常会习惯性地停留在道德层面的颂扬上，诸如艰苦奋斗、自力更生，一心奉献、不怕牺牲，用异常的精神力和意志力战胜异常的困难，用巨大的群体责任感战胜人情人性的惯常要求，等等。这种习惯性的关注角度一点儿不错，既是当时当地实际情况的反映，也的确是中华民族千百年来精神传统焕发的光彩。这样来写青藏铁路的修建也的确具有真实性，但是已经很不够了。

胡锦涛总书记指出的青藏铁路精神，是“挑战极限，勇创一流”。“极限”和“一流”指的都是对过去的超越，是新境界、新标准。要“挑战极限，勇创一流”，没有我们民族传统的艰苦奋斗精神不行，但仅有艰苦奋斗精神也不行，最重要的是得有一流的科学精神，只有一流的科学精神才能挑战修路工程中的种种极限，也只有一流的科学行为才能将争创一流的勇气，转化为一流的成果。在现代社会，人们对“一流”的理解也愈来愈丰富了，不只是指完成任务，也不只是指“快”和“大”，还讲究“好”和“精”。其中包含着有没有一流的质量，一流的管理，一流的经济效益，一流的人性化服务和相应设施，尤其是一流的生态效益、文化效益，等等。

据铁二十局工地一线总指挥任少强介绍，他们在解决冻土、环境保护、健康保障三大难题时，突出的就是这种新时期的一流科学精神。对第一个难题，当时西方媒体断言，青藏铁路过不了多年冻土的风火山。他们经过无数次的科技攻关，终于解决了多年冻土隧道的施工技术难题。不仅提前建成了风火山隧道，还拿到了国家科技进步奖。第二个难题，就是要在铁路建设的同时，保护好青藏高原的总体生态环境，保护好野生动物、沿线植被、湿地和自然景观。他们给野生动物预留通道，在工地上移植草皮，实现了高原生态的良性循环，体现出可持续发展的科学风度。再一个难题，就是建设者的健康保障问题。高原上的氧气含量是平原的百分之四十，绝不能牺牲建设者的健康来换取工程进度。他们和北京科技大学共同研发了最大的分氧站，把氧气直接送到隧道里。冬天又采用最厚的活动板房，在隧道里装空调，调节冻土的温度。以高度的科学化保证了高度的人性化。还需要强调的是，书里还记叙了我们全力保护西藏文化的很多措施。

可见，仅仅靠战争年代的拼搏和不怕苦、不怕死精神，仅仅靠延安精神，已经不能完成现代社会经济建设和科技工程的任务。青藏铁路精神已经有了新时代崭新的内容，这个新，就新在由道德价值、理想情怀上升到科学发展观层面。科学发展观已成为中华魂的新的组成部分。

青藏铁路的建设不仅仅是建筑史上的奇迹，更是中华精神现代提升的奇迹！从这个意义上，本书弘扬的不只是青藏铁路精神，而且是中华民族在一个新的历史阶段新的民族精神。这是我读《天路之魂》最强烈的感受。

在写作上，《天路之魂》重全景式展现。既全景地展现了以铁路为轴的现代青藏高原新风情，具有浓郁的民族、宗教、历史、文化信息和人文价值，也通过作者的采访纵深地追寻历史，空间和时间上都具有全景性。行文有激情有气势，间以时空交织、时空转换，写实与想象被报告文学的结构意识熔冶于一炉。

几位作者都生活在青海，得天时地利之便，我切望他们能对这条高原幸福路做持之以恒的跟踪性写作。可以根据新的需要转换叙述角度、叙述对象、叙述形式。通过高原铁脊，一次次地打开高原新貌和高原心灵，通过天路，使青藏之魂融入世界，融入现代社会。

2012 年 2 月 27 日，西安不散居

一部在校大学生的长篇

说起来张宁娟是我的学生，但她的“校龄”比我还长一年。2007 年，已经退休的我，被西安外事学院邀请“再就业”，蒙校方信任，担任人文学院、文化产业学院院长，和陕西电视台原副台长张书省教授、西安文理学院原党委书记王学民教授以及贺信民、薛迪之教授等志士教人共事。他们告诉我，校园里这个波光塔影的鱼化湖很有那么一点儿灵气，学院的学生除了学好各自的专业，几年来还出了一批有文艺特长的人才，有的在全国声乐大赛上夺冠，成为签约歌手，有的成为电视台、电台的知名主持人，有的出版了自己的长篇小说和诗歌集，有的推出了摄影艺术集，还有的担纲文化产业得力的策划人、经纪人和执行人。当然更多的同学在走出校园之后，以自己平凡而辛勤的劳动自立自强，逐步成长为各个岗位的骨干。作为一位年长的老师，看见自己子侄辈的学生，在花骨朵般的年纪来到学校，不经意间年轻的生命就在你身边一批一批开花结果，那是多么大的幸福和喜悦！

张宁娟是他们中间极为普通而又极不普通的一个。她学的是新闻，同时酷爱文学。我知道她，是在陕西作协副主席李国平带一个组来西安外事学院人文学院进行全省文学创作情况调查的一次座谈会上，宁娟有点儿局促地谈到自己的创作情况和个中苦恼，并展示了前些日子《华商报》追踪报道她深入城市底层体验生活的版面。这才知道她坚持写作已经很久，发表过东西，而且正在酝酿反映青年生活的一部长篇小说。我油然而生敬意，从此也就加意关注她。读她的文字，随意而又跳脱，节奏很快，却常常会冒出几句很质感的句子。青春气、校园味在字里行间弥散。当然，在长篇的构思、结构和人物细腻感情和复杂性格的描绘方面，年轻的她还有很长的路要走。宁娟内心有十分可贵的东西，这便是激情、自信和韧劲。她会成熟起来。

由于负担教学管理职务，平素我向学生更多强调的是要学好国家教学大纲规定的功课，要遵守学校纪律。其实，对那些在某一方面表现出天分和特长的学生，我内心总是不由得倍加珍爱。记得有位笔名“通天河”的男生，考试常常很难过关，生命却成天处于燃烧状态，写了大量的诗，表现出难得的生命悟性和诗的感觉。他自费印了厚厚一本诗集，指导老师刘俐霞的序言，写得内行而到位。我给许多同事打招呼，要呵护这颗诗心。又专门约谈他，希望他不要因为写作而影响学习，更希望他在学习各类理性知识时，千万千万注意保护自己的天性和真情，保护自己的艺术气质和生命悟性。

生命多么珍贵又多么美好，让一切该开花的开花，一切该歌唱的歌唱吧。

2009 年 8 月 30 日夜，西安不散居

《唐僧译经记》谈片

对郭平安来说，创作《唐僧译经记》也是在写作、翻译一部“经书”，这是他人生和心灵旅途上负笈前行的一部“经书”。他是以玄奘法师译经的那种精神来写这部书的。在整个构思、创作、修改的过程中，他的人生和心灵也经历了取经、译经、超度这么三步。

首先是“取经”。之前，他在文学和宗教历史文化方面，既没有童子功，又没有青年时代的系统学习。20 世纪 90 年代，他在玉华宫参加了一次活动，听到玄奘法师在这里译经的历史故事，受到深深的触动，便义无反顾走上了创作三卷本长篇小说的路。这条路并不比玄奘法师当年取经、译经更顺当。他要深深地进入释，还要进入儒，进入道，进入整个中国传统文化和中国历史，去取各方面的真经。在这个漫长的“取经”过程中，那艰苦是可以想象得到的。

其二，他也有一个“译经”的过程。玄奘法师是把梵文转换为汉语，使得佛教在中国扎根，并且有了中国式的入世化改造。现在中国反倒成为世界佛教的中心，在印度本土，佛教却只有百分之几的人信仰。没有玄奘的取经、译经，传入东土，佛教的命运很难预料，很难有这样的辉煌。平安也有一个“译经”的过程，那就是把他学习到的、烂熟于心的佛教教义，玄奘素材，转换为文学形态，转换成情节故事、人物性格和现实生活场景。这是一个将历史生活向艺术境界提升的审美翻译过程。

其三，整个写作过程对作者来说，又是一个“超度”的过程，是心灵的、精神的超度。这部长篇的创作，对他来说是文学创作的艺术，也是人生行为艺术。在创作过程中，他的人生坐标、生命感悟和宇宙意识，都发生了极大的变化，得到了某种程度的超度，精神在某种程度上向佛境提升。他告诉我，自己这几年不知不觉开始在一个更宏阔的生命坐标上来看待当前的社会问题、人生问题。他吃素、静心、敛气，身上一些病自然就好了，人也更宽厚博大，修慈尚善。在身体上、精神上就这样超度了自己。

在写唐僧取经、译经、超度精神的过程中，郭平安自己的人生也经历了取经、译经、超度的过程。这个过程经历了整整十多年。

在长篇整个构思和设计上，作者力图与《西游记》在艺术上取得某种延续，即在神魔现实主义的写法上一脉相承。《唐僧译经记》以人间故事为主，也有大量的神话故事，有天庭，有地狱，有神魔斗法。如果说稍有不同，就是题材本身的不同，唐僧取经是往西天走，九九八十一难，都是西域大自然的险恶幻化成各种妖魔鬼怪。而《唐僧译经记》，在慈恩寺也好，在玉华宫也好，更多的是在社会、人生的环境中，在长安和耀州的社会生活背景下展开的，因此必然要写到很多社会情况，现实感更加浓重。我能感觉到，作为一个铜川人，作者有意识地更多辐射古耀州的相关历史生活，比如对药王和药王洞的描写，比如对耀州瓷的描写。虽然范宽晚在宋代，但范宽《溪山行旅图》里的风景，在《唐僧译经记》里面已经出现。在他的笔下，耀州是一块厚重的沃土、美土。作家对家乡的爱与他的人生激情融为了一体。

郭平安力图通过对玄奘法师译经的描绘，来弘扬佛教文化的精神核心，并且辐射到道文化、儒文化乃至中国古典文化的方方面面。唐代与历代一样，也有毁佛与礼佛之争。佛教在唐代经历过坎坷的命运，韩愈就因为劝阻唐宪宗过分铺张奢靡的礼佛而被流放。但整体上看，唐代是一个尊道、崇儒、尚佛的和谐时代。书中也讲到，玄奘法师实际上是打通三教的一个文化大家，以释为主，打通儒、道、释。作者有一个明显的追求，就是从佛教故事入手，辐射中华民族的道本与德本，辐射民族的精神境界。书中谈到的慈悲、宽容、善良，还有众生平等， 既是佛教的要旨，也是民族文化的重要意蕴。

在对主人公唐僧的描绘中，作者很好地处理了释本与农本、释本与君本、释本与孝本的关系，有些地方对佛教的原教旨还有所补充，有所发扬。比如，从佛教原教旨看来，释本与农本是有冲突的。我们是个农业社会，以农为本，就要劳动，就要生产，而出家人是不用生产的，他是被供养的，但唐僧在寺里的农业劳动和其他日常劳作中却亲力亲为，书中专门有一段他干农活的描写，打破了佛教释本与农本的隔阂。

又比如，释本与君本、与皇权之本也是有冲突的。本来出家的僧人就无君、无父。皇帝对和尚来说已经不是皇帝了。所以唐代一个皇帝进到寺庙后，住持要跪拜迎接，皇帝拦住调侃：出家人不是除却六根、无君无父吗？你怎么还口呼万岁呢？住持只好自我调侃：出家人只是当下的佛，万岁可是过去未来的佛呀。唐僧与朝廷君王的关系一直处理得非常智慧、非常和谐，从中可以看到儒家的影响，看到佛教入世改造的影响。他跟唐太宗是兄弟、是挚友、是知音，超越了君臣关系。

再比如释本跟孝本的关系，中国文化讲究天、地、君、亲、师，但从释本看来则无君无父，一出家六亲不认。书中写到唐僧回到家乡河南洛阳，有人告诉他，你的父母已经亡故，只有老姐姐在世，孤苦伶仃，盼望你回去看看。唐僧听说他父母已经去世，只是闭目不语，很悲戚，很想念亲人，但是闭目不语。这就恪守了佛教的一些戒律。我觉得郭平安在描写释本与农本、君本、孝本、道本之间的关系时，具有很宽泛的思想视野，辐射力很大。

前不久，我在中央党校省部级干部培训班上，讲了一次关于中国古代绿色文明的课。我认为：人作为大自然总格局中最重要的主体，与环境和整个大自然的关系，是人类共同要解决的最终问题。我们应该在一个很宏大的文化格局、生命格局中，来重新审视人对自然的态度。在这部长篇中，我隐隐感到了作者在这方面的追求，就是把玄奘的、佛教的人生观、宇宙观，放到天人合一的总格局中来处理。道、儒、释都反复说到人跟天的关系问题，有很多深邃的见解。“天行健，君子以自强不息；地势坤，君子当厚德载物。”《周易》是把天比作男性，地（坤）比作女性，最早提出了天人同构的生命伦理学，有天有地，有父有母，才有了人类社会的一切。道家提出人法地、地法天、天法道、道法自然。把人作为起点，自然作为终点，构成生命和精神循环圈，最早提出了天人同道的生命动律。儒家则提出了天人合一的生态共生结构。那么佛教，就是释家呢？最早提出了人与境、灵与肉的生命交感价值的观念。这是一个很重要的观念。在这个价值观里，提出了很多重要的、很深的哲学问题。我读这本书时，我会联想起这些，联想起释家的生命交感价值观。

比如众生平等的思想，每一个生命，每一只鸟、每一只蚂蚁，都跟人是平等的，都有生死，都有苦难。善恶业报的思想，有业、有行为，必然有报应。恶行恶报，善行善报。不一定回报在当下、当地、具体的当事人身上，但必然会回报到整个人类身上。你跑到巴颜喀拉山的黄河源头乱挖金矿，把那里的高山草甸破坏了，它不一定报应在你这个人身上，但会报应在黄河的水涵养指标降等上，报应在整个中华民族身上。《华严经》里面描写了西天净土，与所谓的秽土对照，就是肮脏的大地与洁净的大地相对照。奇怪的是，《华严经》里的净土世界写的都是纯自然界，而丝毫没有社会景象。香水流注，香花盛开，山岳是绿色，都是大自然的环境——那是对已经不洁净的人类社会的一种失望和放逐啊。

佛教里面许多教义，可以转化为当下生态文明的重要内涵。生态主义不只是一个环保问题，也不只是指自然生态，它的确是一个人生观、社会观和生命观问题，是一个人类终极关怀问题。

总之，这部作品是年近60岁的作者，做了大量的功课、钻研了大量承载着中国优秀传统文化思想的释、儒、道诸家古典著作，以及大量历史资料，劳作十年，于汝玉成的成果。当然，这部书创作难度非常大，还有许多可以修订、正谬的空间。如何把主题由一个佛教译经的故事，提升到一个更宏大的生存观的高度以启发今天和今后的人们，作者有兴趣还可以探索。在故事经营、性格描绘、内心活动的展开，尤其是文学语言的驾驭上，也还有进一步加工的空间。

2013 年 8 月 9 日，根据录音稿改定于不散居

在古体诗词中浇铸青春生命

——序禹治夏诗集《琢磨小字记心情》

应友人之嘱，最近一连为三部古体诗词集写序。

一部是我中学授业老师汤彬如先生的诗词《岁月》。先生本是教历史的，晚年却研究自然辩证法和数理逻辑，竟卓有成效。诗只是他生命的平衡仪。在这位九秩老者的诗中，氤氲着一种似有若无的禅意，那是经历繁华茂盛的春、夏、秋之后，复归冬季的简朴平易，是阅尽人间沧桑之后的了然于心，静穆中透出一股定力和内功。我以“老汤大补，老酒至醇，老腔遏云”叹誉之。

另一部是孟建国先生的诗词《东篱诗探》，这是人民文学出版社从他好几部诗集中精选的结晶。作者出身农家，历任县、市领导，后又任省政府副秘书长，大半生穿行于繁忙的社会实践之中。他的诗是年富力强的生命的喷薄，充溢着对土地乡亲、民心民生的殷殷关切，“读来让我怦然心动”——我这样表述读后的感觉。

再就是禹治夏这部《琢磨小字记心情》了，以古体诗词为主，也有一点儿现代诗。作者才二十多岁，纯正的“80后”，竟能对古体诗词如此驾轻就熟，不能不使我在诧异中产生出阅读和探究的兴趣。

一月之内，我在这几部古体诗中依次读到了生命的苍劲和禅意，生命的灿烂和成熟，生命的萌动与勃发，读到了生命各个段落在诗行中鲜活生动的流淌。我于是敬重古体诗词，它原本生发于古代生活之中，但在表述现代人生、现代情愫这种全新的内容，在借助于这种全新的表现来更新发展自身方面，竟然有如此的生命力。我敬重它长青的生命。

青春是诗歌的别名，诗性和爱情天然独钟于青春。治夏的诗词聚焦于爱情，应在情理之中。有令人心悸的试探，有满心莲花的冥想，有柳下相约，有月前思念，有心灵不差分秒的默契，也有引发少年维特之烦恼的种种离愁别绪，却很少山盟海誓。对于这位善感多情又极重悟觉的青年人来说，爱情的幸福更多在于精神过程的感受，而不在结果。故而离愁别绪也便升华为蓬勃的青春之美和精致的艺术之美。许多诗背后，你分明能感知到实在的故事，诗人却少有展开故事的兴趣。

他和他的诗，更关注的是与爱有关的各种情感和情绪。他喜欢用诗去挑战这些被爱推向极致的青春期精神状态，并且在变动不居中给以表达，让你在情绪的动感中读出他的成长，他的情绪发展脉络。

你看《临汉江水畔有感》：“孤影立水中，临风弄白羽。我共白鹭飞，白鹭忘我去。相对默无言，相弃顿失语。”你看《涟漪——我们的相遇如同涟漪》：“如蜻蜓写意地那么一点 / 如落花逐了东风 / 如浮萍在水中相逢 / 一点涟漪 / 如梦如梦…… 我们没有爱过 / 但彼此心疼。”而在《策论》中，他已经有了对社会的思考和责任，在《关于等待》中，更有了对生命进程的哲思和一丝禅味。

这些，才真正是诗的领地啊！

治夏懂得诗，理解诗。他习惯用那双大眼沉默地洞观别人，那时你会感觉到有一种浓郁的诗性从他气质深处冒出来。他又极有驾驭诗的能力。他年轻，却执着于古典诗词，能够将自己独特的青春感受，纳入格律的桎梏之中。他华丽，却不堆砌，总能以结实的诗情意蕴为骨架，去撑起华丽的诗句盛装，让你在荼靡架般的华瞻诗句中感受到真切的人生。

请看《吉他》素朴的暗喻：“墙角六弦琴，恰伊落寞心。隔窗弦似雨，只是杳无音。”请看《见秋雨有感》即兴的借景：“千丝万缕从天际，一种悲凉拔地起。梦是高楼锁客身，心如老马嘶无力。”请看《情说》的物象拟人：“一捧相思子，三生并蒂莲。捣泥出白藕，隔叶见红颜。”请看《墨魂》的宏深气势：“酒醉狂抒意，舞袖欲挥文。笔下春秋墨，联间日月魂。”请看《诗叟》的淡定禅意：“无为神定定，有欲目浑浑。结因难结果，痴梦莫痴心。”请看《扬州》强烈的色彩感：“相约赴红桥，携手共白衣。映柳烟波绿，描山彩云低。”等等，以及随处可见的通感和意会。作者诗的感觉和气质，让人刮目相看。

治夏写现代诗也写古典诗词，这真是为诗者的大幸。年轻人热衷古典诗词者怕是渐行渐少了。在有的人心中，古典气质和古典风貌似乎会影响自己的现代身份，影响现代精神的发扬和现代话语体系的表述，二者是相抵牾的。治夏不这样看，他以古典诗词的境界浸淫自己的青春岁月，以古典诗词的操演构建自己的青春话语，这真是大好的事。

一切能够构成和已经构成传统的古典文化，其实在它发生的时代，都是富有现代感和创新性的，其文本深处潜藏的都是鲜活的创造生命。对前人犬儒般的模仿，很难构成新的文化积淀而进入传统的流脉。继承古典传统不但不会裹住我们前瞻的目光，有智者反倒会从中汲取古人的创新思维和创新激情，汲取民族千百年中积淀的生命活力，营养和激励自己新的创造。治夏也许正是自觉地选择了这条路子。

我希望于他的是，要防止被古体诗词传统的内容和习惯的形式绑架，要能够自由出入，要多练几套笔墨，在融通中寻找属于自己的创新。譬如，现在就不妨在继承古体诗词传统的基础上，开始尝试那种既能表现现代人的情绪、适应现代人的审美趣味，又具有中国诗词质地和古典风貌的诗歌，姑且称之为“中国古风现代诗”吧。

“五四”以来，中国诗歌界有许多先行者做过这方面的尝试。尽管这种探索难以一蹴而就，却有创新立派的恒久价值，值得治夏这样有基础、有志向的人付出自己的劳动。

我在等。静候佳音。

2011 年 2 月 10 日辛卯春节，西安不散居北窗

上施下效使作善

——序《校之亲》

中西方圣哲在解释“教育”的真谛时，不约而同都指向了“内化外引”这一命意。《说文解字》说：“教，上所施，下所效也”；“育，养子使作善也”。贝多芬则要求，把受教育求进步的责任和对恩人及支持者所负的义务联结起来。教育的途径，是激发，是规约，是示范，是导流。

教与育——既教人以能，又育人以德，最终都是为了树人。物质利益的回报从来不是教育的终极追求。而当下，我们却多少有些迷失，教育的功利价值系统无节制地膨化，精神价值系统则有了程度不同的弱化。

手头这部《校之亲》，引发了我如上的感慨。

陕西省电力技工学校校长李新明送来他们学校编辑的文集请我先睹。他郑重告诉我，集子是全校师生的集体创作，是在全校范围内进行经典阅读、感恩教育的征文活动中遴选出来的佳作汇编。他说，善是一种美，爱是一种力。因为善，因为美，才使我们在这个繁芜浮躁的世界，得以呵护住生命向上向前的希望。出版这部书，是想引导师生用平常的心和平凡的笔，打开身边的生活，感知人性的温度，点亮生命的情愫，激活我们心中或隐藏或消弭或沉睡的精彩，以抵御功利化、工具化、物质化浪潮对心灵的侵袭。

看了书稿，感到电力技工学校的师生的确把握住了教育的灵魂和旨归，找到了教育的钥匙和密码。他们耕耘在职业教育的沃土上，勤勉地劳作却又诗意地栖居。文集让我看到了这个教育群体精神世界中的理想光辉、人文关怀和道德良知。

翻着书页，字里行间有一种温暖如阳光般层层铺开。质朴自然的文字，像泉水在心灵里自然流淌，间或拨动你心中那根柔弦。清澈鲜洌的生活气息常常和一脉相承的历史文化精神遥相呼应，生命的纯度与高度时有显现。你能读到他们关于教育的识见，能读到校园文化中的人文内涵，读到知识分子的道德良知和莘莘学子的青春情怀。他们恪守的教育准则是：爱是教育的前提，也是教育的旨归。但他们倡导的爱不是单向的，而是互动的；不是静止的，而是行为的。他们不仅讴歌爱、体味爱、感受爱，也践行爱、弘扬爱、传播爱。

当然，文字可以更老到，开掘可以更深刻，教育理念也可以阐述得更完备——我却不想用这些标准去要求这些小文章。我所珍惜的是书中美好情感的自然流露，教育正效应的逐渐显现。相信读者不会拘泥于文本表层，而会在阅读中延伸、升华自己的感受，体味出我这里没有写到的文本的多重意义。

2013 年 6 月 23 日，西安

个人记忆中的城镇史

——序《榆林往事亲历记》

这是一位土生土长于榆林的人，一位从最基层干出来的干部，他以个人的目光、切身的感受、冷静的心态、朴实的笔触，纪实了一座城市几十年的变迁，具有较高的历史价值和文献价值。过去，我们读到的历史大都为宏大叙事的国家史、王朝史、社会史、政治史、民族史或各式各样的群体史，像这样从个人经历和感受出发，来写自己所处的城镇生活的个案性历史实录还真是不多见。它以历史目击者、参与者、见证者的身份，增加了记述的可信性和可感度，也就有了另一种价值。近年来口述实录历史开始时兴，也许正是这个原因。

我和作者巨奎先生是几十年的老朋友了。我们并非故交，20 世纪 80 年代相识于一次工作交往。那年我带省级文化系统扶贫工作队去当时的榆林市（现在的榆阳区）走访，巨奎先生是市委副书记，各方面给予了我们诸多支持。他恪尽职守却又谦和淡定，刚毅强劲地推进工作却又文质彬彬，给我留下了一种难以忘怀的温暖记忆。离开榆林后，他每来西安，我每去榆林，都免不了见个面叙个旧，一来二去便成了老朋友。这辈子在工作中接触的人不计其数，由此而成为挚友的人并不多，这需要真诚，还有天性中的意会和默契，我们之间就有这种难得的真诚、意会和默契，算是一种缘吧。

《榆林往事亲历记》这本书，从各个时代、各个角度表现了榆林城区的变迁，其中有国事、家事，也有个人的情怀和思考，以白描手法勾勒出了榆林城在各个历史阶段的面貌，聚焦了一些典型的社会和民众生活的镜头，写出了作者这一代人在 20 世纪六七十年代的人生风景和精神风貌。一个人和一座城，一座城和一个时代，便这样构成了这本书的特色和文化辐射力。

《榆林往事亲历记》并不执着于写人，却在一定程度上写出了人物，这便是巨奎先生自己。他出身于小城的小民百姓之中，从小家境并不好，全家老小靠着本分的勤劳维持生计，一次一次遭遇时代坎坷加之家族的各种风浪。抗战时日寇残酷的轰炸，新中国成立前夕国民党的顽抗，“大跃进”之后的大饥饿，“文革”中的种种闹剧和悲剧，都锻打了他的坚强和执着，也铸就了他的严谨和低调。而党的多年教育造就的革命觉悟、领导职务加之自身的工作责任，又使巨奎具有了终其一生的无私奉献精神和成熟老到的组织能力、管理智慧。他一直在本乡本土工作，尽心尽意为社稷为家国服务，为父老乡亲谋利益，这使他又永葆着一颗赤子之心。通常我们在文学作品中看到的，多是作家塑造的带有某种典型性的人物形象，在纪实作品和报告文学中读到的也是几经筛选提炼而具有某种独特性的人和事，像书中这样平常到平淡，而又在平淡中蕴含着丰富时代信息和命运信息的人物，便有了另一份珍贵。

质朴、平直之美成为这本书吸引我的重要原因。以白描淡写而不是浓墨重彩写历史，巨奎竟然在无意中有了自己的尝试和探索。表现历史生活，难免受到作者价值观念的影响，但他总是以叙述替代评价，以个案替代综述和概括，尽可能避免直接去评价历史，这不失为一种智慧的写法。有些章节给人印象深刻，如童年生活，1958 年“大跃进”“放卫星”，公共食堂，修鞋的爸爸，“除四害”故事，等等。这些章节所以感人，正在于作者是从个人遭遇出发，有意无意地触动了历史深处的脉动，个人命运和时代风云一旦接通，并且较好地融合起来，反思就潜藏在了生活画面的铺展之中，理性与形象也便会一道流进读者心里。

2010 年 6 月 23 日，西安望湖阁

文学陕军·秦地民俗·陕北民艺

——电视纪录片《秦风》采访谈话录

一、关于文学陕军

“文学陕军”这个概念是怎样界定的？我想分两部分来说。

第一部分，纵向地看。我觉得文学陕军可以分为四个阶段：

（1）奠基期：延安时期集中了中国进步文艺和革命文艺的精华，文学陕军是在延安文艺这个文学土壤里长出来的。延安文艺为文学陕军的诞生奠定了基础。丁玲、柳青（小说），李季、贺敬之（诗歌），柯仲平（戏剧文学），黄钢（报告文学），等等，延安时期的文学为文学陕军的诞生在精神上、传统上、人才群体上形成了一个很丰厚的土壤。柳青和柯仲平后来留到了陕西，可以说是陕军发酵成长的两个酵母、两颗种子。

（2）生成期：20世纪60年代到“文革”前，陕西是中国文学的重镇，陕西是中国文学不可或缺的一个方面。这个时期，以柳青、柯仲平为代表，长篇——杜鹏程，中短篇——王汶石、王宗元，散文——李若冰、魏钢焰，诗歌——王杲、胡征，构成了在全国非常有实力的一个群体。文学陕军的生成期就在这时。特别要说的是胡采，一个文学群体的出现不能光看作品，胡采提出了“从生活到艺术”的创作理念，这是直接传承延安文艺座谈会讲话而贯穿在陕军整个精神境界与创作境界之中的理念。

（3）成熟期：在“文革”和“文革”后崛起的路遥、陈忠实、贾平凹、高建群、程海这样一个陕西作家群，他们以长篇小说打进中国文坛，主打“陕军东征”。“陕军东征”是陕军成熟的表现，也是中国新时期文学一个重大事件，是长篇小说史上一个重大事件。这个群体里的三个作家先后获得了茅盾文学奖，这标志着文学陕军的成熟，表明陕西作家已在全国居于第一流水平。

（4）延展期：文学陕军到了这个时期开始有了分支，有了多元的文学元素和文化元素的介入。叶广芩、陈彦（戏剧文学）、杨争光、红柯、方英文、朱鸿、冷梦、寇挥、秦巴子这样一批作家，他们的创作精神、创作风格开始呈现出多样化的面貌。杨争光笔下那种冷静、沉默得像土地一样的形象背后涌动的关中精神；红柯那种诗性的浪漫中浸渍的西部精神；叶广芩那种驾轻就熟地对于家族文化的解剖，都开始呈现出第二代文学陕军所没有的风貌。

第二部分，横向地看。文学群体对于陕军来说不仅意味着一个界限非常明晰的优秀作家群和有力度的作品群（《种谷记》《创业史》《保卫延安》《山湖草原》《平凡的世界》《白鹿原》《秦腔》《青木川》等），更重要的是文学陕军这个概念表现出来的大体一致的人文精神、人生精神和文学精神。为什么在谈到陕军每一个时期时不能漏掉评论家？在柳青那个陕军群里不要漏掉胡采，正是因为胡采像主心骨一样提出了“从生活到艺术”的核心观念，使得这个群体有一种共同的文学风貌；到路遥、陈忠实、贾平凹这个时期不要漏掉“笔耕”文学评论组王愚、肖云儒、畅广元、李星这样一个群体，这些人通对作家作品的评论，把作家群的共同点和个性的东西抽象出来、凝聚起来。文学流派的内核是文学精神；有了文学精神的凝聚，流派才能成型。

文学陕军就是这么一个有优秀的作家群，有优秀的作品群，有明晰的人生态度和美学精神的群体。他的人生态度像陕西人一样，结结实实生存着，辛辛苦苦劳作着，兢兢业业探索着。他们的文学精神是在现实主义道路上，不断地探求、不断地自我更新的一种精神。在那个对现实主义的解释还十分意识形态化的历史背景下，柳青在《创业史》的内容提要中，首先明确地提出来：我侧重写的是社会史、心灵史、情绪史。这是很不容易的。这表明他已经从传统的、经典的革命现实主义中跨出了一步，接纳了更宽阔更现代的文学观念和艺术思维。《白鹿原》写了灵界层面的白鹿，这也是对现实主义的突破。高建群、红柯那种诗性的浪漫，又都在现实主义大的边界之内。一方面是高层次回归，一方面延展了现实主义丰富的内涵。所以我想起了著名文学评论家秦兆阳的一句话：现实主义是一个宽广的道路。文学陕军印证了这条道路的宽广，印证了现实主义有着自我更新、自我涅槃的无穷生命力。文学陕军证明了这一点。

二、文学陕军和《在延安文艺座谈会上的讲话》的关系

这先要谈谈我是怎样理解《在延安文艺座谈会上的讲话》（下文简称《讲话》）精神的，《讲话》中哪几条是超越了当时时代政治的需求而具有普遍的真理性的。

二十年前，我在《对视》一书里有一篇长文，就是谈延安文艺座谈会《讲话》的创造精神。我读《讲话》，除了后来变成我们创作戒律的那些东西之外，我还读出了毛泽东的精神状态、语言状态和这个状态下的活跃的创造情怀。我把《讲话》的精神和内容分成三个层面：

第一个层面，反映论层面。《讲话》的基本道理是万古长青的。文艺的源泉在生活之中，是在老百姓之中，作品是生活的艺术反映，这是反映论对文学的定位。我个人很赞同，而且我觉得，在其后几十年一直到今天，在中国文学界翻云覆雨的各种争论和起伏之中，这个反映论的文学观始终是一个定风标。不管怎么争论，最后又回到了这里：生活是艺术的源泉，作家要反映社会的、人民的生活和精神，要为人民群众服务。

第二个层面，创造论层面。《讲话》提出要建设具有中国作风、中国气派、为中国老百姓喜闻乐见的中国文学艺术，这是带有创造性的。我们反思

“五四运动”，中国传统文化曾经在某些方面出现了断裂，如简单地打倒“孔家店”等。白话文虽然推动了我们的创造，但是也中断了中国传统文化的传承。在这样的情况下，毛泽东以中国共产党领导者的身份，在延安提出了要有中国作风、中国气派，这是对“五四运动”的一个重大的补充和匡正。从这个角度讲，延安文艺座谈会是有创造性的。这是延安文艺座谈会在创造层面最重要的精神。

第三个层面，文学功能层面。功能层面比较复杂。文学是干什么的？是为什么的？我觉得《讲话》在功能层面的叙述有一些是长青的，有一些则具有阶段性。比如我们要为劳动人民、广大的人民大众服务，这是长青的。我们的文学艺术哪怕是写自我表现的，实际上最后还是在反映某个特定民众群体的身心，因为所有的社会生活中的“我”，最后都是“们”的一部分，作家总是自觉不自觉作为某一种“们”，不管是大“们”还是小“们”，是以大我们还是小我们的代言者存在。因此毛泽东文学功能的这种理论是长青的。但是《讲话》中还有一部分道理只适用于特定阶段、特定环境。比如说中国共产党有文、武两条战线，把笔杆子与枪杆子并列，因此文艺与军队一样，要为党的中心工作服务，为抗日战争、民族解放战争服务。这些观点在当时救亡图存的抗战背景下完全可以理解，也的确是我们的心声，但作为文学的美学规律，不能适用于每个时期。

为什么我把文学陕军的第一个阶段、奠基期要放在延安呢？就是说，文学陕军在以后的各个阶段，总是自觉不自觉地甚至于无奈地，会受到延安文艺精神的显在的或潜在的影响。这个影响有积极一面，如反映论层面和创造论层面的影响，也有消极一面，如形而上的功能论。柯仲平在新中国成立以后的诗歌，全面地继承了延安传统，包括功能论都继承，他是配合中心的。我在现场听过柯老朗诵“要古巴，不要美国佬”的政治抒情诗。柯老非常激动，现场效果也好，但效果是非审美的，一时的。到了柳青就不一样了，柳青虽然也不能不受到那个时代局限性的影响，一边倒地歌颂了一个现在看起来还可以再评断、再思考的农业合作化运动，但是他却能够透过这段历史的具体生活事件，触及人性、人的内心感情，当然也包括阶级、阶层、文化的烙印等各个方面，写出了那个时代的社会情绪。从这一点来说，《创业史》是长青的，它凝聚了那个时代的心理信息、情绪信息、社会斗争信息，这就既继承了又走出了《讲话》传统。

杜鹏程写《在和平的日子里》，那个时候大的政治背景、文化背景是批判胡适，后来批判胡风，后来反右，知识分子是极度压抑的，但是这部作品却全力以赴地而且很成功地塑造了总工程师的形象，把中国知识分子写得铁骨铮铮，有科学的思维，这是很不容易的。

反右斗争开始时，老党员、老作家李若冰还在柴达木油田。作协党组发了几个电报叫他回来参加反右，他说那边离不开。他在柴达木盆地勘探大队蹲点，担任勘探大队地质大队的副队长。就在那个山雨欲来风满楼的时刻，他的《山湖草原》里有一篇专门写知识分子第一线工程师的报告文学，极尽赞赏之词，充满了热情。这表明这些作家在文学功能论层面，走出了《讲话》的局限，但是在反映论层面他们又始终遵循了《讲话》精神。

柳青在延安文艺座谈会之后，到陕北去当村文书，新中国成立后他写《创业史》扎根皇甫村十三年，这都是有口皆碑的故事，完全跟劳动人民同吃同住，进入一种将自己的创作行为转化为自己的生命行为的生命存在。

《人生》和《平凡的世界》中的高加林和田润叶，这些形象所以成功，是因为路遥自己作为一个农村青年，在改革开放初露机遇的时候，与高加林和田润叶的命运一样，进入城市，用奋斗来改变命运，所以能写出他们真切的内心状态，也才能引发一代一代在生活中拼搏的年轻人，直到当下的农民工们的人生认同和感情共鸣。这就是从生活深处吸收源泉，再与自己的个人经历结合所焕发出的艺术生命力。《人生》和《平凡的世界》一直是畅销书，每年都印许多，始终居于中国长篇发行量最高的层次。

陈忠实写《白鹿原》，住到灞桥毛西公社西蒋村，一住五六年，想躲开那时候的各种运动和事务。他是作协副主席，总是非常无奈地被机关叫回来。他在老家院子里听着秦腔，喝着西凤酒，抽着大棒子烟，在一种完全的农村、土地和家园的氛围中写作他的《白鹿原》。

贾平凹写了很多作品，但现在好像公认他创作里最成功的作品都跟商州这块土地分不开，都跟他的生活源泉分不开，包括他的《秦腔》《古炉》《浮躁》《高老庄》等等。

高建群为什么有匈奴人的诗情？因为他在陕北生活，他在一个民族杂居的地方、一个草原文明和土地文明杂交的地方、一个动态生存和静态生存杂错的地方生活了半辈子，所以他很能体会这种流浪生存和静态生活交错下的人生况味和心态。

叶广芩始终没有像大多数陕军作家一样写农村的或者民族史诗式的题材。她进入她的皇家家族题材，也是她经历过皇族生活决定的。后来她写老县城，写青木川，也与她长期在秦岭山区采访、工作和生活有关。

所以我觉得我们文学陕军在后几个历史阶段，在反映论层面传承了延安文艺座谈会讲话的精粹，就是生活是文学艺术唯一的源泉，在创造层面也吸取了延安文艺座谈会不停探索的精神，而在功能层面又对于《讲话》的文学功能的论述做了许多更新、补充和延展，所以文学陕军的生命才能够这样生生不息。

三、延安时期陕北民间文艺爆炸式的繁荣与提升

从文化史上来看，一个地域或者一个时期的民间文艺能够产生爆炸式的传播和影响是有规律的，这种规律就是三种文化力量的合流。一个是坊间文化，也就是民间艺术（民风、民俗、民间艺术、坊间艺术、市井艺术，也包

括村社艺术）。一个就是精英文化，人文知识分子的创作。一个是庙堂文化，当局或者主流意识形态的文化。当这三个文化板块相碰撞、相结合时，会产生巨大的能量。“五四”时期的新文化运动所以部分流产，与新文化思潮、学生运动最后没有扩展到民间生活和坊间文化中去，与其相交流相结合，从而引发更大范围的更深刻的社会文化运动是有关系的。所以后来杨沫写了《青春之歌》，用林道静这批革命青年走向民间的情节故事，来衔接“五四运动”跟民间运动的关系。这是第一。

第二，主流意识形态提倡的东西，有时也与民间或人文知识分子隔离，甚至与坊间文化、山林文化对立。陕北的民间艺术、民间风俗、民间文化为什么特别丰厚？很可能民间文化是作为陕北当年贫瘠生活的一种精神补充，一种生命虚拟的实现和飞扬。这么一块丰厚的土壤，如果没有新文化运动的成果和新文化人的介入，也许时代长河漫流，很难爆炸、裂变、轰动和提升。如果没有共产党在延安十三年中采用组织力量的提倡和推广，也不可能产生爆炸性的影响。

陕北的民间艺术遇到了这么一个最好的历史时期，丰厚的土壤和矿藏，正好来了毛泽东的革命队伍，正好革命需要两手都要硬，一个武化的军队，一个文化的军队，来鼓舞革命；也正好红军、八路军要通过各种民间文化活动与当地老百姓在精神上融为一体。而同时，又恰好在“一二·九运动”之后、抗日战争期间，一大批知识分子，最出色的一批文艺家，如诗人艾青、张光年（光未然），作家丁玲、萧军，画家张仃、古元、彦涵，文学家陈学昭、周立波，音乐家冼星海，等等，以满腔的革命热情奔向延安。我在1992年曾经拍过一部片子叫《长青的五月》，采访过参加延安文艺座谈会还健在的六十多个人，他们都是从国统区来到宝塔山下的。这几方面因素的叠加，形成了陕北文艺大发展大提高难得的历史机遇，才出现了那个时期爆发式的突变。这使得陕北民歌、陕北秧歌不仅在当时，直到新中国成立，到七十年后的今天，都远不是一种地域文化，而是中国文化的一个符号。

我们拍的共和国国歌的MV，有五十多个镜头画面，有天安门、有长城、有黄河，属于陕西的好像就是兵马俑、壶口瀑布和安塞腰鼓，那就是陕北舞蹈啊。它是我们国家的象征元素之一！陕北民间艺术就这样由一种地域文化的标志上升为中华文化的标志。像黄土地一样，黄土地现在也是由地域地貌标志升华为我们民族文化的一个指代性符号。

第三，从当时的情况来看，在延安文艺座谈会之后，新秧歌运动大普及，几乎陕甘宁边区的主要村镇都有了秧歌队。边区加起来一共不足三百万人，陕北就有一千五百个秧歌队，边区参加新秧歌运动的达到八百万人次。新秧歌运动出了一大批像《兄妹开荒》《牛二贵参军》等好节目。韩起祥、李博、李增路，榆林的六六旦、水上漂（男角跳舞像水上漂一样）等一大批著名的民间艺术家跟着他们的作品走红。经过新文艺工作者改造的民间艺术《兄妹开荒》，当时红到“咱今天晚上干甚？看王大化去（主演王大化）！”就跟我们说看梅兰芳去，听王菲去一样。演《牛二贵参军》，演到二流子不会劳动，套牲口总套不到上面，台下一位老农就上来，“俺来给你套！”台上台下的那种融合，生活跟艺术的那种无间，很感动人。后来马可编了陕北秧歌的很多书。

陕北剪纸原来就很发达。把自己人生的理想和最吉祥的图案剪贴到窗子上，也给黄土地增加一些亮色。边区时期，窑洞窑面的传统图案中又揉进了红五星等新元素，现在已经构成陕北窑洞的必备符号。李焕之、刘恒之、刘炽都编写了大量的陕北音乐集、秦腔集和各种各样的陕北民歌集。刘炽在陕北民歌的基础上，创作了一大批脍炙人口的乐曲，流传于整个中国。《一条大河》、追悼哀乐都是刘炽写的。刘炽自己说过，哀乐本是陕北丧礼唢呐的乐段，他拿来发展了。陕北的民间艺术剪纸丰富了绘画和木刻，音乐丰富了刘炽的创作，冼星海的《黄河大合唱》里也有陕北旋律的回响。陕北民歌在一个难得的历史机遇下，三股文化元素相汇集，产生了爆发式的提升，使一种地域文化升华为国家和民族文化的元素。很多人认为陕西就是陕北，分不清楚。不了解是一个原因，另一个原因就是陕北文化已经取代了整个的黄土地文化，它已经成为包括陕、甘、宁、蒙、晋北整个黄土高原的文化标志。

四、从祭祀黄帝的风俗看民间风俗的意义

最后从祭祀黄帝谈一谈民间风俗的意义。

我曾经思考过文化的传承动力。文化传承靠什么动力？当然有多种动力，像一个电缆一样，里面有很多股，一种是理性教育传承，读四书五经，让你知道应该怎样干，不应该怎样干；一种是道德行为规范的传承，怎样干是对的，怎样干是错的；一种就是民俗、风习和民间艺术传承，在一种风俗习惯、约定俗成中，你会这样干，不会那样干。在这三种传承里边，民俗传承有一个特点，是把中国文化和中国道德、中国礼教形式化、仪式化、典礼化。有时候，一个好的内容如果没有一种恰当的形式传承，那么内容就会湮灭，有的时候，内容找到了恰当的形式，内容通过形式得到传承，形式、仪式本身也就成为内容的一部分。这种形式、仪式传承下去了，形式、仪式中的内容也就挟带着传承下去了。

我觉得祭祀黄陵、祭祖民俗就是这样一种文化传承状况。它把中国的家族伦理文化、家国同构精神的传统，凝结在特定的祭祀典礼和乐舞仪式上。我们参加这些典礼，在群体所营造的那种特定气氛中，心灵的最深处会点燃百善孝为先的念头，点燃感怀、感恩的感情，点燃人心中的各种美好的东西。这是民间风俗礼仪的一个重要的作用。所以梁漱溟先生在研究中国乡村运动的时候说过，中国国家的稳定有赖于社会基层的稳定，而社会基层的稳定并

不是统治阶级权力制约的结果，而是风俗陶冶的缘故。礼教把权力制约、道德律条都化作风俗、风气、风尚，自觉地沿袭下去。清明节全民族祭祀人文初祖黄帝，每一个家庭也在祭扫自家的祖先。祭黄陵是一个大窗口，这个窗口里其实还有亿万个小窗口，我们能够窥探到民族和家族对于先祖的怀念和传承。

黄帝是一个三合一的文化形象。第一，他是民族血统的象征，他是民族的先祖，人文初祖。中华民族是多民族国家，每个民族都有自己的祖先，但在文化上却又认同一个共祖，这在世界其他多民族国家中还不多，这也是我们多民族能够统一、我们的文化从不中断的一个基本原因。第二，他是帝王的象征、权力的象征。第三，他又是中华大地各种文化的融会者、组合者，也是中华文化的象征。我们祭黄陵是有多重含义的，既是祭祖，又是祭拜一种漂浮在现实生活之上的一种理想精神，一种文化图腾。

除了以祭祖仪式来增强民族的凝聚力，还有一些节日和祭祀以及相关的民俗风情也起到了凝聚民族、传承文化的作用。比如清明，现在我们去祭祖、祭黄帝，其实以前清明之祭是祭春，清明节、上祀节内容相近。春天来了，生命苏醒了，我们可以去大自然中沐浴、踏歌、踏青。唐代比较开放，这些时节少男少女可以在林子里谈恋爱。端午现在祭祀屈原，当然有道理，但其实也是祭夏的，迎接夏天的，迎接一个新的季节的到来。所以在南方，端午大吃一顿米粉肉，端午之后就不吃肉了，没冰箱夏天肉容易坏呀。南方百越族端午时要告祭先祖夏天来了，稻谷很快就要收了。中秋是祭月的，祭秋的。八月十五月正圆，人也要团圆。到了岁末年初的春节，更是向祖先告祭我们这一年的收获和对来年的憧憬。所有这些节日都反映了天人合一的关系，什么都要告祭上苍、告祭先祖。对上苍崇敬，对祖先崇敬，构成中华民族精神和道德的两个中心轴。

现代以来，对最古老的民俗文化的研究成为非常前沿的、前卫的学科。对民俗文化进行各种各样现代文化学和传播学的解读，我们才发现，其中的文化信息是那么丰厚。

2011 年 10 月 2 日，受访于陕西师范大学校园，整理于不散居

陕西书画如何走向全国?

这个题目似乎有点儿不准确，因为陕西书画在某种程度上已经走向全国。我们讨论的其实应该是陕西书画如何更好更快地走向全国。但我不想改题，希望给陕西书画界增加一点儿压力。

陕西书画如何走向全国？ 说一千道一万，首先要有全国水平的好作品、全国水平的好书画家。这是讨论这个问题的基础和前提，也是我们实现这一目标的第一动力。

好作品就是力量，好作品就是陕西书画走向全国的开路先锋。头等大事是抓好创作，抓好作品，培养一流艺术家。

这个担子主要压在艺术家肩膀上。需要寂寞，需要勤奋，需要板凳一坐十年冷；更需要创造激情，需要艺术思考，需要在创传统之新、求当代之异的坐标上，定位自身，确立更新更高的追求。陕西艺术家的埋头苦干早为世人称道，而在独异思考、活跃创造力以及群体艺术氛围的营造方面，还需加强。有大志者必有大追求，有大气者必有大创造。陕西艺术家当不会辜负我们的期许。

以好作品为核心，还需要动员各方面因素形成支撑性的合力，攥成拳头出击。我们正在做而且是做出了成效的，比如走出本土，主办和参与各种全国性展览，像最近的“长安精神”全国巡展和此前的“长安画坛展”“长安雅集·陕西书画 300 年国画展”“陕西中国画十人展”等等，都在全国各地产生了广泛影响。还有，组合艺术流派，提出艺术口号，阐发艺术主张。“长安画派”“黄土画派”“长安精神”三个群体，由享誉全国的代表性艺术家，于三个历史阶段先后提出，就在相当高的层次上确立了陕西画家在全国的总体地位，可以说是陕西画家走向全国的三次壮举。如果说这些活动还主要是推出已经有全国影响的画界领军人物，那么，这次九城九报联展则力图将中青年书画家中的实力派和潜力派推向全国，不能不说这是陕西书画走向全国的一项新举，极大地拓宽了陕西书画走向全国的路子。

与京、津、沪、宁、穗、川兄弟省市相比，也还有更多的事情有待我们去做。比方说，陕西书画界的艺术思考、艺术评论、艺术舆论，还更多停留在地域坐标、地域眼光上。陕西和陕西比，自己和自己的过去比，不能算是艺术评断的高标准。要有勇气放到全国乃至世界格局中去做拓展性比较，做文化与美学上的解析，真正发现艺术家在创造链上的独创和最新贡献，并有透辟的论证和解析，才能大幅度提升陕西画家在全国的艺术权重。

还有，我们的传媒出于对地域艺术的关心，常常集中而经常地宣传本土书画家，这心情完全可以理解，书画界也称誉有加。但不应忽略，媒体更需要同时宣传知名的京城和外地艺术家，或者再进一步组织本省和全国书画家的艺术对话、文化对话——这种对话不应只是宣传，而应有实质性内容，有深刻度与创新性。其实，以全国水平为标尺，将本地、外地书画家组合到一个板块上推出，既是一种智慧的策略，又是陕西当下书画水平的真实体现。从传媒接受者的心理印象来看，它客观上把地域的书画家提升到了国家层面，也对催生陕西书画界文化思考的风气极有好处。

随着陕西文化产业的长足进展，融聚资本，集中创意、策划、经营和收藏、品鉴的高端人才，打造国家级书画拍卖中心和国际艺术精品流通市场，也是提升陕西书画整体价值与声誉的关键手段。五千年文明加上十三朝古都，没有在艺术收藏和拍卖营销上的品牌和旗舰，很难在艺术上有举足轻重的话语权。在现代市场中，做资本的高于做产品的，而做评价规则和标准的又高于做资本的，我们没有抓住先机，也要快步赶上。据闻这类项目已在策划之中，我们翘首以待。

2012 年 11 月 5 日，塔影苑

书画家应该成为大众生活中活跃的文化人吗?

之所以在题目上打上了一个问号，是因为这个问题可能没有答案，或者有多个答案。说尖刻一点儿，“应该”与否，也可能根本就是一个伪命题。

每个人都可以根据自己的气质、经历、性格和人生来设定、选择自己的生活道路和生活方式，选择自己愿意的公众形象。书画家也一样。谁也没有权利要求他们按照一种“应该”和“需要”的模式生活。在艺术家个人人生选择上，没有群体认同的“应该”和“需要”，只有个体自足的自我选择和自我实现。由于中国人的实践精神更近乎儒，而艺术精神更近乎道，在古代，中国文人墨客和书画家中选择出世、隐逸者甚多。这个隐逸派文化人群体，被统称为“山林”也许那原因就在这里。“山林”文化与“庙堂”文化、“坊间”（民间）文化构成中国古典文化的三大板块。

艺术家的这种选择有道理，也有悖论。艺术创作重内心世界、重个性、重独特，有时甚至不排斥怪异。求异是艺术家终生的追求，趋同则从来是创作的大敌。艺术常常是艺术家对生命和生活有了不同于或比世人深刻的看法而选择的美审表达渠道。它便有了天然的孤独、内省质地。但书画家用笔倾诉，不就是希望有人倾听，有心感应吗？因而艺术又从来有着内在的传播和扩散要求。在这种矛盾中，你如何选择，只有你知道，或者你自己都不知道——只有天知道，“天”在这里是诸种因素的自然组合，是自然而然，是顺其自然。

当社会进入一个新的时代，人的社会化程度和人际交流程度日渐加剧。社会运动中不由自主、欲罢不能的价值选择会裹挟着你、带着你的人生和艺术一道去参与。新的生活现象、心理图景会吸引你去体验。文化交流的天然欲望和诱惑是那么强大。艺术创作的价值实现，艺术市场的民众认同和利益诱惑更是那样不可抗拒。人类与生俱来的合群心理更是让人无法入定。

尽管如此，在今天这样一个时代，我们还是乐见也提倡艺术家以一种开放的心态走近社会，走进公众，走进市场，尤其要提倡和鼓励走向民间，走向底层。艺术家自然而然渗入社会，成为现时代民众中的一员，自然而然地渗入社会的艺术文化生活，自然而然地成为有责任感、有亲和力的文化人物和精神表率， 是现时代艺术家生活选择的题中之意。

书画家打造自己的公众形象，不一定要把头剃光、胡子留长。不一定油画家非穿西式名牌休闲装，扣顶南瓜帽，架上宽边玳瑁眼镜。不一定国画家非穿对襟褂子和圆口布鞋，开口子曰诗云，闭口儒道释易。当然，也不一定就不可以这样。只是不要卖异，不要摆谱，不要耍范儿，不要把自己的日常生活当成秀场，不要让自己天天走 T 台，不要以自己的身体和言行做广告。这样的人，只能让我们感到浅表得可以，幼稚得可爱。

要发掘自己的童年记忆，在老家、在父母膝下的那种生命记忆，要参与到街头巷里村民、市民的街谈巷议中去。可以国计民生，可以柴米油盐，平易、质朴、庸常，浑然天成。你以为你是谁？不就是一老百姓，一老头，一丈夫，一妻子，一个职场人吗？而已。

但我们确实又是艺术家，我们有我们心中的神祇，有我们独有的才能。我们融入社会生活，主办各类艺术活动，参与各种文化论坛，现身于社会公益事件，也出入于艺术市场，甚至在艺术智慧之外也玩那么一点儿商业智慧，以作品以言论，发表我们过人的或并不过人的艺术文化见解，引领社会文化风尚，提升社会审美水平。这又是多么好的一道风景。

艺术要百花齐放，艺术家的公众形象也应该百花齐放，无须强求一律，切忌扬青诋白，唯有纯真、唯有美善、唯有艺术良心和社会责任，在艺术家之间共通着。

2012 年 11 月 10 日，塔影苑

王一山、王愚父子与旬阳精神

——在“王愚文艺思想与旬阳精神座谈会”上说

去年省委宣传部组织编纂“陕西精神”系列书籍，我主编了第一本《爱国守信》。在编书过程中感受到，一个地域的文化精神，主要体现在这个地域千百年来一些出色的精英人物身上。他们的人生追求、社会实践和人格精神，才是一个地方活着的精神，才是可以效仿可以传播的精神。

从这个角度来说，建立王愚先生纪念馆，正是凝聚旬阳精神的一个重要举措。

我与王愚是四十年的好朋友。20世纪60年代我一到陕西工作就认识了他。这之前，我在高中时还读过他发表在《延河》杂志上关于现实主义的文章。如果再把王愚延伸到他的父亲王一山，整体来看这父子俩，从王一山到王愚，其实诠释了陕西近百年的历史。

王一山从同盟会开始就勇立社会潮头，直到“西安事变”前后进入他人生的高峰。“西安事变”是一个很重要的历史事件，它不但是抗日战争的转捩点，是第二次国共合作的起始点，更扭转了中国的整个现代史。王一山时任杨虎城的参谋长、陕西省民政厅厅长、代理省政府主席。

接下来，王愚在解放战争的后期参加革命，接续了父亲的进步历史。大家开玩笑，在我们这一代陕西文学评论界里面，王愚有“四最”：年龄最大，参加革命最早，最能谝，最能喝。他早年就读西北军政大学的艺术学院，是一位充满革命理想的进步青年。但是参加革命后不久，就因在文艺论争中说了真话，而且历史证明是正确的话，结果吃了大亏，划为右派。

我1961年来到西安工作，他在《延河》编辑部戴着右派帽子工作。我丝毫不回避他，经常接触他。我在《陕西日报》，他在《延河》杂志社理论组，来往了三四年，还合写过长篇论文。但他不能用真名，文章署名是“肖云儒、肖草”。“文化大革命”期间，他更被打成现行反革命，送到劳改场，在砖窨里背砖烧瓦，同时教点儿文化课，办点儿黑板报。直到改革开放后复出，又非常活跃地出现在文艺评论的第一线。

如果说，王一山身上多少反映了百年中国前五十年的历史，那么，王愚身上则多少反映着百年中国后五十年的历史。所以，我们不要仅仅把王愚当作一个文学评论家，实际上他的经历既是中国现代文艺思潮、文化史，更是中国现代社会史的一个缩影。

这两个人物都生在旬阳。

作为文艺评论家的王愚，我就更熟悉了。我想用四句话，概括我对王愚的印象：

第一，王愚是弄潮人，是文艺新潮的弄潮人。他一直在潮头上翻滚，我记得他被打成右派的文章是关于现实主义的，反对伪现实主义、坚持真现实主义，这与当时毛主席提倡的革命现实主义和革命浪漫主义相结合（实际上是以当时新民歌为代表的“假大空文学”）相抵牾。右派摘帽复出以后，尤其是打成现行反革命平反之后，人生经过了那么多挫折，他仍是不改初衷。改革开放之后，全国进行了第一届短篇小说的评奖，当时我们的论评不是很完美，他就写了一篇《在二十五篇之外》，说的是二十五篇获奖作品之外、被遗漏了的一些好小说。这在当时是少见的不同的声音，实际上是对评委会提出了某种和善的质疑。历尽波折依然保留锐气，所以我说他是文艺评论的弄潮儿。

第二，王愚是领头人，是陕西中年一代文艺评论的领头人。老一代是胡采，胡采活跃在“十七年”文学时期与改革开放的先期，王愚和我们则活跃在改革开放之后。这一代现在当然都已进入老境了。他担任第一任“笔耕”文学评论组组长，这是陕西作协和《陕西日报》文艺部联合成立的，胡采是顾问，我是个副组长。这个组织在后来有一定影响。《光明日报》发表谈中国的中年评论家群体的文章，全国点了二三十个人，陕西点了四个人，王愚是领头人。那个时候，社团没有经费，王愚家境比较好，房子比较宽敞，我们一些活动就在他家的书房进行，他管茶管饭管地方，谈文论诗，非常美好。当时他原配夫人去世了，跟张素文正在热恋之中。他是我们这一茬文艺评论的领头人，“笔耕”文学评论组被著名文艺评论家阎纲称为“集体的别林斯基”，后来又上来了一批更年轻的同道，形成了新时期陕西文艺评论队伍的雏形。

第三，王愚是一个有骨气的人，是文化界、文学界一个有骨气的人。王愚为人刚柔相济，阴阳互补，带有非常鲜明的旬阳太极城“太极双图”的圆融性。一方面很会拐弯，很平和。但是在理论问题上，在基本的见解、真理问题上，是非常有骨气的。人是很灵活的，在真理问题上却不让步。人生过多的挫折使他常常不是直言，而是反讽，用调侃的语气、举重若轻地把自己的意见说出来。

第四，王愚是个有真性情的人，有性格魅力的人。这不能不说跟他的嗜烟和好酒有关系。他主要抽的是家乡旬阳产的祝尔慷，并且推广到李若冰。是家乡人给他提供的。当时我也抽烟，我也受惠不少。王愚的酒名、酒故事更是誉满文艺界。我想，烟、酒对王愚是文化精神上的一种消解释放。像他这样经历坎坷的人，内心有很多压抑、积郁，有很多苦闷。他饱历世事，对各种利益集团，各方面眼光、坐标，对于一个人言行的制约，了然于心。不好说了怎么办？喝酒！可以借酒浇愁，可以打哈哈，也可以借酒出真言。没有办法反倒是个办法。在微醉和佯醉中，他常常说出精彩的话。

他喝酒的故事非常多了，我讲个段子。有天晚上，我们在摊子上喝酒，后来吃馄饨。醉了的老王在吃馄饨时，磕了牙，跟老板吵起来了。说你这个馄饨馅里有骨头渣子，吵得不亦乐乎。老板说，馄饨馅里怎么会有骨头渣子呢？他说我刚吐在地下了，不信拿马灯来找。结果果然找到了一个东西，不是骨头，竟是他自己的假牙掉了。我们只好给人家道歉。喝醉了，掉到作协院内水池子里，他还口吟“池浅王八多”。酒是王愚人格魅力重要的表现通道。

其实，王愚身上那种坚持真理和创新，在大问题上的原则性和处事待人的灵活性，正是旬阳精神的一种体现。

旬阳精神的弘扬，有赖于两支队伍：一支队伍是旬阳的精英人物，他们身体力行着旬阳精神；一支队伍，就是弘扬、实施旬阳精神的组织者和热心人。这是指县委县政府，还有我们的宣传部门，也包括吴建华同志这样的许许多多热心人。他们热心于旬阳精神的打造、提炼、传播和实施。

看了王愚纪念馆，我很感慨，这一切要是没有这两个团队的配合，殚精竭虑，是做不到这个程度的。一种精神要凝聚，一股气要凝聚，需要有人来干实事。我非常感谢旬阳县委县政府领导的支持，也感谢旬阳人热心于本土文化的打造，这是我非常感动的一点。

2013 年 10 月 20 日，旬阳

文艺塑造“中国形象”问题

——中国文联第六届“当代文艺论坛”演讲

随着中国在世界的影响日益增长，随着国人民族自信心的日益增强，“中国形象”问题日益受到国内外瞩目。文艺创作对表现、塑造、传播“中国形象”负有重大责任，文艺家对表现、塑造、传播“中国形象”也愈来愈具有激情和自觉性。莫言荣获诺贝尔文学奖和近年来我国各文艺门类在世界的广泛传播、交流所引发的巨大反响，更将对这个问题的思考迫切地摆到我们面前。

一

文艺塑造“中国形象”，首当其冲好像是题材问题，但又远不只是题材问题。像美术界全面策划的中国重大历史题材系列创作这一宏大的工程，是文艺表现“中国形象”一次空前自觉的行动。不少地方也策划、组织了类似的书画活动。但最后决定质量和效果的是创作、是作品，而不是题材和策划。在衡量作品时，首要的尺度是“中国之形”的表现程度，其实更是“中国之象”的表现程度，即体现了中国内在精神的意象、心象、理象乃至灵象、寓象。关仁山的小说《麦河》像贾平凹的《秦腔》一样，写出了乡土文化在中国流失、凋敝的当下景象，却没有沉湎于挽歌的哀怨，而是从新农村土地流转的试验中，将一段历史的终结转换为另一段历史的开端——应该说更准确地写出了当下乡村中国的形象，对中国当下农村的变迁有着更内在地把握。

我们把国内外通过文艺渠道了解今日之中国的欲求、审美把握，凝练为“三贴近”——贴近生活、贴近时代、贴近人民。这样一个倡导性的文化口号，已经日见成效。但是，不少反映了当下生活，却依然显得肤浅、平庸甚至轻浮、粗鄙的作品告诉我们，“三贴近”只是表现“中国形象”的一个正确的方向，一个必经的入口。能不能深入到中国形象的内里，是一个更为艰深的艺术课题，它需要对丰厚生活资源的长期积累、系统整合，需要对丰厚生活资源睿智的深度开掘、精致的艺术升华。

二

文艺塑造“中国形象”，重点当然是聚光现代中国人的日常生活、社会走向和文化样态，尤其要聚光新事物、新人格和新的文明形态。不过，如若我们的目光和笔触不能深入中国几千年的文化进程去开掘、解读当下生活、当下人格，便会显出一种浮萍般的浅薄来。

中国传统文化是谈“中国形象”绕不过去的话题，它是中国当下生活之源、当代人格之基。它的独特，它的优秀，它与同时代人类文明的隔空呼应和异向同步，甚至于它的弊病，都无不遗落在今天中国人的血脉里。从某种意义上讲，今天的“中国形象”是从昨天脱胎出来的，它储存着世代中国人如何一步步承袭、变革、兴替昨天“中国形象”的文化编年史、心灵编年史、感情编年史。

《大秦帝国》的作者、陕人孙皓晖在他的学术著作《中国原生文明启示录》中，将中国五千年的文明史划为两大阶段，前三千年是原生文明期，是中华文明活跃的生成、定型的阶段；后两千年是积淀成熟期，中华文明在历史长河中不息地涌动发展。他对春秋战国时期百家争鸣的思想体系进行了分类，即以法、兵、墨三家为轴心的创造型体系，构成中华民族“求变图存”的基础；以儒、道两家为轴心的守成型价值体系，是社会前进的制动器；以道家、名家为轴心的哲学思想，是中华文明的哲学阵地；以农、育、医、水、工各家为轴心的实业思想体系，是中国社会的生存价值体系。这个分析显示出，中国文化形象自古以来是多色彩、多运变的，它的丰富性匡正了往往仅以儒、道互补作为中华古典文化基本结构的固有印象。这种多源流的丰沛性，为今天中国形象、中国文化精神的多维发展奠定了基础，输送了复合性的养分。

从政治制度层面看，尧、舜、禹时代在世界首创了禅让制，在社会民意认可的基础上选贤。中国早期国家经历了部落大联盟（五帝）、邦联（夏、商、周）、文明涌动（春秋）、文明裂变（战国）等各种形态，最终跨越到秦帝国统一文明新的国家形态。这不也为从根性文化上解读中国当代社会发展和制度变革，提供了历史参照坐标吗?

当然，我们表现文化传统对“中国形象”的根性影响，同时也要审视传统中国人格中的劣根性。这正像我们在表现现代文明时，不能不从现代性内部有可能滋生反人文、反生态的另一面，来审视中国当下的一些社会问题一样。霍布斯、福柯都认为，现代文明的野蛮性不是外在的，而是“心魔”。中国人格中的某些劣根性，也是已经基因化的“心魔”。与这两类“心魔”的搏杀，是人类恒久的战争。

“中国形象”在漫长历史征途的不息前行中增加着厚重感，中国精神在年深日久的酿造中有了酒的醇香。

三

“中国形象”的内质是中国精神，是中华民族精神，但在创作中凝聚、表现中国精神时，文艺家的眼界和胸襟又不能局限于民族和地域，要从人类格局和生命坐标上来开掘“中国形象”的内涵。我们固然不赞同笼统抽象地谈什么“普世价值”，但作家、艺术家心中却不能没有普世的即人类的、天下的格局和情怀。我们要塑造的“中国形象”，是交流、开放中形成的人类形象的一个板块。体现并不断融汇人类优秀的文明成果、优秀的精神品质，正是中国精神、“中国形象”的一个重要方面。从这个意义上讲，“中国形象”群，也正是“世界形象”群一个不可或缺的重要组成部分。

中国古典文化的重要特点之一是天圆地方观念，它形成了中国人非常特殊的“天下”观念以及在天下观念基础上发展出来的那种世界图像。到了全球化时代的今天，这种天下观念如何转型为世界文明、人类文明的胸襟和思维，至关重要。我们的目标既然已经不再是仅仅停留在一个民族国家的构建，而是建设一个对全球事务有重大影响的文明大国，我们的一言一行、所作所为就必须以人类文明为出发点，在全球话语体系中建立自己对人类文明独特的理解，并且发出自己的强音，用文艺打造自己的形象群。

整个人类所追求的理想境界，其实是被同一个太阳照耀着。只是各个民族、各个地域追寻的道路不同，常常在不同的云层下孜孜前行而已。我们常常容易忘记或者忽视，这不同的云层透射的其实都是同一个太阳的光辉。有时，当我们自信到自负，会产生一种错觉：好像唯有自己的文化云层最为美丽，把“愈是民族的，愈是世界的”这句名言推向极端，以“民族的”替代“世界的”，而排斥包容、开放、交融，将自己闭塞起来。这也许可以称为文化上的狭隘民族主义倾向。有时，当我们失去自信而惶惑，又会产生另一种错觉：自己的文化云层全是晦暗，只有逃离到别人的云层下，或者完全比照别人比如西方的要求来重构自己的、东方的云层，才会有出路。这就是被称为文化上的“东方主义”的那种倾向。

这两种倾向都不利于“中国形象”的塑造，都不足取。我们坚信的是，民族文化中的精华必然是世界的，并且正在不断成为世界文明宝库中的瑰宝；同时，世界文化中的精华又应该尽快、尽早转化成民族的，融汇到我们的民族文化宝库中来。这个有机交融的过程，三十年来正在大幅加速。

四

说到“中国形象”，我们随即想到的可能是人文精神、文化价值、社会生活和承载这些东西的人物、故事。其实，“中国故事”远不纯然是社会故事，由于中国人特殊的“天人合一”自然观，它同时是“天人故事”，是今天所谓的“绿色故事”“生态故事”，是中国古典自然观与现代生态观结合的故事和人物。

在英语中，生态学 ecology 的字头 eco，它的希腊文原意为“居所”“家园”。这与中国人对生态（自然、天）的理解和感受惊人的一致。中国人心中的天，主要指自然之天，也指宗教之天、义理之天，指那些人类不可违拗、只可顺应的力量和规律。自然之天，是人类此岸的生存家园；宗教之天，是人类彼岸的理想家园；义理之天，则是人类理性的精神家园。故而可以说，中国人对“天”，对“生态家园”这类命题的理解，远较别的民族博大精深。

在中国人心目中，天与人一样，是有生命的。我们有些民族在春节或其他节日中，既给人送礼品、食品，也祭天地，给牛、给树献上食品。天、人不但同构，而且同性、同情、同步。欧洲的文艺复兴，以“人本”取代“神本”，在人文主义基础上确立了人的崇高地位，为现代工业社会的出现开了路。但西方人文主义的极化和癌变，又导致了人类中心主义，导致了对自然、生态、环境的蔑视性开发和破坏。而在此之前一两千年，中国人就有了朴素的生文文化、天文文化、地文文化观念，并将其与人文文化融为四位一体的“天人合一”体系。这种中国式的“四文文化”，将天、地、生（动植物），作为人的对应物、价值物、象征物，融成了一个全维的生命系统。

人与自然相互对应、相互具有价值，也相互寄寓象征，这是中国山水诗、画和美文生成、流行并具有审美创造性之所在。“国破山河在，城春草木深。感时花溅泪，恨别鸟惊心”，杜甫将自然的枯荣、社会的兴亡，与诗人内心的生命苍凉，融汇得简直天衣无缝。“江流天地外，山色有无中”，王维在物中写心，在无我中写我，在自然、社会与生命的审美三重奏中，显示出一种淡泊中的浓烈。而陶渊明的一声“归去来兮，田园将芜，胡不归”的仰天长啸，更是声震古今，让我们这些现代人心旌摇曳。陶诗感喟的何止是古人，也包括后人，何止是土地上的田园，也包括心灵中的田园，是不是都快要荒芜了啊。

绿色的“中国形象”要寻找绿色的中国故事，更要展开绿色的中国生存方式和中国心态，还要探索绿色的文艺表述方式。毛泽东曾经在《沁园春·雪》中把秦皇、汉武、唐宗、宋祖、成吉思汗作为中国历史上的英雄典型推出，风气所及，我们的文学艺术热衷于描绘的也多是成功者、进击者的楷模形象。而构成“中国形象”很重要的另一面，比如老庄气质的人物，比如在节制、退却、忍让中求胜的人物，在无为而无不为中自怡的人物，反向正悟、静观玄览式的人物，以至于淡泊者甚至失败者的形象，较为少见，写得成功的更是凤毛麟角。

从艺术上看，以环境作为焦点来表现人、表现城乡生活，或者将人与境作为一个完整的生命系统来表现，都值得提倡。这既能显示作家、艺术家的绿色生存姿态和审美姿态，又能在作品所表现的拥挤的社会生活中，劈出一道道自然风光的空间，在密不透风的现代社会和斑斓的当代艺术中，营造一种疏可走马的艺术境界、生命境界。若像柳宗元的山水散文，陶渊明和王维的诗，沈从文的小说，以及泰戈尔、叶赛宁、艾特玛托夫那样，当代文艺中的“中国形象”又会增添多少真趣和绿意？

五

说到这里，又一个问题应运而生，这就是中国作家、艺术家的形象问题。作家、艺术家既是“中国形象”的艺术创作者，自身也是“中国形象”的承载者。文艺的社会影响力，决定了他们在“中国形象”中的权重远高于一般人。

作家、艺术家选择什么样的题材、人物、故事，怎样构思，如何开掘，用什么笔法表达，都无不与创作者的情怀、胸襟、气度、格调，即与他们的自身形象有关。逼仄的、沉滞的、陈旧的人生和艺术情怀，无法创造出体现“中国形象”的成功作品。如果我们的作家、艺术家能够注意在自己内心凝聚人类文明的光彩，凝聚中华文化和中华人格的精华，笔下自会洇晕出一种宽厚、温柔、博大而又不失深刻的气场。鲁迅以启蒙者的身影在旷野中、天地间孑然独行，发出屈原式追问和思考；莫言坚持大生命视角，以独特的艺术感悟驾驭灵光、飞溅语言的写作才情，不都是“中国形象”的一种体现吗？

2012 年 10 月 26 日，西安—昆明

“中国西部文艺研究丛书”前言

西部文学和西部电影风靡一时，音乐、戏剧、美术、摄影、服装又刮起了“西北风”。艺术文学中的西部热似乎有着蓬勃的生命，总要从这里那里喷薄而出。短短的六七年中，西部文艺已经以文学、电影、音乐三足鼎立之势，矗立在艺坛之上，构成中国当代文坛艺苑雄奇神异的西部景观。

当代为什么选择西部？西部又怎样容含当代？一切在创作和欣赏的审美活动中如何得到熔铸？新的艺术现象呼唤着理性的回答。

“中国西部文艺研究丛书”力图对西部文学艺术做分门别类的轮廓描述和深入的探讨，从各个方位观照精神生活中的西部现象。鉴于这方面系统的研究还处在草创阶段，粗疏和偏颇在所难免。我们并不想建立一个体系，我们只是想踏开一条路子，引来更多的行人。

丛书将西部文艺首先作为一种社会历史的、文化心理的、审美的现象来研讨。这就要求作者们克制自己不要过多陷于创作情况和艺术技巧的叙述。这方面当然可以大做文章，现在还不是时候。况且艺术的创作者在这方面比论者更有发言权。

丛书的作者共同认为：文学艺术乃至整个文化和民族精神中的西部现象是一种确定无疑的存在。我们抱着共同的热忱来思索这种精神存在。但在一些具体问题上看法未必相同也不必强求一致。精神劳动者需要广阔的心灵空间。如果他所从事的是探索性劳动，就更需要在这个空间中自由驰骋。丛书的各册将形成散点互补的格局，也欢迎战友式的商榷和争鸣。尽管我们在一起商讨过后几本书的大致设想，但每一册的作者将对自己的观点独立负责。

对中国西部文艺的研究来说，这套丛书只是一个新段落的开始，远远不是结束。热望文艺界、文化界更多同仁，尤其是西部艺术、文学的创作者关注这项研究，并加入到我们的行列中来。

1991 年 8 月，西安谷斋

《中国当代文坛百人》后记

记得写完这本书最后一位作家的文章时，是十年前惊蛰前后，1988年的春动草萌芽时分。当时陕西对外文化交流协会贾琪先生和中国图书进出口总公司西安公司贾自立先生正打算向海外推出一些书，热情邀我能加盟，将此书给他们。书稿在1988年底由陕西教育出版社吴华先生送往北京，委托古籍出版社排出了繁体字清样，打算先向海外发行。

三校时，正值1989年春夏之交。二位贾先生要求作者对内容做一些调整、增删。不想，待我改好送去，吴华先生已出访法国，据说不是短期，又据说最后还要回来。走时只丢了一句话，称一半年回来再出此书。奈何白云黄鹤，此去杳无音信，惟听风云际会，哪有故人消息。这部三十八万字的稿子便被无限期搁置下来。其间笔者全力研究中国西部文化和中国西部文艺，陆续撰写、编成了“中国西部文艺研究丛书”八部，亦无暇再顾及此书，结果在冷宫里一放便是十年。

1997年，又到了春分时节，一个偶然的机会和陕西教育社的王志章先生谈及此书的外命。本是作为一段过去了的书话来说的，不料说者无心，听者有意，不料这位小兄仗义表态，愿意为这件开了头而没有结尾的事画一个圆满的句号。志章多次为我出过书，受之有愧而却之不恭，只有感谢了。事情很快得到总编陈绪万、副总编傅美琳二位的首肯。春夏之交我忙起来，先是重新将封存和散乱、流失了的资料收集归拢起来，用一身一身的汗换来了一个一个鼓胀的资料袋。然后便是汗流浃背的修改、写作。我的呼吸系统，从鼻腔到气管到肺部，都有过病理性的“前科”和神经性的敏感，大热天不能开空调，只有死抗硬熬，一笔一画、一行一段往下干。在不动原有风格的基础上，全面补充了所写作家在20世纪90年代的一些新的材料。对百人的选定，也做了少量的调整，新写了三五位有成就的作家。

一本几近“夭折”的书救活了，终于有幸和读者见了面。每想起来，便感谢上面几位让书“起死回生”的先生和女士。

《中国当代文坛百人》主要评介1949年以来文学界比较活跃的作家。由于篇幅所限，这次主要只收了小说、诗歌、散文方面的人。以戏剧、影视、儿童文学、历史小说和大众文学创作为主的作家，以及主要的创作活动在1949年以前的现代作家，还有20世纪90年代以后崛起的新生代作家，大都未能收入，只好留待以后的《中国当代文坛又百人》和《中国当代文坛再百人》来弥补遗珠之憾了。

在论及跨越现代、当代两个时期的作家时，以1949年为界，取后详前略的原则。为了相对平衡，每篇需要大体保持在三四千字上下，而每位作家的创作生涯又长短不一，成就不同，这就难免出现畸详畸略的现象。加之多少想用一点散文的笔调，选人、衡文注意学术的精确又不拘泥于学术性，看重的倒是希望透过笔者的感受给读者传达一点切实可读的东西。因此，虽然一百位作家大致按文学史的顺序写下来，却实在并不能当作文学史的定评和结论看待，有着笔者和这些作家接触的投影在其中，也免不了带着一点作者个人的偏爱甚至偏见。也因为采用了散文笔调的缘故，书中转述或引述了评论界的一些看法，除尽可能在行文中带出引处，亦未如学术著作那样做翔实的页下注或文后注。

这些，都乞望得到方家和读者诸君的谅解。

书稿在写作中，还得到文学前辈冰心、艾青的关怀，二老抱病为本书题签。十年过去，一老住院，一老仙逝，感慨系之，心头有一种苍凉生出。只有以今后的劳作来报答二老的殷望了。陕西图书馆在资料提供上给予了诸多方便，在此一并致谢。

《民族文化结构论》后记

一

此书前半部分收集了近几年学习中华民族文化的一些心得文字，特别是在多年研究西部文艺基础上的一些伸延性、拓展性的思考。

后半部分关于文学艺术的评论，也不同程度融进了自己研习文化问题的体会。故有此书名。

二

写作时间自1960年到1991年，历经三十个春秋。

现在看来，有些早期的文字，比如关于华君武漫画的评论，立论之浅，行文之陋，本不堪入书。无奈那是我发表的第一篇文字，敝帚自珍，总想留下一个最初的脚印。故原宥了自己这一点心情。

三

许多熟悉、亲切的面容，和这本书以及书中文章的发表、出版叠印在一起。

最早有20世纪60年代初任《美术》杂志主编的美学大家王朝闻，最近有陕西人民教育出版社的赵喜民、陈绪万、傅美琳、王志章。尽管知道这些师友并不愿意作者在书中提到他们，仍然执意要在这里表示公开的谢意。

我当过二十年编辑，我清楚编辑的劳动中包含着多少无声的艰辛和无价的价值。

我想这里表示的是对一种精神的尊重。

四

几年来，好几本书的发稿，都恰逢春之将临的季节。这次又是。自然并不蕴含什么意味，却总愿意相信这也许是造化的某种暗示。那就这样相信着吧。

1992 年惊蛰后的雪天于最后的岚楼

《八十年代文艺论》自序

这是我的一本文艺论文集。集子里的文章，20 世纪 80 年代前期和中期写的居多。这期间的评论性文字，分别编进了三个集子：一个是艺术短论集《撩开人生的帷幕》，一个是文学评论集《独得之美》，一个便是这本文艺论文集，总共七八十万字。

说来惭愧，开笔写评论忽忽已有三十年了，却没有多少成果。记得第一篇文章是评华君武的政治讽刺漫画的，那是 1960 年春，还在大学三年级。也许因为我是学新闻的，也许因为当时比较严峻的社会气氛，一开始，这篇文章就是从社会的、历史的、美学的坐标上下笔的。由此延续下去，这个坐标后来成为我文艺评论的一个主要方位，而且主要的发表阵地也在综合性的社会报刊上。其间虽有调整、充实和拓展，却大体沿着这条反映论、文化论和历史 - 美学的路子走下来。这恐怕也是 20 世纪 60 年代大多数搞评论工作的人走的路子。

三十年来，由于杂乱繁忙的新闻工作，由于更甚于此的繁忙杂乱的政治运动，真正提笔的时间其实只有十多年。若要划个段落，便是三个五年。第一个五年大致是 1960 年到 1965 年，主要写报纸文艺短论。大学毕业时，倒是花了功夫很写了几篇美学和文学论文，在王瑶、王朝闻、何洛、冯其庸诸先生的指导下，得到了发表。他们期待着我的提高和深化。但毕业分配到了报纸编辑部工作，在 20 世纪 60 年代服从祖国需要的良好风气中，很快爱上了新闻事业，愿意以报纸所要求的新闻价值来校正、调整自己的文艺评论写作，于是一往情深地搞开了报纸“三评”——影评、剧评、书评，以及文艺杂谈、短论。第二个五年是 1979 年到 1984 年，中间经过了“文革”

的十多年，经过了种种颠沛流离，虽然也悄悄写了点什么，却是小说和散文，于评论几成陌路之人。党的十一届三中全会之后，才又重新拿起了评论的笔。学问虽无长进，阅历、心境却大不一样。这五年主要以研究性的作家、作品评论和文艺宏观综论为主，阵地也逐步转向专业性杂志。只是内容仍旧驳杂，虽不出文艺大圈，却常常打一枪换一个地方，没有形成自己独有的领域。囿于当时所从事的报纸编辑工作，这实在也是无奈的事。第三个五年，是 1984 年到 1989 年，由于调到了文艺单位，较之以前显得更专门些，又渐近知命之年，想在研究、评论中逐渐地、相对地形成自己的领域，便将更多的注意力转到西部文艺以及和这个课题有关的一些文化、历史、宗教、哲学问题上来。那结果便是《中国西部文学论》这部专著和主持编撰的"中国西部文艺研究丛书"这套书。这是近四五年评论写得少了的缘故。

前几年的文章，现在辑在一起，读来很有点自惭形秽。这里那里的单薄，这里那里的不妥，时时迸到眼中。也不去刻意修改它了，无论正误深浅，还是保留着自己真实的足迹吧。集子里的文章，说是论文，很少有纯学科的系统宏论，大多是被当前文艺创作和评论实践所触动，有感而发，或针对某个文艺现象生发一点见解，或从全局的角度做一点宏观的描述和论证，有多少学术价值不敢说，倒是较为可读也较为好读的。

多年两栖于新闻和文艺之间，真够难为人了：报纸编辑、记者那么忙碌，这是那种需要脑子二十四小时不下班的职业，八小时哪里够用——时间在打架。记者编辑观察、反映生活的主要角度是政治的、社会的、工作的、生产的、共性的，是中远景，文学的主要角度却是人生的、人心的、个性的，是特写和显微——立足点在打架。写各类新闻题材主要运用逻辑思维，不能用感情代替政策，而文艺创作主要靠形象思维，靠作者用自己的感情、感受来糅合各种生活形象——思维方式也在打架。有才能的人本可以轻而易举解决好这些矛盾，古往今来，不少大师、名家，都在上述两个观察点、两套思维中自由地游弋，自然地转换，自如地驾驭，如外国古代的莱奥纳多·达·芬奇和恺撒，如中国当代的查良镛（金庸）、何其芳、蒋和森，于我却很艰难。我只能从自己的智力、精力出发，根据现实条件所反馈的可能性来修正原有目标，尽可能在主观追求和客观现实构成的坐标上寻找最佳的选择。

这样，我先是放弃了对散文的热爱，而将文艺理论和评论作为主攻目标，在思维方式上使之与新闻写作一致。为了顺应新闻工作接近现实斗争和群众生活的优势，在评论中以当代文艺为对象。为了利用新闻工作接触面广，而且有覆盖面较大的传播工具（报纸）做阵地的优势，在评论中又侧重于面向群众的社会性评论。为了发挥报纸文艺宣传经常接触各部类文学艺术的优势，又特别着重关注边缘地带的文艺现象，如电影、电视、戏剧等综合艺术样式。而在研究方法和写作类型上，时间紧、资料少是我所短，信息多、感触多为我所长，便侧重于重见解不重考证的论法，在归纳性、积累性思维和发展性、创造性思维中，有意识从后者的角度多锻炼自己。创造性思维用于分析作品，将可能发现作品在思想艺术上新的突破；用于分析生活，则可能发现生活事件中所包含的新闻价值、历史价值和审美价值。有意识锻炼这种思维，我的新闻和文艺评论写作常常一道受益……回想这些年，为了在正业和业余的交汇区开垦出一块属于自己的耕地，实在有点用心良苦了。也许，躲开自己不如人的地方而激扬自己可能胜人的地方，“你打你的，我打我的”，每个研究者都会这样选择吧。

金义良和陕西人民出版社的同仁为这本书的出版付出的心血，使我深为感动，在这里一并致谢。

1989 年 12 月 27 日，西安丈八沟湖滨

“对视”书系后记

此刻是1999年2月15日下午两点十四分，农历戊寅年的除夕。已经隐隐能听见远处的爆竹声，门外楼梯上上下下的人声，窗外孩子们的喊叫。街对面，西安的南城墙上，灯会的灯展在午后阳光的斜照下彩光潋滟。早十天，这座沉稳了几千年的古城就开始心不在焉，此刻则坐立不安了。整个华夏，遍及海内外的炎黄子孙，都进入了一年一度的狂欢。

也是在十来天前，我给单位请了假，和老伴开始翻检、编辑自己四十来年发表过的文字。我们还不会用电脑输入、扫描、检索，依然笨拙地靠剪刀糨糊。家里成了一座手工作坊。十几本书十几叠剪报拆开，分类，排列，剪贴。桌上、床上、书架上，堆满了一摞摞印满和写满汉字的纸张，由杂乱而有序，渐渐显示出书的形状，像是关中农村用一锹一锹黄土打成了胡基砖坯。在互联网包围中，我们的手工劳作显得原始，因其原始又显出了经典气息和悲壮感觉。

四十年，大约发表了四百多万字。1960年左右在大学念书时发表了第一篇文章，到1966年“文革”，写作中断，算是一个习作期。“文化大革命”下放到基层，在山乡农村、铁路工地、国防工厂和地区小报社，断断续续，一待近十三个年头。这期间，也写过宣传极“左”思潮的文字，也用“左”的观念阐释社会、剖析自己。除了一部没有出版的长篇小说《居娣》，回忆里是一长段空白。1979年重新起步时，已经是不惑的中年了。

1979年到80年代中期的六七年，算是一个无序的奔突期，这种奔突缺乏明确的目标，像春夏之交初融的雪水，从西部的群山上朝原野四处散漫开来，论文、评论、述评、散文、随感、新闻、通讯，时有所见，涓涓细流纵横交错，却绝无长河大瀑，亦无明确领域。大约是被窒息久了，一旦有了宣泄、释放的自由，便一味想说想写，想思考想倾吐，在写作的痛快中，点燃迟到的生命创造，感受迟到的生命自由，只觉得工作着、写作着是人生的一种美丽。这种美丽的生命状态淹没了理性的人生设计，陶醉其中，很久很久不去思索自己还要建构一点什么。自然，这一段的文字在万弩齐发中，又显出散漫，但作为处在思想解放潮头中的一个，也有一个总的主题，那便是在文化上、艺术上，也包括政治思想上，拨乱反正、解放思想，面对艺术文学的真实状态和科学规律做一些回归性思考，做一些前瞻性探讨。这也是那个时代和那一代精神劳作者共有的主题。我在这一时期的论文，有的观点得到传播，受到社会关注，原因可能在这里。这些文字既是我个人，也是一代思想者转型的记录和建构的印痕。

20 世纪 80 年代中期到 1992、1993 年，这六七年，我痛彻感到建立一个领域对自己的重要性，便比较集中地研究了中国西部文化和文艺问题。发起主办了第一次中国西部文艺研讨会，在会上被各地的同志公推做主题报告。前后的几年中，又召开了两次这样的讨论会，并陆续发表了一批论述西部文化和艺术文学的论文。在这个基础上，撰写、出版了我国第一部《中国西部文学论》。可以说，从此开始具备了自己观察审视当代文艺的基本文化坐标，稍稍有了一点领域。扩而大之，也从文学艺术出发，辐射了一点中国文化综合的、整体的问题，对于世界文化地图上这一主体板块的结构、沿革、动势、动律谈了一点自己独有的看法。其间，又着意对长安文化的内质、特色及其在中华文化格局中的定位、作用做了一点研究。这个研究才开始，只是宏观文化研究的一种伸延，却是我今后打算付出很大气力的一个主攻课题。

20 世纪 90 年代初以来的近五六年，我写的东西中多了一点文化哲思性的散文随笔。可能是几十年一直业余写作的缘故，近几年的机关工作又格外忙，写大部头专著或长篇文字，无论是资料、时间、精力都有些困难，只好化整为零，用松弛的笔墨来写随心的思绪。从写作状态看，这些短文在写作时，有点书法创作的味道：定了一个主意，稍稍考虑一下思路和布局，便信笔写下来，在动态的思考中作即兴的创造发挥。这种写法惬意而自在，常有电光火石在脑际闪烁，能够进入思考和表达的自由境界。

这次从四百多万发表的文字中，选出二百多万字，用了“对视”这样一个总题目。这个题目避开了对全书内容的概括，避开了对全书的价值评断（那是社会和读者的事），说的只是一种状态。几十年来，我的思考和写作，不论其是非美丑文野高下，都构成我与世界、我与自我的一种对视关系，其实也或多或少是我所归属的那个群体、那个时代、那个观念体系和思维坐标，是与实践世界和心灵世界的一种对视。在这个题目下面，分《对视文化西部》《对视 20 年文艺》《对视 269》《对视风景》四册。

《对视文化西部》主要是对中国西部文化、西部文艺以及中国文化一些问题研究的一个总汇，其中包括获得中国图书奖和中国当代文学研究成果奖的专著《中国西部文学论》。

《对视 20 年文艺》收了我历年写的文艺理论、宏观评论和文艺短论，大致反映了我对 20 世纪 80 年代和 90 年代中国文艺有关问题的一些基本看法，也是我文艺思想传承、嬗变、发展的一个轨迹。有不少文章在当时产生过一定影响，引起过议论，被其他报刊转载或引用。现按文艺本体研究、创作宏观评论、体裁和地域文艺研究以及文艺评论写作等分辑收入。

《对视 269》选了我和二百六十九个作家、作品的评论性对话，经由创作个案的具体分析，向社会推介这些文艺家。如果因此而能促动他们换一种异己的目光反观自身，那会是我莫大的欣慰。这种对视使我和二百多个乃至更多的文艺家神交，和其中的大多数成为好友，也使我对中国当代文艺的认识变得鲜活而充盈，为此我又很是感激这些朋友们。二百多个中，西部和陕西的文艺家居多，这与我的研究领域和生存地域有关，也不尽然。我另有一本近四十万字的《中国当代文坛百人》（前年出版），收纳了我对当代中国文坛一百名有重要影响的作家的评论。这一百人没有收进这部分，加到一起，我和中国当代文艺家的对视，实际上是一个和三百六十九个的对视。由于这一册有近九十万字，分为上、下两册，上册主要是文学评论（又分小说、散文、报告文学、诗歌评论），下册主要是艺术评论（又按银屏艺术、表演艺术、展览艺术分辑）。

《对视风景》是散文随笔专辑，既有人生轨迹和社会风景的描绘，又有自我剖析中心灵风景的展示，也有一些生命、文化哲思性的随感。散文随笔我从来没有执意去写，常常写于不可不写之时，有时写得集中一些，有时几年才得一篇，都是从心里流出来的文字。更多的时候，是储下一组一组的情思和构思，放于匣中，总想着找一段时间集中地来写，而总是被别人的约稿和其他任务写作挤兑得无法沉静下来成稿。我极想在以后，特别是职务工作解脱之后，好好过一过写散文随笔的瘾。

我总感到，由于过早定位于搞评论研究，几十年来形成了相对固定的评论家角色形象。既然没有勇气大踏步地走出社会给自己划定的这个圈子，就应该承担起文艺、社会赋予我的任务，完成作家、艺术家和读者朋友希望我写的各类评论文章。这样，我的情感性气质、我的形象性思维和艺术性文笔，一句话，我的性灵，实际上处于有意无意被理性压抑的状态，起码是处于长期得不到启迪、滋养和育化的状态。有的记者在写到我用评论为他人作嫁衣时，曾经将我的生命比喻为一段意大利香肠，一片一片切给了别人，营养了别人，却没有给自己剩下什么。我也曾说自己是北方面食中的臊子，一勺一勺舀到别人的面碗里，却很难有自己的一碗面。其实我很想自己做一道大菜，哪怕是一道小吃。几十年后的今天，当我想让笔来激活内心沉睡多年的性灵时，也许已经迟了，还是愿意试一试，愿意用笔证明那一部分处在晦暗中的生命潜质，用笔来传达那一部分我感觉到了却没有诉说的世界。

这套书从编辑到出版，时在 1999 到 2000 年，正是我所生活的这个世界在做百年跨越和千年过渡的时分。我生于 1940 年冬月，龙属，到一个甲子之后又一个龙年，我将和世界一道做个人生命的花甲之跃。我为个人和世纪的这种全息感到一种神秘和神圣。进入新的千年之后，六十岁的我将会失去一些东西，得到另一些东西，告别一段生命，迎来另一段生命。

不敢说这套书对于社会有多少意义，无论从哪个角度上，却是我自己生命的一个里程碑。

1999 年 2 月 15 日，农历戊寅年除夕，一个无雪的冬日于西安谷斋

“雩山”书系自序

摆在面前的“雩山”书系共四卷，曰《青灯说辞》，曰《微雨行过》，曰《握住从容》，曰《无酒对酌》，是2000年出版的五卷本“对视”书系之后，这八九年新作的分类结集，故又曰“肖云儒新世纪书系”。两套书系加起来近四百万字吧，再加上《中国当代文坛百人》一书，以及其他发表而未收入书中的文字，总共六百来万字，数量应该说不少，质量却令人汗颜。寒寒酸酸的，这就是我四十多年笔墨生涯的全部记录了。有不少朋友希望我拢到一起出一套文集，许多听过我讲学的青年学子也频频催促我能给他们留一份较完整的文字稿。因为愧于示人，几经思虑，几经延宕，这不，三四年过去了，才将最近这七八年的文稿编了出来，算是给自己临近的七十寿辰一份小小的礼物，也向朋友和读者做一个汇报，让社会做一次检验。至于文集，实在有点愧不敢编，只能有待来日了。

上次的书系命名“对视”，多少能感到在那个年龄段的一点锐气，一点参与社会的热度。原想将这个书系命名为“余光”，以暗传人进入耳顺之年以后的一种心态，但不少朋友提出异议，觉得太过消沉。拂不过众人的好意，才改为现在这个命名——“雩山”，多少有更倾向于超拔，更向往山水的意思。雩山实有其山，是一座在国家和省区地图上找不到的小山。相传古人祈雨于此，故名。此山发育了一条水，叫雩水。雩水又养育了一座城，叫雩都。地处江西省赣州、瑞金之间的雩都，在四十年前汉字简化时，改成了谐音的“于都”，以红军长征出发地而闻名于世，只是而今很少有人知道它的原名了。其实“于”“雩”二字并非繁、简之别，而是两个字。六十多年前，我便出生在这座赣南的小城里。出生方一年，我的父亲又辞世于这个小城。

我原来的名字也不叫“云儒”，而叫“雩孺”。“孺”字辈，生于雩都，故名。小学时代，这两个难认且笔画繁多的字，曾让我和小同学们很有些头痛。名字笔画多到三十画，每写起来有如蜀道之难。离开赣南后，外地小学的班主任老师不认识这个字，每次点名到我这里都要结巴一下，一卡壳小朋友就笑，闹个脸红。有次她一进教堂便斩钉截铁地宣布：“肖雩孺，你以后就叫这个‘云’孺，不准再叫那个什么（指‘雩’）孺了。现在上课！”这节课她不再看我一眼，显然痛下决心，而且蓄谋已久。到了中学，一位语文老师又说：“既然‘雩’已成‘云’，不如‘孺’亦变‘儒’，也算是一种追求。”20世纪50年代之初，户籍管理很随意，第二学期注册报到，油印册上已经改了过来。我的姓名一下子减少了十画，大家都如释重负。便这样弄假成真写下来，一路写到了今天。

生我的“雩都”改了名字，在“雩都”生出来的我也改了名字。那以后不久，我随外婆一家坐着一条乌篷船离开了出生地，在不舍昼夜的橹声中，北去、北去，由南昌而北京，而陕西，而西部。改了名字的我从改了名字的雩都出走，却并没有就此与小城相忘于江湖。“雩都”在我的人生地图上没了踪影，却成为我心中永远的城，雩山雩水也成为我心中永远的山水。这是我人生的起点，也是我父亲人生的终点，是两代人生命衔接的地方。

记得刚过知天命之年不久，我与老伴专程回了一趟于都，在那已经几度翻旧更新了的小城里，在那山下，那水边，那些曲折迷离的老巷中，苦苦寻觅着我和父辈的气息。回来后写了一篇散文《失根》，收进“对视”书系中《对视风景》一书。读过的朋友都说，从中感觉到了一种终生无着的游子情愫。那以后，生命越过了耳顺之年，愈接近古稀，我这改了名字的游子便愈益怀念那座改了名字的小城。我们都已经面目全非了，只有那剪不断的脐带还连黏着血肉。

我习惯于在孤独中思考，在孤独中写作，因而极少有和别人合作的文字。凡我参与主编而不是我独立撰著的书文，这次一律没有收入。但在“雩山”书系《青灯说辞》一卷中，收进了十多篇我与张岂之、雷达、易中天、于丹、朱学勤、葛剑雄、朱大可、徐友渔、杨景麟等等许多先生的电视人文谈话，他们都是当今著名的学人和媒体人，为了避免攀附之嫌，书中也只节选了我的“说辞”。师友们的高论当然远比我精当深刻，但岂敢掠人之美，编进自己的书中呢？我一直将那些难忘的现场，引以为自己学习的课堂和考场。这是需要说明的。

感谢几十年中无私养育了我的西部和秦地，感谢一直热情支持着我的朋友，还有无数当面和网上倾情交流的青年才俊，感谢业师冯其庸先生和雷达、贾平凹等许多先生先后所写的序和批评文章。此刻，这块土地的气象、这些师友的神情正映现于我的心间。

2009 年 2 月 24 日，西安不散居

跋《独得之美》

《独得之美》是我的一本文学评论集。它编得很早，却出得很晚。1985 年就给了出版社，这样那样的原因，辗转延续至今才出来。就是在写这短短的后记时，我还在担心它的命运，可不要在最后又出什么意外。在这书稿等候出书期间，艺术短文论集《撩开人生的帷幕》，专著《中国西部文学论》《民族文化结构论》《八十年代文艺论》《中国当代文坛百人》以及随笔集《独步岚楼》均已先后面世。

我可以说是由学习着写一点作家作品评论，迈进文学殿堂的。那是 20 世纪 60 年代初。此后三十年，一直没有丢掉这个行当。尽管有人轻瞧它，我总感到文艺评论在文艺发展中极具活力，至少吧——恕我冒昧，比文艺理论对创作的影响要大得多，直接得多。若以“单位面积”投进的工作量计算，恐怕也不会比创作和研究轻松。近几年，在写评论的同时，我也搞过几个专题理论的研究，也写一点散文。这是我对比自己在各方面实践、切身体会之后的肺腑之言。

谈到文艺评论能力问题，我又感到，在这能力的各种构成之中，最难的常常不是理论观点的阐发，而是阅读中有无艺术感受和这种感受的准确和深刻。这需要具备形象思维能力和感情共鸣能力，需要具备对历史、社会的宏观把握，对人生经验特别是心理经验的长期积累。而搞文艺评论的人常常自觉不自觉地在知识结构、思维格局和评论心态等方面，要求自己纯审美化。最近几年，排斥历史审美的评论，推崇纯美的甚至纯形式美的评论更成为时尚。我以为，具体到某人、某篇的文艺评论上，固然可以是纯美的，但就一个时代宏观的总体的要求来说，文艺评论应该将历史、社会、文化因素和审美因素结合起来，不然，那个时代的评论将是孱弱和苍白的。社会和艺术始终是审美的两大后盾。

再谈到文艺评论的写作，我的体会也许又不同。我感到最难的不是论述，而是复叙——在评论中对作家、作品情况的复叙。评论要求通过这种看似客观的状态描述，将自己对社会、对艺术、对作家作品的理解显示出来。这种复叙，处处在再现作家、作品的实际，又处处在表现评论者的观点，借人之言以传情，借人之言以达理。这种复叙，要求在现象的叙述中，将作家、作品、读者和论者心中深埋的感情与理性传达出来。这不纯是评论主体的阐发，而是评论主体和评论客体在作品复叙时形象的熔铸。这不纯是逻辑的推演，而是逻辑思维和形象思维的融会。写好复叙，是我写评论时最感困难也最有兴味之处。

1995 年 12 月，西安